금단

훈자 로맨스 장편소설

금단 2

초판 1쇄 인쇄 2015년 10월 1일
초판 1쇄 발행 2015년 10월 8일

지은이 훈자
발행인 오영배
기획 박성인
책임편집 김보나
제작 조하늬

펴낸곳 (주)삼양출판사 · 단글
주소 서울시 강북구 도봉로 173
대표 전화 02-980-2112 **팩스** / 02-983-0660
출판등록 1999년 3월 11일 제9-00046호

ISBN 979-11-313-0463-1 (04810) / 979-11-313-0461-7 (세트)

단글은 (주)삼양출판사의 로맨스 문학 브랜드입니다.

금단

ROMANCE STORY

훈자 로맨스 장편소설

2

단글

차 례

제 6 장
악몽

그가 손을 내밀며 나직한 목소리로 말했다.

"이리 내놔."

무뚝뚝한 어조에, 해주는 고집스럽게 유리조각을 꽉 쥐어 보였다. 손가락 사이로 붉은 선혈이 뚝뚝 흘러내렸다. 고통스러울 법했지만, 해주는 조금의 미동도 없었다.

"이렇게 살 바에는 차라리 죽는 게 나아."

절박한 심정이었다. 이렇게까지 하는 것 외의 다른 방도는 떠오르질 않았다. 유일한 내 편인 줄 알았던 그에게 버림받고 벼랑 끝에 내몰린 그녀가 할 수 있는 건, 스스로 최악의 상황으로 몸을 내던지는 것뿐이었다.

마지막 보루였다. 수혁의 마음을 돌릴 수 있는 마지막 방법이었다. 하지만 수혁은 그녀의 마지막 기대마저 잔인하게 꺾어 버렸다.

"그어 봐."

그의 담담한 어조에, 해주는 순간 숨이 턱하니 막혔다.

"……뭐?"

"네가 원하는 대로 해 보라고."

잔인하기 짝이 없는 그의 한 마디에 해주의 눈동자가 파르르 떨렸다. 단단하게 흘러나온 음성엔 진심이 담겨 있었다.

눈빛, 표정, 말투 그 어느 것에도 그녀가 알고 있던 수혁의 모습은 흔적조차 찾아볼 수 없었다.

해주는 절망스러웠다. 그동안 그와 함께했던 순간들이 파노라마처럼 머릿속으로 스쳐 지나가며, 울분이 울컥 차올랐다.

이제껏 보여 줬던 모습이 전부 거짓된 거였어? 그렇다면……왜?

"도대체……."

그녀의 입에서 느릿하게 흘러나오던 말이 이내 끊겼다. 목구멍이 메말라 버린 채로 화기에 가로막힌 듯, 쉬이 목소리가 나오질 않았다. 힘이 들었다. 이대로 모든 걸 놔버리고 싶었다.

하지만 그때마다 손에서부터 전율이 돋듯 끔찍스러운 고통이 그녀를 다시금 일깨웠다. 몽롱했던 정신이 바짝 차려졌다. 숨소리는 가파르고 거칠었지만, 눈의 초점은 금세 제 위치를 찾고 또렷이 빛났다. 그녀가 다시 힘껏 목에 힘을 줬다.

"도대체…… 왜 이러는 거야?"

누구보다 소중하게 대해주던 네가,

"원하는 게 뭐냐고."

한순간에 변해 버린 이유.

"정말 모르겠어."

아무리 생각하고 또 생각해 봐도 모르겠어.

해주는 파리해진 낯빛으로 어금니를 꽉 깨물었다. 흥건한 핏
물이 뚝뚝 바닥을 적시며, 그녀 주변으로 피비린내가 진동했다.
비릿한 향에 취한 듯 머리가 핑글 돌았다.

아슬아슬하게 버티던 그녀의 몸이 순간 휘청거리며, 옆으로
기울어졌다. 버틸 생각조차 하지 못하고 속절없이 쓰러지는 그
녀의 몸을, 수혁이 재빨리 몸을 낮춰 받쳤다.

몸에 닿은 그의 손길에, 순간적으로 정신을 차린 해주의 시선
이 수혁에게로 향했다. 한없이 다정하기만 했던 눈빛이 날카로
운 화살이 되어 그녀의 눈동자 위로 꽂혔다.

"이쯤에서 그만 둬."

음산하게 울리는 그의 음성에 해주는 어깨로 수혁을 팍 밀쳐
냈다. 그로 인해 몸이 또다시 휘청거렸지만, 이번에는 그녀가 안
간힘을 쓰고 버텨냈다.

이제 한계다. 숨을 쉬는 것조차 힘겹게 느껴졌다. 그녀의 흐릿
해진 시야로 경직되어 있는 수혁의 모습이 보였다.

끓는 감정을 최대한 억누르고 있는 것이 표정으로 드러나진

않았지만, 냉랭한 기세로 전해졌다. 절대 먼저 물러서지 않을 것이다.

해주는 주춤거리며, 벽에 몸을 기댔다. 그러고는 피범벅이 된 손을 위로 추켜올렸다. 수혁이 물러서지 않는다면, 이 상황이 계속해서 반복될 것이라면, 차라리 끝을 보는 게 낫다.

그녀가 결심을 하고, 유리조각을 왼쪽 손목에 바싹 가져다 대던 그때였다. 해주는 순간적으로 자신의 왼쪽 손목을 감싸는 수혁의 손에 두 눈을 크게 떴다. 그의 손등 위로 유리 조각이 강하게 박혔고, 뒤늦게 상황을 깨달은 해주는 짧은 비명을 질렀다.

뚝뚝―

바닥 위로 선명하게 수혁의 피가 떨어졌다.

"수혁아!"

해주는 다급히 그의 손등을 살폈다. 손에 힘을 주고 있는 힘껏 내려친 바람에, 상처가 제법 깊게 패여 있었다. 그가 다친 것을 본 해주의 눈 안에 몽글몽글 습기가 차올랐다. 모골이 송연해지며, 심장이 미칠 듯이 뛰기 시작했다.

'나 때문에……'

수혁이 다쳤다. 누군가 가슴을 칼로 찢어발기듯 아려왔다. 그녀는 수혁을 바라보며, 원망 섞인 목소리로 소리쳤다.

"그러니까 왜 갑자기 끼어든 건데! 내 멋대로 하라면서 도대체 왜……!"

말을 채 잇지 못한 그녀의 뺨 위로 결국 눈물이 흘러내렸다.

해주는 떨리는 손으로 그의 다친 손을 꽉 붙잡았다. 어쩌다 이렇게까지 된 거지?

"이러지 마."

해주가 제 옷으로 주섬주섬 그의 손을 동여맸다.

"다른 사람은 몰라도 넌 나한테 이러면 안 되는 거잖아."

그녀는 떨리는 입술을 깨물며, 수혁과 눈을 마주했다.

"부탁이야, 우리 예전처럼 지내자."

제발.

간절하게 그에게 부탁해본다. 창백하게 질린 해주의 눈에서 쉼 없이 눈물이 뚝뚝 흘러내렸다. 그걸 무덤덤하게 지켜보던 수혁이, 다친 손을 그녀에게 뻗었다.

피로 적셔진 그의 손이 애처롭게 해주의 얼굴을 감싸 쥐었다. 처연한 그녀의 눈빛이 그에게로 곧장 마주쳐왔다. 수혁은 부드럽게 그녀의 뺨을 쓰다듬으며 천천히 입을 뗐다.

"예전처럼 지내자고……?"

중얼거리듯 흘러나온 목소리에 해주가 작게 고개를 끄덕였다. 그녀의 눈빛에 작은 기대감이 어렸다. 수혁의 다정한 손길이 그녀의 뺨을 부드럽게 쓸었다. 해주와 그의 눈이 한동안 서로를 직시했다. 잠시 닫혀 있던 수혁의 입술이 다시 달싹였다.

"내가 왜……."

도대체 왜?

"그래야 하지?"

그의 두 눈이 가늘게 찢어졌다. 고개를 살짝 옆으로 기울이는 그의 모습에, 해주의 동공이 크게 흔들렸다. 그대로 말문이 막힌 채 그녀는 어떠한 대꾸도 하지 못했다.

해주는 숨을 죽이고, 시선을 바닥으로 떨어트렸다. 어떻게 반응해야 할지 모르겠다. 작은 희망마저 산산조각이 나버린 지금, 그나마 남아 있던 힘마저 쭉 빠져 버린 기분이었다.

"왜…… 그래야 하냐고?"

해주가 멍한 얼굴로 중얼거렸다. 부드럽게 그녀의 뺨을 매만지던 그의 손길이 점차 아래로 향했다. 수혁은 그녀의 턱 끝을 잡아 천천히 추켜올렸다. 아래를 향했던 그녀의 시선이 그에게로 다시 닿았다.

"네가 배신했잖아."

느릿하게 흘러나온 그의 한마디에 해주가 입술이 떨려왔다.

"배신……?"

그녀의 낯빛에 혼란스러움이 서렸다.

"배신이라니…… 내가 언제……."

"권률."

률의 이름을 꺼내 든 수혁의 눈빛이 휑뎅그렁하게 변했다. 그의 표정이 일순간 싸늘하게 식었다.

"참아 줬어……."

경고할 때 그만뒀어야지.

"그때, 넌 내가 말한 대로 그놈한테서 관심을 껐어야 했어."

그의 손끝이 그녀의 눈을 향했다.

"그놈을 직시하던 네 눈."

한참 동안 눈 주변을 맴돌던 손끝이, 이번엔 그녀의 입술을 향해 움직였다.

"그놈을 두둔하던 네 입."

스윽, 그의 가느다란 손가락이 그녀의 입술을 매만졌다.

"모든 게 거슬렸지만, 그래도 끝까지 참아줬어."

이제는 한계야.

"차라리 망가뜨려 버리는 게 나으려나……."

그가 눈살을 살짝 찌푸렸다.

"그놈한테 가지 못하게."

수혁이 천천히 바닥에 떨어진 유리조각을 집어 들었다.

"그놈한테 처절하게 버림받도록."

그렇게 된다면,

"그래…… 그땐 다시 나만 바라보겠지."

입술을 매만지던 그의 손길이 방향을 틀었다. 수혁은 그녀 어깨 위를 간질이는 머리카락을 한 손에 잡아 쥐었다. 거친 손길에, 해주의 낯빛이 새하얗게 질렸다.

순간 그녀 시야로 무섭도록 차가운 수혁의 표정이 부딪쳐왔다. 그리고 잠시 후, 유리조각을 그러쥔 그의 손이 망설임 없이 그녀의 머리카락을 향했다.

서걱―

무거운 공기를 가르는 소리가 해주의 귓가를 스쳤다. 바닥으로 우수수— 머리카락이 흐드러지듯 떨어졌다. 해주는 아연실색한 얼굴로 마른침을 꿀꺽 삼켰다.

'설마 아니겠지. 아닐 거야.'

몇 번이나 되뇌고는, 그녀는 파르르 떨리는 눈동자를 굴려 수혁을 바라봤다. 그의 손에 한 움큼 잘린 머리카락이 쥐어져 있었다. 충격에 숨이 턱하니 막혔다.

"너……."

건조하게 갈린 음성이 뚝 하니 멈춰졌다. 목에서 금방이라도 괴기한 비명 소리가 튀어나올 것 같았다. 심장이 터질 듯이 뛰었다. 쥐어짜듯 고통스러웠다. 한기가 등골을 타고 흐르며, 온몸이 바들바들 떨렸다.

이 상황을 대체 어떻게 받아들여야 하는 걸까.

애써 부정하는 그녀의 시야로 수혁의 손에 쥐어져 있던 머리카락이 공중에 휘날리더니, 바닥에 내려앉는 것이 보였다.

해주의 시선이 머리카락을 따라 아래로 굳어졌다. 환각인 줄 알았던 상황이 현실로 돌아왔다. 무자비한 상황에 그녀의 얼굴이 무참히 구겨졌다.

"……미쳤……어?"

숨이 쉬이 쉬어지질 않았다. 해주는 망연히 그를 응시했다. 가면을 씌워 놓은 듯 표정에 변화가 없는 그의 얼굴 위로, 거짓말처럼 옅은 미소가 걸렸다. 몸서리가 처질만큼 섬뜩한 기운에, 그녀는 본능적으로 몸을 뒤로 뺐다. 그러나 곧 수혁이 해주의 어깨를 붙들어 잡았다. 그의 한쪽 눈초리가 유려하게 위로 추켜 올라갔다.

"미쳤어."

담담하게 한 마디를 내뱉은 그가, 그녀의 귓가로 다가가 속삭였다.

"너 때문에……."

"……."

"미친 거야."

내게 세상 전부나 다름없는 너 때문에,

"혹시라도 너를 잃게 될까 봐 두려워."

한시라도 옆에 두지 않으면 미쳐버릴 것 같아.

무섭게 번들거리던 그의 눈빛에 아련한 빛이 담겼다. 잠시 말을 멈췄던 그의 입이 다시 천천히 움직였다.

"사랑해."

내 모든 걸 다 바칠 만큼.

"사랑해, 널."

죽여서라도 평생 내 옆에 두고 싶을 정도로.

애절하게 말을 내뱉은 수혁은 고개를 틀어 해주를 응시했다. 핏기가 싹 가신 듯, 그녀의 얼굴이 새파랗게 질려 있었다. 그녀는 넋이 나간 눈으로 정면을 직시했다.

'사랑해?'

내가 지금 뭘 들은 거지?

"말도 안 돼……."

해주가 비소를 흘렸다.

그래, 말도 안 돼. 가족이나 다름없는 수혁이 자신에게 그런 감정을 가질 리 없었다. 피를 나눈 형제보다 더 끈끈했고, 영혼을 나눈 듯 서로 한없이 통했다.

지옥이나 다름없는 이곳에서 누구보다 서로를 의지했고, 서로를 향한 위로를 아끼지 않았다. 같은 곳을 바라보고, 같은 생각을 하고, 같은 감정을 공유하고 나눴다고 믿었다. 그런데 아니라니.

"그럴 리 없잖아…… 네가 날……."

"맞아."

부정하는 해주의 말을 끊으며, 수혁이 해주를 마주 봤다. 불안하게 흔들리는 눈빛이 제발 아니라고 말해 달라 애원하는 것만 같았다. 그것이 잠잠했던 그의 심기를 건드리고 말았다.

"왜 그럴 리가 없다고 생각해?"

붉게 적셔진 그의 손이 다시금 그녀의 뺨을 감싸 쥐었다.

"내가 널 사랑하는 게 잘못된 건가?"

이렇게 사랑하는데,

"왜 넌 내 마음을 못 받아들이는 건데?"

당연히 받아들일 줄 알았는데, 같은 마음일 거라고 생각했는데……

이유가 뭘까.

"권률, 그 교수 때문인가?"

공허하게 그를 응시하던 그녀의 낯빛이 눈에 띄게 변했다. 제 감정을 숨기지 못하는 해주의 모습에 그의 가슴은 한순간 무너져 내렸다.

률을 향한 마음은 단지 그녀의 가벼운 착각일 것이라 생각했는데, 진심인 듯 보였다. 직면한 현실에 감정이 쉽게 제어되질 않았다. 칠흑같이 어두운 눈동자에 서슬 퍼런 날이 섰다.

"용납 못 해……."

그가 낮게 중얼거렸다.

"나 이외에 다른 사람한테 절대 못 가."

그의 손이 그녀의 얼굴을 강하게 움켜쥐었다.

"나만큼 널 사랑해 줄 사람은 없어."

해주의 얼굴 위로 두려움이 번져갔다.

"수……혁아?"

"널 원해, 해주야."

마지막 말을 끝으로, 수혁의 입술이 그녀의 입술 위를 한순간 맹렬하게 덮쳤다. 젖은 입술이 거칠지만 자극적이게 그녀를 탐했다.

"읍─!"

짧은 신음과 함께 그녀가 수혁에게서 벗어나려고 최대한 힘껏 그를 밀쳐 냈다. 하지만 수혁은 조금도 물러서지 않았다. 이 순간만을 기다렸다는 듯이 그녀의 입안을 뜨겁게 옭아맸다.

안간힘을 쓰는 그녀의 입술 사이를 가르며, 그의 혀가 농밀하게 움직였다. 얽고 세게 빨아 당기는 느낌에, 입술과 혀가 얼얼해지는 기분마저 들었다.

격정적으로 파고드는 그의 키스에 들뜬 숨소리가 절로 흘러나왔다.

"으읏……!"

해주는 그에게서 어떻게 해서든 벗어나려 팔을 부여잡았다. 그의 손길을 저항하며 몸을 비틀어보려 했지만, 그럴수록 수혁은 끈질기게 그녀에게로 따라붙었다. 해주는 끊임없이 얽혀 오는 그의 움직임에 숨조차 제대로 쉬질 못했다. 정신이 혼미해질 지경이었다.

어찌할 바를 몰라 아등대고 있는데, 그 사이 수혁의 손길이 그녀의 몸을 침범하기 시작했다. 해주가 빠져나가지 못하게 저지하던 손이 어느새 그녀의 허리를 지나 허벅지에 닿았다.

"하……읏, 하지……마!"

해주는 필사적으로 그의 손길을 거부하고 몸을 비틀었다. 거세게 몰아붙여오는 힘에 해주는 울컥, 눈물이 쏟아질 것만 같았다. 거부하면 거부할수록 갈망하듯 거세지는 그의 힘에 해주는 속절없이 당할 수밖에 없었다.

"제발……."

그만해.

간절하게 소리치고 싶었지만, 그럴수록 그녀의 입술 새로는 야릇한 신음 소리만이 흘러나왔다. 그것이 오히려 수혁을 자극했는지, 그의 움직임은 점차 과감해지기 시작했다.

농밀하게 키스가 오가는 사이, 수혁은 그녀의 상의 어깨 끈을 아래로 끌어내렸다. 해주는 흠칫 몸을 떨며 안간힘으로 그에게서 멀어지려 애를 썼다. 꽉 붙들린 채 몸을 비틀고 다리를 굴렀다.

그러다 해주의 다리가 그의 허벅지를 세게 가격했고, 그 충격으로 수혁의 단단했던 힘이 살짝 풀렸다. 해주는 그 틈을 놓치지 않고 수혁의 확 밀쳐내며 그에게서 빠져나왔다. 그리고 곧장 그의 뺨을 매섭게 내려쳤다.

짝—

충격에 그의 고개가 옆으로 홱 돌아갔다. 해주는 축축하게 젖은 입술을 손을 훔쳐냈다. 입안으로 비릿한 피 냄새가 퍼지며, 아찔했던 키스의 순간이 다시금 상기됐다. 해주는 거친 숨을 몰아 내쉬며, 여전히 자신의 위를 점령하고 있는 그에게로 날카롭게 소리쳤다.

"비켜!"

수혁이 느릿하게 손을 올려 뺨을 매만졌다. 그녀에게 맞은 고통으로 살짝 부어올라 있었다.

"지수혁, 비키란 말 안 들려?"

갈라진 목소리가 그의 귓전에 맴돌았다. 수혁은 그녀의 말을 무시한 채, 다시금 어깨를 짓눌러 눕혔다. 화가 치솟았다. 원하고 원했던 순간인데, 서로에게 날카로운 화살만 들이대는 지금의 상황이 너무나도 마음에 들지 않았다. 왜 이리 틀어졌을까. 올곧게 유지되던 인내심이 한순간 바닥을 보이고 말았다.

"이거…… 놔."

그녀가 고통에 힘겨워하며 신음을 내뱉었다. 그러나 그는 손아귀에 힘을 풀지 않았다. 혼란스러움이 좀처럼 지워지지 않았다.

어떻게 해야 하지. 어떻게 하면 해주를 영원히 내 곁에 둘 수 있을까. 어떻게 하면 해주가 내 곁을 떠나지 않을까. 어떻게 하면 예전처럼 나만 볼까.

고민에 차 있던 그의 검은 눈동자 위로, 순간 살벌한 기세가 덧씌워졌다.

"이렇게 해도 그 사람이 널 봐줄까."

수혁이 바닥에 떨어져 있던 유리조각을 다시 집어 들었다.

"망가져 버린 네가 그 사람한테 갈 수 있을까."

유리조각이 그녀의 얼굴 위로 그림자를 드리웠다. 해주의 두 눈이 경악에 물들었다. 바짝 날을 세운 유리조각은 금방이라도 그녀의 얼굴 위에 끔찍스러운 상처를 낼 듯 아슬아슬한 위치에 놓였다.

"뭐…… 하려는 거야, 지금……?"

"확인해 볼까 해."

그의 눈이 가늘게 길어졌다.

"네가 망가져도 그놈이 널 좋아해 줄까?"

그가 입꼬리를 슬며시 추켜올렸다.

"그놈이 널 지금처럼 봐줄까?"

절대 그러지 않을 거라 확신한다. 수혁이 유리조각을 쥔 채로 손등으로 그녀의 얼굴을 부드럽게 쓸어내렸다.

"난 네가 어떤 모습을 하고 있더라도, 옆에 있을 수 있어."

맹세할 수 있어.

"나에겐 너뿐이야."

세상에 혼자 남겨진 나에겐 네가 필요해.

"난 널 버리지 않아."

너마저 날 버리지 마.

"그러니까 걱정하지 마."

그의 낯빛 위로 단호한 결의가 어렸다.

"난 네가 어떤 모습이든 평생 함께할 거야."

"수혁아, 제발!"

끔찍하고 잔인한 그의 결단에, 해주가 비명 섞인 목소리로 소리쳤다. 발버둥 치며 그에게서 벗어나려 애를 썼지만, 수혁은 마음의 결정을 내린 듯 움켜쥔 손에 힘을 꽉 줬다.

그의 손이 직선을 그리며 살짝 위를 향했다. 해주의 입에서 경기 어린 목소리가 튀어나왔다. 그녀의 눈 위로 끔찍스러운 상황들이 그려졌다.

'도와줘, 아무나라도 제발!'

그녀가 그 어느 때보다도 간절하게 빌던 그때였다.

똑똑— 똑똑—

"해주 학생, 무슨 일 있어요?"

아주머니가 다급히 문을 두들겼다. 살갗 위까지 닿았던 유리 조각이 잠시 거둬졌다. 그 순간 넋이 나간 듯 정신을 놓고 있던 해주의 두 뺨 위로 안도에 찬 눈물이 주르륵 흘러내렸다.

"해주 학생, 잠시 들어가도 될까요?"

문 너머로 들리는 아주머니 음성에 수혁은 손으로 해주의 입을 단단히 막았다.

"지금 해주하고 중요한 얘기 중인데, 무슨 일이시죠?"

"아, 수혁 학생 같이 있었군요. 다름이 아니라 밑에 손님이 찾아와서요."

손님?

"잠깐 내려와 주시겠어요?"

수혁은 해주를 주시하던 시선을 문 쪽으로 옮겼다. 이 시간에 누구지?

"수혁 학생?"

문 너머로 재촉하는 듯한 아주머니의 음성이 들려왔다. 수혁이 차분한 목소리로 대답했다.

"네, 곧 내려가겠습니다."

그는 천천히 해주를 돌아봤다. 그러고는 그녀의 입을 막고 있던 손을 들어 검지를 입술로 가져가댔다.

쉿—

수혁은 해주에게 조용히 있으라는 작은 경고를 날렸다. 그사이 먼저 내려가 있겠다는 아주머니의 화답이 들려왔다. 이후 아주머니의 기척이 점차 멀어졌다. 해주는 잔뜩 울음을 머금은 눈을 사납게 뜨고선 수혁을 노려봤다. 그녀는 옷깃을 부여잡고, 절로 터져 나오려는 소리를 억지로 집어삼켰다.

알고 있었다. 여기서 난리법석을 떨어봤자, 그 화는 고스란히 자신이 받게 될 것을. 이 집에서 유일한 제 편은 수혁이뿐이었다. 이제 그런 그를 잃었으니, 더는 이곳에 그녀를 도와줄 사람은 없었다. 오히려 잘못 소란을 피웠다간, 더 깊고 어두운 구렁텅이에 빠질지도 몰랐다.

부모님이 절대적으로 신뢰하는 건 수혁이고, 그는 그 사실을 이용해 자신을 벼랑 끝까지 몰아세우고도 남을 것이다. 짧은 순간이었지만, 처한 상황이 냉정하게 정리됐다.

"얌전히 있어."

수혁이 나직이 말을 내뱉었다. 해주는 대답 대신 있는 힘껏 어금니를 꽉 다물었다. 마지막 힘을 짜내 이 순간을 견뎌내려 애썼다. 수혁은 해주를 무심히 바라보더니 이내 몸을 일으켰다. 만신창이가 된 그녀를 뒤로하고 수혁은 무심히 방을 나섰다.

쾅—

문이 닫히는 순간에도 해주는 일어날 생각조차 하지 못했다.

긴장감에 온 몸의 힘이 들어가질 않았다. 그녀는 자포자기한 눈으로 천장을 올려다봤다. 바닥의 서늘한 기운이 온몸으로 전해졌다. 이어 시야가 희뿌옇게 변하며, 점차 눈꺼풀이 무겁게 내려앉았다.

해주는 가파르게 숨을 내쉬며 천천히 눈을 감았다. 시커먼 배경 위로 여러 장면들이 떠올랐다. 어린 수혁과의 어색했던 첫 만남. 그와 함께했던 즐거운 나날들. 그리고 다른 사람처럼 변해 버린 수혁의 모습까지. 꿈결처럼 눈앞을 스쳐 지나갔다.

차라리 이 모든 게 꿈이길.

간절한 바람을 품으며, 그녀의 의식은 점차 흐릿해졌다.

수혁의 뒤를 쫓아 집 앞에 다시 당도했을 때까지, 률은 깊이 고민했다. 수혁을 붙잡아 세운 뒤 해주의 행방에 대해 자세히 물을까, 아니면 오늘은 이대로 물러설까. 이래저래 고민하는 새에 수혁은 집으로 들어가 버렸고, 률은 대문 앞에 덩그러니 남겨졌다.

률은 선뜻 떠나지 못하고, 계속해서 그 주변을 맴돌았다. 오늘만큼은 돌아서 가는 게 맞는 듯 보였지만, 막상 수혁이 그녀가 살고 있는 집 안으로 들어가는 걸 지켜보니 발길이 영 떨어지지 않았다.

편치 않은 마음으로 돌아설 바에는 그래도 안에 들어가 결판을 내보자는 심정으로, 그는 결국 고심 끝에 벨을 눌렀다.

잠시 후 익숙한 중년 여성의 목소리가 들려왔고, 률은 조심스럽게 입을 뗐다.

"아까 뵈었던 권률이라고 합니다."

—아, 네…… 가신 줄 알았는데, 무슨 일이시죠?

떨떠름한 아주머니의 반응에, 률은 애써 밝은 목소리로 대답했다.

"귀찮게 해서 죄송합니다. 드릴 말씀이 있어서 그러는데, 잠시문 좀 열어주시겠어요?"

아주머니에게 해주와 교수, 제자 관계임을 밝히고서야, 률은 겨우 거실 안으로 들어설 수 있었다. 그는 아주머니의 따가운 눈총과 의심을 받으며 소파에 앉았다.

마지막에 해주나 수혁에게 확인해 보라는 말을 꺼내지 않았다면, 이곳 안으로 들어오는 일은 거의 불가능할 뻔했었다. 그만큼 아주머니의 방어는 단단했고, 률은 그것을 뚫고 안에 들어온 것만으로도 진이 다 빠진 기분이 들었다.

2층으로 올라간 아주머니를 기다리는 동안, 률은 그녀가 내준물을 들이켰다. 초조함에 바짝 타들어갔던 목이 축축이 젖어들자, 조금이나마 긴장이 풀어지는 듯했다.

그는 한숨을 내쉰 뒤, 눈을 이리저리 굴려 집 안 분위기를 살폈다. 작은 기척조차 느껴지지 않을 만큼 고요한 적막이 흘렀고, 사람이 사는 집이라기에는 어색할 정도로 따뜻한 온기가 전해지지 않았다.

'단순한 기분 탓인가.'

전에 인터뷰하러 들어왔을 때와는 또 다른 분위기가 느껴졌다. 좀 더 경색되고 냉랭했다.

'그때보다 사람이 없어서 그런 건가.'

률은 애써 단순하게 여기곤, 슬쩍 시선을 계단으로 옮겼다. 마침 그곳에서 아주머니가 내려오고 있었다.

"잠시 기다리세요. 수혁 학생, 곧 내려올 거예요."

"네, 감사합니다."

률이 정중히 인사를 건넸고, 아주머니는 그를 지나쳐 부엌으로 들어갔다. 시간이 얼마 지나지 않아, 수혁이 모습을 곧 드러냈다.

그는 천천히 계단을 내려오더니, 거실에 있는 률을 발견하곤 제자리에 멈춰 섰다. 그의 표정이 일순 얼음처럼 차갑고 단단하게 굳었다. 반면 률은 그의 반응을 예상이라도 한 듯, 여유롭게 대응했다.

"오랜만이네?"

천연덕스럽게 인사를 건네는 그에게 수혁이 경계의 빛을 띄웠다.

"여긴…… 어쩐 일이십니까?"

"일단 와서 앉지 그래?"

률은 그에게 맞은편 소파를 가리켰다. 마치 제집인 양 구는 률이 거슬렸지만, 수혁은 일단 그의 뜻대로 소파에 자리를 잡고 앉았다. 무겁고 어색한 공기가 한순간 그들 주변을 맴돌았다.

누가 먼저 할 거 없이 입을 꼭 다문 채로 서로를 향해 날카로운 눈빛을 던졌다. 숨 막힐 듯한 싸한 분위기가 어느 정도 무르익었을 무렵, 그들 중 먼저 률이 황량한 공기를 울리며 목소리를 냈다.

"해주가 연락이 안 되던데, 무슨 일 있나?"

그가 빙빙 돌릴 거 없이 말을 던졌다. 수혁의 눈썹이 꿈틀 움직였다. 불쾌했다. 왜 이놈이 여기까지 와서 해주를 찾는 걸까.

수혁은 꼿꼿이 세우고 있던 몸을 슬쩍 소파에 기댔다. 속이 뒤틀렸다. 지켜보고 있는 것만으로도 꾹꾹 눌러뒀던 분노가 밑에서부터 툭툭 치고 올라오는 듯했다.

"내 말…… 듣고 있는 건가?"

률이 불편한 기색을 내비치며 물었다. 잠시 동안 말이 없던 수혁이 간신히 적개심을 억누르며 입을 열었다.

"해주는 왜 찾으시는 거죠?"

검게 가라앉은 수혁의 두 눈이 률을 날카롭게 쏘아봤다. 불퉁한 반응에, 률은 씁쓸한 마음이 울컥 솟았다. 그의 태도가 불만이고, 짜증이 나는데 감정적으로 나갈 순 없었다. 이곳에 온 목적만 생각하자. 그는 마음을 다독이고, 차분히 말을 꺼냈다.

"수업도 안 나오고 요 며칠 연락도 안 되던데, 해주한테 무슨 일 있나 걱정돼서……."

"왜 교수님께서 해주를 걱정하시죠?"

건조한 목소리가 륜의 말을 단호히 잘랐다. 륜은 입안까지 차오른 욕을 겨우 삼켰다. 하여튼 말 한마디 섞는 것조차 꺼려질 정도로, 상종조차 하고 싶지 않은 녀석이었다. 저절로 손이 그러쥐어 졌다. 웬만하면 저 재수 없는 놈의 면상을 한 대 치고 대화를 이어 나가고 싶었다. 그렇지만 륜은 극도의 인내심을 발휘하며 간신히 평온함을 유지하며 입을 열었다.

"나는 해주를 걱정할 자격조차 없다, 뭐 그런 얘길 하고 싶은 건가?"

"……해주한테서 관심 끄십시오."

다소 거칠어진 말투에 륜의 눈매가 날카롭게 변했다.

"내가 왜 그래야지?"

수혁이 지지 않고, 날 선 목소리를 내뱉었다.

"왜 그래야 하는지, 정말 모르십니까?"

"그래, 내가 왜 해주한테서 관심을 끊어야 하는 거지?"

서릿발 같은 수혁의 두 눈이 륜을 직시했다.

"교수님이시면 교수님답게 행동하세요."

륜의 눈초리가 치켜 올라갔다.

"……뭐?"

"아무리 시간강사라지만, 제자와 불순한 관계다 뭐다 해서 괜한 구설수에 휩싸여봤자 좋을 거 없지 않습니까?"

수혁이 슬쩍 턱을 들어 올렸다.

"제자 꽁무니나 쫓아다닐 시간에, 정식교수가 되기 위해 좀 더 미래지향적인 일을 해 보시는 게 어떨까 싶습니다."

"……."

"이렇게 저녁이 다 된 시간에 불쑥 제자 집으로 찾아오는 것보단, 훨씬 교수님께도 도움이 되는 일일 텐데요. 안 그렇습니까?"

날카롭게 쏟아지는 수혁의 독설에, 률의 표정은 한없이 가라앉았다. 수혁이 내뱉은 한 마디 한 마디가, 상당한 치욕을 맛보게 해주었다.

"하아!"

률의 입에서 헛웃음이 터져 나왔다. 사실 수혁의 입에서 흘러나온 말이 그리 틀린 말은 아니었다. 인정은 한다. 이미 그전부터 고민하고, 망설였던 사실들이었으니까. 하지만 주변 상황이 어떠하든 이미 그의 마음은, 본능은, 해주를 향하고 있었다.

그걸 무의식적으로 누르고, 숨겨왔는데 이제는 그런 마음에 제동을 가할 생각마저 사라져 버렸다. 수혁으로 인해 오히려 해주를 향한 마음이 확고해졌다. 다른 건 몰라도, 저런 놈 곁에 해주를 둘 순 없었다.

"멋대로 지껄여도 좋아."

률이 의지를 담아 수혁을 노려봤다.

"해주, 어디 있는지 그거나 말해."

"……."

수혁이 침묵하자, 률이 더는 못 참고 자리에서 벌떡 일어섰다.

아무리 생각해도 해주가 이곳에 있을 거 같다는 생각이 강하게 들었다. 아주머니의 과도한 경계심부터 평소보다 더 예민하게 구는 수혁의 태도까지. 막상 이곳으로 들어와 정황을 지켜보니 마음에 걸리는 게 한두 가지가 아니었다.

"정 말하기 싫다면, 내가 직접 찾아보지."

수혁의 눈빛이 살짝 흔들렸다.

"무슨……."

"해주 방이 어디지? 2층인가?"

갑작스러운 률의 행동에, 수혁은 얼굴 가득 불쾌함을 내비쳤다. 그가 당장 해주를 찾아낼 기세로 걸음을 옮기자, 수혁은 거칠게 손을 뻗어 률의 앞을 막아섰다. 자신을 저지하는 그를 못마땅하게 노려보던 률은, 문득 이상한 점을 발견하고 눈살을 구겼다.

그의 손에 붕대처럼 묶여 있는 옷가지 위로 벌건 피들이 배어 나오고 있었다. 률의 눈에 의아함이 차올랐다.

"손이…… 왜 그러지?"

률이 손을 살피려 하자, 수혁이 황급히 팔을 뒤로 뺐다. 상처를 미처 숨기지 못한 것에 대한 짜증이 밀려들었다.

"그만 돌아가시죠."

수혁의 목소리가 한층 더 낮게 가라앉았다. 그와 대면하는 동안 잠시 잊고 있었던 상처에 대한 고통이 점차 그의 인내심을 흐트러뜨리고 있었다.

그는 힘껏 손에 힘을 주고, 평정심을 유지하려 애를 썼다.

"아주머니, 손님 좀 배웅해 드리세요."

수혁의 목소리를 들은 아주머니가 부엌 밖으로 황급히 뛰쳐나왔다.

"얘기 다 끝나셨어요?"

"네."

짧게 대답한 뒤, 수혁은 그대로 뒤로 돌아섰다. 그는 상처가 난 손을 다른 손으로 감싸 쥐고, 침착하게 계단 쪽으로 향했다. 하지만 얼마 가지 않아, 수혁의 어깨를 률이 강하게 잡아 세웠다.

"아직 얘기 안 끝난 것 같은데."

수혁이 신경질적으로 그의 손을 쳐내며 뒤돌아섰다.

"더는 할 얘기 없으니, 그만 돌아가세요."

"그 상처, 방금 다친 거 같은데…… 무슨 일 있었던 거지?"

"제가 왜 그런 걸 교수님께 일일이 말해야 하는 거죠?"

두 사람 사이에 숨 막힐 듯 무거운 공기가 흘렀다. 누구 한 사람 물러서지 않고 팽팽하게 대치했다. 그때 그들 사이에 흐르고 있던 싸늘한 공기를 가르며, 아주머니가 끼어들었다.

"어머! 수혁 학생! 손이 왜 그래요!"

뒤늦게 수혁의 상처를 발견한 아주머니가 호들갑스럽게 소리치며, 다급히 그에게로 다가섰다. 의도치 않게 상처로 관심이 쏠리자, 수혁의 표정이 심상치 않게 변했다.

혹여 이 상처가 해주와 관련 있음을 눈치챘다면 몹시 곤란해질 일이었다. 수혁은 자연스럽게 손을 뒤로 감췄다. 그러고는 별일 아니라는 듯 심드렁한 말투로 아주머니에게 말했다.

"실수로 거울을 떨어뜨려서 생긴 상처니까 걱정할 필요 없습니다. 상처도 깊지 않고요."

"피를 많이 흘린 거 보니까 꿰매야 할 거 같은데, 일단 병원으로……."

"제가 알아서 하겠습니다."

날카로운 수혁의 반응에 아주머니는 결국 한 발 뒤로 물러설 수밖에 없었다. 그 순간, 그들을 지켜보던 률이 일자로 닫고 있던 입을 열었다.

"그 상처, 다른 사람이 대신 감아 준 거 같은데…… 누가 해 준 거지?"

불쑥 끼어든 률의 목소리에 수혁은 가라앉은 눈으로 그를 응시했다.

"이쯤해서 그만두시죠. 행패도 정도껏 부리시란 말입니다."

행패? 률의 얼굴이 종잇장처럼 구겨졌다. 그의 버릇없는 언행에 더는 참기가 어려웠다. 당장이라도 한마디 하려는데, 수혁이 먼저 아주머니를 돌아보며 말을 던졌다.

"아주머니, 앞으로는 어떤 일이 있더라도 함부로 아무나 집에 들이지 마세요."

보란 듯이 률을 배척하는 수혁의 말에, 아주머니는 눈치를 살피며 작게 대답했다.

"네, 알겠어요."

"저녁은 제 방으로 올려 보내 주세요."

아주머니가 고개를 끄덕였다. 수혁은 률을 슬쩍 흘겨보고는 그대로 2층 계단으로 올라섰다. 수혁의 뒤를 률이 뒤따르려 했지만, 그는 곧장 아주머니에게 붙잡히고 말았다.

그걸 확인한 수혁은 2층에 올라서자마자 다급히 해주의 방으로 향했다. 자물쇠를 열고, 안으로 들어서자 비릿한 피 향이 그의 콧속을 강렬하게 찔렀다.

"……해주야?"

수혁이 조심스럽게 안으로 들어서며 그녀를 불렀다. 마지막으로 보고 나왔던 때처럼 그녀는 바닥에 누운 채로 미동조차 하지 않고 있었다. 불길한 예감이 그의 전신을 휘감았다.

"해주야!"

수혁이 서둘러 바닥에 널브러져 있는 해주를 품 안에 안아 들었다. 핏기 하나 없이 새파랗게 질린 얼굴을 한 그녀는 희미한 호흡을 드문드문 이어 나가고 있었다.

그는 제 손에 묶은 옷가지를 풀러 그녀의 상처 위를 대신 동여 맸다. 그러는 내내 그는 계속해서 해주를 불러봤지만, 그녀는 정신을 차리지 못했다.

수혁의 얼굴 위로 처음으로 초조한 빛이 서렸다. 불안했다. 뭔가 잘못된 건 아니겠지? 불현듯 그의 뇌리로 과거의 일이 떠올랐다.

"미안해, 수혁아…… 혼자만 두고 가서……."

숨을 헐떡이며 겨우 한 마디를 내뱉고 세상을 떠난 누나의 얼굴이 눈앞을 어지럽혔다. 심장이 덜커덩 내려앉았다.

'안 돼, 절대 안 돼.'

수혁은 새하얗게 질린 얼굴로 해주를 번쩍 안아 올렸다. 그러고는 넋이 나간 눈빛으로 문밖을 뛰쳐나갔다.

옅어지는 해주의 숨소리에 수혁의 낯빛은 점차 파리해졌다. 머릿속은 한시라도 빨리 병원으로 가야 한다는 생각으로 가득 차 있었다.

수혁은 황급히 계단으로 향했다. 하지만 아래로 내려가려던 찰나, 들려오는 소음에 그는 우뚝 걸음을 멈출 수밖에 없었다.

"잠깐이면 됩니다."

단호한 률의 음성,

"그만 나가주세요, 교수님. 자꾸 이러시면 제가 곤란해요."

간청하듯 그를 만류하는 아주머니의 목소리까지. 률과 아주머니의 실랑이를 들은 수혁은, 숨을 죽이고 흘끗 아래를 내려다봤다.

거실에서 한참을 버티고 서 있던 률이, 결국 간절한 아주머니의 부탁에 못 이겨 천천히 현관문으로 향하는 모습이 보였다.

수혁은 제 품 안에 안겨 있는 해주를 가만히 내려다봤다. 그녀는 백지장처럼 하얗게 질린 얼굴로 간신히 숨을 이어 나가고 있었다. 그 모습에 마음이 조급해졌다.

당장 병원으로 가야 하는데, 밑에 륜이 있어서 섣불리 내려갈 수가 없었다. 그저 그가 빨리 이 집을 나서기만을 간절히 바랐다. 다행히 그는 얼마 지나지 않아 바깥으로 걸음을 옮겼다.

수혁은 조심스럽게 창가로 발길을 옮겨 밖을 내다봤다. 륜은 꺼림칙한 얼굴로 한차례 집 주변을 돌아보더니, 대문 밖으로 나갔다.

륜이 시야에서 사라지자, 수혁은 그제야 서둘러 아래로 내려갔다. 부엌으로 들어가려던 아주머니가 수혁과 해주를 발견하고 경악스럽게 눈을 크게 떴다.

"해, 해주 학생! 이게 무슨 일이에요!"

허겁지겁 다가서는 아주머니 곁을 지나, 수혁은 말없이 현관문 쪽으로 향했다. 일 분 일 초가 지날 때마다 그녀의 숨소리도 약해지는 것 같아, 미칠 듯이 불안했다.

수혁이 문을 거칠게 열어젖히고 차고 쪽으로 뛰어가자, 아주머니가 하얗게 질린 얼굴로 쫓아 나왔다.

수혁은 가쁜 숨을 몰아쉬며, 일단 해주를 차 뒷좌석에 눕혔다. 아주머니는 그 모습을 지켜보며 발만 동동 굴러야 했다. 혹시라도 잘못된 건 아닐까, 그녀는 파리해진 얼굴로 운전석으로 향하는 수혁의 팔을 다급히 붙잡았다.

"어떻게 된 거예요? 해주 학생이 왜 또……."

"심각한 건 아니니까 너무 걱정하실 필요 없어요."

수혁은 그녀의 손을 떼어 내고, 운전석에 올라탄 뒤 서둘러 시동을 켰다. 그리고 막 차를 출발시키려 하는데, 수혁은 문득 든 생각에 창문을 내려 주춤거리고 있는 아주머니를 불렀다.

"선생님과 교수님껜 연락드리지 마세요. 일단 경과보고 제가 알아서 처리하겠습니다."

"하지만……."

"걱정 마세요. 별일 없을 테니."

아주머니는 걱정스러운 눈길로 힐끔 뒷좌석에 누워 있는 해주를 바라보았다. 불안한 마음에 당장이라도 따라 타고 싶었지만, 수혁의 완강한 만류에 그녀는 뒤로 물러설 수밖에 없었다.

"병원에 도착하면 꼭 연락 줘요!"

아주머니의 말에도 수혁은 대답도 없이 재빨리 차를 출발시켰다. 그는 백미러를 통해 해주의 상태를 살피며 병원으로 향하는 길을 재촉했다. 그렇게 집을 벗어나 도로로 들어선 순간, 그의 시야 정면으로 문득 익숙한 남자의 뒷모습이 보였다.

'권률.'

수혁의 눈매가 날카롭게 치솟아 올라갔다. 저놈만 아니었다면, 이런 사달은 일어나지 않았을 텐데. 수혁은 손등 위로 흐르는 피를 훔쳐 내며 그를 응시했다.

깊은 생각에 잠긴 듯, 률은 뒤에서 차가 오는 것조차 느끼지 못하는 듯했다. 그의 뒷모습을 빤히 지켜보던 수혁의 눈이 가늘게 찢어졌다. 아지랑이처럼 분노가 가슴 깊숙한 곳에서부터 피어올랐다.

뚝뚝—

멈추지 않은 붉은 피가 운전대를 타고 아래로 흘러내렸다. 그는 무심한 얼굴로 운전대를 일정한 속도로 두들겼다.

툭—

'저놈만 눈앞에 나타나지 않았다면…….'

툭—

'저놈만 해주 앞에서 사라진다면…….'

툭—

'그렇게만 된다면…….'

탁.

운전대를 치던 손가락의 움직임이 일순간 멈췄다. 차가 당장이라도 륜의 뒤에서 들이박을 듯 점차 속도가 가중되었다.

수혁의 두 눈이 륜에게서 굳어졌다.

'어떻게 할까.'

최악으로 치달은 감정의 끝이 그를 잔인하게 몰고 갔다. 그를 하루빨리 눈앞에서 치워버리지 않으면 미쳐버릴 것 같았다. 해주가 제가 아닌 다른 사람한테 가지 못하도록.

'오로지 나만 바라볼 수 있게.'

그리 만들 수만 있다면 뭐든 할 수 있다. 강한 집념과 함께 심장이 길길이 날뛰기 시작했다. 그 사이 아무것도 모르고 앞만 보고 걷고 있는 륜의 뒷모습이 어느 샌가 훌쩍 가까워졌다.

상황에 치닫자, 엑셀을 밟은 발에 더는 망설임의 흔적 따윈 남아 있지 않았다. 이대로 끝을 내자. 그가 마음의 결정을 내린 그때였다.

"제발…… 그만해."

귓전을 울리는 해주의 음성에 수혁의 발끝이 브레이크에 힘을 가했다. 찰나의 순간, 륜 역시 뒤늦게 달려오는 차량을 느꼈는지, 화들짝 놀라며 뒤를 돌아섰다.

10m도 채 남겨 두지 않은 상황에서 륜은 옆으로 비켜섰고, 수혁의 차는 아슬아슬한 위치에서 그를 스쳐 지나쳤다. 순간적으로 피하는 바람에 균형을 잃은 륜이 바닥에 털썩하니 쓰러졌다.

그 모습을 백미러를 통해 지켜보며, 수혁은 입술을 잘근 씹었다. 이상하게도 강렬한 아쉬움을 느껴지는 동시에, 짙은 안도감이 머릿속을 어지럽게 헤집었다.

곧바로 보이는 신호등 앞에 차를 멈춘 그는, 흘끔 뒤를 돌아봤다. 눈을 꼭 감은 채 창백해진 얼굴을 한 해주가 신음을 흘리며 입을 작게 움직였다.

"그만해…… 제발, 수혁아."

간절한 한마디가 흘러나오며, 그녀의 얼굴 위로 흐린 눈물이 떨어졌다. 수혁은 그녀에게서 시선을 거뒀다. 사이드미러로 륜의 모습이 선명히 보였다. 그의 얼굴이 차갑게 식어 갔다.

륜에게서 시선을 거둔 수혁이 정면을 바라봤다. 오늘만큼은 넘어가 주겠지만, 다음번엔 작은 망설임조차 없을 것이다. 굳게 결심을 다진 후, 그는 부서져라 운전대를 쥔 채 액셀을 밟았다.

어둠이 흔들렸다. 무거운 눈꺼풀을 들어 올리자, 눈 위로 하얀 빛 무리들이 쏟아져 들어왔다. 미간을 찡그린 채로 그녀는 두 눈을 몇 번 깜빡였다. 이질감이 느껴지던 눈에 조금씩 평안이 찾아들었다.

'여기가…… 어디지?'

낯선 천장이 그녀를 처음 반겼다. 해주는 느릿하게 고개를 돌려 멍한 눈빛으로 주변을 살펴봤다. 언젠가 한 번 와 본 적 있는 익숙한 풍경이었다.

고요한 분위기, 콧속을 찌르고 들어오는 시큼한 알코올 냄새, 그리고 삭막한 분위기를 내는 기계들, 팔목에 꽂힌 바늘까지.

그녀는 이곳이 병원임을 얼마 지나지 않아 알아챌 수 있었다.

"정신이 좀 들어?"

몽롱한 상태에서 나직한 목소리가 들려왔다. 해주는 반대편 쪽으로 시선을 서서히 옮겼다. 수혁이었다. 그는 피곤한 기색이 역력한 얼굴로 그녀를 들여다보고 있었다. 순간 멍했던 정신이 들며, 몸에 힘이 들어갔다. 해주는 어금니를 꽉 다문 채로 그에게서 시선을 돌렸다.

정신을 잃고 쓰러진 모양이었다. 그리고 그런 자신을 수혁이 병원으로 데리고 온 듯 보였다. 지옥 같던 집에서 벗어난 것까진 좋았는데, 수혁이 곁에 있는 것이 기분을 가라앉게 만들었다. 지금은 그의 낯을 볼 자신이 없었다. 해주는 돌덩이처럼 무거운 몸을 힘겹게 옆으로 돌렸다.

"나가……."

해주가 작게 중얼거렸다. 자신을 등진 채 돌아서는 그녀의 모습에, 수혁의 눈빛이 탁해졌다. 씁쓸하고 허망했다. 그녀의 한마디로 가슴이 칼로 난도질당한 듯 아려왔다.

냉랭한 그녀의 태도에 울컥했지만, 수혁은 최대한 감정을 갈무리하고 아무렇지 않은 척 표정을 유지했다. 병원에서까지 그녀를 닦달하고 싶진 않았다. 그가 차분히 말을 꺼냈다.

"선생님 병원이야. 며칠 동안 여기서 몸 좀 추스르면 괜찮아질 거래."

"……."

"뭐 좀 마실래?"

"……."

벽에 대고 얘기하는 것처럼, 수혁의 질문에도 그녀는 아무런 반응도 보이지 않았다. 그는 해주의 야윈 어깨를 물끄러미 바라봤다. 가녀리게 마른 몸이 눈에 들어왔다. 이어 불규칙하게 잘린 머리카락이 그녀 어깨 주변으로 흐트러져 있는 것이 보였다. 지난날의 일이 떠오르며 그의 눈이 어둡게 가라앉았다.

"나 좀 봐……."

안타까운 표정으로 수혁이 그녀를 향해 손을 뻗다, 이내 거뒀다. 그토록 간절히 바라도 돌아봐 주지 않는 그녀가 원망스러웠다. 제가 아닌 다른 사람을 원하는 그녀가, 이렇게까지 제 마음을 알아주지 않는 그녀가, 냉정하게 밀어내려고만 하는 그녀가, 도무지 이해되지 않았다.

이제껏 같은 마음으로 서로를 바라보고 있을 거라 생각했는데, 정작 그녀의 시선을 빼앗은 것은 다른 사람이었다. 10여년이 넘는 세월도 무심하게, 그녀는 고작 얼마 보지도 않은 누군가 때문에 자신을 무참히 무시하고 있었다.

그의 얼굴이 작게 일그러졌다. 겨우 억누르고 있었던 붉은 화기가 다시금 가슴을 태우기 시작했다. 입 안 가득 독한 말들이 치밀어 올랐지만, 삼켜냈다. 수혁은 힘줄이 불거져 나올 정도로 주먹을 꽉 말아 쥐곤 그녀에게서 시선을 거뒀다. 뒤돌아 선 상태로 숨을 고르고, 그는 다시금 그녀에게 말을 걸었다.

"뭐라도 마셔야 돼."

"……."

여전히 그녀는 답이 없었다. 칼끝에 베어나간 듯, 인내심이 한 조각 떨어져 나갔다. 수혁은 자리에서 몸을 일으켰다. 이대로 있다가는 감정이 쉬이 조절되지 않을 거 같았다. 차라리 아주머니를 불러, 그녀의 마음을 조금은 다독일 필요가 있어 보였다.

수혁은 작게 한숨을 내쉬며 입을 열었다.

"물 좀 떠올게. 쉬고 있어."

그는 해주에게 다정스럽게 말을 남기고 병실 밖을 나섰다.

드르륵— 탁!

문이 닫히는 소리가 병실 안을 울렸다. 잠시 후, 기다렸다는 듯 미동도 없던 그녀가 꿈틀거리며 몸을 일으켰다. 해주는 일단 침대에서 조심스럽게 내려왔다. 머리가 어질어질하고, 구름 위에 붕 뜬 듯 다리가 부들부들 떨려 왔다.

힘겹게 다리에 힘을 주고, 그녀는 천천히 창가로 다가섰다. 커튼을 젖히고 밖을 내다보니, 밝은 햇볕이 세상을 내리쬐고 있었다. 숨통을 죄어오던 답답함이 조금은 가시는 기분이 들었다.

"휴우……."

해주는 짙은 한숨을 내뱉으며, 이마를 손으로 짚었다. 쓰윽, 투명한 줄이 따라 올라가더니, 그녀의 시야 앞에서 귀찮게 흔들거렸다. 해주는 무표정한 얼굴로 제 손에 놓인 링거 주사를 보더니, 이내 망설임 없이 뽑아냈다. 투명한 액체와 함께 그녀의 손등 위로 선혈이 맺혔다.

바닥 위로 그녀의 피가 뚝뚝 떨어지자, 문득 어제의 일이 떠올랐다. 소름이 돋았다. 가슴 위로 서늘한 바람이 스쳐 지나가듯 싸해졌다. 거미줄에 얽힌 나비처럼 파르르 몸을 떤 채, 어쩌지 못하던 자신의 모습이 뇌리를 스쳐 지나갔다.

'여기서 나가야 돼.'

문득 든 생각에 해주는 다급히 뒤돌아 병실 안을 돌아봤다. 아무도 없는 지금이 기회였다. 금방 수혁이 돌아올 것이고, 그러면 그에게서 벗어날 방법은 없었다. 조금이나마 그가 방심하고 있는 지금을 틈타 이곳을 나가야 했다.

'그런데 어디로 가지?'

고민을 떠올리자마자, 누군가가 그녀의 머릿속에 강하게 박혀왔다.

"……교수님……."

해주는 서둘러 발을 내디뎌 옷장으로 향했다. 그곳에서 대충 카디건만 챙겨 걸친 뒤, 그녀는 문 쪽으로 조심스럽게 다가섰다. 문을 열고 빠끔히 밖을 살피자, 환자와 의사, 그리고 많은 사람들이 복도를 오가는 모습이 보였다.

해주는 수혁을 찾으려 눈을 이리저리 굴렸다. 멀리 수혁이 물을 든 채로 간호사와 대화를 나누고 있는 것이 보였다. 해주는 긴장감에 마른침을 꿀꺽 삼켰다.

'들키면 안 돼.'

그녀는 문틈 사이로 조심스럽게 빠져나와 무작정 수혁과 반대편으로 향했다. 혹시라도 그가 알아챌까 싶어, 절로 등 뒤로 식은땀이 났다. 절대 돌아보면 안 돼. 앞만 보자. 그렇게 몇 발자국 걷자 엘리베이터가 보였다. 해주는 때마침 열리는 엘리베이터에 몸을 실었다.

엘리베이터 문이 닫히는 틈 사이로, 수혁이 병실로 향하는 것이 보였다. 괜히 울컥하는 마음이 차올랐다. 홀로 사람들 틈에 선 해주는 울지 않으려 있는 힘껏 입술을 베어 물었다.

누구보다 곁에 있어주길 바란 사람이었는데, 이제는 곁에 있는 것조차 두려워져 버렸다. 참담한 현실 앞에 해주는 가슴으로 소리 없는 울음을 터트렸다.

'무서워⋯⋯.'

혼자가 되어 버린 지금이.

해주는 떨리는 손을 가슴으로 끌어안았다.

잠시 후, 엘리베이터 문이 열리며 현실이 곧장 그녀에게로 부딪쳐왔다. 수많은 인파, 그리고 그 속에 내던져진 나약한 나.

해주는 조심스럽게 엘리베이터에서 내렸다. 기댈 곳이 필요해. 해주는 서둘러 병원을 벗어나 택시 승강장으로 향했다. 그곳에서 택시를 한 대를 잡아탄 해주는 잠시 숨을 골랐다.

"손님, 어디로 모실까요?"

택시기사의 물음에 해주는 지체 없이 입을 열었다.

"xx동 그랜드 오피스텔로 가주세요."

"자, 마셔라."

수업을 마친 뒤 찾아온 률에게 도진은 칵테일 한 잔을 내밀었다. 평소보다 어두워 보이는 그의 모습에 도진은 의아했다. 심각한 표정으로 칵테일을 들이키는 그를 지켜보며, 도진이 슬쩍 말문을 열었다.

"무슨 일 있어? 기분이 영 안 좋아 보인다."

"연애가 뜻대로 잘 안 되는가 봐."

뒤편 테이블에서 비스듬히 앉아 휴대폰을 만지작거리던 제이가 싱글벙글 웃으며 장난스럽게 말했다. 도진은 못 말린다는 듯

절레절레 머리를 흔들었다. 이곳에 온 뒤로 그의 휴대폰은 쉴 새 없이 울리고 있었다. 분명 전부 여자들일 게 분명했다. 같은 핏줄인데 어쩌면 형제가 이렇게 다를 수 있을까.

연애에 있어선 젬병이나 다름없는 률과 다르게, 제이는 세상에서 연애가 제일 쉬웠어요, 라고 할 만큼 천부적인 재능을 지니고 있었다.

'둘을 반씩 섞으면 얼마나 좋았을까……'

쓸데없는 생각들을 하고 있는데, 조용히 앉아 있던 률이 문득 도진에게 말을 건넸다.

"요즘에도 심부름센터, 그런 곳에서 사람도 찾아 주고 그러냐?"

뜬금없는 률의 질문에, 도진이 궁금해 하며 물었다.

"누굴 찾으려는데?"

"천해주."

천해주?

"걔를 왜 심부름센터에서 찾아?"

"흔적도 없이 사라졌거든. 연락도 안 되고."

도진이 갸웃 고개를 기울였다. 문득 언젠가 리아가 전화를 해서 갑자기 해주 안 왔었냐며 행방을 물었던 게 생각났다. 그땐 그냥 가볍게 넘겼었는데, 률의 표정을 보니 무슨 일이 있었던 모양이었다.

"왜? 그 여자애하고 연락 안 돼?"

제이가 그들 사이에 불쑥 끼어들었다. 률은 흘끗 뒤를 돌아봤다. 그러고 보니 저놈이 있었지. 뒤늦게 제이의 존재를 인식한 률은 칵테일을 한 모금 들이켜며 말을 돌렸다.

"그나저나 네가 어쩐 일로 이 시간에 여기 붙어 있냐?"

평소였다면 여자들하고 어울려 다니느라 정신이 없을 시간이었다. 도진의 가게 올 때도 꼭 여자들과 함께 동석해서 왔는데, 오늘은 어쩐 일로 혼자 이곳에 와 있었다. 드문 상황에, 도진도 새삼 의문스러웠는지 그를 돌아보며 물었다.

"오늘은 약속이 없나 보다?"

제이가 손에 든 휴대폰을 흔들어 보였다.

"그럴 리가, 여기로 올 거야."

도진은 그럴 줄 알았다는 듯, 혀끝을 찼다.

"이번엔 또 누군데?"

"형들도 잘 아는 사람."

제이의 말에 도진과 률이 동시에 시선을 마주했다. 우리가 아는 사람? 선뜻 떠오르는 사람은 없었다. 률이 질린다는 얼굴로 한숨을 내쉬었다.

"너무 많아서 일일이 기억도 안 난다."

"아닐 텐데. 한 번 보면 절대 잊지 못할 외모라."

"그래서 그게 누군데?"

"보면 알아."

"그냥 말해라."

제이가 륨이 마시던 칵테일을 뺏어 한 모금 들이켜며 말했다.

"힌트를 주자면, 내 첫사랑이라고나 할까?"

첫사랑? 륨은 제이를 뚫어져라 응시했다.

"너한테 첫사랑이라는 것도 있냐?"

제이에게 처음으로 좋아하는 여자라는 게 있다는 게 놀랍다는 듯 륨이 물었다. 먼저 여자 쪽에서 제이를 좋아하는 경우가 다반사여서, 제이가 직접적으로 먼저 좋아하는 여자가 있다는 말이 새롭게 들렸다. 도진 역시 제법 흥미롭다는 듯 제이를 바라봤다. 모아진 그들의 시선에 제이는 남은 칵테일을 마저 마시더니 도진에게 잔을 내밀었다.

"한 잔 더, 형."

도진이 뒤돌아 냉장고에서 맥주 한 병을 꺼내 그의 앞에 탁 놓아줬다.

"만들기 귀찮아, 마시던 거 마셔."

"을의 횡포야."

"우리 가게는 주인이 갑이라서."

"네네."

"그나저나 네 첫사랑이 누구라고?"

"글쎄……?"

도진이 끝까지 물고 늘어질 기세로 물었지만, 제이는 여유롭게 대답을 회피했다. 그는 맥주를 들이켜며, 흘러나오는 음악에 흐느적거리며 몸을 움직거렸다. 그걸 지켜보며 도진과 륨은 동시에 얼굴을 구겼다.

'하여튼 능글맞은 놈.'

곧 죽어도 제가 하기 싫은 말은 하지 않을 녀석이었다. 하긴 권제이의 첫사랑이라니. 어차피 텅 빈 강정이나 다름없는 내용이긴 했다.

그들은 약속이라도 한 듯, 곧장 제이에게서 흥미를 끊었다. 도진은 냉장고에서 맥주 한 병을 더 꺼내 률에게 건넸고, 률은 그걸 자연스럽게 받아 마셨다. 그리고 잠시 후, 문이 요란스럽게 열리더니 갑작스럽게 리아가 안으로 들이닥쳤다.

"야! 권제이!"

그녀는 잔뜩 화가 난 얼굴로 씩씩대며 제이에게 삿대질을 했다. 률과 도진은 또 왜 저러나? 의아해하며 그녀를 바라봤다. 반면, 제이는 이미 이런 상황을 예상했다는 듯 의뭉스럽게 웃어 보이며 그녀를 맞이했다.

"안녕!"

"안녕 좋아한다, 넌 오늘 뒤졌어!"

리아가 금방이라도 그를 죽일 듯 달라 들었고, 제이는 재빨리 바를 훌쩍 넘어 반대편으로 건너갔다.

"진정해!"

"진정? 이게 진짜 누구 복장 터져 죽는 꼴 보고 싶나!"

"너네 또 왜 그러는데?"

이런 상황이 익숙한 듯, 률은 맥주를 마시며 심드렁하게 물었다. 초등학생들도 아니고, 매번 견원지간처럼 다투는 그들이 이제는 경이롭기까지 했다. 률은 한심하다는 듯 제이를 응시했다. 무슨 일이냐고 눈빛으로 물었지만, 그는 얄밉게 어깨만 으쓱여 보일 뿐이었다.

결국 률은 너네끼리 알아서 하라는 듯 뒤로 물러섰다. 그 틈을 파고들며 리아가 훌쩍 바를 넘어서더니 덥석 제이의 멱살을 틀어잡았다.

"컥!"

"이게 죽으려고 아주 용을 쓰지!"

"이, 이것 좀 놓고……."

"놓긴 뭘 놔! 오냐, 내가 오늘 네 정신을 아주 제대로 놓게 해주마!"

"왜 그러는데?"

도진이 그녀를 애써 만류하며 물었다. 금방이라도 숨통을 끊어놓을 듯 멱살을 흔들어대던 리아가 그를 훅 밀쳐내더니, 억울하다는 듯 말했다.

"저놈이 내가 만들어 놓은 옷을 다른 여자애한테 선물로 준 거 있지?"

"네가 만든 옷을?"

"응, 그것도 내가 제일 싫어하는 선배 년한테……!"

그녀가 심한 욕이 튀어나오려는 걸 겨우 삼켜냈다. 그걸 지켜보던 제이가 목을 매만지며 툭 던지듯 말했다.

"진선 누나가 마음에 쏙 들어 하잖아, 너도 기왕이면 네 옷 좋아해 주는 사람이 입는 게 낫잖아. 어차피 작업실에 방치해 둘 옷."

리아의 눈썹이 꿈틀했다.

"누가 작업실에 방치해 둔대! 이게 아주 제 좋을 대로 생각하지?"

제이는 격한 리아의 반응에 잠시 고민하는 듯하더니, 타협안을 제시했다.

"흠…… 그럼 나한테 팔았다고 생각해라. 돈 지불 할게."

"필요 없어."

"왜?"

"그 옷 선물하려고 만든 거야. 그러니까 당장 그년한테 가서 가져와."

리아의 말에 제이가 난감하다는 듯 머리를 긁적였다.

"곤란한 거 알면서."

뻔뻔한 제이의 말에 리아가 이를 바득 갈았다. 저 씹어 먹어도 시원찮을 놈.

"곤란 좋아한다! 당장 가져와! 나중에 해주 만나면 선물 주려고 엄청 신경 써서 만든 거란 말이야!"

"해주?"

"그래, 해주한테……."

한참 말을 늘어놓으려던 리아가 순간 입을 꾹 닫았다. 잠시 잊고 있었는데, 그러고 보니 중요한 일이 따로 있었다. 그녀의 시선이 제이에서 률로 넘어갔다.

"오빠, 해주한테서 아직도 연락 없었어?"

그들을 무심히 바라보던 률의 낯빛 위로 어두운 그림자가 드리웠다.

"없었어."

"그래……."

힘없이 흘러나온 리아의 목소리에 률은 절로 기운이 빠졌다. 괜스레 기분이 더 울적해진 듯했다.

"나 그만 가보련다."

률이 자리에서 몸을 일으켰다. 여기 이러고 있는 것마저 더는 마음이 편치 않았다. 차라리 집에 가 있는 편이 나을 듯싶었다.

"벌써 가게?"

도진의 물음에 률은 작게 고개를 끄덕였다. 률은 서로를 물고 뜯기 바쁜 제이와 리아를 돌아보더니 한숨을 푹 내쉬었다. 하여튼 한시라도 조용할 날이 없는 녀석들이었다.

"여기서 해결하고 집으로 와, 괜히 집까지 쪼르르 와서 싸울 생각 말고. 전에 너네 둘 집안에서 싸웠다 민원 들어왔던 거 알지?"

두 사람에 으름장을 놓은 뒤, 률이 슬쩍 제이를 쏘아보며 말했다.

"너 인마, 그리고 리아 말대로 당장 그 애한테서 옷 찾아 와."

"뭐?"

"주인 있는 옷이라잖아. 꼭 찾아 와라."

률이 그에게 단단히 당부했다. 다른 사람도 아니고 해주를 위한 옷이라니. 전에 리아에게서 옷을 받고 좋아하던 해주의 모습이 떠올라 그냥 넘길 수 없었다.

그는 제이를 못 마땅하다는 듯 흘겨보고는 리아와 도진에게 가보겠다며 인사를 건넸다. 그리고 좀 더 있다가라는 그들을 뒤로한 채, 술집을 나섰다.

밤공기가 전보단 덜 쌀쌀했다. 걷기에는 적당한 날씨와 온도. 그것에 만족해하며 률은 터덜터덜 집으로 향했다. 가는 동안 그는 텅 비어 버린 것 같은 공허한 기분에 괜스레 우울해졌다.

하루가 지나고, 이틀이 지나고, 시간은 하염없이 흘러가는데, 해주에게서 소식은 없었다. 문득 머릿속으로 해주의 집을 찾아갔던 기억이 떠올랐다. 그 집에서 쫓겨나다 시피해서 나온 뒤, 계속해서 찝찝한 마음이 남았다.

수상하리만큼 민감하게 반응하던 아주머니와 수혁의 행동들이 자꾸만 곱씹듯 머릿속을 가득 메웠다. 그리고 하마터면 큰 사고를 겪을 뻔했던 순간도 떠올랐다.

금방이라도 들이박을 듯 뒤에서 맹렬히 달려오던 차 한 대, 그리고 그 차 안에는 수혁으로 보이는 남자가 타고 있었다. 정확하게 보진 못했지만, 그라는 생각이 도무지 지워지질 않았다. 섬뜻한 기운이 등줄기를 타고 전신에 흘렀다. 뭘까, 이 불길하고도 불안한 느낌은.

률은 어두운 표정으로 휴대폰을 꺼내 들었다. 이제는 버릇처럼 해주에게로 전화를 걸었다. 여전히 연결은 되지 않았다. 그 사이 오피스텔 현관문까지 당도한 률은 비밀번호를 누르고, 엘리베이터를 탔다.

올라가는 동안 몇 달 전, 해주의 집에 함께 인터뷰를 갔던 강민하의 번호가 그의 시선을 사로잡았다. 그녀에게 전화를 걸어 천동환의 번호라도 알아내 연락을 하고 싶은 심정마저 들었다.

률을 한참을 고민하더니, 결국 한숨을 푹 내쉬며 머리카락을 거칠게 헝클어뜨렸다. 어쩌다 이런 최악의 수까지 생각하게 된 걸까. 그리고 이렇게까지 해서 그녀를 만나고 싶은 이유는 뭘까.

'보고 싶으니까.'

이유는 단순했고, 확고했다. 복잡하게 뒤엉켰던 감정도 시간이 지날수록 하나로 정리됐다. 처음엔 그저 호기심을 불러일으키는 신기한 여자로만 생각했다. 하지만 단순히 한 번 보고 말 여자라 여겼던 그녀와 우연처럼 마주치게 됐고, 그 인연은 계속해서 이어졌다.

특별한 감정이라는 게 생겼다. 그 시점을 다시 생각해 보니, 첫 만남 때부터였던 것 같았다. 단순한 호기심. 그게 첫 시작이었다. 이제껏 살면서 여자에게 먼저 호기심이라는 감정자체를 가진 것이 처음이라는 걸 뒤늦게 깨달은 것이다. 그리고 그걸 깨닫고 난 뒤부터는 온통 정신이 그녀를 향하고 있다는 것도 인정할 수 있었다.

눈에 보이면 보이는 대로 그녀에게서 시선을 떼지 못했고, 보이지 않으면 보이지 않는 대로 보고 싶고 연락하고 싶었다. 스스로도 혼란스러울 정도로…… 어느샌가 해주를 좋아하고 있었다.

"하아."

률은 실없이 웃음을 터트렸다.

띠링—

그때 마침 엘리베이터가 멈추고, 문이 스르륵 열렸다. 률은 넋나간 사람처럼 가만히 서 있다 무거운 발걸음을 내디뎠다. 아까까지만 하더라도 느껴지지 않았던 술기운이 회오리치듯 가슴속을 맴돌았다. 잔잔하게 유지되던 감정이 혹하고 그의 심장을 울렸다.

갑갑하고 괴로웠다. 애써 억누르고 있던 마음을 인정하고 깨닫고 보니, 쉽사리 주체가 되질 않았다. 보고 싶다. 미칠 듯이.

'도대체…… 어디 있는 거야.'

이제는 화마저 들었다. 말도 없이 사라진 해주에게도, 어쩌지 못하고 있는 제 자신 스스로에게도.

'이럴 줄 알았으면, 진작 마음을 표현할걸.'

후회가 밀려든다. 률은 무거운 표정으로 천천히 집을 향해 걸어갔다. 복도를 지나 집 앞까지 당도하는 동안 상념에 빠져 있던 그는, 문득 뭔가를 발견하고 걸음을 멈췄다.

바닥에 붙박아 있던 시선이 점차 앞으로 향했다. 집 문 옆으로 웬 여자가 무릎에 얼굴을 묻고 웅크린 채 앉아 있었다.

'설마…….'

률의 두 눈이 점차 커졌다. 검게 가라앉아 잇던 률의 눈빛에 점차 빛이 돌아왔다.

"너……."

률은 마른 입술을 꽉 깨물었다. 멈춰 있던 발걸음이 한 발자국씩 앞으로 향했다. 미동도 없이 웅크리고 앉아 있던 여자의 몸이, 그의 존재를 느꼈는지 움찔했다.

그녀가 고개를 점차 들어 올렸다. 눈앞의 여자에게서 시선을 떼지 못하던 률의 동공이 파르르 떨리기 시작했다.

파리한 낯빛, 바짝 말라 버린 입술, 쥐가 갉아먹은 듯 불규칙적으로 잘린 머리카락, 그리고 전보다 더 앙상해진 몸.

률은 입 밖으로 흘러나오려는 숨을 깊숙이 들이켰다. 보고 싶었는데, 보고 싶지 않았던 모습을 본 것에 대한 충격이 들었다.

"교수님……?"

듣기에도 안타까울 정도로 갈라진 음성이 그녀의 입에서 흘러나왔다. 우두커니 제자리에 서 있던 률은 온 힘을 다해 표정 관리를 하려 노력했다.

도대체 무슨 일이 있었던 건지 감조차 잡히지 않아 어떤 말도 선뜻 입 밖으로 나오질 않았다. 머릿속이 온통 백지장처럼 하얗게 질린 듯했다.

어떻게 된 거냐며, 당장이라도 뛰어가 그녀를 붙잡고 싶었지만, 그러지 못했다. 그러기에는 그녀의 모습이 너무나도 가혹했다.

그는 어금니를 꽉 깨물고, 말아 쥔 손에 힘을 줬다. 그러고는 최대한 담담하게 그녀에게로 걸어갔다. 코앞까지 다가선 그가 한쪽 무릎을 꿇고 앉아 해주와 눈을 마주했다.

붉게 충혈된 두 눈은 금방이라도 눈물을 쏟아낼 듯 촉촉이 젖어 있었다. 륜이 한 손을 내밀어 그녀의 뺨을 매만졌다. 해주는 다정한 그의 손길에 울컥하는가 싶더니, 떨리는 입술을 힘겹게 열었다.

"교수님…… 그러니까……."

"……."

"갈 곳이 없어서요……."

겨우 한 마디 내뱉은 그녀가 더는 말을 잇지 못하고 입을 다물었다. 뭐라 말을 해야 할지 몰랐다. 어쩌다 여기까지 오게 된 건지, 쉽사리 변명이 떠오르지 않았다. 사실대로 말하려니, 차마 입이 떨어지지 않았다.

해주는 그를 똑바로 쳐다보지 못하고 시선을 아래로 내렸다. 혹시라도 그가 부담스러워하거나 싫어하면 어쩌나 초조하고 불안했다. 차마 그를 볼 자신이 나질 않았다.

그때, 그녀의 뺨을 매만지던 손길이 이내 그녀의 머리 위로 향했다. 해주는 부드럽게 제 머리를 쓰다듬는 따뜻한 손길에 다시 륜을 응시했다. 그는 상냥한 얼굴로 웃음을 지었다.

"잘 왔다."

"······네?"

해주가 어안이 벙벙한 얼굴로 반문하던 그때였다. 륟이 두 팔 가득히 그녀를 끌어안았다.

그의 품에 안긴 해주가 두 눈을 동그랗게 떴다. 이곳을 오는 내내 그가 이런 반응을 보여 줄 거라고는 전혀 예상하지 못했다.

혹시라도 그가 귀찮거나 난처해하지 않을까 내내 마음을 졸이며 온 터였다. 그런데 그는 지금 그녀의 모습을 보고도 그저 따스하게 받아들여 줬다.

두근—

차갑게 얼어 있던 심장이 그를 향해 반응을 보였다. 눈시울이 붉어지고, 콧등이 시큰해졌다. 세상에 버려진 것 같은 기분을, 한순간에 위로받는 듯했다.

정말 기대하지 않았는데, 그저 내치지만 않으면 다행이다 생각했는데 받아주는 그가 너무 고맙게 느껴졌다.

축 처져 있던 그녀의 팔이 점차 륟의 등을 타고 올라갔다. 마주 안은 그의 체온이 무기력했던 마음을 달래줬다.

"······고마워요."

해주가 작게 중얼거렸다. 그것에 화답하듯 그의 손길이 그녀의 머리를 다정하게 쓰다듬었다. 그가 말없이 주는 안도감에 해주는 결국 참고 있던 눈물을 터트렸다.

"흐윽······."

그녀는 한참 동안 률의 품에 안겨 그동안 참고 있던 울분을 모두 쏟아 냈다.

률의 집으로 들어간 뒤, 해주는 욕실로 가 간단히 세수를 하고 조심스럽게 밖으로 나왔다. 한참 률의 품에 안겨 울었던 기억에, 왠지 모를 민망함이 느껴졌다. 그녀는 살짝 상기된 얼굴로 거실로 향했다. 률의 앞에서 어떤 표정을 지어야 할지 몰라 한참 쭈뼛대던 그녀는, 거실에 아무도 없는 것을 확인하고 주변을 살폈다.

부엌 쪽에서 달가닥거리는 소리와 함께 맛있는 냄새가 풍겨 왔다. 그녀의 발걸음이 자연스레 부엌으로 옮겨졌다. 률이 그곳에서 뭔가를 집중해서 만들고 있었다. 해주는 어색한 표정으로 그에게 말을 걸었다.

"뭐 하세요?"

해주의 목소리를 들은 률이 즉각 뒤를 돌아봤다.

"씻었어?"

다정한 률의 목소리에 해주가 부끄러워하며 작게 고개를 끄덕였다.

"네……."

"그래, 거기 식탁에 앉아. 죽 끓였어."

"죽이요?"

"응, 마침 선물로 전복을 받은 게 있었거든. 다 됐으니까 잠깐만 기다리고 있어."

해주는 일단 식탁으로 다가가 자리를 잡고 앉았다. 그는 냄비 안에 든 음식을 음미해 보더니, 꽤나 만족스러워하며 식기에 음식을 담았다. 해주는 그런 률을 물끄러미 지켜봤다.

그녀의 입가 위로 절로 흐뭇한 미소가 맺혔다. 그의 곁에 있는 것만으로도 마음이 평온해지고, 따뜻해졌다. 신기했다. 이건 무척이나 익숙하지 않은 느낌이었다.

집에서도, 학교에서도, 내내 불안해하며 주변 눈치를 살피기 바빴던 그녀로선 마냥 새롭고, 작은 설렘마저 가져다주는 듯했다. 해주는 음식을 들고 와 그녀 앞에 놔 주는 률을 올려다봤다. 그는 멋쩍은 얼굴로 콧잔등을 긁적이며 말했다.

"먹어 봐, 입맛에 맞을지 모르겠다."

해주는 눈앞에 가지런히 놓인 전복죽을 가만히 바라봤다. 꽤나 먹음직스러워 보였다. 불과 조금 전까지만 하더라도 없었던 입맛이 금세 입 안 가득 돌았다. 그녀는 률이 건네는 숟가락을 받아 한 입 먹어봤다.

"앗……."

뜨거워.

미처 식히지 못하고 먹은 탓에 입 안에 화한 느낌이 감돌자, 해주는 어쩔 줄 몰라 하며 안절부절못했다. 지켜보던 률이 급히 자리에서 일어나 물을 챙겨 그녀에게 건넸다.

"괜찮아?"

률이 걱정스럽게 물었다. 물을 마신 뒤, 어느 정도 안정을 찾은 해주가 어색하게 웃어 보이며 대답했다.

"네, 괜찮아요."

"이리 줘봐."

갑작스레 륜이 그녀에게서 숟가락을 빼앗아 들었다. 이후 그는 망설임 없이 전복죽 한 숟가락 뜨더니 정성스럽게 호호 불어 식혔다. 그러더니 어느 정도 음식이 식었을 때쯤, 그가 숟가락을 그녀에게 불쑥 내밀었다.

"이제 괜찮을 거야. 먹어 봐."

해주는 그가 내민 전복죽을 멀뚱히 바라봤다. 너무 갑작스러워 그가 직접 먹여주려 한다는 걸 알아채기까지 잠시간의 시간이 흘렀다. 그녀의 얼굴이 일순 붉게 물들어 갔다. 설마 그가 직접 음식을 먹여줄 거라고는 예상하지 못한 터였다. 당혹스러우면서도, 한 편으로 가슴이 콩닥콩닥 뛰었다.

해주가 머뭇거리며 선뜻 받아먹지 못하자, 그가 그녀의 입술 근처까지 수저를 들이밀었다. 그가 얼른 먹으라는 듯 재촉의 눈빛을 보냈다.

결국 주저하던 해주가 그가 내민 전복죽을 받아먹었다. 입안이 살짝 쓰라렸지만, 해주는 그걸 느낄 새도 없이 전복죽을 꿀꺽 삼켰다. 생각보다 맛이 훌륭했다. 그것에 내심 감탄하고 있었는데, 기대에 찬 륜의 두 눈이 그녀에게로 부딪쳐왔다.

"먹을 만해?"

해주가 그의 기대에 부흥하듯 힘차게 고개를 끄덕였다.

“네, 맛있어요.”

“다행이다. 한 입 더 먹을래?”

릉이 전복죽을 한 숟가락 더 떠서 해주에게 건넸다. 해주가 이번에도 멈칫했다. 직접 먹여주는 그의 행동이 너무나도 자연스러워서 내심 놀라웠다.

이런 살가운 행동은 절대 못 할 것 같았는데, 그는 표정 하나 바뀌지 않고 오히려 너무나도 당연하다 듯이 행동하고 있었다.

“안 먹어?”

릉의 물음에 해주가 그를 응시했다. 릉의 두 눈이 그녀에게서 붙박인 채 움직이지 않았다. 먹을 때까지 기다릴 기세라, 해주는 일단 그가 내민 죽을 받아먹었다.

“제가 먹을게요.”

“손 괜찮겠어?”

그가 슬쩍 그녀의 손을 눈짓으로 가리켰다. 유리조각을 쥔 탓에 여기저기 상처투성이였다. 아직도 유리가 박혀 있는 듯 욱신거렸지만, 그래도 참을 만해서 해주는 그에게서 숟가락을 받아들었다.

“괜찮아요, 숟가락 정도는 들 수 있어요.”

“무리할 필요 없는데, 어차피 노는 손이라.”

릉이 숟가락을 들고 있던 손을 장난스럽게 흔들어 보였다. 해주가 피식 웃음을 터트리더니, 전복죽을 가리켰다.

“좀 전까지 바쁘게 움직였잖아요. 이거 만드느라.”

"별로 어려운 것도 아닌데."

"음식 잘해 드시나 봐요? 많이 만들어 보신 솜씨인데요?"

률이 그녀 앞에 놓인 빈 잔에 물을 채워 주며 대답했다.

"자취한 지 좀 오래됐거든, 그 덕에 웬만한 음식은 만들 줄 알아."

"언제부터 자취하셨는데요?"

"흠…… 고등학교 때부터 했으니까 10년 정도 됐나?"

"왜 자취하셨어요? 집이랑 학교가 멀었어요?"

"아니, 부모님 때문에 어렸을 적부터 해외 방방곡곡 돌아다녔거든. 그게 너무 지겨워서 고등학교 때는 혼자 영국에서 체류하면서 지냈어."

해주는 률의 대답이 의외라는 듯 물었다.

"부모님이 뭐하시는 분들인데요?"

"아버지는 외교관이시고, 어머니께선 예전엔 꽤 유명한 사진작가셨는데 지금은 그냥 평범한 주부셔."

"아, 그렇구나…… 그럼 어머니 영향으로 사진에 관심을 가지게 되셨겠네요?"

"응, 어릴 때부터 장난감 대신 사진기를 가지고 놀았다고나 할까."

그의 말에 문득 률이 보여 줬던 어릴 적 앨범이 떠올랐다. 지금과 다르게 그저 장난꾸러기 같던 모습이 눈앞에 선해, 괜스레 웃음이 흘러나왔다.

"왜 웃어?"

률이 고개를 갸웃 기울였다. 해주는 아무것도 아니라는 듯 급히 손사래를 쳤다. 률은 왜 웃었는지 궁금했지만 그보단 먼저 그녀의 식사가 우선이라 말을 삼켰다.

"식기 전에 어서 먹어."

"네."

해주는 다시 전복죽을 먹기 시작했다. 그 모습을 지켜보며 흐뭇한 표정을 짓던 률의 시선이 문득 어딘가에서 멈췄다. 오른쪽 머리카락이 비정상으로 잘려 있는 것이 두 눈 가득 들어왔다. 가슴에 가시가 박힌 듯 그녀의 모습이 마음에 걸렸다.

그의 입술이 한순간 달싹이는가 싶더니 이내 닫혔다. 도대체 무슨 일이길래 손이나 머리카락이 그렇게 엉망이 되어 버린 건지, 당장이라도 묻고 싶었다. 하지만 그는 끝내 내뱉지 못하고 힘겹게 말을 삼켰다. 그녀를 불편하게 만들어 주고 싶지 않았다. 이 집에 있는 동안만이라도 아무 걱정 없이. 편안하게 있길 바랐다.

무슨 일이 있었는지는 나중에 듣더라도 늦지 않았다. 그리 마음을 정리한 률은 그녀를 향한 시선을 거두고 천천히 자리에서 일어났다. 그는 거실에 놓인 서랍장을 이리저리 뒤적거리더니, 손에 뭔가를 쥐고 그녀에게로 다가섰다. 전복죽을 먹던 그녀의 시선을 슬쩍 그에게로 향했다. 해주의 뒤편에 선 그가 손을 내밀어 부드럽게 그녀의 머리카락을 움켜쥐었다.

"먹는 데 불편하겠다."

률이 작게 중얼거리더니, 서툰 손길로 그녀의 머리카락을 질 끈 묶어주기 시작했다. 해주는 당황한 채로 그대로 굳어 있었다.

그의 손이 목깃을 스칠 때마다 살결이 흠칫 떨렸다. 얼굴에 이 어 귀가 불에 덴 듯 벌겋게 달아올랐다. 그녀는 입 안 가득 집어 넣은 전복죽을 차마 삼키지 못하고 경직되어 있었다.

어찌하지 못하고 얌전히 그의 손길을 받아 내던 해주는 그가 머리를 채 다 묶고 나서야 뒤늦게 전복죽을 꿀꺽 삼켜냈다. 머 리 묶어주는 걸 마친 률은 무덤덤하게 그녀의 맞은편에 마주 앉 았다.

해주는 차마 그의 얼굴을 보지 못하고 서둘러 시선을 전복죽 에 박았다. 최대한 자연스럽게 행동하고 싶었는데, 얼굴이 너무 벌게져서 그럴 수가 없었다. 마음을 그대로 들킬 것만 같아 조마 조마했다.

'왜 이러지.'

저답지 못한 거 같아 당혹스럽기까지 했다. 의식하지 않으려 할수록 더욱 긴장되고 심장이 두근댔다. 처음 느껴보는 감정이 었다. 이걸 어떻게 받아들여야 하나. 생각하고 있는데, 률이 바 짝 얼굴을 들이밀며 말을 걸어왔다.

"왜, 어디 아파?"

걱정 섞인 률의 목소리에 해주가 고개를 벌떡 들었다. 마주쳐 오는 그의 눈빛에 해주는 최대한 두근대는 감정을 죽이며, 입을 열었다.

"아니에요. 괜찮아요."

"흠⋯⋯그래."

말꼬리를 늘어뜨리며, 한참 그녀에게서 시선을 떼지 못하던 륜이 만족스러운 미소를 지어 보이며 한마디 툭 던졌다.

"예쁘다."

륜의 말에 해주가 두 눈을 동그랗게 뜨고 그를 응시했다. 혹시 잘못 들은 건가 두 귀를 의심하고 있는데, 그가 연이어 입을 열었다.

"잘 어울려, 지금 머리."

륜이 해주의 머리를 가리키며 말하더니, 자리에서 일어나 제 방 쪽으로 향했다. 최대한 덤덤히 방 안으로 들어온 륜은, 숨을 죽이고 입을 틀어막았다.

'내가⋯⋯ 지금 뭐라고 한 거지?'

창문 사이로 흘러들어온 달빛에 비치는 그의 얼굴이 어느샌가 붉게 달아올라 있었다. 무의식적으로 흘러나온 말과 행동에 스스로가 놀라울 정도였다.

"정신 차리자⋯⋯권륜."

해주가 눈앞에 있다는 것에 마음이 너무 들떠 버렸다. 륜은 깊게 심호흡을 한 뒤, 해주가 있는 부엌으로 다시 발길을 돌렸다.

병실 안, 수혁은 텅 비어 있는 침대를 공허한 눈빛으로 내려다봤다. 잠시 자리를 비운 사이, 해주가 이곳에서 사라졌다. 그 사실을 깨닫자마자, 그는 한참 동안 병원 안을 미칠 듯이 돌아다녔다. 하지만 이미 병원을 빠져나간 듯 그 어디에서도 그녀를 찾을 수 없었다.

절망스러웠다. 가슴이 텅 비어 버린 것 같더니, 그 안으로 참을 수 없는 분노와 원망이 가득 차올랐다. 어쩌다 이렇게 어긋나고 만 것일까. 왜 그렇게까지 자신에게서 벗어나려 하는 걸까. 왜 제 마음을 이렇게까지 몰라주는 걸까.

가슴이 칼로 난도질을 당한 듯 갈가리 찢긴 듯했다.

"수혁 학생, 여기 있었네요."

끓어오르는 감정을 삼키고 있는데, 문이 드르륵 열리며 아주머니가 병실 안으로 들어섰다. 그녀도 바삐 움직이느라 힘들었는지, 거칠어진 숨을 내쉬고 있었다. 수혁은 꽉 움켜쥐고 있던 시트를 놓고 자리에서 일어섰다.

"해주가 갈 만한 곳에 다 연락해 보셨어요?"

수혁의 물음에 아주머니는 이마에 흐르는 땀을 닦아 내며 대답했다.

"네, 해봤는데 안 왔다네요."

"그래요……."

"이제라도 사장님께 연락드려야 하지 않을까요?"

해주가 사라졌다. 그것도 병실에서. 이 정도면 부모인 동환과 유정도 알아야 할 거 같았다. 아무리 제 자식보단 일에 더 몰두하는 부모라지만, 이쯤 되면 그들도 알아야 할 필요성이 있어 보였다.

하지만 그녀에게 돌아온 건 싸늘한 수혁의 반응이었다. 그는 그녀의 말에 대꾸조차 하지 않고 상의를 챙겨 들고선 바깥쪽으로 발길을 돌렸다.

"어디 가요?"

막 병실을 나서려는 수혁을 아주머니가 다급히 붙잡았다. 그는 그녀를 돌아보더니, 굳은 표정으로 나직이 말했다.

"해주는 제가 찾아볼 테니, 아주머니께선 일단 집으로 돌아가 계세요."

"어디서 찾으려고요?"

아주머니의 물음에 수혁은 잠시 뭔가 생각하더니 낮은 목소리를 냈다.

"한 군데 안 가본 곳이 있어요."

절대 안 갔으면 하고 바라는 그곳, 수혁이 으스러질 듯 제 손을 말아 쥐었다. 제발 그 사람 곁으로 가지 않았길. 간절히 바라며 그는 어디론가 급히 발걸음을 옮겼다.

리아는 오징어 하나를 질겅질겅 씹으며 눈앞의 제이를 못마땅한 시선으로 흘겨보았다. 한바탕 소동을 벌인 뒤, 폭발한 화를 달래느라 들이켠 맥주만 벌써 10병째였다.

이쯤 되면 어느 정도 원하는 결과가 나와야 하는데, 저 능글스러운 존재는 어디론가 메신저만 주구장창 보낼 뿐 원하는 말은 들려주지 않았다.

입안 오징어가 사라진 그녀의 어금니가 바득바득 갈리기 시작했다. 서서히 바닥나는 인내심에, 그녀는 앞에 보이는 땅콩으로 저절로 손이 갔다. 그걸 냅다 한 움큼 쥐어들고 그를 향해 집어던지려는데, 때마침 제이가 고개를 번쩍 들었다.

"내일 학교로 가지고 오기로 했어."

그 말에 리아가 손에 쥔 땅콩을 그대로 접시 위에 내려놓았다. 그녀의 눈초리가 위로 치켜 올라갔다.

"입었대? 안 입었대?"

"글쎄?"

제이가 어깨를 으쓱이자, 리아의 이마 위로 핏줄이 돋았다. 홱하니 그녀가 몸을 일으키더니, 단박에 맞은편에 앉은 제이의 멱살을 부여잡았다.

"켁켁, 야야⋯⋯!"

"똑바로 전해, 처음 그대로 온전한 상태를 유지해서 가져오라고."

"아, 알았어! 큭, 알았으니까 이것 좀 놔!"

"적당히 좀 해라, 그러다 애 잡겠다."

옆에서 지켜보던 도진이 그녀를 만류했다. 하지만 리아는 보란 듯이 그의 멱살을 오히려 더 꽉 말아 쥐었다. 제이가 놔달라며 호들갑스럽게 그녀의 팔을 때렸다. 그래도 놔줄 생각이 없어 보이자, 그가 리아의 어깨를 부여잡고 그대로 뒤로 밀쳤다.

"어어!"

털썩. 리아가 그대로 뒤로 넘어졌고, 그 사이 제이가 그녀의 손아귀에서 벗어났다. 콜록콜록, 짧은 기침 후 제이는 리아 위에 올라선 상태로 그녀를 내려다봤다. 놀란 것도 잠시, 리아는 그를 붙잡으려 다시 맹렬히 손을 뻗었다. 제이가 그런 그녀의 두 손목을 움직이지 못하게 붙잡아 가로막았다.

"그만 좀 해라."

그가 작게 말했다. 제이에게서 벗어나려 발버둥 치려던 그녀가 움직임을 멈추고, 서늘하게 그를 올려다봤다. 순간 짜증이 솟구쳤다.

"당장 이거 놓고 떨어져라. 죽기 싫으면."

리아가 날 선 기세를 뿜어내며 그에게 경고했다. 제이의 표정이 아까와는 다르게 진지하게 변해있었다. 리아는 갑작스러운 그의 변화에 내심 흠칫했다.

'뭐야, 이 자식?'

어떤 순간에도 실실거리며 웃던 녀석이 갑자기 진중한 표정을 짓고 쳐다보자, 조금 당혹스러웠다. 한참 뚫어지게 그녀를 바라보던 제이가 천천히 상체를 낮췄다. 리아는 점차 가까워지는 그의 얼굴을 보며 다급히 소리쳤다.

"야, 너 뭐, 뭐야!"

금방이라도 입술이 닿을 듯했다. 짧은 순간, 리아는 그에게 붙잡힌 손에 힘을 주고 벗어나려 아등바등 애를 썼다. 절로 입술에 힘이 들어갔다. 점차 그가 가까워질수록, 이상하게도 심장이 움찔하며 뛰기 시작했다.

'왜 이러는 거지?'

당혹스러워하던 리아는 그의 숨소리가 얼굴 위로 부딪쳐 올 때쯤, 재빨리 고개를 옆으로 홱 돌렸다. 제이가 멈칫하는 게 느껴졌다.

"너 얼굴이 벌게졌다?"

잔뜩 긴장하고 있는데, 뺨 위로 제이의 능청스러운 목소리가 닿았다. 리아의 고개가 도로 그에게로 향했다. 정면으로 마주한 제이의 표정이 어느새 장난스럽게 변해 있었다. 그걸 본 그녀의 표정이 종잇장처럼 구겨졌다.

"지금…… 뭐 하자는 거야?"

제이의 눈이 유려하게 초승달을 그리며 휘어졌다.

"네가 먼저 시작했잖아."

"뭐?"

"좀 전엔 진짜 숨 막혀 죽는 줄 알았어."

"차라리 죽일 걸 그랬어."

"또, 거칠게 나온다. 적당히 좀 해라."

제이의 말에 금방이라도 폭발할 듯 그녀의 두 눈이 화염처럼 이글거렸다.

"적당히? 그러니까 누가 네 멋대로 내 옷 훔쳐다 그 여자 가져다주래?"

제이가 심드렁하게 대꾸했다.

"사실 그럴 생각 없었는데, 어쩌다 보니 홧김에 그렇게 됐네."

"뭐? 이 미친놈아? 홧김?"

"그래, 넌 나한텐 평생 옷 한 번 선물해 준 적 없으면서, 다른 사람한텐 잘도 선물해 주잖아."

뜬금없는 그의 말에 리아가 미간을 확 좁혔다.

"그래서 그게 뭐?"

"해주한테 선물해 준 건 그렇다 치고, 왜 네가 만든 남성복은 죄다 형한테만 선물해주는 건데?"

생각지도 못한 그의 말에, 리아는 황당하단 표정으로 제이를 응시했다. 그는 너무나도 뻔뻔하게 무덤덤한 표정으로 그녀를 바라보고 있었다. 도통 그의 속내를 알 수가 없었다.

항상 그랬다. 이 녀석은 어렸을 적부터 곧잘 엉뚱한 말과 행동으로 사람을 혼란스럽게 했다.

"나도 네가 만든 옷 입고 싶었단 말이야."

투정과 질투가 섞인 그의 말에 리아가 헛웃음을 터트렸다.

"넌 네가 만들어서 입으면 되잖아."

"난 네가 만든 옷 입고 싶다고."

"도대체 왜?"

리아의 반문에 제이가 묘한 표정을 지었다. 그는 입가에 미소를 지우고, 천천히 그녀의 얼굴 위로 고개를 숙였다.

코앞까지 다가선 그를 마주 본 리아가 숨을 죽였다. 너무나도 가까워진 거리가 당황스러웠지만, 그녀는 어떻게 해서든 평정심을 유지하려 눈을 부릅떴다.

더는 그에게 흐트러진 모습을 보이고 싶지 않았다. 그에게 농락당하는 것 같아 자존심이 상했다. 리아는 어금니를 꽉 깨물고 그를 노려봤다.

제이는 그런 그녀를 한참 동안 바라보더니, 작게 한숨을 푹 쉬었다. 복잡 미묘한 표정이었다. 뭔가 서운하면서도, 어쩌지 못하겠다는 듯 그의 얼굴 위로 어색한 미소가 걸렸다.

'말리지 말자.'

이 상황에서 제이가 어떤 생각을 하고 있는지는 중요치 않았다. 마음을 다잡은 리아가 그에게 작게 으르렁거렸다.

"몸뚱이 치워라."

리아는 그가 붙잡고 있는 손을 마구잡이로 흔들었다. 그럼에도 불구하고 제이는 조금의 물러섬도 없었다. 결국 리아의 시선이 위쪽을 향했다.

"오빠, 애 좀 치워봐!"

막 들어온 손님들을 자리로 안내하던 도진이 모르는 척 그들을 지나쳐 갔다. 그는 제이와 리아를 한심하다는 듯 바라보며, 너희들끼리 알아서 해결하라는 식의 반응이었다. 결국 그를 포기하고 리아가 다시 제이를 쏘아봤다. 그는 뭐가 그리 재밌는지 여전히 눈웃음을 짓고 있었다.

"야! 너 진짜 안 내려올래?"

"싫어."

단호한 그의 말에 리아의 얼굴이 울상이 되었다.

"이게 진짜! 돌았나?"

"너 지금 표정, 엄청 재밌는 거 알아?"

뭐랄까……?

제이가 고개를 숙여 그녀 귓가로 입술을 가져갔다.

"이제 좀 여자 같다?"

리아의 눈썹이 확 찌푸려졌다. 인내심이 뚝하고 끊기는 게 느껴졌다.

"놔! 놓으라고!"

"아악, 유리아, 너 정말……!"

한참을 버티고 있던 제이가 그녀의 손을 마저 놔줬다. 겨우 속박에서 벗어난 리아가 그의 몸을 있는 힘껏 밀쳐 냈다.

탁! 소리와 함께 바닥으로 휴대폰이 떨어졌고, 제이가 뒤로 밀쳐졌다.

"넌 오늘 죽었어."

기세를 몰아 리아가 두 눈을 번뜩이며 제이에게 달려들려던 그때였다. 테이블 위에 올려놓은 리아의 휴대폰이 지잉— 소리를 내며 울렸다.

리아의 시선이 휴대폰에 잠시 멈췄지만, 이내 전화를 무시하고 제이를 손보려 했었다. 하지만 액정화면에 뜬 '륜오빠'라는 이름을 보고선 모른 척할 수 없었다.

그녀는 도망치면 가만두지 않겠다는 눈빛으로 제이에게 경고를 날리곤, 휴대폰을 집어 들었다.

"오빠, 내가 이따 전화……."

─해주 찾았다.

수화기 너머로 들린 률의 말에 리아의 눈이 동그랗게 커졌다.

목적지에 도착한 수혁은 차에서 내려 익숙한 간판을 가만히 올려다보았다.

'러쉬.'

그는 천천히 발걸음을 옮겨 러쉬로 향했다. 땅거미가 지고, 어둠이 드리운 거리에는 사람들로 북적였고, 러쉬로 들어서는 손님들도 보였다.

수혁은 손님들이 들어간 후, 망설임 없이 그 안으로 들어섰다. 시끌벅적한 음악들과 함께 그의 시야로 익숙한 풍경이 보였다.

"어서오……."

그를 발견한 도진이 인사를 건네려다 입을 다물었다. 수혁은 그를 무심히 바라보며 인사 대신 고개를 까딱였다. 그러고는 가게 안을 찬찬히 살폈다. 소파가 놓인 테이블 쪽에 도진에 이어 익숙한 얼굴이 시야에 들어왔다. 리아와 제이였다.

수혁을 발견한 그들은 움직임을 멈추고, 그에게로 시선을 붙박았다. 수혁은 그들에겐 조금의 관심이 없는 듯, 주변을 두리번거렸다.

아무리 돌아봐도 그가 원하는 사람은 보이지 않았다. 이곳이 마지막 희망이었는데, 없다는 걸 확인하고 나니 허무함이 차올랐다. 이제 어디로 가 봐야 하나. 고민하고 있는데 문득 소파에서 황급히 전화를 끊는 리아가 보였다. 그의 발길이 리아에게로 향했다.

"혹시, 해주한테서 연락 못 받았어?"

수혁의 물음에 리아가 살짝 경직된 얼굴로 입을 다물었다. 방금 전 나눈 통화에서 륜이 신신당부를 했었다. 해주가 그의 집에 있다는 걸 당분간 아무한테도 말하지 말라고. 그 범주 안에는 수혁도 분명 포함이 되어 있었다.

"그게……."

"네가 찾는 해주라는 게 혹시 천해주?"

리아가 막 변명의 말을 꺼내려 하는데, 가만히 지켜보고 있던 제이가 수혁에게 말을 툭 던졌다. 수혁의 시선이 리아에서 제이로 옮겨졌다.

그는 헝클어진 머리를 손으로 정리하며, 소파에 몸을 기댔다. 수혁이 무심히 구는 그를 응시하며 나직이 물었다.

"봤어?"

"글쎄…… ?"

제이는 의미심장한 표정으로 그를 응시했다. 그때 리아가 수혁의 시선을 피해 제이의 몸을 툭, 쳤다. 더는 입도 뻥긋하지 말라는 표시였다. 그런데도 제이는 그녀에게 동조해 줄 생각이 없는지 계속해서 말을 이어 나갔다.

"오늘은 못 봤는데."

"……."

"그런데 네가 말한 해주가 정말 천해주란 말이지?"

확인하듯 제이가 그에게 다시 물었다. 리아는 의문스러운 눈빛으로 제이를 바라봤다.

'왜 저런 걸 묻는 거지?'

의아해하던 그때, 수혁이 무뚝뚝하게 대답했다.

"그래."

제이가 그의 대답에 눈을 가늘게 떴다.

"그렇군."

그가 돌연 소파에서 몸을 일으켰다.

"나, 그럼 먼저 간다."

"뭐?"

리아는 망설임 없이 밖으로 향하는 제이를 황당하다는 듯 바라봤다. 그를 붙잡으려 따라 나서는데, 리아의 앞을 수혁이 가로막았다.

"정말 해주한테 연락 못 받았어?"

리아가 자신도 모르게 침을 꿀꺽 삼켰다. 고질적으로 거짓말을 못하는 성격이 이럴 때 걸림돌이 될 줄이야. 그녀는 최대한 침착하게 마음을 가라앉혔다. 그리고 걱정 어린 눈빛을 지으며 입을 열었다.

"해주랑 연락 안 된 지 좀 됐어. 너야말로 해주하고 연락 안 돼?"

수혁의 입에서 대답이 나오지 않자, 리아는 그때를 틈 타 어색하게 웃으며 그의 어깨를 툭툭 쳤다.

"혹시라도 해주하고 연락되면 나한테도 전화 좀 달라고 해 줘. 걱정되니까."

"……."

"그럼 난 그만 간다. 약속이 있어서."

리아는 서둘러 그를 지나쳐 도진에게 대강 인사를 건네고 밖으로 나섰다. 문이 닫히고, 홀로 남겨진 수혁은 천천히 뒤돌아 그들이 사라진 곳을 가만히 응시했다. 그의 표정이 더없이 날카롭게 변했다. 잠시 후 그는 바깥으로 향했다.

러쉬를 나온 리아는 망설임 없이 률의 집으로 향했다.

'왜 전화를 안 받지.'

수혁이 갑작스레 러쉬로 들이닥치는 바람에, 허둥지둥 전화를 끊고 말았다. 이후, 률의 집으로 가는 동안 연락을 시도해 봤지만, 어찌 된 일인지 그는 전화를 받지 않고 있었다.

무슨 문제라도 있는 건 아닌가. 걱정하며 걸어가고 있는데, 순간 누군가 그녀의 앞을 가로막았다. 리아는 숙이고 있던 고개를 들어 올렸다. 어쩐 일인지 먼저 앞서 나간 제이가 그녀의 앞을 턱 하니 막아서고 있었다. 그를 마주한 리아의 얼굴이 잔뜩 구겨졌다.

"꽁지가 빠지게 나가신 분이 왜 여기 계실까?"

리아가 턱을 들고 이죽거렸다. 조금 전 일로 기분이 상할 대로 상한 터라, 곱게 말이 나오질 않았다. 하지만 제이는 그런 그녀의 태도를 크게 신경 쓰지 않고 담담히 물었다.

"어디 가는 길이야?"

리아가 불퉁하게 반문했다.

"어디 가는 길이면 왜?"

"우리 집 가는 거야?"

리아는 새삼 왜 그런 걸 묻나 싶어 미간을 좁혔다.

"뭔데?"

"뭐가?"

"오빠는 전화를 안 받고, 너는 먼저 불쑥 나간 주제에 갑자기 나타나선 이상한 걸 묻고."

제이가 고개를 기울였다.

"형, 전화 안 받아?"

"응."

리아의 대답에 제이는 잠시 생각에 잠겼다. 그의 얼굴 위로 꺼림칙한 기색이 떠올랐다. 그리고 잠시 후, 제이는 리아의 손목을 꽉 붙잡았다.

"오늘은 그만 집으로 가."

"야, 너 또 왜 그러는데?"

제이에게 이끌린 채 그녀는 도로 쪽으로 향했다. 쌩쌩 질주하는 차들 가운데, 그는 택시를 잡으려는 듯 손을 흔들어 보였다. 옆에서 리아가 난리법석을 떨며 반항을 했지만, 그는 그녀의 손목을 움켜쥔 상태로 결국 택시를 잡아 세웠다.

"타."

"왜 그러는 거냐니까!"

리아가 참다못해 괄괄하게 소리쳤다. 그럼에도 제이는 택시 뒷문을 연 뒤, 리아를 구겨 넣듯 억지로 안에 태웠다. 리아의 얼굴이 분노로 잔뜩 상기됐다.

"너 정말!"

"아저씨, 논현동이요."

"권제이!"

"집에 들어가서 연락해라."

탁.

제이는 더는 들을 것도 없다는 듯 가차 없이 뒷문을 닫았다. 그리고 뒤로 물러서는데, 뒷좌석 창문이 열리며 리아의 얼굴이 빠끔히 모습을 드러냈다.

"오늘 너 정말 이상한 거 알아?"

제이가 히죽 웃어 보였다.

"기분 탓일걸?"

"아니. 원래 이상한 놈이긴 한데, 오늘은 특히 더 이상해."

"나중에 연락할게."

그는 얼른 가보라는 듯 손을 흔들어 보였다. 끝까지 다그치려던 리아는 결국 달싹대던 입을 닫고, 창문을 닫았다. 저렇게까지 밀어붙이는 걸 보면 분명 이유가 있을 것이다. 그걸 캐묻는다고 해서 당장 말해 줄 녀석도 아니라는 걸 누구보다 잘 알고 있었다.

룰, 해주와 관련된 일인 듯해 이대로 돌아서기가 마음에 걸렸지만, 나중에라도 그는 상황설명을 해 줄 것이다. 리아는 한참 동안 휴대폰을 내려다보더니, 한숨을 푹 내쉬며 말했다.

"기사님, 출발해 주세요."

잠시 후, 택시가 출발했다.

택시가 시야에서 사라질 때까지 우두커니 지켜보던 제이가 뒤를 돌아섰다. 그는 러쉬가 있는 방향을 가만히 응시했다.

"영 찜찜해."

제이는 어느 순간 또렷이 보이기 시작한 수혁을 가만히 주시했다. 수혁은 누군가와 통화를 나누면서도, 그에게서 시선을 거두지 않고 있었다.

"흠…… 왠지 위험해 보인단 말이지."

왜 굳이 리아를 쫓아 나온 걸까. 해주 그 여자애 때문인가?

'두고 보면 알려나.'

리아에게 목적이 있어 쫓아온 게 아니라면, 해주를 찾아다니는 게 맞을 것이다. 만약 그렇다면 두 사람이 무슨 관계인지, 그리고 그 둘 사이에 무슨 일이 있는 건지, 지켜보면 될 일이다. 제이는 그에게서 시선을 떼고 돌아섰다. 그러고는 콧노래를 흥얼거리며, 집으로 발길을 옮겼다.

　수혁은 휴대폰을 꺼내 확인했다. 아버지 성민에게서 온 전화였다. 그는 가차 없이 전화를 무시하고 도로 휴대폰을 주머니에 넣었다. 그리고 리아를 쫓아 고개를 들었다. 어딘가 서둘러 가던 그녀의 앞에, 먼저 앞서 나갔던 제이가 등장했다.

　그런 두 사람을 유심히 지켜보고 있는데, 휴대폰이 쉴 새 없이 울려대기 시작했다. 그는 전원을 꺼버릴 생각으로 휴대폰을 꺼내 들었다. 그러나 문득 보게 된 메시지에 그는 차마 전원을 끄지 못했다. 집 앞이라는 성민의 메시지. 수혁은 고민 끝에 다시 울리는 전화를 받았다.

　"또 무슨 일이십니까?"

　―지금 어디지?

　"아실 필요 없습니다."

　―네 어머니가 위독하다.

　어머니?

　그의 한마디에 순간 짜증이 솟구쳤다. 수혁은 입술을 힘껏 꽉 깨물었다. 그의 말 하나하나에 민감히 반응하고 싶지 않았다.

　수혁은 마음을 가다듬고 평이한 어조로 말을 내뱉었다.

　"그런데요?"

　―만나서 얘기하자.

　"의원님하고 할 얘기 없습니다."

─올 때까지 집 앞에서 기다리고 있으마.

뻔뻔하기 그지없는 그의 태도에, 수혁은 치밀어 오르는 한숨을 꾹 눌러 삼켜야 했다. 그는 멀리 보이는 리아와 제이를 바라봤다.

제이가 무작정 리아를 끌고 택시에 태우는 모습이 보였다. 둘 사이에 잠깐의 말다툼이 있는가 싶더니, 이윽고 택시가 횡하니 출발했다.

리아의 뒤를 쫓아 택시를 타야 하나, 고민하고 있는데, 그에게로 제이의 시선이 쏟아졌다. 제이의 입가에 묘한 미소가 서려 있었다. 정확히 수혁을 의식한 행동이었다.

그의 눈빛은 마치, '처음부터 네가 뒤를 쫓았다는 걸 알고 있다.' 라고 말하는 것 같았다. 수혁의 눈동자가 차갑게 가라앉았다.

─지수혁.

대답을 강요하는 성민의 목소리가 귓속을 찌르듯 들려왔다. 수혁은 제이에게 시선을 고정한 채로 입을 열었다.

"다시는 연락하지 마십시오."

수혁이 싸늘한 목소리로 확고하게 말했다. 남자의 말에 고민할 가치는 조금도 없었다. 고작 이따위 일에 전화를 걸어오는 것조차 불쾌했기에, 수혁의 얼굴은 무참히 구겨졌다.

그 여자와 자신이 도대체 무슨 상관이 있단 말인가? 이제 와서 자꾸만 자신을 그의 배경에 끼워 넣는 것이, 마치 자신의 소유물인 것처럼 여기는 것이, 역겨울 뿐이었다.

"끊습니다."

그를 상대하고 있는 것조차 시간 낭비로 여겨졌다. 돌아서는 제이의 뒤를 쫓기 위해, 전화를 가차 없이 끊으려던 그때였다.

—너 그 집에서 나오기로, 천 앵커하고도 얘기 끝냈다.

귓속을 파고드는 그의 한마디에 수혁은 멈칫했다. 그는 휴대폰을 귓가에 도로 가져다 댔다. 짧게 심호흡을 하고, 폭발할 것 같은 감정을 억눌렀다. 휴대폰을 쥔 손에 핏줄이 돋아났다.

"지금 뭐라고 하셨습니까?"

—얘기를 할 마음이 이제 좀 생겼느냐?

차가운 조소가 담긴 남자의 목소리에, 수혁은 질끈 눈을 감았다.

"당신 뜻에 내가 따를 거라 생각하십니까?"

—그렇게 만들어야겠지.

성민의 단언에, 수혁의 눈에 독기가 서렸다.

"아무리 그래도 그 집으론 들어가진 않을 겁니다."

—아니, 결국 그렇게 될 게다.

"괜한 헛수고 하지 마시고, 병든 와이프 간병이나 잘하십시오. 나중에 절 그 집으로 들이려 했다는 걸 그 여자가 알게 되면 가만히 있을 것 같습니까?"

—별걱정을 다하는구나.

그가 무감정한 목소리로 말을 내뱉었다.

─어차피 오늘내일 중으로 세상을 떠날 여자다.

　잔인하게 흘러나온 그의 한마디에 수혁의 눈빛이 작게 흔들렸다. 목구멍에 뭔가 가득 들어찬 것처럼 목소리가 나오질 않았다. 언젠가 들어 본 적 있던 말이었고, 그것은 억지로 지나간 과거를 떠오르게 했다.

　　"살려 주세요, 제발."

　죽어 가던 누나를 살리기 위해, 발버둥 쳤던 나.

　　"네 누나는 어차피 죽을 목숨이란다. 마지막 인사나 나누거라."

　숨을 헐떡이는 누이를 무미건조한 눈빛으로 바라보며 냉정히 말하던 아버지.

　'여전하군.'

　수혁은 입꼬리를 비틀어 올렸다. 새삼 그가 어떤 인간인지 한 번 더 확실히 깨닫게 되었다.

　─이번 주 내로 천 앵커 댁에 박 기사 보내마.

　수혁의 눈빛이 음울하게 가라앉았다. 문득 그의 시야로 걸음을 옮기는 제이의 뒷모습이 보였다. 그의 발걸음이 느릿하게 제이를 향했다. 가슴이 텅 비어 버린 것처럼 공허하다.

　─짐은 따로 챙길 필요 없다. 새로 준비하라 일러뒀으니.

그가 계속해서 지껄였지만, 수혁은 반응하지 않았다. 말없이 제이의 뒤를 쫓았다. 왠지 모르겠지만, 그는 마치 따라오라는 듯 적당한 속도를 유지하며 걷고 있었다.

률과 제이가 형제임은 교내에선 이미 유명한 사실이었다. 그가 해주의 행방에 대한 작은 실마리라도 쥐고 있을지도 모른다.

수혁은 무겁게 내린 다리를 움직여, 멀어지는 제이의 뒷모습을 가만히 쫓았다.

―수혁아, 듣고 있는 것이냐?

조곤조곤하게 말을 이어 나가던 그의 목소리가 이내 높게 튀었지만, 수혁은 제이를 놓치지 않으려 발걸음을 재촉할 뿐이었다.

―지수혁!

그는 숨을 천천히 고르곤, 마른 입술을 뗐다.

"이렇게까지 하시는 이유가 뭡니까?"

모든 걸 다 가진 그가, 이제 와 아들이라는 명목으로 자신을 옭아매려는 이유를 알 수 없었다. 철저히 자신의 세계에서 배제시켰던 쓸모없는 인간을 다시 제 세계로 끌어들이려는 그 이유를 이해할 수 없었다.

"절 철저하게 버린 건 당신입니다."

―그랬지. 그땐 네가 필요 없을 거라 생각했으니.

갑작스레 흘러나온 그의 말이 날카로운 화살이 되어 심장에 꽂혔다. 그가 공허한 눈빛으로 중얼거렸다.

"필요……없었다?"

―지금 내 와이프와 나 사이에 자식이 한 명이라도 있었다면, 나도 널 이렇게까지 해서 곁에 두려 하지 않았을 거다.

"……."

―내 핏줄로 태어난 걸 감사하게 생각해. 그로 인해 네게도 기회가 생긴 것이니, 괜히 알량한 자존심 따위를 내세워 반항하지 말란 말이다.

"하……."

알량한 자존심? 반항? 찬바람만 가득 불어오던 제 심장에, 더 큰 구멍이 자리 잡은 것을 느낀 수혁의 입에서 비릿한 웃음이 터져 나왔다. 혹시나 싶었건만 그의 이기적인 속내를 직접적으로 들으니, 한순간에 마음이 무너져 내렸다. 형용할 수 없을 만큼의 절망이 온몸으로 부딪쳐 왔다.

―오갈 곳 없는 널 거둔 게 누군지 잘 생각해 보거라.

수혁이 싸늘히 말했다.

"절 이때껏 돌봐 주신 건 교수님과 선생님이십니다."

―널 그 집안에 맡긴 건 나였지. 내 부탁이 아니었다면 천 앵커나 이 선생이 널 돌봐 줬을 거라 생각하느냐?

"하지만……."

―그만!

성민이 목소리를 높였다.

―언제까지 네 어리광을 상대해 줘야 하는 거냐? 한심한 놈.

수혁이 입안 살점을 베어 물었다. 공허한 가슴 안으로 시린 바람이 휘몰아쳤다. 휑뎅그렁한 빙판 위에 홀로 남겨진 기분이었다. 까맣게 빛나던 그의 두 눈이 색을 잃고, 망연해졌다.

—이쯤 했으면 알아들었을 거라 생각하마. 이번 주 내로 들어와.

뚝.

성민이 일방적으로 전화를 끊었다. 휴대폰을 들고 있던 수혁의 손이 힘없이 아래로 축 떨어졌다. 그가 뜨겁게 달아오른 이마를 짚었다. 서늘한 느낌이 번졌지만, 기분은 좀처럼 나아지지 않았다.

"하아……."

짙은 숨을 내뱉은 입술 끝이 경련이 났다.

"괜찮아."

문득 그의 귓가로 다정한 해주의 음성이 들려왔다. 부드러운 그녀의 손길이 그의 머리를 쓰다듬어 줬다. 달콤한 향이 뜨겁게 차오른 감정을 다독여졌다.

하지만 이내, 초점을 잃은 그의 두 눈 위로 어두운 현실이 드리웠다. 그가 찢어질 듯 아랫입술을 베어 물었다.

'필요해…… 네가.'

간절히 원했다. 지금 이 순간. 누구보다도 그녀가 필요했다. 텅 비어 버린 그의 두 눈에 문득 오피스텔 건물 안으로 들어서는 제이가 보였다.

뭐에 홀린 듯 그의 뒤를 쫓아왔던 수혁은, 그제야 제 목적을 찾은 듯 두 눈을 날카롭게 떴다.

'찾아야 해.'

그는 제이가 들어간 오피스텔 건물 앞으로 뚜벅뚜벅 걸어갔다. 현관문 너머로 보이는 엘리베이터가 6층에 멈춰 선 것이 보였다. 그것을 확인한 수혁은 잠시 후, 다른 사람 틈에 섞여 엘리베이터에 올랐다.

제 7 장
계략

설거지를 마치고 거실로 나온 률은 소파에 몸을 기댄 채 꾸벅 꾸벅 졸고 있는 해주를 발견했다. 그녀는 중간중간 어떻게 해서 든 정신을 차리려는 듯, 애를 쓰며 무거운 눈꺼풀을 올리고 있 었다.

그 모습이 귀여우면서도, 한편으로 안타까웠다. 아무래도 여 러 가지 일을 겪다 보니, 그녀가 몸을 사리고 조심하는 게 보였 다.

'편하게 있어도 되는데…….'

률은 우두커니 해주를 지켜보더니, 이내 성큼성큼 그녀 곁으 로 다가가 앉았다. 졸고 있었던 해주가 깜짝 놀라며 그를 돌아 봤다.

그는 슬쩍 고개를 틀어 해주와 눈을 맞췄다. 그녀의 두 눈에 졸음이 가득 들어차 있었다. 그걸 확인한 그는 옆에 놓인 리모컨을 손에 쥐고 채널을 이리저리 돌리더니, 무심한 척 입을 열었다.

"피곤해 보이는데 들어가서 한숨 자."

해주가 움찔하더니, 어색하게 웃으며 말했다.

"아니에요, 괜찮아요."

"괜찮긴, 금방이라도 쓰러질 것 같은데."

률의 말에 해주가 겸연쩍은 얼굴로 이마를 긁적였다. 그가 건네준 말에 긴장이 풀리기라도 한 건지, 잊고 있었던 피로가 한꺼번에 밀려들었다.

마음 같아선 당장 소파에라도 누워 한숨 자고 싶었다. 그렇지만 률과 단둘이 있게 된 지금 이 시간을, 그리 허투루 쓰고 싶진 않았다. 좀 더 대화를 나누고, 즐겁게 보내고 싶었다.

"동생 분은 언제 오세요?"

해주의 물음에 률이 슬쩍 벽시계를 보며 대답했다.

"글쎄, 항상 늦게 들어오는 녀석이라."

"그래요?"

"응. 집에 안 들어오는 날도 많아. 오늘은 들어오려나 모르겠네?"

무심코 던져진 그의 말에 해주가 난처한 표정을 지었다. 제이가 들어오지 않는다면 이 집엔 저와 률이 밤을 보낼 것이다. 그 사실이 괜스레 그녀를 긴장되게 만들었다. 수혁과는 매일 단둘이 집에서 지냈는데, 그때와는 전혀 다른 기분이었다.

'도대체 무슨 상상을 하는 거야.'

자꾸만 드는 별별 생각에 해주는 두 눈을 질끈 감고, 격하게 고개를 가로저었다.

"······왜? 제이 언제 들어오나 전화해 볼까?"

그녀가 제이를 기다린다고 오해한 률의 얼굴이 어둡게 가라앉았다. 그러나 이내, 해주는 아니라는 듯 열심히 손을 저어 보였다.

"아니요, 안 그러셔도 돼요."

"음······ 우선 리아한테 너 여기 있다고 문자 보내놨어."

뒤늦게 리아에게 연락한 것을 기억해낸 률이 휴대폰을 찾아 두리번거렸다. 해주를 신경 쓰느라 미처 리아에게 답변을 보낸다는 것을 잊고 있었다. 거실과 부엌을 두리번거리던 률은, 그곳에 휴대폰이 없다는 것을 깨닫고, 방 안으로 들어가 봤다. 넓은 침대 위에 덩그러니 휴대폰이 놓여 있었다.

'전화했었네.'

휴대폰을 확인해 보니, 리아가 전화한 흔적이 남겨져 있었다. 률은 곧바로 리아에게 연락을 하려 했지만, 그 순간 문득 든 생각에 률은 통화를 미루고 잠시 고민했다.

아직 불안정한 모습의 해주가 리아를 부담스럽게 생각할지도 모를 일이었다. 오늘만큼은 그의 집에서 푹 쉬게 하고, 그녀에게 의견을 물은 뒤 리아에게 연락을 하는 편이 나을 듯싶었다.

률은 리아에게 걱정하지 말라는 말과 함께 내일 다시 연락을 주겠다는 메시지를 보냈다. 곧바로 알겠다는 답변이 왔다. 률은 그녀에게 마지막 인사를 보내고, 방을 나와 거실로 향했다.

꾸벅꾸벅 졸고 있던 해주가 어느새 소파에 몸을 기댄 채 스르륵 잠이 들어 있었다. 률은 조심스럽게 그녀에게로 다가갔다.

'많이 피곤하긴 했나 보군.'

그렇게 버티던 그녀가 짧은 새에 잠이 든 걸 보니, 괜스레 웃음이 났다. 률은 조심스럽게 해주 곁으로 다가가 앉았다. 그러고는 슬쩍 그녀의 머리를 자신 쪽으로 끌어당겼다.

툭하니 그의 어깨 위로 해주의 머리가 안착했다. 그의 귓속으로 새근새근 숨소리가 들려왔다. 목덜미로 그녀의 머리카락이 간질였다.

률은 순간 몸이 경직되는 것을 느꼈다. 깨우면 안 된다는 내면의 목소리가 단호히 머릿속으로 아우성치는 반면, 몸은 기이할 정도로 뜨겁게 달아올랐다.

'미친놈, 무슨 생각을 하는 거지.'

률은 스스로에게 타박을 놓곤, 숨을 힘껏 참았다. 갑작스레 미칠 듯이 뛰는 심장이 제발 이대로 멈춰버렸음 했지만, 그럴수록 더 활기차게 움직였다. 이대로 가다가는 해주가 심장 소리에 잠을 깰지도 모른다는 생각마저 들 정도였다.

'일단 소파에 눕히자.'

률은 이대로 그녀를 소파에 눕힐 생각이었다. 해주의 목을 손으로 감싸고, 그녀 쪽으로 조심스럽게 몸을 틀었을 그때였다.

"으음……"

해주가 움찔거리더니 이내 그의 품 안으로 파고들었다. 률은 일순 숨을 멈췄다. 가슴팍에 닿은 부드러운 감촉에 그는 천천히 시선을 아래로 내렸다. 조금이라도 고개를 숙이면, 그녀의 입술에 제 입술이 닿을 것처럼 가까운 거리에 해주가 다가와 있었다.

머릿속으로 자신도 모르게 위험한 상상이 그려졌다. 시선이 자꾸만 붉은빛을 선명하게 머금은 그녀의 입술에 고정됐다.

'안 돼.'

률은 속으로 외치며, 재빨리 고개를 들어 정면을 응시했다. 창문 너머 칠흑 같은 밤하늘이 그의 두 눈 가득 들어왔다. 잠시 동안 고요하기 그지없는 풍경을 보고나니, 혼란스러웠던 마음이 조금이나마 평온해진 듯했다.

불규칙했던 호흡을 가다듬고 어느 정도 안정을 찾을 때쯤, 률은 다시 시선을 내려뜨렸다. 해주는 편안한 모습으로 잠이 들어 있었다.

세상모르고 순진하게 잠들어 있는 그녀의 모습을 보고 나니, 순간이지만 불순한 생각을 했다는 것에 괜스레 미안한 마음이 들었다.

'어떻게 해야 하나.'

자책 후, 률은 해주를 어떻게 해야 할지 고민했다. 이대로 소파에 눕혀 재우자니 불편할 것 같아, 일단은 방으로 옮기는 쪽으로 마음을 굳혔다. 륜은 그녀가 깨지 않도록 조심스럽게 그녀의 목과 다리부근에 팔을 받쳐 안아 올렸다.

그는 곧바로 가볍게 품에 안긴 해주의 모습을 걱정스럽게 내려다봤다. 깨지 않을까 걱정했는데, 여전히 깊게 잠이 든 모습이었다. 륜은 안도의 한숨을 내쉬곤, 방 쪽으로 천천히 발걸음을 내디뎠다. 그런데 때마침 삐삐거리는 소리와 함께 현관문이 벌컥 열렸다.

"형! 나왔어."

정적만이 흐르던 집 안으로 제이의 우렁찬 목소리가 울려 퍼졌다. 륜은 인상을 구긴 채로 막 거실 안으로 들어서는 제이를 죽일 듯이 노려보았다.

"응?"

제이는 해주를 안아 든 상태로 서 있는 륜을 멍하니 지켜봤다. 처음엔 의아한 표정을 짓던 그가, 두 사람을 몇 번이고 번갈아 본 후 의뭉스러운 미소를 머금었다.

"내가 타이밍을 잘못 맞춰 들어왔네?"

"그런 거 아니니까 괜한 오해하지 마라."

"오해? 무슨 오해?"

장난스러운 그의 반문에 륜은 벌써부터 지친다는 듯 고개를 내저었다.

"너랑 말장난할 기운 없다."

"그래, 그래 보이네."

"권제이."

"보기 좋아서 그래, 형이 건강한 남자라는 걸 새삼 깨닫게 돼서, 동생으로서 누구보다 뿌듯하고 그래."

"오해하지 말라고 했잖아."

"오해 안 해. 단지 앞서서 상상이란 걸 좀 해봤을 뿐이야. 본능적으로."

"날 너와 같은 놈으로 취급하지 마라. 기분 나쁘니까."

"아 그래! 우리 형은 잠든 여자를 덮칠 만큼 패기가 넘치지 않지."

"너……!"

률은 금방이라도 욕이 터져 나오려는 걸 겨우 꿀꺽 삼켜냈다. 속이 활화산처럼 부글부글 끓기 시작했다. 하여튼 사람 속 뒤집어 놓는 데 천부적인 재능을 타고난 녀석이었다.

그는 또 한 번의 깨달음을 얻고, 그녀를 안은 채로 돌아섰다. 뒤로 쫄래쫄래 제이가 쫓아오는 것이 거슬렸지만, 애써 신경을 끄려 노력했다.

지금은 해주만을 생각하자. 들끓는 화를 잠재우며 률은 제 방으로 들어갔다. 그는 침대로 다가가 품 안에 잠든 해주를 조심스럽게 내려놓았다.

정성스럽게 이불을 덮어 주고, 얼굴을 가린 머리카락까지 손수 그녀의 귀 뒤로 넘겨주었다. 쌔근쌔근 잠들어 있는 그녀를 보고 있는 것만으로도 만족스러웠다.

그렇게 뭐에 홀린 듯 멍하니 그녀를 바라보던 률은, 한참이 지나서야 자리에서 일어나 방문 쪽으로 돌아섰다. 이미 제 방으로 갔을 거라 생각했던 제이가 문에 몸을 기댄 채로 그를 가만히 바라보고 있었다. 률의 입에서 한숨이 흘러나왔다.

"나와."

률은 그를 억지로 밀어내고 조용히 방문을 닫았다. 그녀를 눕혀놓고 보니 조금 전까지 느끼지 못했던 피로감이 한순간 느껴졌다. 이대로 누워 쉬고 싶었다. 률은 지체 없이 소파로 가 몸을 편히 눕혔다.

"어떻게 된 거야? 왜 저 애가 우리 집에 있어?"

제이가 그의 앞에 앉으며 말을 걸어왔다. 률은 귀찮다는 듯 두 눈을 질끈 감곤 손을 휙휙 내저어 보였다.

"나중에 설명할게."

"지금 듣고 싶어."

"피곤해."

"뭘 한 게 있다고 피곤해? 보아하니 손 하나 까딱 못 댄 거 같던데?"

"······적당히 까불어라, 권제이."

률의 서슬 퍼런 경고에도 제이는 눈 하나 깜짝하지 않고 살갑게 말을 붙였다.

"형을 위해서 한 말이야."

"······."

"그렇게 참기만 하면, 나중에 거기 기능이 저하……."

딱!

"악!"

참다못한 률이 결국 제이의 머리를 주먹으로 힘껏 내려쳤다. 그 충격이 그의 손에도 고스란히 전해졌는지, 손가락 마디마디가 얼얼할 지경이었다. 여러모로 짜증이 치밀었지만, 률은 방 안에 있는 해주가 깰까 봐 다시 한 번 분노를 집어삼켜야 했다.

"형!"

원망 섞인 제이의 목소리에 률이 눈을 가느다랗게 떴다.

"조용히 있어라. 제대로 맞기 전에."

"전에는 이렇게까지 폭력적이지 않았는데, 여자 생겼다고 변했어."

징징거리는 제이를 뒤로하고 률은 몸을 돌렸다. 대꾸할 만한 가치는 조금도 없었기에, 이대로 그가 물러서길 바랄 뿐이었다.

"혀엉~!"

몸을 잡고 흔드는 그의 행동에 률은 점차 화가 치솟기 시작했다. 이대로 한 번만 더 귀찮게 하면 제대로 된 경고를 할 참이었는데, 그때 마침 거실 안으로 초인종 소리가 울려 퍼졌다.

률은 갑작스러운 초인종 소리에 의아함을 느끼며 몸을 살짝 틀어 인터폰을 응시했다.

'이 시간에 누구지?'

흐릿한 화면으로 누군가 서 있는 모습이 보였다.

"누구야?"

률이 제이에게 물었다. 인터폰에서 시선을 떼지 못하던 제이가 벌떡 자리에서 일어서더니, 그를 돌아보며 어깨를 으쓱였다.

"글쎄?"

"그새 여자 부른 건 아니지?"

그간의 행적을 봤을 땐, 그럴 가능성이 농후했다. 하지만 제이는 별다른 말없이 문을 열어주러 현관문으로 걸어갔다. 왜 저러나 싶어 률은 직접 확인해 볼 목적으로 자리에서 벌떡 일어나 인터폰 쪽으로 다가갔다.

멀어서 잘 보이지 않던 모습이 점차 뚜렷이 그의 시야로 들어왔다. 익숙한 얼굴. 처음에 심드렁해 보이던 그의 얼굴이 금세 심각하게 굳어졌다. 전혀 예상치도 못한 사람이었다.

'지수혁?'

률은 현관문 쪽으로 급히 돌아섰다. 그는 막 문을 열려는 제이를 재빨리 붙잡아 세웠다.

"잠깐만."

묘한 눈빛으로 문고리를 잡고 있던 제이가 빙긋 웃으며 률을 돌아봤다.

"왜?"

"넌 누군지 확인도 안 하고 문을 열어 주냐?"

"누군지 아는데?"

제이가 문을 손가락으로 가리켰다.

"지수혁이잖아."

천연덕스러운 제이의 말에 륜의 얼굴 위로 어두운 그림자가 내려앉았다. 왠지 모르게 불길한 예감이 들었다. 그는 문고리를 잡고 있던 그의 손을 잡아끌어 벽으로 밀쳤다.

"네가 알려 준거야?"

"뭘?"

"여기 해주 있다고."

제이가 어깨를 으쓱였다.

"해주 여기 있는 거 방금 알았는데?"

"권제이, 사실대로 말 안 할래?"

"사실대로 말하고 있잖아."

무덤덤한 제이의 태도에 륜이 이를 바득 갈았다. 확신할 수 있었다. 수혁을 여기로 데려온 건 분명 권제이다. 도대체 어떻게 생겨먹은 건지, 가끔 제 재미를 위해 골 때리는 짓도 서슴지 않게 벌이던 녀석이었다.

"형, 무섭게 왜 그래?"

륜은 아무것도 모른다는 듯 불쌍한 표정을 짓고 있는 제이에게 한 방 먹여주고 싶은 걸 간신히 참았다. 그는 뒤로 물러선 뒤, 골몰히 생각했다.

'어떻게 해야 할까.'

해주에게 아직 정확한 사정을 듣지 못한 상황이었다. 섣불리 그를 집으로 들일 수 없는 일이었다.

딩동—

그때, 벨이 또다시 울리기 시작했다.

"안 열어 줄 거야?"

제이가 문 쪽을 흘겨보며 그를 채근했다.

"넌 입 닥치고 아무 말도 하지 마. 알았어?"

률이 제이에게 경고하며, 으르렁거렸다. 제이는 천천히 고개를 끄덕였다. 률은 한숨을 깊게 내쉰 뒤, 천천히 다가가 현관문을 열었다. 냉랭한 얼굴을 한 수혁이 문 앞에 서 있었다.

수혁을 마주한 률의 고개가 삐딱하게 기울어졌다.

"네가 여긴 어떻게 알고 온 거지?"

수혁의 말없이 그의 등 너머를 살폈다. 직감적으로 그가 해주를 찾는 것임을 알아챈 률은, 슬쩍 몸을 움직여 그의 시선을 가로막았다.

가려진 시야에 날카롭게 변한 수혁의 눈이 그의 얼굴로 향했다. 률은 맞대응하듯 그를 마주 봤다. 매서운 기가 서로의 시선을 타고 흘렀다. 팽팽한 긴장감이 순식간에 그들을 휘감았다.

그렇게 잠깐의 정적이 흘렀다. 잠시 후 단단하게 닫혀 있던 수혁의 입이 천천히 열렸다.

"잠깐 안에 들어가도 되겠습니까?"

률이 한쪽 눈매를 위로 치켜떴다. 정중한 말투로 물어 오는 그의 태도가 묘하게 신경을 거슬리게 했다. 그의 의중을 정확히 파악하기가 어려웠다.

해주가 여기 있는 것을 알고 데리러 온 건지, 아니면 혹시나
싶은 마음에 찾아온 건지…….

률은 슬쩍 뒤를 흘겨봤다. 이 사달을 만든 놈에게 이 사태에
대해 눈짓으로나마 물을 참이었다.

그런데 조금 전까지 뒤 쪽에 서 있던 제이의 모습이 보이질 않
았다. 률은 눈을 굴려 그의 행방을 찾았다.

"교수님."

집중해 안을 살피던 률은, 옆에서 들리는 나직한 수혁의 음성
에 다시 그를 돌아봤다. 갑작스럽게 처한 상황에 내심 난감했지
만, 률은 차분히 마음을 가라앉히고 입을 열었다.

"우리 집은 어떻게 알고 찾아왔는지 궁금한데."

수혁은 대답 대신 침묵했다. 이미 그의 반응을 예상했던 바라,
률은 굳이 캐묻지 않고 유순하게 말을 돌렸다.

"그래. 무슨 일로 찾아왔는지, 용건이나 말해 봐."

수혁이 그를 응시하며 입을 뗐다.

"……들어가서 말씀드리겠습니다."

률이 시큰둥한 표정을 지어 보였다.

"집에 들어올 정도로 우리가 그렇게 살가운 사이는 아니지 않
나?"

"살가운 사이가 아님에도 불구하고 남의 집에 멋대로 들이닥
친 분이 하실 얘기는 아닌 것 같은데요?"

무덤덤한 어조로 그가 꼬집어 말했다. 률은 순간 울컥하며 신

물처럼 올라오는 감정을 억지로 삼켜냈다.

'참자.'

평정심을 유지하기 위해 감정적인 말을 내뱉으려 달싹대는 입매를 단단히 굳혔다. 어차피 쓸데없는 말들로 시간 끌어봤자 좋을 거 없었다. 지금 상태에선 그를 돌려보내는 것만이 최선의 길이었다. 률은 치밀어 오르는 한숨을 삼키며, 차분히 말을 꺼냈다.

"일하던 중이었으니, 할 얘기 있으면 빨리하고 가도록 해."

"여기까지 왔는데 이왕이면 안에 들어가서 얘기하죠."

수혁이 집 안으로 들어서려 하자, 률이 잽싸게 그의 앞길을 막아섰다.

"할 얘기 있으면 여기서 하라고 했잖아."

잔뜩 경계하는 그의 태도에, 수혁의 눈매가 가늘게 길어졌다.

"제가 안으로 들어가면 안 되는 이유라도 있습니까?"

무덤덤한 어조였지만, 그 속에 시퍼런 감정이 서린 것을 느낀 률의 얼굴이 뻣뻣하게 굳었다. 뭔가를 눈치챈 듯 그는 매의 눈으로 률을 주시하고 있었다. 반사적으로 오심이 치밀었지만, 률은 대신 깊게 숨을 들이켰다. 그는 문에 몸을 기대며, 수혁을 싸늘한 눈초리로 쳐다봤다.

"그럼 넌 왜 굳이 내 집에 들어오려는 건데?"

"확인할 게 있습니다."

확인?

률이 미간을 찌푸렸다.

"네가 우리 집에서 확인할 게 뭐가 있지?"

"해주."

직설적으로 튀어나온 이름에 률의 눈빛이 단번에 흔들렸다. 그는 수혁에게서 시선을 뗐다. 률은 순간적으로 제 감정을 그에게 고스란히 들켰다는 것을 깨달았다. 그의 눈빛이 어둡게 가라앉았다. 이제부터는 뻔뻔하게 대처해야만 한다.

"해주를 왜 여기서……."

"여기가 아니면 해주가 갈 만한 곳이 없으니까요."

솔직히 말해 보라는 듯 종용하는 눈빛이 부딪쳐왔다. 률은 팔짱을 낀 손을 보이지 않게 그러쥐었다.

"해주 여기 있죠?"

수혁이 곧바로 틈을 놓치지 않고, 확인 사살하는 물음을 던졌다. 입을 꽉 다물고 있는 그의 얼굴 위로 복잡 미묘한 감정이 드러났다.

포근한 느낌과 함께 해주는 서서히 눈을 떴다. 눈앞이 어둑하다. 흐릿해진 시야가 정신이 들수록 점차 또렷해졌다.

낯선 방안 풍경. 순간 당황한 그녀는 화들짝 놀라며 몸을 일으켰다.

'깜빡 잠이 든 건가?'

두 눈을 동그랗게 뜬 채로 주변을 살핀 그녀는 뒤늦게 이곳이 률의 방임을 알아채곤 얼굴을 감싸 쥐었다.

'왜 내가 여기 누워 있는 거지.'

를이 잠깐 휴대폰을 찾으러 간 사이 참을 수 없을 만큼 잠이 쏟아져 내렸고, 소파에 잠시 몸을 기댄 것까진 기억이 바로 떠올랐다.

그 뒤로 결국 잠에 굴복 당했는지, 이후로는 전혀 생각이 나지 않았다. 세상모르고 잠을 잤으니 기억을 못 하는 건 당연한 일이었다.

소파에 있던 자신이 침대를 차지하고 누워 있는 걸 보니, 를이 데려다 눕힌 듯 보였다. 축 처진 상태로 그의 품에 안겼을 것을 생각하니 괜스레 민망해졌다.

해주는 재빠르게 침대 아래로 내려와 섰다. 그리고 방을 나서려는데, 문 앞에 누군가가 몸을 기대고 서 있는 것이 보였다. 그녀는 흠칫 놀라며 걸음을 멈추고 눈을 크게 떴다. 제이가 문에 몸을 기댄 채 손을 들어 보였다.

"일어났어?"

해주는 순간 놀란 가슴을 달래며, 조심스럽게 입을 열었다.

"응, 언제 왔어?"

"방금."

해주가 어색하게 웃어 보였다.

"그래, 들어왔으면 깨우지 그랬어."

제이가 기댔던 몸을 바로 하고, 해주에게 다가섰다.

"깨울 목적으로 들어오긴 했는데, 그 전에 네가 알아서 일어나

줬네."

"응?"

"밖에 네 손님이 온 것 같은데, 나가 봐."

제이의 말에 해주가 의아해했다.

'손님?'

"누구……."

그게 누군지 물으려던 해주의 입이 이내 닫혔다. 순간 뇌리로 누군가가 스쳐 지나갔다. 탁하게 번지는 불안감에 입술이 바짝 말랐다. 심장이 쿵쾅거리며, 두 손이 촉촉이 젖어 들어갔다.

'……설마.'

해주는 떨려오는 손을 꽉 마주 잡고는 바로 앞에 마주 선 제이를 올려다봤다. 그는 어서 나가보라는 듯 턱으로 문 쪽을 가리켰다. 해주는 어쩌지도 못하고, 목석처럼 제자리에 가만히 서 있었다.

"안 나가 봐?"

제이의 재촉에 해주가 조심스럽게 물었다.

"교수님은?"

"지금 지수혁이랑 얘기 중일걸?"

제이의 입속에서 흘러나온 수혁에 이름에, 해주는 아랫입술을 짓이길 듯 물어뜯었다. 무슨 얘기들이 오가고 있을까. 마음이 초조하고 불편했다.

수혁이 모든 상황을 사실대로 말할 리는 없겠지만, 그래도 삼자대면을 하게 되면 작게나마 어떤 일이 있었는지 흘러나올지도 모를 일이었다. 률이 그걸 알게 되는 것이 싫었다.

'그런데 여길 어떻게 알고 온 거지?'

의문스러웠다. 이곳에 자신이 있는 것을 어떻게 알고 온 건지 이해가 잘 가질 않았다. 예전엔 그녀가 어디에 있든 귀신처럼 찾아냈던 그가 듬직하게 여겨졌지만, 이번만큼은 무섭고 소름 끼쳤다. 처한 상황에 머릿속이 온통 복잡하게 뒤엉켰다.

"그런데 지수혁이랑 무슨 사이야?"

상념에 빠져 있던 해주는 문득 들려온 제이의 목소리에 고개를 들었다. 제이가 그녀를 빤히 쳐다보고 있었다. 해주는 머뭇거리다 입을 열었다.

"어렸을 적부터 친구였어."

"그냥 친구 사이?"

"응."

"흐음…… 그래?"

제이가 가늘게 눈을 뜬 채로 말끝을 늘어뜨렸다. 둘 사이에 알 수 없는 묘한 침묵이 잠깐 동안 흘렀다. 제이와 단둘이 있는 것이 불편해진 해주가 그에게서 시선을 떼고선 방문 쪽으로 발길을 옮겼다.

"그럼 나가 볼게."

그를 지나쳐 나가려던 해주는 순간 자신의 어깨를 붙잡는 제이를 돌아봤다. 그가 혼잣말처럼 중얼거렸다.

"이상하단 말이야."

의미심장한 그의 말에 해주가 어리둥절해하며 반문했다.

"……뭐?"

"너나 지수혁……."

"……."

"왠지 모르게 기분 나빠."

나직한 그의 말에 해주의 표정이 삽시간 굳었다. 어느새 날카롭게 변한 제이의 눈이 그녀를 흘겨봤다.

"뭘 숨기는 것 같은데, 그게 과히 좋은 일인 것 같진 않단 말이지."

해주가 움찔하며 그의 시선을 피해 눈을 내려뜨렸다.

"그게…… 무슨 말이야?"

제이가 눈썹을 장난스럽게 들어 올리며 대꾸했다.

"어차피 물어도 말해 줄 거 같진 않으니, 굳이 묻진 않을게. 그렇게 궁금하지도 않으니."

제이가 고개를 숙여 그녀와 눈을 나란히 맞췄다.

"다만, 웬만하면 우리 형은 너희 사이에 끌어들이지 않았으면 좋겠다."

그의 두 눈이 초승달을 그리며 유려하게 휘어졌다.

"다른 건 몰라도 우리 형이 너저분한 관계에 껴서 떨거지 되는 꼴은 못 보겠거든."

률은 제이에게 우상이나 다름없는 형이었다. 다른 건 몰라도 고작 여자애 때문에 곤란한 일에 휩싸이는 건 두고 볼 순 없었다. 더구나 지수혁, 그놈과 얽이는 건 더더욱 반대였다.

처음 봤을 때부터, 외적인 걸 빼곤 꺼림칙한 구석이 많은 녀석이었다. 그를 보고 있을 때면 직감적으로 위험한 기운이 감지됐다. 다른 건 몰라도 사람에 대한 관찰력이 유독 뛰어난 그가 볼 때, 지수혁은 얽여봤자 좋을 거 없는 인간이라는 것이 단번에 파악이 됐다. 그래서 그가 모델 제의를 거절했을 때 쉽게 포기했던 것도 그 이유 때문이었다.

그런데 이제 와 그런 그가 해주를 통해 률과 얽이게 되다니. 영 마음에 들지 않았다.

"내가 하는 말 무슨 뜻인지 알겠어?"

제이는 다그치듯 그녀에게 말했다. 멍하니 서 있는 그녀를 보고 있으니 괜스레 짜증이 났다. 결국 남자 둘이 대면하게 해 놓고 피해자인 척 뒤로 빠져 있는 모습이 영 보기 싫었다.

제이는 그녀에게서 시선을 거두고, 허리를 곧추세웠다. 말없이 고개를 숙이고 있던 그녀가 제이를 올려다봤다. 그녀의 두 눈이 까맣게 빛을 발하고 있었다.

"걱정 마, 더는 교수님 곤란하게 하지 않을 테니."

해주는 단호하게 제이에게 말한 뒤, 그를 지나쳐 방문밖을 나섰다. 서늘한 그녀의 눈빛에 제이는 잠시 입술을 닫았다. 그는 걸음을 옮기는 해주의 뒷모습을 물끄러미 응시했다.

률은 말없이 수혁을 마주 봤다. 어떻게 대답을 해야 할지 고민
됐다. 해주는 여기 없다고 시치미를 떼야 하는 건지, 아니면 일
단은 두 사람을 만나게 해야 할지. 확신이 안 섰다.

"교수님."

그때, 불쑥 해주의 음성이 들렸다. 률은 놀란 눈빛으로 뒤를
돌아봤다. 방에서 나온 해주가 그들에게로 다가서고 있었다. 률
은 수혁의 눈치를 살폈다. 그는 미동도 없이 그저 다가서는 해주
를 멀거니 지켜보고 있었다.

"깼어?"

다정한 률의 목소리에 해주는 가볍게 고개를 끄덕였다. 그 모
습이 너무나도 자연스러워, 수혁의 눈동자가 어둡게 가라앉았
다. 마치 연인처럼 구는 그들의 모습에 화가 저절로 치밀었다.

하지만 수혁은 최대한 차분하게 마음을 가라앉히려 노력했
다. 그는 그녀에게 한 발 앞으로 다가서며, 평소처럼 자연스럽게
말을 건넸다.

"데리러 왔어."

잔잔하게 들려오는 수혁의 목소리에 해주는 잠시 침묵했다.
그녀의 시선이 수혁을 지나쳐 률에게 닿았다. 그는 해주 앞에 서
더니, 진중한 얼굴로 말했다.

"가고 싶지 않으면 가지 않아도 돼."

해주는 가슴 한편이 지끈거리는 것을 느꼈다. 그의 말이 뭉클
하게 와 닿았다. 끝까지 자신을 붙잡아 주는 그가 고마우면서도

미안했다.

'이렇게까지 곤란한 상황에 놓이게 하고 싶지 않았는데……'

스스로가 원망스러웠다.

"해주야."

률과 시선을 마주하고 있는데 귓속으로 송곳처럼 수혁의 목소리가 들려왔다. 해주는 손을 꽉 말아 쥔 상태로 고개를 푹 숙였다.

"웬만하면 우리 형은 너희 사이에 끌어들이지 않았으면 좋겠다."

귓속을 맴도는 제이의 말. 해주는 억지로 입술 끝을 말아 올리곤, 률을 마주 봤다.

"저, 가 볼게요."

어차피 스스로 해결했어야 할 일이었다. 기대는 건 여기까지.

"오늘 정말 감사했습니다."

해주는 률에게 작게 묵례하고, 문 앞에 서 있는 수혁에게로 걸어갔다. 뻣뻣하게 굳어 있던 수혁의 표정이 조금은 풀어져 그녀를 맞이했다. 수혁은 손을 내밀었고, 해주는 그런 그의 손을 붙잡았다. 그리고 그의 손길에 이끌려 해주가 현관문을 나서려던 그때였다. 그녀의 맞은편 손목을 률이 붙잡았다.

"정말 이대로 가도 괜찮은 거야?"

률이 그녀의 손목을 꽉 붙잡은 채로 물었다. 해주는 입안에 맴도는 말들을 차마 꺼내놓지 못하고, 입을 꾹 다물었다.

"가자."

수혁이 그녀의 손을 끌어당겼다. 률의 시선이 그를 냉랭히 훑었다.

"해주하고 아직 할 얘기가 남았으니, 밖에서 좀 기다려."

"여기서 하시죠."

수혁은 조금도 물러서지 않고 그와 대치했다. 그의 고집스러운 모습에 평정심을 유지하던 률의 표정이 일그러졌다.

"뭐든 제멋대로군."

냉기가 서린 률의 목소리에, 해주가 움찔 놀라며 그를 돌아봤다. 그의 얼굴이 사납게 구겨져 있었다.

돌아보지 않았지만, 서슬 퍼런 수혁의 눈빛 역시, 그녀의 얼굴 위로 부딪쳐 오는 것이 느껴졌다. 이대로 있다간 상황이 악화될 것만 같았다.

해주는 지금의 상황을 빨리 피하고자, 일단 률의 손길을 밀쳐 냈다.

"나중에 연락드릴게요."

해주는 률에게 한마디 남기곤, 수혁의 팔을 잡아끌었다. 두 사람은 미련 없이 걸음을 돌렸다. 률은 공허하게 남겨진 손을 힘껏 말아 쥔 채로 거뒀다.

서서히 그의 시야에서 해주와 수혁이 멀어져 갔다. 률은 어금니를 꽉 깨문 채로, 그런 그들을 하염없이 지켜봤다.

수혁은 택시에서 내리자마자, 말없이 대문으로 향하는 해주를 물끄러미 바라봤다. 그녀는 택시를 타고 오는 내내, 창밖에 시선을 고정시킨 채로 단 한마디도 하지 않았다.

눈조차 마주치고 싶지 않다는 듯, 차갑게 구는 그녀를 수혁은 그대로 방관했다. 자극하지도, 그렇다고 어르고 달래지도 않았다. 그저 한 발자국 뒤로 떨어진 상태로 지켜봤다.

둘 사이에 침묵만이 흐른 채로, 잠시 후 아주머니의 호들갑스러운 목소리와 함께 대문이 열렸다. 해주는 지체 없이 안으로 들어섰다.

새벽 공기에 밤바람이 제법 매섭게 몸을 스쳐 지나갔다. 해주는 겉옷을 단단히 여미고, 정원을 지나 집으로 향했다.

집이 가까워질수록 얼마 전까지 갇혀 있었던 기억이 되살아나며, 점차 발걸음이 무거워졌다. 해주는 소리 없이 숨을 깊게 들이켰다.

약해지는 마음을 단단히 고쳐먹었다. 결국 돌아올 수밖에 없는 이곳에서 버티려면 정신을 똑바로 차려야 한다.

그녀가 잠시 걸음을 멈추고 정면으로 보이는 집을 직시했다. 두렵고 초조한 마음이 그녀의 가슴 안에 가득 차올랐지만, 애써 억눌렀다.

괜찮다, 되뇌며 다시 발을 내딛던 그때였다.

"안 들어가?"

수혁이 그녀 곁으로 다가서며 어깨를 붙잡았다. 해주의 어깨가 흠칫 떨리는가 싶더니, 이내 그녀가 수혁의 손길을 세차게 쳐냈다. 격앙된 그녀의 반응에, 수혁의 얼굴이 순식간에 경직됐다.

"내 몸에 손대지 마."

해주가 그를 매섭게 노려보며, 몇 걸음 뒤로 물러섰다. 수혁은 그녀가 쳐 낸 손을 느릿하게 거두고, 턱 끝을 치켜 올렸다. 치밀어 오르는 감정을 참아내려는 듯, 그는 짙은 한숨을 길게 내뱉었다.

그새 차분히 가라앉은 그의 눈빛 위로 칼날처럼 서늘한 기가 어렸다. 조금 전과 다르게 변한 그의 분위기에, 해주는 자신도 모르게 몸을 움츠렸다.

수혁이 한 발 한 발 그녀에게로 걸어왔다. 가까이 오지 마. 소리치고 싶은 걸 삼키며, 해주는 그를 대면했다. 해주는 애써 허리를 곧추세웠다. 어차피 더는 물러설 곳도 없다.

코앞까지 다가선 그를 해주는 제법 강단 있게 올려다봤다. 가늘게 찢어진 두 눈이 그녀를 억누르려는 듯 강하게 내려다봤다. 짧게 침묵이 흐르고 난 뒤, 일자로 닫혀 있던 그의 입술이 천천히 움직였다.

"이럴수록 힘들어지는 건 너야."

나직한 그의 말에 해주의 눈동자에 울분이 차올랐다. 견고하고 단단하게 억누르고 감춰 뒀던 감정의 벽이 조금씩 무너져 내렸다.

"넌 제정신이 아니야."

그녀가 제 옷자락을 꽉 부여잡고 참고 있던 말을 내뱉었다. 수혁은 안색 하나 변하지 않고 그녀를 조용히 응시할 뿐이었다.

좀처럼 흔들림 없는 단단한 그를 지켜보며, 해주는 숨이 턱턱 막히는 것을 느낄 수 있었다.

어두운 밤하늘도, 기적조차 느껴지지 않는 이 정적도, 도망칠 수조차 없는 감옥 같은 이 집도, 어디 하나 기댈 곳이 없었다.

하지만 그렇다고 해서 이대로 부질없이 끌려 다니고 싶은 마음은 없었다. 해주는 자꾸만 수혁을 피하려는 시선을 올곧게 고정시켰다.

"난 네가 마음대로 해도 괜찮은 사람이 아니야."

해주가 목소리에 힘을 담아 말했다. 진절머리가 날 정도로 그녀를 휘둘러댔던 부모님이 떠올랐다. 자신을 물건처럼 다루던 그들의 행각에 지쳐갈 때쯤, 유일하게 곁을 지켜 주던 게 수혁이었는데 이제는 그조차 같은 인간이 되어 있었다. 그 사실이 견디기 힘들 만큼 괴롭고 슬펐다.

"배신한 건 내가 아니라 너였어."

그녀가 분에 찬 얼굴로 어금니를 꽉 깨물었다.

"유일한 내 편인 줄 알았는데, 너도 우리 부모님하고 다를 게 없잖아."

강한 빛을 담고 있던 그녀의 두 눈이 촉촉하게 젖어 들어갔다.

"네 말 따위, 믿지도 듣지도 않을 거야."

더는 기댈 수 없다.

"이제는 예전처럼 지낼 수 없어."

서로 마음이 기이하게 엇갈려 버린 지금, 돌이키기엔 너무 멀리 와 버렸다.

"그래……."

헛된 바람은 접어야 한다. 더 큰 상처를 입기 전에,

"이제부터는 나한테서…… 신경 꺼."

멀리하는 것이 답이다. 최악의 상황까지 치달은 시점에 그와 예전처럼 지낸다는 건 말이 안 됐다. 제 마음이 그걸 도저히 받아들일 수 없었다. 잊으려 할 순 있어도, 처음부터 없었던 일처럼 굴기는 어려웠다. 그러기엔 마음과 몸이 엉망진창이었다.

가슴이 칼로 난도질당한 것처럼 갈기갈기 찢겨, 회복하기엔 너무나 힘이 들었다. 세상이 유일하게 그녀에게 내린 밝은 빛이라고 생각했던 그가, 지금은 하늘에서 내린 커다란 벌처럼 여겨졌다. 그 사실이 끔찍스럽게 다가왔지만, 견뎌내려 힘껏 옷자락을 부여잡았다.

"네가 내게 한 짓은 아무에게도 말하지 않을게."

해주가 마른침을 삼켜냈다.

"그동안 너와 함께 했던 세월을 생각해서 네게 하는 최선의 배려야."

해주는 마지막 말을 내뱉곤, 갈라진 입술을 닫았다. 미동도 없이 그녀의 말을 가만히 듣고 있는 수혁의 얼굴이 시야 가득 들어왔다. 싸늘히 굳어 있던 얼굴이 그녀가 내뱉은 말에 작은 균열이 일었다.

단단한 벽처럼 여겨졌던 그가 상처를 받은 것처럼 약한 기색을 보이자, 해주는 심장이 저릿해 오는 것이 느껴졌다.

'어쩌다 우리가 이렇게 된 걸까.'

부질없는 상념이 또다시 그녀의 머릿속을 어지럽혔다. 해주는 그에게 붙박았던 시선을 아래로 내렸다. 미처 묶이지 않은 머리카락이 슬쩍 내려와 그녀의 눈앞을 간질였다.

해주는 손을 들어 머리카락을 살짝 쓸어 올렸다. 그에게 무참하게 잘린 머리카락이 손가락에 닿자, 소름 끼치는 그날의 감정들을 다시 솟구치게 했다. 지독하리만큼 잔인하게 굴었던 그의 모습.

'다시 그때로 돌아갈 순 없어.'

약해지던 마음이 다시 강하게 다져졌다. 해주는 강하게 손을 말아 쥐고, 숨을 깊게 들이켰다. 그를 향한 애틋한 마음 한 조각마저 어떻게든 외면해야만 한다. 과거 그와 행복했던 일들은 이제는 잊어야 한다.

'그렇지 않으면, 악연은 계속해서 이어질 수밖에 없을 거야.'

스스로를 세뇌시키는 내내, 해일에 둑이 무너지듯 마음이 무너져 내렸다. 해주는 울컥 솟는 감정을 억제하며, 집 쪽으로 발길을 돌렸다. 그때였다.

"말해도 상관없어."

태연한 그의 음성이 그녀의 발길을 붙잡았다. 해주는 슬쩍 몸을 틀어 수혁을 돌아봤다. 그는 돌처럼 무표정한 얼굴로 성큼성큼 걸어와 그녀의 코앞에 멈춰 섰다.

　"예전처럼 지낼 수 없다……."

　수혁이 그녀가 했던 말을 되새기며 낮게 읊조렸다. 굳어 있던 그의 얼굴이 살짝 풀어지며, 나직한 한마디가 이어졌다.

　"나야말로 원하던 바야."

　해주의 두 눈에 의아심이 떠올랐다.

　"뭐?"

　"나야말로 우리 둘 사이가 예전처럼 돌아가는 걸 원치 않는다고."

　수혁이 손을 뻗어 그녀의 머리를 쓰다듬었다.

　"친구로서 네 곁에 머물러 있을 생각, 더는 없어."

　결의가 서린 그의 음성에 해주의 몸이 다시금 흠칫 떨려 왔다. 그에 대한 거부감을 고스란히 드러내는 그녀의 반응에, 수혁의 눈이 흉흉하게 빛을 발했다.

　그는 쓰다듬던 그녀의 머리를 부드럽게 제 가슴 쪽으로 끌어당겼다. 해주의 몸이 앞으로 쏠리며 곧 수혁의 품에 그녀가 깊게 안겼다. 갑작스레 그에게 안기게 된 해주의 두 눈이 동그랗게 커졌다.

　그녀는 본능적으로 그에게서 벗어나려 주춤 뒤로 몸을 뺐다. 하지만 그럴수록 놓치지 않으려, 수혁은 더욱더 강하게 그녀를 끌어안았다.

"너무 말랐다."

나직이 중얼거리는 그의 목소리가 그녀의 귓속으로 들려왔다.

"내가 하라는 대로 했으면, 네 몸이 상하는 일은 없었을 텐데."

안타까움이 묻어나는 음성에, 해주는 저도 모르게 몸을 잘게 떨었다. 이렇게 된 게 전부 자신의 말을 듣지 않은 그녀 탓인 양, 책임 전가 시키는 그의 말에, 해주의 눈동자가 어둡게 가라앉았다.

"놔."

해주는 멍하니 늘어뜨렸던 손을 들어 강하게 그를 밀쳐 냈다. 하지만 수혁은 꼼짝도 하지 않고 나직하게 말했다.

"내 말 아직 안 끝났어."

단호한 그의 태도에 해주는 목소리를 높였다.

"듣기 싫어. 그러니까……."

"권률……."

"……."

"죽여 버릴 수도 있어."

잔인하게 흘러나온 그의 말에, 해주가 움직임을 멈췄다. 일순간 심장이 멎은 듯했다.

장난으로 치부해 버릴 수 있을 만큼 현실성 없는 말이었지만, 웃음은 조금도 나오지 않았다. 감히 의심할 여지도 없을 정도 그의 목소리에는 진심이 담겨 있어 소름이 돋았다.

'말도 안 돼.'

해주는 경직된 표정으로 그의 옷자락을 부여잡았다. 목구멍을 뜨거운 불덩이가 막고 있는 듯 쉬이 말이 나오지 않았지만, 해주는 떨리는 입술을 간신히 떼어 냈다.

"농담이라도…… 그런 말 하지 마."

파르르 떨리는 그녀의 목소리에, 수혁은 가볍게 고개를 기울였다.

"농담 같아?"

해주가 아랫입술을 꽉 깨물었다. 형용할 수 없는 감정들이 들끓어 올랐다.

"너, 정말 왜 이러는 거야? 대체 왜!"

"몰라서 묻는 거야?"

무기질적인 그의 눈빛이 그녀의 얼굴을 찬찬히 훑었다.

"널…… 사랑해서 이러는 거잖아."

꿈결처럼 들려온 말에, 해주는 말문이 턱 막히고 말았다. 이내 심장이 미칠 듯이 뛰기 시작했다. 머릿속이 백지장처럼 하얗게 텅 비어 버린 듯 아무런 생각이 들지 않았다.

그의 말에 어떤 반응을 보여야 할지 가늠조차 되질 않았다. 그의 일방적인 집착이 숨이 막힐 정도로 그녀를 옥죄기 시작했다.

"해주야."

처연한 그의 음성이 다시금 그녀를 툭— 건드려왔다. 그러나 해주는 망연한 눈으로 어떤 반응도 보이지 않았다. 수혁이 서서

히 그녀를 안고 있던 팔에 힘을 풀었다. 힘없이 축 늘어진 채 그
녀가 터덕거리며 한걸음 뒤로 물러섰다. 수혁이 그런 그녀의 손
목을 확 휘어잡아 세웠다.

"자꾸 나한테서 멀어지려 하지 마."

그가 그녀의 어깨 한쪽에 이마를 댔다.

"너 때문에 난 겨우 버티고 있는데……."

이렇게 구차하게 살고 싶지 않았는데…… 너만 아니라면.

"그래서 죽을힘을 다해 너한테 최선을 다하고 있는 건데."

오로지 너만을 위해 살고 있는데.

"네가 이러면, 내가 너무 힘들어."

수혁이 속살거림을 멈추고, 눈을 감았다. 너무나도 그리웠다.
코끝에 스머드는 그녀의 내음, 따스한 손길, 어느 것 하나 위로
가 되지 않는 것이 없었다.

필요해. 네가 너무 필요해. 날 붙잡아줘.

그의 진심들이 그녀를 향해 소리쳤다. 그리고 어김없이 그녀
가 화답하듯 다가와 줄줄 알았다. 그래서 기다렸다. 그녀의 위
로를. 하지만 돌아오는 건 차갑기 그지없는 그녀의 날 선 목소리
였다.

"난 너한테 아무 감정 없어."

그녀가 중얼거리듯 말을 내뱉곤 그를 밀어냈다. 공허하게 마
주쳐오는 그의 시선을 똑바로 마주하며, 그녀가 확고히 말을 이
었다.

"네 곁에 있을 생각도. 그렇다고 네 마음을 받아 줄 생각도 없어."

"해주야……."

"나한테서 아무것도 바라지 마."

여기서 끝내자.

"지수혁, 정신 차려. 너와 난 남매나 다름없는 친구 사이일 뿐이야."

"……."

"그 이상의 관계를 바라는 거라면, 이 집에서 당장 나가."

해주는 매섭게 말을 내뱉곤, 그대로 집으로 발길을 돌렸다. 속에 담고 있던 말을 내뱉고 나니 온몸에 힘이 확 풀려버린 듯했다. 다리가 후들거려 금방이라도 바닥에 주저앉아 버릴 것 같았다.

'버텨야 해.'

해주는 입술을 꽉 깨물곤, 힘겹게 계단 위를 올랐다.

"천해주."

그때 뒤에서 다시금 그녀를 부르는 수혁의 목소리가 들렸다. 해주는 무시하고, 어느새 당도한 집 문을 열고 안으로 들어섰다. 뒤에서 쏜살같이 수혁이 쫓아 들어오는 것이 느껴졌다. 해주는 서둘러 신발을 벗고 들어서려 했지만, 금세 들어선 수혁이 그녀의 손목을 다시 확 붙잡았다.

"할 말 끝났어, 그러니까 그만 좀 하란 말이야!"

매몰차게 그를 밀어내리던 해주는 순간, 그의 시선이 정면을 향하는 걸 보고 움직임을 멈췄다. 그는 붙잡은 그녀의 손목을 강하게 쥔 채로 어금니를 꽉 깨물고 있었다.

'뭐지?'

가만히 거실 안을 바라보는 수혁의 모습에, 해주는 천천히 그의 시선이 머무는 쪽으로 고개를 돌렸다.

"아버지……."

고요한 정적이 흐르는 거실 안, 그곳에 동환이 무서운 얼굴을 하고선 그들을 바라보고 있었다.

수혁은 해주의 손목을 슬며시 놓아주었다. 그런데도 해주는 안으로 들어갈 생각하지 않고 가만히 제자리를 지켰다. 무서운 눈빛으로 그들을 응시하고 있던 동환이 자리에서 일어섰다.

그는 아주머니를 슬쩍 흘겨봤다. 자리를 비키라는 의미임을 금세 알아들은 아주머니가 부엌 안으로 사라졌다. 그 뒤로 고요한 거실 안에 무거운 긴장감이 흐르기 시작했다.

동환이 느릿하게 그들이 있는 곳으로 다가섰다. 흠칫, 뒤로 물러서려는 해주의 등에 수혁이 부딪혔다. 그녀가 슬쩍 수혁을 돌아봤다. 그도 동환의 존재를 예상하지 못했는지, 당혹스러워하는 기색이 보였다.

"들어오지 않고 뭐해?"

묵직한 목소리가 그들을 다그쳐 왔다. 해주는 눈치를 살피며 조심스럽게 동환에게 다가섰다. 뒤를 따른 수혁이 해주의 옆에 나란히 섰다. 동환의 눈길이 그런 두 사람을 매섭게 훑어 내렸다.

"그새를 못 참고 또 사고를 쳤단 말이지."

두 사람을 향했던 그의 시선이 해주의 앞에서 멈췄다. 마주쳐 오는 서늘한 그의 눈빛에, 해주는 자신도 모르게 두 눈을 내리 떴다.

시선이 갈 곳을 잃고 마구 흔들렸다. 전후 사정도 모르고 무조건 질타부터 하는 그에게 반박하고 싶어, 입이 자꾸만 달싹거렸다. 하지만 쉽사리 입안에 맴도는 말을 꺼낼 수 없었다.

"그래, 어디 한 번 들어나 보자꾸나. 도대체 무슨 생각으로, 입에 담기조차 끔찍한 자결소동을 또다시 벌였는지."

그가 그녀의 손목을 눈짓으로 가리키며 조곤조곤한 말투로 말을 내뱉었다. 일약 해주의 표정이 고통스럽게 일그러졌다.

'끔찍하다······.'

지겹다는 듯 내뱉은 그의 말이 망치처럼 그녀의 가슴을 내리 쳤다. 피멍이 들어버린 마음을 대변하듯 그녀의 두 눈에 습기가 차올랐다.

부들부들 떨리는 손을 꽉 움켜쥐었다. 보이지 않는 모양이었다. 엉망이 되어 버린 제 딸의 모습이.

어쩌면 저리도 이기적이고 무심하게 자식을 대할 수 있는 건지, 말 못하는 짐승도 이리하지 않을 거란 생각에 분노가 치밀었다. 해주는 어금니를 악다물었다.

그녀는 내리뜬 두 눈을 들어 똑바로 동환을 응시했다. 그는

형형히 부딪쳐 오는 해주의 시선에 심기가 불편한지, 이맛살을
잔뜩 찌푸렸다.

"말해 보래도!"

동환의 사나운 목소리가 주변을 울렸다. 발작처럼 소리치고
싶었던 걸 억누르며, 해주가 나직하게 말을 꺼냈다.

"이유 같은 거 없습니다."

그녀의 눈매가 가늘게 길어졌다.

"그냥 더는 살고 싶지 않아서 그랬어요."

반항적인 그녀의 두 눈이 냉혹하게 빛나는 동환의 두 눈과 부
딪쳤다. 동환의 얼굴이 불쾌감으로 물들어 갔다. 한 걸음, 두 걸
음…… 그가 해주 앞에 가까이 다가섰다. 조금도 굽힐 기색조차
없어 보이는 그녀로 인해, 분노가 태풍처럼 그의 가슴속으로 몰
아쳐 왔다. 해주를 내려다보는 그의 이마 위로 굵은 핏줄이 돋아
났다.

"부족할 거 없이 키워놨더니, 뭐……? 살고 싶지가 않아?"

동환이 기가 막히는 듯, 짙은 숨을 내뱉었다.

"아주 가관이구나, 네 엄마나 너나…… 사람 질리게 하는 데는
아주 천부적인 재주가 있어."

"……."

"그래서, 이왕 이렇게 된 거 이번만큼은 확실하게 해 보지 그
랬느냐?"

동환의 시선이 붕대로 감긴 그녀의 손목에 머물렀다.

"왜? 막상 죽으려니 이번에도 겁이 났던 게냐?"

날카로운 말이 그의 입에서 아프게 쏟아졌다. 단단하게 굳어 있던 그녀의 얼굴에 조금씩 실금이 그어졌다.

"하……."

자신도 모르게 입술 새로 헛웃음이 비집어 흘러나왔다. 시렸다. 까질 대로 까져 버린 상처가 채 아물기도 전에 또다시 짓이겨진 것만 같았다.

"한동안 잠잠하게 잘 지낸다길래, 조금은 변했을 거라 기대한 내가 한심하구나."

"……잘 지낸다…… 단지 그렇게 생각하고 싶으셨던 건 아니고요?"

해주가 비웃음 섞인 말을 내뱉었다. 동환이 정색한 얼굴로 턱 끝을 살짝 들어 보였다.

"하고 싶은 말이 무엇이냐."

메마른 입술을 꽉 깨물고 있던 해주가 그를 똑바로 쏘아보며 입을 열었다.

"하고 싶은 말이요……?"

"그래."

"왜, 이제는 제 말을 들어 줄 생각이라도 드셨나요?"

해주의 반문에 동환의 얼굴에 짜증이 드러났다.

"너하고 이런 쓸데없는 문제로 실랑이하고 싶은 생각 따위 없으니, 할 말이 있다면 어디 한번 말해 봐."

쓸데없는 문제······.

마지막까지 붙잡고 있으려 했던 감정의 둑이 와르르 무너져 내렸다. 그녀의 입가에 비릿한 미소가 걸렸다. 그래, 이런 사람이 내 아버지였지. 깨닫고 인정하는 지금 이 순간이 너무나도 비참하게 느껴졌다.

작게나마 남아 있었던 부모에 대한 정마저, 싸하게 몰아치는 의미 없는 바람과 함께 날아가 버렸다.

입술 새로 자꾸만 울분에 찬 신음이 흘러나올 거 같았다. 해주는 오돌오돌 떨리는 건조한 입술을 하염없이 물어뜯었다.

기댈 곳 없는 몸이 잠시 휘청거렸다. 그때, 어깨를 감싸오는 차가운 감촉이 느껴졌다. 해주는 느릿하게 눈동자를 돌렸다. 수혁의 단단한 팔이 그녀를 지탱해주고 있었다.

해주의 공허한 눈이 그를 잠시 마주했다. 흐릿한 초점이 점차 뚜렷해지더니, 해주의 몸이 곧바로 그에게서 떨어졌다.

반사적으로 그를 거부하는 해주의 태도에, 수혁의 눈빛이 음울하게 가라앉았다. 그걸 무시한 채, 해주의 두 눈이 다시 동환을 향했다. 그는 나름의 인내심을 갖고 그녀가 입을 열기를 기다리고 있었다.

"웃기네요."

그녀가 입꼬리를 당겨 올렸다. 동환이 눈살을 찌푸렸다.

"지금 그 버릇없는 태도는 뭐냐."

차가운 그의 시선에도 해주는 물러섬 없이 그를 똑바로 직시했다.

"평생 제 말 같은 건 들어보려 하지도 않으시던 분이셨잖아요."

엄연히 사람취급조차 하지 않았지, 그런데…….

"이제 와 그리 열성적으로 들으려 하시니, 왠지 웃겨서요."

비아냥거리듯 말을 늘어놓던 그녀의 두 다리가 보이지 않게 떨렸다. 애써 외면했지만, 속에 꾹꾹 눌러놓은 말을 내뱉을 때마다 알 수 없는 두려움이 그녀를 짓눌렀다.

동환은 그녀에게 있어 마냥 무섭고 피하고 싶은 존재이기만 했다. 그런 그를 상대로 버텨 내려 하니, 숨기려 해도 무서운 마음이 앞섰다.

'제발 지금 이 상황이 빨리 지나가길…….'

전처럼 무시하고 그대로 돌아서길 바랐다. 하지만 동환의 얼굴은 오히려 야차처럼 더욱 냉혹하게 변해 있었다.

"내가 오판했구나."

그가 무겁게 읊조렸다.

"이렇게까지 네가 최악의 상태일 거라곤 미처 생각지 못했구나. 제정신이 아니야."

정신병자 취급하는 그의 발언에 해주의 얼굴이 분노로 일그러졌다.

"아버지!"

"그 입 못 다물어!"

동환이 세차게 그녀에게 소리쳤다. 해주의 두 눈이 눈물을 그득하게 머금었다. 화가 났다. 제 마음을 조금도 헤아리지 못하고 몰아치기만 하는 그가 너무나도 원망스러웠다.

"언젠가는 알아주실 거라고…… 조금은 날 안타깝게 여겨 주실 거라고 생각했어요."

떨리는 목소리가 그녀의 입에서 천천히 흘러나왔다. 그러나 동환의 얼굴은 더욱더 어둡게 굳어져만 갔다. 그가 무뚝뚝하게 말을 내뱉었다.

"네가 그동안 한 짓을 생각해 보거라, 기껏 낳아서 길러준 부모 앞에서 툭하면 죽겠다고 소란을 피우는 널 어느 부모가 가엾게 여겨주겠느냐!"

"왜!"

"……."

"왜! 그리도 죽고 싶어 하는 건지, 한 번이라도 물어보신 적은 있으세요?"

울분에 찬 그녀의 물음에 동환은 무심히 말했다.

"그런 이유 따위 궁금하지도, 알고 싶지도 않다."

그가 미간을 좁혔다.

"별일 아닌 일로 살고 싶지 않다, 투정이나 부리는 나약하기 짝이 없는 네 속사정 따위를 듣고 있을 만큼 내가 한가해 보이더냐?"

해주를 차갑게 노려보며 동환이 씨근덕거리듯 말을 뱉어 냈다. 세상이 빙글 돌았다. 심장이 발기발기 찢겨 버린 듯했다. 창백해진 그녀의 입술이 짓 물린 채로 선혈을 머금었다.

숨이 쉬이 쉬어지질 않았다. 그녀는 말아 쥔 손바닥을 손톱으로 마구 긁었다. 온몸이 쭈뼛 서는 이 고통을 어떻게 참아내야 할지 모르겠다.

"부족할 것 없이 너한테 할 만큼 했다고 본다. 그런데도 매번 이런 꼴로 실망을 시키다니……."

동환의 말이 쉬지 않고 튀어나왔다. 그만해요, 그녀의 가슴이 외쳤다.

"하아…… 아무래도 내가 잘못 생각했구나."

그가 천천히 숨을 골랐다.

"원래 계획대로 널 미국으로 보냈어야 했어."

해주의 낯빛이 굳었다.

"네 엄마하고 상의해 볼 테니, 이번 학기까지만 다니고 유학 갈 생각해라."

"싫어요."

단박에 그녀의 입에서 거부하는 말이 나왔다. 동환이 바득 이를 갈았다.

"끝까지 이런 식으로 할 셈이더냐!"

"언제까지 제가 아버지 뜻대로만 살아가야 하는데요!"

애끓는 목소리가 울렸다.

"제가 엄마, 아버지 딸이 맞긴 한 거예요?"

맞는다면, 부모인 그들이 자식한테 절대 이렇게까지 잔인하게 굴 순 없을 것이다.

"계속 이런 식으로 방치할 거라면, 그때 차라리 죽게 내버려 두시지 그러셨어요!"

끔찍했던 환영이 밤마다 덮쳐와 눈을 뜨고 있는 것조차, 심지어 감고 있는 것조차 괴로웠던 그때, 죽게 내버려 뒀으면 좋았을 텐데…….

그녀의 뺨 위로 눈물이 흘러내렸다.

"나야말로 이젠 지겨워요……."

매번 이런 식으로 상처받는다는 게,

"남들 앞에서 가식 떨며 행복한 부부인 척, 자상한 아빠인 척하는 꼴 보는 것도 이제 진절머리가 난다고요!"

부모에게조차 기댈 수 없는 현실이 너무나도 갑갑하고 한스러워 견딜 수가 없다.

해주는 힘껏 독한 말들을 쏟아 내곤, 흐느끼기 시작했다. 한번 봇물 터진 눈물은 하염없이 그녀의 얼굴을 적셨다. 버티고 서 있는 것조차 힘겨워 이대로 주저앉고만 싶었다.

하지만 그녀는 꿋꿋이 버티고 서선, 동환을 직시했다. 붉으락푸르락한 얼굴을 한 동환이 그녀를 죽일 듯이 노려보는가 싶더니, 이내 그가 오른손을 번쩍 들어 올렸다.

이후 가차 없이 그의 손이 해주의 얼굴을 덮쳐갔다. 그걸 본 해주는 본능적으로 두 눈을 질끈 감고 몸을 움츠렸다.

짝—!!

그녀의 귓전으로 매서운 소리가 휘감겼다. 그런데 이상하게도 희미하게 떨리던 뺨 위로 아무런 고통이 느껴지지 않았다. 해주는 두 눈을 천천히 떠보았다.

'뭐지…….'

그녀는 아래로 향한 눈을 굴려 앞을 바라봤다. 수혁의 뒷모습과 함께 그의 고개가 옆으로 홱 돌아가 있는 것이 보였다.

해주는 그제야 그녀를 대신해 수혁이 나서서 맞은 것을 알아채곤 입술을 바르르 떨었다.

"수……혁아?"

새파랗게 질린 해주와 달리 수혁은 흔들림 없이 무표정했다. 그는 동환을 돌아봤다. 그는 중간에 수혁이 개입한 것이 마음에 들지 않는 듯, 못마땅한 표정을 짓고 있었다.

"또 끼어드는구나."

동환이 눈썹을 잔뜩 찡그렸다.

"하긴, 저 애가 저리된 데는 네가 일조한 게 크지."

"……."

"네가 매번 저 녀석을 감싸고도니, 저리 버릇이 없어진 게 아니냐."

수혁의 눈이 가늘어졌다. 매번 이런 식으로 해주에 관한 일을 자신의 잘못으로 떠넘기는 그가 이제는 우습게 느껴졌다.

'역겨운 인간들.'

동환이나 제 아버지나 다를 게 없다. 상종조차 하고 싶지 않을 정도로 이기적인 데다, 추악하기가 이를 데 없는 족속들이었다.

상대하는 것조차 싫었지만, 수혁은 본심을 숨기고, 차분히 입을 열었다.

"해주의 몸도 성치 않으니, 오늘은 이쯤에서 그만하시는 게 좋으실 듯합니다."

동환의 인상이 살짝 구겨졌다. 만류하는 그의 자태가 영 마음에 들지 않았지만, 동환은 입안에 도는 말을 삼켰다. 그는 슬쩍 수혁의 뒤에 서 있는 해주를 쳐다봤다. 얼마나 또 소란을 피웠는지, 손부터 머리까지 어디 멀쩡해 보이는 구석이 한 군데도 없었다. 짜증이 치미는 한편, 마음 한구석이 아릿해졌다.

그가 속으로 한숨을 작게 내쉬었다. 왜 이렇게 매번 엇나가기만 하려는 건지, 답답하고 이해가 가지 않았다.

하지만 그는 거기까지만 생각하고, 큰 미련을 두지 않았다. 해주보다는 지금 신경 써야 할 부분이 한두 가지 아니었다. 그중 하나가 눈앞에 멀끔히 서 있는 수혁이었다.

"내일 나와 둘이 갈 곳이 있으니, 10시까지 준비하고 있거라."

"어딜 말입니까?"

"그건 내일 가 보면 알겠지."

동환은 짧게 말하고선 그대로 안방으로 향했다. 수혁은 그의 뒷모습을 가만히 바라봤다. 갑자기 말도 없이 귀국한 그와 함께 가야 할 곳이 어디일까.

의문스러웠지만, 일단 그는 중요한 문제부터 챙기려 몸을 돌렸다. 넋이 나간 표정으로 해주가 힘겹게 서 있었다.

"올라가자."

수혁이 그녀의 팔을 붙잡아 부축하려 했다. 하지만 해주는 차 갑게 그의 손길을 쳐내곤 말없이 계단으로 향했다. 수혁이 끝까 지 그녀를 쫓아가 붙잡았다.

"천해주."

"손대지 마!"

해주가 발작적으로 그를 밀쳐내며 소리쳤다. 수혁이 한 발짝 뒤로 물러섰다. 그녀가 그런 그를 냉담히 노려보고는 계단 위를 터덕거리며 올라갔다. 그러고는 급히 방 안으로 들어가 문을 잠 갔다.

익숙한 어둠이 그녀를 잠식해갔다. 해주는 그대로 주저앉은 채로 두 손으로 얼굴을 감싸 쥐었다. 마르지 않은 눈물이 다시금 그녀의 두 뺨 위로 흘러내렸다.

"흐흑……."

변하는 건 없어.

"싫어……."

절망감이 밀려든다. 잠시나마 행복했던 그때로 돌아가고 싶어.

"나 좀 살려 줘요……."

따스하게 웃어 주던 그 사람에게로,

'나 좀 데려가 줘요…….'

차마 붙잡을 수 없는 그 사람…… 너무 보고 싶다.

"교수님, 나 좀 살려 줘요……."

제발…….

*　　*　　*

"감사합니다."

아주머니가 챙겨 주는 음식을 받아 들은 수혁은 부엌을 나와 2층으로 향했다. 어제 방으로 들어간 이후, 해주는 넋이 나간 사람처럼 주저앉은 채로 미동조차 하지 않았다.

그가 아무리 말을 걸어도, 그녀는 묵묵부답이었다. 심지어 눈조차 마주치려 하지 않아서, 수혁은 결국 포기하고 그녀의 방에서 나올 수밖에 없었다.

아침이 되어 평소처럼 방에 들어가 봤지만, 해주는 어제와 마찬가지로 무릎에 얼굴을 파묻은 채 그를 돌아보지도 않았다. 수혁은 그대로 방을 나와 아주머니에게 아침을 챙겨 달라고 했다.

일단은 기력을 되찾아 주고 싶은 마음이 앞섰다. 자신을 향한 오해와 불신, 그리고 부모님과의 마찰은 차차 풀어 주면 나아질 것이라 생각했다. 항상 그래 왔으니까.

그는 복잡하게 그녀를 대하고 싶지 않았다. 작은 일탈 뒤에 그녀는 제자리로 돌아왔을 뿐이다. 그리 생각하리라.

"해주한테 가는 길이냐?"

막 계단을 오르는데, 동환의 목소리가 들려왔다. 수혁은 옆을 돌아봤다. 신문을 읽던 동환이 마뜩잖은 눈초리로 그를 응시하고 있었다. 수혁은 그에게 무표정하게 묵례를 했다.

"일어나셨어요."

"해주 아침 가져다주는 거라면, 관두거라."

동환은 싸늘히 말하곤, 신문을 테이블 위에 탁 내려놓았다. 아침부터 심기가 불편해 보이는 그의 모습에 수혁은 조심스럽게 말을 건넸다.

"해주가 어제부터 아무것도 먹지 못해서……."

"배가 고프면 제가 알아서 아주머니께 챙겨 달라 하겠지."

"하지만 교수님."

"됐고, 넌 그만 올라가서 나갈 준비나 하고 내려 오거라."

말을 뚝 끊어내며, 동환이 수혁에게 단호히 말했다. 어제 오전부터 갈 곳이 있다며 준비하라던 그의 말이 떠올랐다.

특별히 깊게 생각하지 않았던 수혁은 뒤늦게 의문을 가졌다. 이제껏 동환과 따로 외출을 한 일은 단 한 번도 없었다. 그래서 어제 그가 말한 것도 가벼이 흘려들었던 거였는데, 이제 보니 사정이 있어 보였다.

'그게 뭘까.'

"거기 서서 뭐하느냐? 안 올라가고?"

어느새 소파에 앉은 동환이 그에게 서두르라는 눈빛을 보냈다. 수혁은 부엌에서 나온 아주머니에게 쟁반을 넘기곤, 동환의 곁으로 다가섰다.

"아침부터 어딜 가는 겁니까?"

동환이 테이블 위에 내려놓았던 신문을 확 펼쳐보며 무심히 말했다.

"가 보면 알 거다."

의미심장한 그의 말에 수혁은 좀 더 깊게 묻고 싶었지만, 달싹 대는 입을 다물었다. 눈길조차 주지 않는 동환의 태도로 봐선 묻는다고 대답해 줄 거 같지도 않았다.

수혁은 그를 뒤로하고 2층으로 올라섰다. 방안에 홀로 있을 해주가 신경이 쓰였다. 하지만 수혁은 아래층에서 기다리고 있는 동환을 의식해 그대로 방에 들어가 옷을 갈아입었다.

손에 핏방울이 뚝뚝 흘러내렸다.

손에 유리조각이 박혀 엉망이 되었지만, 고통은 느껴지지 않았다. 막무가내로 손에 쥐고 내려친 맥주병의 잔재가 그녀의 손에 꽉 쥐어져 있었다.

비명 소리와 함께 그녀의 시야로 시체처럼 누워 있는 남자의 모습이 또렷이 보였다.

'더러운 인간, 쓰레기 같은 새끼.'

거친 말들이 머릿속을 헤집었다. 그녀는 공허한 눈으로 쓰러져 있는 남자를 훑어본 뒤, 뚜벅뚜벅 입구로 향했다.

그때, 누군가 그녀의 머리카락을 움켜쥐고 바닥에 내팽개쳤다. 온몸이 부서질 듯 고통스러웠지만, 비명 소리는 나지 않았다. 그저 이 답답하고 역한 공간에서 탈피하고 싶었다.

그녀는 억지로 다리에 힘을 주고, 힘겹게 몸을 일으켰다. 뒤에서 누군가가 욕을 하며, 그녀를 또다시 옆으로 밀쳐 냈다. 그 이후로는 넘어진 그녀를 향한 그들의 발길질이 시작됐다.

꾸역꾸역 참았던 신음이 그녀의 입에서 터져 나왔다. 발길질만 일삼던 그들의 손이 축 늘어진 그녀를 덮쳐 왔다. 그녀의 상의가 찢기고, 속옷이 드러났다.

그때부터 그녀는 미친 듯이 발악을 했다. 속옷의 끈을 내리려는 그들의 손을 밀쳐내고 물어뜯었다. 듣기에도 수치스러운 욕들이 그녀의 귓가를 파고들었다. 그들의 손이 그녀의 뺨을 휘갈겼다. 참고 있던 눈물이 그제야 하염없이 흘러내렸다.

애원했다. 몽롱하기만 한 지금 이 순간이 그저 꿈이길, 현실이 아니길.

그때 살짝 열려 있는 문틈 사이로, 익숙한 형제를 본 그녀는 두 눈을 의심했다. 어둠 속에서 보인 작은 빛. 다급히 뛰어오는 검은 인영이 문을 쾅 열고 들어섰을 때, 자포자기하고 있던 그녀는 그제야 안도하며 가쁜 숨을 몰아 내쉬었다.

한바탕 소동 뒤, 누군가 그녀를 가볍게 끌어안았다. 뿌옇게 흐린 그녀의 시야로 보인 단 한 사람,

'수혁아……'

꼭 구해 줄 거라, 구하러 올 거라 믿어 의심치 않던 그.

'미안하다, 해주야……'

해주는 연신 늦어서 미안하다는 그의 말을 끝으로 정신을 놓았다.

"으음⋯⋯."

앉은 채로 잠이 들었던 해주는 신음을 흘리며 정신을 차렸다. 길고 긴 터널을 지난 것처럼, 꿈을 꾼 것뿐인데도 숨이 가파르고 가슴이 답답했다.

해주는 서서히 숨을 고르고 몸을 천천히 일으켰다. 익숙한 어둠이 그녀를 반겼다.

그녀는 협탁 위에 놓인 물 한잔을 단숨에 들이켰다. 바닥까지 모두 털어 넣었지만, 이상할 정도로 갈증이 가시지 않았다. 해주는 여전히 바짝 마른 입술을 매만지고는, 습관적으로 걸음을 옮겨 단단한 문고리를 잡았다.

당연히 잠겨 있을 것이라 예상했던 문고리가 자연스럽게 돌아갔다. 너무나 쉽게 문이 열렸다.

보니 자물쇠가 잠겨 있지 않았다. 아마도 동환을 의식해 수혁이 그대로 둔 모양이었다. 해주는 그걸 표정 없이 훑어보고는 복도를 걸어 계단으로 향했다.

"그만 돌아가세요. 자꾸 이러시면 제가 곤란해요."

1층에 막 내려서는데, 인터폰 앞에 선 아주머니가 난감한 목소리로 누군가에게 말을 건네고 있었다. 해주는 고개를 갸웃거리고는 그녀에게로 걸어갔다.

뒤늦게 그녀의 기척을 느낀 아주머니가 흠칫 놀라며 수화기를 내려놓았다. 그걸 의아하게 느낀 해주가 물었다.

"누구……왔어요?"

해주의 눈치를 살피며, 아주머니가 어색하게 웃으며 입을 열었다.

"그게…… 집을 잘못 찾아온 거 같은데, 자꾸 귀찮게 굴어서요."

"아, 그래요…….."

"아 참, 배고프죠? 얼른 아침 챙겨 줄게요."

서둘러 부엌으로 가려는 아주머니를 붙잡으며 해주가 물었다.

"아버지랑 수혁이는요?"

"아, 어디 같이 갈 곳이 있다고 일찍부터 나가셨어요."

"둘이 같이요?"

"네."

한 번도 둘이서만 외출한 적은 없었다. 그걸 이상하게 여기며 해주가 아주머니에게 물으려는데, 다시 벨이 울렸다. 아주머니가 놀라며 인터폰을 가렸다. 하지만 그전에 먼저 인터폰에 비친 남자를 본 해주의 두 눈이 동그랗게 커졌다.

'설마…….'

해주가 한 발 인터폰으로 다가섰다. 그런데 그보다 앞서 아주머니가 그녀를 가로막아 섰다.

"잘못 찾아온 거예요."

"비키세요."

"해주 학생."

"비키시라고요!"

해주가 소리치자, 아주머니가 깊게 한숨을 푹 내쉬며 옆으로 비켜섰다. 그녀는 재빨리 인터폰 화면을 확인했다.

설마 했는데, 잘못 본 것이라 생각했는데 분명 화면 속에 비치는 사람은 률이었다.

해주는 뒤도 돌아보지 않고 그대로 현관으로 가 신발을 신었다. 뒤에서 아주머니가 부르는 소리가 들렸지만, 그녀는 뭐에 홀린 사람처럼 정신없이 대문을 향해 뛰어갔다.

"하아, 하아……."

대문 앞에 멈춰 선 그녀는 일단 숨을 골랐다. 헝클어진 머리를 매만지고, 옷을 단정히 정리했다. 대문 아래 틈 사이로 률의 그림자가 보였다. 그리고 다시 한 번 그녀 귀로 인터폰을 누르는 소리가 들렸다.

해주는 긴장한 표정으로 한 발 한 발 내디뎠다. 그러고는 떨리는 마음으로 잠긴 문을 서서히 열어젖혔다. 그의 집에서 도망치듯 나온 뒤 얼마 지나지 않았지만, 그토록 보고 싶었던 얼굴이 서서히 그녀의 눈동자에 가득 박혔다.

"해주야……?"

얼떨떨해하던 률의 얼굴이 처음 그녀를 반겼다. 그걸 바라보는 해주의 입가에 잔잔한 미소가 걸렸다.

"교수님."

그녀의 목소리에 륜의 얼굴 위로 밝은 빛이 떠올랐다. 해주는 망설임 없이 그의 품 안으로 뛰어들었다. 갑작스레 안긴 해주를 륜은 당황한 눈빛으로 내려다보더니 이내 작게 피식 웃어 보였다. 그러고는 말없이 좀 더 포근히 그녀를 끌어안아 줬다.

"잘 부탁드립니다."

륜의 손에 이끌려 헤어숍에 도착한 해주는, 디자이너에게 건네는 그의 말에 피식 웃음을 지었다. 흡사 선생님에게 자식을 맡기는 부모처럼 그의 눈빛에 걱정과 기대가 한데 뒤섞여 있었다.

해주는 대기하는 자리를 옮기는 륜을 흐뭇하게 바라보곤, 디자이너의 뒤를 따랐다.

"남자 친구분이 다정하시네요."

디자이너가 안내한 자리에 앉은 해주는 그녀의 말에 대답 없이 어색하게 웃어 보였다. 남자 친구라는 단어가 낯설게 느껴지면서도, 한편으론 기분을 좋게 만들었다. 비록 그와 연인 사이는 아니었지만, 굳이 남들이 그렇게 보는 것을 정정하고는 싶지 않았다.

해주는 거울을 통해 보이는 륜을 흘끗 훔쳐봤다. 미용실 내 여자들의 시선이 그에게로 집중되어 있었지만, 그는 신경조차 쓰지 않고 휴대폰을 들여다보고 있었다. 그러던 중 이따금씩 고개를 들 때면, 어김없이 그는 해주를 살피고 있었다.

그 모습에 해주는 작은 희열을 느꼈다. 그와 눈을 마주칠 때마다 가슴 한편이 찌릿해지면서 입술이 저절로 위로 추켜 올라갔다. 혹시나 그걸 륩이 보지 않을까 그녀는 안간힘을 다해 표정을 굳혔다.

"손님, 어디 불편하신 데 있으세요?"

어딘가 불편해 보이는 해주의 모습에 디자이너가 걱정스럽게 물었다. 순간 민망해진 해주는 작게 고개를 내저었다.

"아, 아니에요."

해주가 작게 웃어 보이자, 그제야 안심한 디자이너가 그녀의 머리카락을 손질하기 시작했다. 수혁에 의해 엉망이 되어 버린 그녀의 머리카락이 싹둑싹둑 잘려나갔다.

그동안 힘겹게 길러 온 머리카락인 만큼 아쉬울 법했지만, 그녀는 무덤덤하게 잘리는 머리카락을 지켜봤다.

머리카락이 잘려갈수록 수혁과의 끔찍했던 일들이 제 기억에서 떨어져 나가는 기분이 들었다. 차라리 잘 된 일이다. 잘린 머리카락만큼 오히려 그를 향한 마음이 강하게 다독여졌다. 도저히 받아들여지지 않았던, 변해 버린 그의 모습이 점점 현실로 받아 들어졌다.

한결같았던 머리스타일이 변한 지금처럼, 그와 자신과의 관계 또한 전과 다르게 변해 버렸다. 그걸 받아들이는 내내 마음이 무거우면서도 울컥하는 감정이 한 번씩 깊게 차올랐다.

"다 됐습니다. 수고하셨어요."

긴 단발을 한 낯선 얼굴이 그녀를 마주 보고 있었다. 해주는 자리에서 일어나 률이 앉아 있는 곳으로 주춤거리며 걸어갔다.
누군가와 통화 중이던 그가 휴대폰을 잠시 내려놓고 그녀를 맞
이했다.

"끝난 거야?"

무덤덤한 그의 반응에 해주는 잠시 멈칫했다. 크게 좋아하는
표정을 보이지 않더라도 그래도 괜찮다 정도의 말은 해 줄 줄 알
았다. 그런데 그의 반응은 조금 비약해서 본다면 심드렁해 보였
다. 해주가 애써 실망한 표정을 숨기고 고개를 끄덕였다.

"그럼 나가자."

해주를 대신해 앞서 계산을 끝낸 그가 미용실을 나서는 동안
누군가와 계속해서 통화를 했다. 해주는 어색하게 잘린 머리카
락을 손으로 만지작거리며 률을 힐끔거렸다. 그러다 문득 률과
눈을 정확히 마주했다. 해주는 무안해하며 시선을 다른 곳을 돌
렸다.

"혹시 문제 생기면 바로 전화 줘, 그래…… 수고해."

급히 전화를 끝낸 률이 시무룩하게 옆에 서 있는 해주를 가만
히 내려다봤다. 그가 고개를 살짝 옆으로 갸웃 기울였다.

"왜? 머리스타일이 마음에 안 들어?"

해주가 걸음을 멈추고, 그를 돌아보며 고개를 저었다.

"아니요, 그냥…… 아직은 어색해서요."

그녀가 다시 제 머리카락 끝을 만지작거렸다. 률이 그런 그녀
를 빤히 바라봤다.

"왜요……? 이상해요?"

그의 시선을 느낀 해주가 조심스럽게 물었다. 무뚝뚝하게 그녀를 내려다보던 륜이 싱긋 미소를 지어 보였다. 그는 손을 내밀어 그녀의 머리를 부드럽게 쓰다듬었다.

"아니."

"……."

"예뻐. 되게 잘 어울린다."

해주의 얼굴이 한순간 붉게 달아올랐다. 그녀는 그를 피해 고개를 홱 옆으로 돌렸다. 그가 한 말에 천 미터 달리기라도 한 듯 심장이 미칠 듯이 뛰기 시작했다. 열이 나고, 자꾸만 입가가 실룩거렸다.

그의 말 한마디, 행동 하나에 감정이 제멋대로 요동치는 것이 그저 당혹스러웠다.

'왜 이러지.'

처음 느껴보는 기분,

"이제 갈까?"

해주가 혼란스러움을 느끼던 그때, 륜의 음성이 그녀를 두들겼다. 해주는 의아한 눈빛으로 물었다.

"……어디 가는데요?"

륜이 그녀에게 손을 내밀며 말했다.

"일도 미뤘으니, 즐겁게 놀아봐야지."

"네?"

해주의 반문에 그는 말없이 그녀의 손을 꽉 마주 잡았다. 해주는 놀란 눈빛으로 그를 바라봤다. 그녀의 시선에 륜은 어깨를 으쓱해 보였다. 그러고는 능숙하게 그녀를 데리고 어디론가 향했다.

"갈아입고 오거라."

수혁은 동환이 내민 수트케이스를 가만히 내려다봤다. 차창 너머로 보이는 대학병원 건물을 발견했을 때 설마 했던 일이, 그 옆 장례식장에 도착한 순간 확신으로 바뀌었다.

수혁은 동환이 떠밀 듯이 건넨 수트케이스를 마지못해 손에 들었다. 동환은 말없이 그를 지나쳐 안으로 들어섰다. 그의 뒷모습을 우두커니 지켜보며, 수혁은 어금니를 꽉 깨물었다.

미국에 있는 동환이 왜 연락도 없이 급작스럽게 귀국했을까 싶었다. 해주한테 온통 촉각을 곤두세우는 바람에 깊게 고민하지 않았는데, 그것이 뒤늦은 후회를 품게 했다. 수혁은 고개를 들어 건물을 응시했다.

"어차피 오늘내일 중으로 세상을 떠날 여자다."

통화 중 성민이 했던 말이 주마등처럼 뇌리를 스쳐 지나갔다. 말아 쥔 그의 손등 위로 핏줄이 돋았다. 참을 수 없는 분노가 일었다. 동환까지 동원해 자신을 여기까지 끝끝내 오게 하다니…….

그는 손에 들린 수트케이스를 한 손에 꼭 쥔 채로 문 옆에 놓인 쓰레기통을 향했다. 성민의 뜻대로 해 줄 생각 따윈 없었다. 설사 이 일로 인해 동환의 집에서 나오게 될지라도 절대 원하는 대로 행동하지 않을 것이라 결심했다.

수혁은 쓰레기통 앞에 멈춰 섰다. 그리고 미련 없이 손에 든 것을 버리려던 그 순간, 누군가 수혁의 손목을 붙잡았다.

"여기서 뭐 하고 계십니까?"

수혁이 흘끗 옆을 돌아봤다. 성민의 보좌관인 영일이 그가 버리려던 수트케이스를 대신 손에 들고선 허리를 세웠다. 그를 응시하는 수혁의 눈매가 날카롭게 찢어졌다.

"다들 안에서 기다리십니다. 갈아입고 오십시오."

영일이 그에게 수트케이스를 건네며 말했다. 수혁은 그를 한 번 싸늘히 노려보고는 발길을 돌렸다. 무시하고 돌아서는 수혁을 멀거니 바라보던 영일이 빠른 걸음으로 걸어가 그의 앞을 가로막고 섰다.

"조문은 하고 가시죠."

수혁이 굳은 얼굴로 그를 응시했다.

"제가 왜 그래야 하죠?"

"어쨌든 수혁 군께는 새어머니이셨던 분이지 않습니까?"

그의 말에 수혁이 비소를 흘렸다.

"얼굴 한 번 제대로 마주한 적도 없는 그 여자가 새어머니라…….”

“사모님께선 그래도 수혁 군에게 나름의 애정이…….”

“그만하시죠.”

단칼에 영일의 말을 자른 수혁은 더는 얘기할 가치도 없다는 듯 그를 지나쳐 걸어갔다. 영일이 한숨을 푹 내쉬었다. 이럴 때 보면 영락없는 성민의 아들이 틀림없었다. 물론 이해는 했다. 누구라도 이런 자리 참석하고 싶지 않겠지. 하지만 이대로 돌려보낼 순 없었다.

영일은 뛰어가 다시 그의 어깨를 붙잡았다. 반복되듯 그의 차가운 시선이 부딪쳐왔다. 영일은 그걸 무심히 흘려보곤, 수트케이스를 그에게 떠넘기듯 건넸다.

“일단 갈아입고 나오십시오.”

“싫다고 했습니다.”

“이대로 돌아가시면 후회하실 지도 모릅니다.”

협박인지 조언인지 모를 그의 나직한 말에 수혁이 눈을 가늘게 떴다. 이런 실랑이조차 이제는 지겨운 걸 떠나, 짜증이 치밀었다.

“이미 여기 이곳에 서 있는 것 자체가 후회스럽습니다.”

수혁이 사납게 말을 내뱉었다. 영일이 잠시 다물고 있던 입을 다시 열었다.

“의원님 곁에서 떨어져 지내고 싶으시다면, 일단 제 말대로 조문부터 무사히 끝내도록 하세요.”

의미심장한 그의 말에 수혁이 미간을 좁혔다.

"그게 무슨 뜻이죠?"

"무슨 뜻인지는 곧 알게 되실 겁니다."

"지금 얘기해 보십시오."

"제가 드릴 수 있는 말은 여기까지입니다."

수혁이 인내심을 갖고 권했지만, 영일은 금세 말을 돌렸다. 수혁의 표정이 일순 구겨졌다.

"최 보좌관님!"

"목소리 높이지 마십시오. 장례식장입니다."

그의 지적에 수혁은 치솟는 오심을 힘껏 집어삼켰다. 핏줄이라는 이유로 자신을 제멋대로 하려는 아버지나, 그런 사람 밑에서 온갖 더러운 짓은 일삼고선 고고한 척 구는 눈앞에 남자나, 상대할 가치도 없었다.

수혁은 그의 말에도 기어코 발길을 돌렸다. 문을 나서자마자 보이는 쓰레기통에 손에 든 수트케이스를 무참히 구겨 버렸다. 그러고는 택시 승강장 쪽으로 향했다.

그는 마침 안으로 들어서는 택시를 잡았다. 택시가 멈춰 서고, 유유히 그 안에 타려던 수혁을 누군가 저지하고 막아섰다. 정체 모를 누군가로 인해 문이 탁 닫히고, 수혁이 막아선 자를 돌아봤다.

"잠깐 얘기 좀 할 수 있을까요?"

30대 중반으로 보이는 뿔테 안경을 쓴 남자였다. 그리고 그의 뒤로 카메라를 어깨에 멘 몇몇 사람들이 보였다. 수혁이 경계심을 갖고 입을 열었다.

"뭐죠?"

"지성민 의원님, 아시죠?"

그의 물음에 수혁의 낯빛이 차갑게 굳어졌다.

률이 데리고 간 곳은 의외의 장소였다. 해주는 다른 사람들 틈에 끼어 티켓을 끊으러 간 그의 등을 물끄러미 바라봤다.

평상시와 다르게 신이 나 데리고 온 곳이 동물원이라니. 왠지 그의 이미지와는 어울리지 않아 괜스레 웃음이 비집고 흘러나왔다.

"왜 그렇게 웃어?"

티켓을 손에 들고 다가선 률이 혼자서 실실 웃고 있는 해주를 의아하게 쳐다봤다. 해주는 애써 미소를 감추며 손사래를 쳤다.

"아무것도 아니에요."

급히 앞서가는 해주를 바라보며 률은 살짝 고개를 기울였다. 그냥 기분이 좋아서 그러는 건가. 률은 가볍게 여기고 서둘러 그녀 옆에 나란히 섰다.

선선한 바람이 그들을 지나쳐 옆으로 흘러 지나갔다. 날씨마저 그들이 이곳에 온 것을 환영해 주는 듯했다.

해주는 호기심 어린 시선으로 주변을 구경했다. 동물원은 처음 와본 터라 모든 것이 그저 신기했다. 평일임에도 사람은 많았고, 가족이든 커플이든 다들 얼굴 위로 웃음꽃이 피어 있었다.

사람 구경을 하는 것만으로도 차갑게 얼어 있던 마음이 녹고, 따뜻한 기운이 가슴 안을 채우는 것 같았다. 이따금씩 바람결에 묻어나는 동물 특유의 내음은 역하기보단 새롭게 느껴졌다.

어릴 적부터 한 번쯤 와보고 싶었던 곳이었던 만큼, 모든 것들은 긍정적으로 받아들여졌다. 우울했던 마음이 한순간에 씻겨 내려간 듯했다. 해주는 슬쩍 눈을 굴려 률을 바라봤다.

마치 텔레파시라도 통한 듯 곧바로 그의 시선이 부딪쳐왔다. 해주는 움찔하곤 고개를 홱 돌려 버렸다. 그를 훔쳐보려다 들킨 것만 같아 창피했다. 해주는 괜스레 걸음을 빨리 재촉했다.

"같이 가."

률이 서둘러 그녀의 곁으로 다가갔다. 갑자기 앞질러 간 것도 그렇고, 거기다 일부러 시선을 피하는 것 같은 그녀의 행동이 의아했다.

그가 허리를 숙여 얼굴을 해주에게로 가까이 가져가자, 움찔거리며 그녀가 뒤로 살짝 몸을 뺐다. 과도한 반응에, 률이 멋쩍은 표정을 지으며 허리를 세웠다.

"흠…… 동물원 별로 안 좋아해?"

혹시 데리고 온 장소가 마음에 들지 않아 그러나싶어, 률이 조심스럽게 물었다. 해주가 곧바로 고개를 내저었다.

"아니요, 좋아요."

"그래?"

의미심장한 률의 반문에 해주가 그를 조심스럽게 돌아봤다. 자신의 반응을 오해했는지 그의 얼굴 위로 난감한 기색이 떠올라 있었다.

해주가 그런 그를 빤히 쳐다보다 슬쩍 률의 손을 맞잡았다. 놀란 률의 얼굴이 그녀의 두 눈에 들어왔다. 해주가 싱긋 웃어 보였다.

"저 동물원 처음 와 봐요."

"그……래?"

"네, 꼭 와 보고 싶었는데 데려와 줘서 고마워요."

해주가 맞잡은 그의 손을 꼭 쥐었다. 걱정 가득했던 률의 표정이 일순 봄눈처럼 녹아내렸다. 그의 입가가 경련이 난 듯 실룩 댔다.

"우리 그럼 뭐부터 봐요?"

해주의 물음에 기쁨에 젖어 있던 률이 움찔하며 그녀를 돌아 봤다. 해주가 두 눈을 반짝이며 대답을 기다리고 있었다. 률은 망설임 없이 한 곳을 가리켰다.

"동물원에 와서 항상 제일 먼저 만나러 가는 놈이 있지."

사진도 찍고 기분전환도 할 겸 자주 동물원을 방문했던 그가 빼놓지 않고 보러 갔던 동물이었다.

"기린."

"……."

"기린 먼저 보러 가자."

그는 누구보다도 능숙하게 해주를 이끌었다. 기린을 시작으로 다양한 동물들을 순차적으로 보고, 그의 휴대폰으로 사진도 찍고, 길거리 음식도 사 먹으며 즐거운 시간을 보냈다.

그렇게 뜨거운 햇살 아래 하루 종일 걷고 노느라 지쳐갈 무렵, 률이 그녀를 분수대 근처로 데려가 벤치에 앉혔다. 그가 사 온 물을 마시고, 해주는 잠시 동안 휴식을 취했다.

쏴아아—

그 사이 분수대가 아름답게 피어오르고 그 옆 물줄기 사이를 아이들이 신나하며 뛰어다니는 것이 눈에 들어왔다. 해주는 그 것을 넋 놓고 구경했다.

문득 어릴 적 때가 파노라마처럼 머릿속을 스쳐 지나갔다. 부모님이 만든 인형처럼 그들 손에 이끌려 거짓된 웃음을 달고 살았던 그때.

'이렇게 살고 싶지 않아.'

어린 나이임에도 항상 생각해 왔다. 남들 앞에서 행복한 가족인 척, 기품 있는 부모님 밑에서 곱게 자란 딸인 척, 흐트러짐 하나 없이 완벽한 모습만을 보여야 했던 그 시절이, 그 기억이 끔찍스러웠다.

꾸밈없이, 해맑게 웃고 있는 아이들, 그리고 그런 아이들을 흐뭇하게 바라보고 있는 부모들을 보고 있으려니, 가슴 한편이 찢어질 듯 아려왔다.

숨을 쉬고 있지만, 숨을 쉬지 못하는 것처럼 가슴이 답답해져

왔다. 해주가 천천히 몸을 일으켰다.

"해주야?"

갑자기 분수대 쪽으로 향하는 그녀를 따라 률이 자리에서 일어섰다. 천천히 분수대 안으로 들어선 해주가 아이들 틈에 멈춰 섰다.

률도 걸음을 멈추고 그녀를 지켜봤다. 아이들 틈에 선 그녀가 멍한 눈으로 주변을 두리번거렸다. 마치 길을 잃은 아이처럼 서성대던 그때, 물줄기가 쏴악 솟아오르며 그녀의 몸을 흠뻑 적셨다. 놀란 률이 한달음에 그녀에게로 뛰어갔다.

"괜찮아?"

얼떨떨해하며 서 있는 그녀를 가만히 지켜보던 률의 낯빛이 한순간 달아올랐다. 물에 젖은 옷이 그녀의 몸에 달라붙어 적나라하게 속옷이 비쳐 보였다.

률이 고개를 홱 옆으로 돌렸다. 아이들 틈에 껴 있는 그들을 몇몇 사람들이 관심 있게 지켜보고 있는 것이 보였다. 그때, 그의 귓가로 해주의 음성이 들렸다.

"교수님?"

"응?"

률이 반사적으로 그녀를 돌아봤다. 해주가 물에 젖은 머리카락을 짜내며, 허탈한 웃음을 짓고 있었다. 률은 해주의 얼굴에 눈을 고정시킨 채로 입술을 깨물었다. 가슴이 뜨거워졌다. 머릿속 회로가 정지한 듯 해주만이 가득 그의 시야를 채워냈다.

아득히 들려오는 사람들의 웃음소리, 주변에 피어오르는 물줄기들, 그들 위로 내리쬐는 부서지는 햇살, 그리고 그의 앞에 수줍게 미소 짓고 있는 해주가 정확히 다시금 그를 흔들었다.

심장이 뛰었다. 시간이 느려졌다. 그의 눈동자가 해주를 하나하나 담기 시작했다. 젖은 머리카락, 환한 눈웃음, 붉게 물든 입술, 새하얀 두 뺨 위로 흐르는 물방울, 그리고⋯⋯.

점차 아래로 향하는 시선을 멈춘 그의 손이 그녀를 향해 뻗어졌다. 해주가 고개를 갸웃하는 것이 보였다. 멈추지 않고 그가 뻗은 두 팔 가득히 가녀린 그녀의 몸을 감싸 안았다. 그녀의 몸이 그에게로 촉촉이 젖어 들어갔다.

차가웠던 그녀의 몸이 그와 맞닿자, 따스하게 열이 달아올랐다. 동그랗게 뜬 그녀의 눈이 그의 가슴팍을 응시했다. 갑작스러운 그의 행동이 그저 혼란스러웠다. 그러다 문득 그의 옷이 자신으로 인해 젖는 것을 상기해내곤 그의 팔을 붙잡았다.

"교수님까지 옷 젖겠어요."

해주가 한걸음 뒤로 물러섰다. 그녀를 힘껏 끌어안았던 률의 팔이 스르륵 풀렸다. 해주가 그를 응시했다. 률이 슬쩍 그녀의 시선을 피했다. 그러고는 그녀가 입고 있던 카디건을 단단히 여며 주며 말했다.

"감기 걸리겠다."

그가 그녀의 손을 잡고서 벤치로 데려갔다. 률은 벤치 위에 놓인 자신의 겉옷을 서둘러 그녀의 몸에 둘러줬다. 그제야 그가 마음이 놓인다는 듯 작게 한숨을 내쉬었다.

해주는 어리둥절한 표정으로 그를 바라봤다. 어딘가 안절부절못하던 그의 행동이 이해가 가질 않았다. 생쥐 꼴이 된 자신이 창피해서 그런 건가 싶은 생각에 괜한 걱정이 들었다.

"여기 잠깐 있어."

률이 어디로 가려고 하자, 해주가 다급히 그의 손을 붙잡았다.

"어디 가시려고요?"

"금방 올 거야."

"어디 가는데요? 같이 가요."

"그리고 돌아다니면 정말 감기 걸려."

"가지 마요."

혼자 남겨져 있는 것이 싫었다. 이런 꼴로 있으려니 창피하기도 하고, 무섭기도 했다. 해주가 그를 붙잡은 손에 힘을 줬다.

률이 한참 동안 해주를 바라보더니 안심하라는 듯이 상냥하게 웃으며, 그녀의 이마에 키스를 남겼다. 당황한 해주의 눈동자가 파르르 떨렸다.

"금방 올 거야, 그러니까 걱정 말고 여기시 잠깐만 기다려."

률은 해주의 어깨에 둘러준 옷을 다정히 여며주고는 뒤돌아 걸어갔다. 해주는 그를 차마 쫓아가지 못하고 자리를 지켰다. 멀거니 보이던 률이 더는 보이지 않게 되자, 그녀는 그가 키스를 해 준 이마에 손을 가져다 댔다.

이마에도 심장이 달린 듯 세포 하나하나 뛰는 느낌이 났다. 찌르르하게 심장이 울렸다. 저절로 입가에 잔잔한 미소가 걸렸다. 살짝 느껴졌던 추위도 금세 지워진 듯하다.

그녀가 고개를 들어 주변을 살폈다. 그러고는 주춤거리며 이마를 짚은 손으로 제 입술을 맞춰 보았다. 마치 그와 키스라도 나눈 것처럼 실실 웃음이 새어 나왔다.

'기분 좋아…….'

해주는 계속해서 비집고 나오는 미소를 억누르며, 률을 기다렸다. 1분이 1시간처럼 느껴졌다. 빨리 그가 오기만을 간절히 바라던 그때였다.

"혼자 오셨어요?"

누군가 그녀에게 말을 걸어왔다.

해주는 목소리가 들린 쪽으로 고개를 돌렸다. 20대 초반쯤 보이는 남자 두 명이 그녀에게로 다가섰다.

한 명은 어색한 표정으로 엉거주춤 서 있었고, 다른 한 명은 눈웃음을 지으며 그녀 곁으로 자연스레 앉았다. 해주는 경계의 눈초리를 띠며, 낯선 그와의 거리를 주춤 벌렸다. 뭐지?

"많이 젖으신 것 같은데, 좀 도와 드릴까요?"

남자의 호의적인 태도에 해주는 겉옷을 여미고 말없이 자리에서 일어섰다. 말을 섞는 것조차 불편했기 때문이었다.

그녀의 눈이 더듬더듬 률을 사라진 쪽을 훑었다. 어디 갔는지 보이지 않았지만, 해주는 일단 그가 사라진 곳으로 발길을 옮기려 했다. 그런데 채 발을 떼기도 전, 남자가 해주의 손목을 잡아채 도로 앉혔다.

"잠깐만 얘기 좀 해요."

"이거 놓으세요."

해주가 그의 손목을 밀쳐내며 불쾌하다는 듯 말했다. 남자는 그녀의 싸늘한 반응에, 머쓱한 얼굴로 손을 거뒀다. 그는 친구와 놀러 왔다가 우연히 혼자 앉아 있는 해주를 발견했다. 한눈에 반한 터라 용기 내 말을 걸었는데, 예상보다 거부반응 커서 다소 당황스러웠다.

어느새 옆에 바짝 다가온 친구가 그의 어깨를 툭 쳤다. 그냥 가자는 의미였다. 그래도 기왕지사 용기 내 말을 건 만큼, 끝까지 관심을 표하고 싶었던 남자는 다시 미소를 걸고 말을 건넸다.

"혼자 오신 거 같진 않고…… 일행분은 잠깐 어디 가셨나 봐요?"

흠뻑 젖은 그녀 옷 위로 멀쩡한 카디건이 걸쳐져 있는 걸 본 남자가 조심스럽게 물었다. 대답도 없이, 해주는 률의 겉옷자락을 꽉 움켜쥐었다.

아까는 미처 신경 쓰지 못했는데, 좀 전에 언뜻 아래를 내려다보니 원피스 위로 속옷이 비치는 것이 보였다.

그 순간, 문득 률이 얼굴색이 변해서는 겉옷을 여며줬던 상황이 상기됐다. 그래서 그렇게 안절부절못했던 거구나. 뒤늦게 상황파악을 한 해주의 귀가 벌겋게 달아올랐다. 그가 이 모습을 다봤을 것을 생각하니, 민망함이 밀려들었다.

"괜찮으세요?"

해주가 말 한마디 제대로 붙여주지 않았지만, 남자는 줄기차게 그녀에게 말을 걸어왔다. 옷이 흠뻑 젖어 있는 상태라 움직이는 것조차 쉽지 않았지만, 해주는 최대한 어깨를 웅크리고 다시 몸을 일으켰다.

"어, 저기요."

남자가 따라 일어섰지만, 해주는 눈길조차 주지 않고 무작정 앞으로 걸어 나갔다. 이만큼 무시했으면 알아서 돌아설 거라고 생각했다.

그런데 그녀의 생각과 달리 남자는 꽤나 끈덕졌다. 타닥타닥 소리가 난다 싶더니, 그녀를 횡하니 앞질러 걸어간 남자가 해주의 앞을 가로막았다.

"너무 하신 거 아니에요? 잠깐만 시간 내주시면 되는데."

남자가 일부러 능청맞게 볼멘소리를 내자, 불쾌함이 감돌던 해주의 얼굴이 좀 더 구겨졌다.

"그쪽하고 할 얘기 없으니까 비켜 주세요."

"그래도……."

"남자 친구 있어요."

더는 안 되겠다 싶어 해주가 단호하게 말했다. 괜스레 륜이 의식돼 쉽사리 꺼내지 못한 말이었다. 그러나 상황이 상황인 만큼 이것보다 확실하게 눈앞의 남자를 떼어놓을 말은 그녀가 생각했을 땐 없었다. 나름의 효과가 있었는지, 남자의 얼굴에 어느샌가 미소가 사라져 있었다.

"남자 친구 있으시구나."

남자가 혼잣말로 중얼거렸다. 더는 남자를 상대하고 있을 이유가 없어, 해주는 그대로 그를 지나쳐 가려 했다. 그런데 또다시 그가 그녀의 발목을 붙잡았다.

"일부러 거짓말하시는 건 아니시죠?"

해주는 어깨를 붙잡은 그의 손길을 피해 뒤로 물러섰다. 이렇게까지 말했으면 알아서 떨어져 나갈 것이라고 생각했지만, 남자는 쉽사리 물러설 생각이 없는지 장난인척 핑계 삼아 계속해서 추파를 던져왔다.

해주는 난처했다. 어느새 주변으로 사람들의 묘한 시선들까지 모아졌다. 그의 친구도 적극적인 남자의 태도에 말리지 못하고 그저 멀리서 그들을 지켜보고만 있었다.

"저 그렇게 나쁜 놈 아니에요. 번호만이라도 알려 주시면……."

"휴대폰 없어요."

해주가 그를 똑바로 쳐다보며 또박또박 말했다. 그녀의 대답에 잠시 지워졌던 그의 입가에 미소가 지어졌다.

"에이, 너무하시다. 이제는 휴대폰 없다는 거짓말까지 하시고…… 그러지 말고 번호 좀 알려 주세요."

오기라도 생긴 건지, 남자가 무작정 그녀에게 자신의 휴대폰을 내밀었다. 해주는 휴대폰을 내려다보며 아랫입술을 꽉 깨물었다. 번호를 알려 주지 않으면, 절대 뒤로 물러서지 않을 듯 보였다.

'어떡해야 하지.'

고민하던 그녀는 일단 가짜번호라도 알려 줄 생각으로 그에게서 휴대폰을 건네받았다. 드디어 성공인 건가 싶어, 남자의 얼굴에 화색이 돌았다. 잠시 망설이던 해주가 조심스럽게 손가락으로 번호를 누른 뒤 그에게 건네려던 그때였다.

휘익―

해주의 머리 위로 커다란 수건이 드리우는가 싶더니, 한순간 그녀의 몸을 따스하게 감쌌다. 동시에 몸을 홱 끌어당기는 단단한 손길에 해주는 놀라 두 눈이 동그래졌다. 수건에 의해 살짝 가려진 시야 너머로 익숙한 신발이 보였다.

"여기서 뭐 해?"

무뚝뚝한 음성이 감기듯 그녀의 귓속을 파고들었다. 등 뒤로 익숙한 온기가 전해져왔다. 해주는 시야를 가리는 수건을 살짝 내려 뒤를 돌아봤다. 그토록 찾았던 률이었다.

그는 해주를 수건으로 덮어씌운 채 뒤에서 꼭 끌어안고 있었다. 률의 과감한 행동에 좀처럼 변하지 않았던 남자의 표정이 금세 경직됐다.

"잠깐 자리 좀 비웠다고 그새 날파리가 꼬였군."

률이 정색하고 남자에게 나직하게 내뱉었다. 싸늘한 그의 한마디에 남자가 움찔 한걸음 뒤로 물러섰다. 률이 시선을 툭 내려 해주의 손에 들린 휴대폰을 응시했다. 그가 손을 쭉 내밀어 그녀에게서 무심히 휴대폰을 빼앗아 들었다.

"아…… 그거 제 휴대폰……."

남자가 당황하며 말을 꺼내다 률의 행동에 멈칫했다. 그는 남자의 휴대폰에 번호를 하나하나 꾹꾹 누르는가 싶더니, 이윽고 통화 버튼을 눌렀다.

잠시 후 률이 지이잉— 소리를 내며 울리는 제 휴대폰을 꺼내들었다. 액정화면에 뜬 남자의 휴대폰을 확인한 률의 시선이 두 남자에게 향했다.

그의 서늘한 기세에 눌려 주춤 물러서는 남자에게, 률이 제 휴대폰을 내밀었다.

"받아."

물끄러미 그를 주시하던 남자가 재빨리 그에게서 휴대폰을 챙겼다. 률이 서늘해진 눈빛으로 그를 직시했다. 률의 한쪽 입꼬리가 슬쩍 위로 추켜 올라갔다.

"정 그렇게 연락할 사람이 필요하면 나한테 해, 기꺼이 받아 줄 테니."

남자의 시선이 해주에게로 잠시 머물렀다. 남자의 눈빛에 아쉬움이 묻어난 걸 본 률은 곧바로 그의 시야를 몸으로 가렸다. 맞닿은 두 사람의 시선이 공중에서 부딪쳤다.

남자 친구가 있다더니 핑계가 아니고 사실이었던가. 이쯤 되니 남자는 뒤로 물러설 수밖에 없었다. 휴대폰을 받아 든 남자는 더 이상의 미련 없이 돌아섰다. 사태를 지켜보고 있던 해주가 그제야 안도의 한숨을 내쉬었다.

"괜찮아?"

률이 남자를 바라볼 때와 달리 유순해진 눈빛으로 해주에게로 다가섰다. 해주는 괜찮다는 듯 작게 미소 지으며 고개를 끄덕였다.

"네, 그런데 수건 구하러 다녀오신 거예요?"

해주의 물음에 률은 수건으로 그녀의 머리를 직접 닦아 주며 대답했다.

"응, 근데 이럴 줄 알았으면 데리고 갔다 올걸 그랬어."

괜스레 책망하는 말투에 해주가 피식 웃어 보였다.

"별일 없었어요."

"별일 없긴, 저런 놈한테 번호나 알려 주고."

"가짜로 알려 주고 돌려보내려고 했어요."

"그 앞에서 확인하고 끝까지 물고 늘어졌을걸."

"진짜 번호 알려 줘도 상관없었어요. 어차피 휴대폰이 안 돼서."

률이 고개를 갸웃 기울었다.

"그러고 보니 휴대폰 안 되던데, 고장 났어?"

해주가 잠시 머뭇거리다 대답했다.

"네, 실수로 떨어뜨렸는데, 그 뒤로 전원이 안 들어오네요."

률이 입술을 일자로 늘어뜨렸다. 어색하게 웃는 걸 보니 뭔가를 숨기고 있는 듯 보였다. 내심 집히는 게 있긴 했다. 아마도 수혁이 그놈과 관련해서 무슨 문제가 있었겠지.

"그럼 휴대폰 새로 사러 가자."

률이 명쾌하게 말을 꺼냈다.

"네?"

해주가 반문하기 무섭게 률이 그녀의 손을 잡아당겼다. 서로의 거리가 한순간 좁혀졌다. 해주가 서늘한 눈빛으로 그를 올려다봤다. 화사한 미소를 머금은 률이 그녀를 내려다보고 있었다.

"내가 불편해서 안 되겠어."

자신의 집에서 수혁에게 붙들려 가는 해주를 지켜볼 수밖에 없었던 그때, 그 뒤로 계속해서 전화를 걸었었다. 별일 없는 건지, 몸은 좀 괜찮은 건지, 불과 몇 시간이 지나지 않았지만 하늘이 무너져 내린 것처럼 좀처럼 불안한 기색이 가시지가 않았다. 그래서 밤을 꼴딱 새우고, 고민 끝에 직접 해주의 집으로 달려간 것이었다.

이번엔 무사히 해주를 만나 좋은 시간을 보낼 수 있게 되었지만, 이대로 다시 집으로 보내게 되면 또다시 걱정에 지옥 같은 순간을 보낼 수밖에 없을 것이다. 그녀를 향한 마음의 확신이 든 지금, 더는 어설프게 혼자 놔두고 싶지 않았다.

"일단 여기서 나가자."

률이 자연스레 그녀의 손길을 잡아끌었다. 이후 그의 품에 안기다시피한 상태로 해주는 률과 함께 동물원을 나섰다.

"조문객이신 것 같은데, 혹시 지성민 의원님과는 어떤 관계이신가요?"

대답 없는 수혁에게 남자가 다시 물음을 던졌다. 수혁은 입을 꽉 다문 채로 모여드는 사람들을 살폈다. 행색이나 손에 든 장비들을 보아하니 다들 기자들인 듯 보였다. 차갑게 굳은 수혁의 얼굴 위로 난색 하는 기색이 비쳤다.

지라시를 통해 성민에게 숨겨 둔 아들이 있다는 소문이 증권가에 돌대로 돈 것을 언젠가 영일을 통해 들었던 것이 불현듯 떠올랐다.

무수히 많은 조문객들 중 자신을 단번에 지목해 지성민과의 관계를 묻는 걸 보니, 뭔가를 눈치채고 다가선 게 분명해 보였다. 아마도 장례식장 안에서 영일과 함께 있는 것을 기자들이 눈여겨본 것으로 예상됐다.

일단은 자리를 피하는 것이 상책이라 판단을 내린 수혁은 대꾸조차 하지 않고 서둘러 택시로 돌아섰다. 하지만 그때, 막 택시에 오르려는 수혁을 끝끝내 붙잡으며 기자가 질문을 던져왔다.

"정아현 씨라고 혹시 아시나요?"

정아현? 예상치 못한 이름이 그의 입에서 흘러나오자, 무표정했던 수혁의 얼굴이 작게 일그러졌다. 이제는 낯설게 느껴질 정도로 긴 세월 동안 들어 본 적 없는, 돌아가신 어머니의 성함이었다.

그 부분까지 세상에 노출되었을 것이라 예상치 못했던 수혁의 눈빛이 크게 흔들렸다. 차 문고리를 잡은 그의 손에 저절로 힘이 들어갔다.

"저기요?"

"이것 좀 놓으시죠."

수혁이 싸늘하게 기자를 노려보며 말했다. 하지만 이미 잔뼈가 굵을 대로 굵은 그들은 좀처럼 물러설 기미를 보이지 않았다. 오히려 그가 올라타지 못하게 문을 몸으로 막아서고 나섰다. 서서히 모여든다 싶었던 다른 기자들도 어느새 택시를 중심에 두고 그를 감싸기 시작했다.

"혹시 성함이 어떻게 되시죠?"

"지성민 의원님과 어떤 친분이 있는지 말씀 좀 해주시죠."

"지성민 의원님께 혼외자식이 있다는 소문이 있는데, 혹시 본인은 아니신가요?"

"뭐라고 한마디라도 좀 해주시죠."

한순간 열띤 취재경쟁이 시작됐다. 너무나도 순식간에 벌어진 일이라 수혁도 어찌하지 못하고 마른 입술만 깨물고 있었다.

"이봐요, 안 탈 거면 문 좀 닫아요!"

그때, 택시기사의 날 선 목소리가 그에게로 쏟아졌다. 중년 기사의 닦달에, 수혁은 어떻게 해서든 택시에 올라타려 애를 썼다. 버티고 서 있는 기자를 밀쳐보려고도 했지만, 그는 좀처럼 비켜

서질 않았다.

그새 주변으로 하얀 광선들과 함께 카메라 플래시가 터지기 시작했다. 수혁은 깜짝 놀라며, 얼굴을 팔로 가렸다. 저절로 입 안까지 욕이 차올랐다. 어쩌다 이렇게 되었을까. 아버지 성민에 대한 원망이 한껏 커질 그 순간이었다.

"비켜 주세요!"

엄청난 고성과 함께 빼곡하게 주변을 채우던 기자들을 헤치고 검은 정장을 차려입은 이들이 등장했다. 홍해가 갈라지듯 기자들 사이로 익숙한 남자가 선두로 보였다.

"최 보좌관님……."

다급하게 다가선 영일이 수혁을 제 품에 보호하며 말했다.

"고개 숙이시고, 따라오십시오."

수혁이 슬쩍 뒤로 몸을 빼며, 거부반응을 드러냈다. 상황은 급박했지만, 그의 도움을 받고 싶진 않았다.

"언론에 얼굴이 고스란히 공개되길 바라십니까?"

바짝 날이 선 목소리가 그를 몰아세웠다. 수혁이 바득 이를 갈았다. 두 사람이 공방을 펼치는 동안에도 카메라 플래시는 터져댔고, 자신에게는 혼자 이곳을 벗어날 능력이 없었다.

"수혁군!"

영일이 그를 다그치듯 불렀다. 어떤 상황에서도 성민의 도움은 받고 싶지 않았는데……

그 순간, 그를 가리던 택시가 휑하니 자리를 떠났다. 그러자 뒤에서 택시에 가로막혀 있던 기자들이 기다렸다는 듯이 폭풍처럼 그에게로 달려들기 시작했다. 결국 수혁은 이를 악물고 영일을 따라 걸음을 옮길 수밖에 없었다.

영일의 비호를 받으며, 수혁은 그가 미리 준비해 둔 차에 올라탔다. 그는 뒷좌석에 앉아 조용히 창밖을 내다봤다. 아까 전까지만 하더라도 난리법석이었던 곳이, 금세 아무 일도 없었던 것처럼 어느새 잠잠해져 있었다.

"네, 의원님. 수혁 군은 잘 보호하고 있습니다. 언론 쪽은 장실장이 전담해서 막고 있으니 너무 걱정하지 마십시오. 네……수혁 군은 댁으로 모시고 가겠습니다. 그럼 도착하는 대로 다시 연락드리겠습니다."

창밖에 붙박아져 있던 수혁의 두 눈이 보조석에 앉아 있는 영일에게로 천천히 향했다. 막 통화를 마친 그는 운전석에 앉아 있는 경호원에게 차를 출발시키라 이르고 있었다. 정차되어 있던 차가 서서히 움직였다. 그 순간, 가만히 앉아 있던 수혁이 낮은 목소리로 그에게 물었다.

"어디로 가는 겁니까?"

영일은 무심한 표정으로 대답했다.

"의원님댁으로 모시겠습니다."

짤막한 대답에 수혁의 표정이 와락 찌푸려졌다. 통화 내용으로 대강 예상은 했던 터였다. 가장 원치 않았던 상황.

"차 멈추세요."

수혁이 들끓는 화를 가라앉히며 말을 내뱉었다. 하지만 차는 계속해서 도로 위를 쌩쌩 달리고 있었고, 영일은 그의 말에 대꾸조차 하지 않았다.

"최 보좌관님, 멈추라고 했습니다."

차디차게 가라앉은 그의 음성에, 그제야 영일이 그를 돌아봤다.

"일단 의원님댁으로 가시죠."

"이대로 차에서 뛰어내릴까요?"

차락—

차 안에 문이 잠기는 소리가 싸늘히 울렸다.

"얌전히 가시죠."

강압적인 그의 태도에 잠자코 앉아 있던 수혁이 주머니에서 휴대폰을 꺼내 들었다. 어딘가 전화를 거는 그의 두 눈이 영일에게서 창밖으로 옮겨졌다.

달칵—

긴 수화음이 지난 뒤, 누군가 전화를 받았다. 수혁은 꾹 닫고 있던 입을 열었다.

"방송국으로 찾아가 의원님과 저의 관계에 대해 직접 인터뷰하는 걸 바라시는 게 아니라면, 최 보좌관님께 당장 차 돌리라고 하세요."

영일이 수혁을 홱 돌아봤다.

"수혁 군!"

만류하는 영일의 목소리에도 수혁은 말을 멈추지 않고 계속 이었다.

"이런 식으로 억지로 강요한다 해도 소용없다는 거…… 이제 아실 때도 되지 않았나요?"

잠깐의 침묵 끝에 수화기 너머로 성민의 음성이 들려왔다.

―일단 집으로 가 있어라, 만나서 할 얘기도 있으니.

"더는 의원님과 나눌 얘기……."

날 선 대화들이 오가기 직전, 그의 휴대폰을 영일이 서둘러 빼앗아 들었다.

"이게 무슨 짓입니까?"

수혁의 반발에 영일은 매섭게 두 눈을 치켜뜨며 수화기를 귀로 가져갔다.

"의원님, 죄송합니다. 수혁 군은 제가 잘 설득해서……."

―……오늘은 천 앵커 집으로 돌려보내도록 해.

예상치 못한 성민의 답변에 영일은 천천히 입술을 닫았다. 무작정 수혁을 그의 집에 들이겠다는 성민의 생각에 영일은 잠시나마 시간을 두고 천천히 들이는 게 어떠냐는 조언을 한 적이 있었다.

수혁이 무작정 밀어붙인다고 해서 들을 성격도 아닌 데다, 언론 쪽에서도 그의 혼외자식에 대해 주목을 하고 있는 시점이었기 때문이다.

하지만 성민은 무리해서라도 수혁을 집에 들이길 바랐다. 유일한 가족이었던 부인마저 세상을 떠난 지금, 아무리 냉혈한인 성민이라도 유일한 혈육인 수혁이 곁에 있길 누구보다 바라고 있었다.

그걸 이해하지 못하는 건 아닌바, 영일은 그의 뜻대로 수혁을 집으로 데리고 가려던 참이었다. 그런데 결정적인 순간, 성민의 마음이 갑자기 뒤바뀌고 말았다. 그의 속뜻이 정확히 파악되지 않았지만, 영일은 일단 반박하지 않고 그의 말에 순응했다.

"알겠습니다."

영일은 그와의 통화를 마치고, 휴대폰을 수혁에게 돌려줬다.

"천 앵커님 댁으로 모시겠습니다."

날카롭게 치켜 올라갔던 수혁의 눈매가 일자로 가늘게 길어 졌다. 몇 년 동안 지켜봐 온 성민은, 자신이 아무리 발버둥 치고 협박을 날려도 눈 하나 깜짝하지 않던 인물이었다.

그런데 이렇게 쉽게 그가 집으로 가는 것을 허락하다니, 오히 려 찝찝한 마음마저 들었다. 상을 치른 탓에 정신이 없거나, 아 니면 부인을 잃은 뒤 마음이 약해지기라도 한 건가.

'아니지……'

수혁은 속으로 도리질을 쳤다.

성민은 제 딸이 눈앞에서 죽어 가는데도 눈 하나 깜짝하지 않 던 잔혹한 인간이다. 아무리 세월이 지났다고 해도 그리 쉽게 성 정이 바뀔 리가 없었다. 수혁은 잠시 그에 대해 고민한 것조차도 거부반응이 이는지 관심을 밖으로 돌렸다.

퍼렇던 하늘은 어느새 불그스름한 빛을 띠며 장대한 광경을 보이고 있었다. 청명했던 그의 마음이 갈기갈기 찢겨 피로 얼룩든 것처럼, 한시도 편안할 수 없었던 속을 고스란히 하늘에 그려놓은 듯했다.

수혁은 잠시 하늘에서 시선을 떼고, 휴대폰을 들여다봤다. 자연스럽게 단축번호 1번으로 저장되어 있는 해주에게로 전화를 걸려던 그가, 움찔하며 움직임을 멈췄다. 잠시 잊고 있었다. 그녀에게 휴대폰이 없는 것을. 수혁은 이어 집으로 전화를 걸었다. 신호음이 얼마 지나지 않아 아주머니가 전화를 받았다.

―여보세요?

"저예요, 해주 좀 잠깐 바꿔주시겠어요."

동환과 식사를 하고, 밖으로 나올 때까지 그녀는 모습을 보이지 않았다. 지금까지도 당연히 방안에 틀어박혀 우울해 있을 것이라 생각하고 있었는데, 아주머니의 입에서 뜻밖의 말이 튀어나왔다.

―그게…… 그때, 갑자기 들이닥쳤던 해주 학생 교수님이라는 분이 다시 찾아왔었는데요.

수화기 너머로 들린 말에 뜨거운 소름이 온몸을 타고 싸하니 돋아났다.

"……그런데요?"

수혁의 반문에 아주머니 률이 찾아온 일부터, 해주가 그를 따라 잠시 외출한 것까지 전부 털어놨다. 왜 진즉 연락 주지 않았냐는 그의 타박에, 아주머니는 연락했지만 받지 않더라며 해명을 했다.

장례식장에 갑자기 끌려 온 데다, 갖가지 안 좋은 일들을 겪느라 미처 아주머니에게서 온 전화를 신경 쓰지 못한 것에 책임이 느껴졌다. 그것에 수혁은 더는 그녀를 닦달하지 않았다.

수혁은 신음처럼 흘러나오려는 숨을 삼키고, 아주머니와의 통화를 마쳤다. 그는 서늘하게 식은 눈빛으로 영일을 불렀다.

"잠시 들렀다 갔으면 하는 곳이 있는데요."

영일이 돌아보지 않고, 짧게 물었다.

"어디 말이십니까?"

수혁이 망설임 없이 대답했다.

"일단 집 근처 번화가로 좀 가주세요."

시작은 러쉬에서부터.

"부탁드리겠습니다."

수혁은 보이지 않게 두 손을 강하게 그러쥐었다.

제 8 장
온기

동물원을 나오자마자 해주는 률이 이끄는 대로 따랐다. 그는 젖은 옷을 입고 있었던 해주가 마음에 걸렸는지, 제일 먼저 근처 번화가 옷가게로 그녀를 데리고 갔다.

옷 한 벌 사주고 난 뒤 휴대폰 가게로 갈 생각이었지만, 어쩐 일인지 그녀는 한사코 거부를 했다. 날씨가 제법 무더운 탓에 옷이 그새 마른 데다, 그에게 더는 신세를 지고 싶지 않았기 때문이었다.

안 그래도 매번 그의 도움을 받고 있는데, 거기에 덤으로 옷 선물까지 받으라니…… 아무래도 염치가 없게 느껴졌다. 률은 지속적으로 설득하고 나섰지만, 그녀는 완강하게 거절했고 결국 그들은 옷가게를 나올 수밖에 없었다.

'고집은.'

거리를 나선 률은 해주를 보며 작게 고개를 저었다. 꽤 잘 어울리는 옷이 보여서 사주고 싶었는데, 그걸 그렇게까지 거부하고 나설 줄이야.

'어쩔 수 없지.'

률은 해주와 걸으며, 속으로 아쉬움의 한숨을 삼켰다. 그래도 휴대폰만큼은 포기할 수 없다는 생각에, 률은 연신 괜찮다며 주춤거리는 해주를 데리고 기어코 매장 안으로 들어섰다.

처음엔 심드렁하던 그녀도 점원과 률의 권유에 관심이 생겼는지 나중엔 흥미롭게 휴대폰을 구경하기 시작했다. 많은 기종들 중, 마음에 드는 것을 발견한 그녀는 이번만큼은 망설임 없이 새로 휴대폰을 구입했다.

기존 번호는 미련 없이 없애고, 새로운 번호를 발급받았다. 일사천리로 휴대폰 구입을 마친 그녀는 꽤나 만족스러운 얼굴로 률과 함께 매장을 나섰다.

"휴대폰 좀 잠깐 줘봐."

해주와 나란히 걷던 률이 그녀에게로 손을 내밀었다. 휴대폰 기능들을 이리저리 살펴보던 해주가 의아해하며 그에게 휴대폰을 넘겼다. 률은 제 휴대폰에 해주의 번호를 새로 입력하고, 그녀의 휴대폰엔 제 번호의 단축번호를 설정해 뒀다.

"내 번호는 3번으로 저장했어."

률은 해주에게 휴대폰을 건네며 말했다. 확인해 보고 싶은 마

음에 해주는 단축번호 3을 길게 눌러보았다. '권률'이라는 딱딱
한 문구와 함께 그에게로 전화가 걸렸다.

"왜 3번이에요?"

해주는 1번도 아니고 왜 하필 3번인 건가 싶어 물었다. 률이
흘끗 그녀를 보며 대답했다.

"1, 2번은 부모님 번호 저장해야지, 그다음이 나고."

"아……."

"너라면 밤, 낮 상관없이 전화해도 받아 줄게. 특별히."

인심 쓰듯 말하는 그의 모습에 해주가 피식 웃음을 지었다.
전에는 웃는 것이 고역이었는데 그 앞에선 진심 어린 미소가 절
로 피어났다. 그러고 보니 유일하게 자신을 웃게 해주는 사람은
수혁이 뿐이었는데……

'이제는 아니네.'

깨달은 가슴 한편으로 쓸쓸함이 물들어 갔다. 누구보다도 해
주가 믿고 따랐던 그였다. 부모님의 말은 듣지 않아도, 수혁이 하
는 말이라면 무작정 들어 줬고 행동함에 있어 망설임은 없었다.

그녀에게 있어 수혁은 절대적인 존재였다. 그런데 그동안의
세월이 무색하게도 그를 향한 믿음이 한순간 산산조각이 나 버
렸다.

우정이 아닌 사랑으로 다가온 그는 너무나도 이기적이었고,
일방적이었다. 하늘에서 또다시 그녀에게 가혹한 벌을 내린 것
만 같았다. 세상에 더는 기댈 곳 없다는 현실에 눈앞이 어지럽

고, 온통 부정적인 생각들로 머릿속을 가득 채웠다.

그로 인해 밝아졌던 마음의 불씨가 있는 대로 짓밟혀 어둠에 갇혀버린 듯했다. 그가 곁에 있는 것만으로도 든든해져 당돌하게 굴기도, 멋대로 반항도 해 보았던 건데 모든 게 부질없어졌다.

이제는 세상 밖으로 한발 내딛는 것조차 조바심부터 났다. 률이 다정하게 손을 건네주었지만, 쉽사리 예전만큼의 용기가 나지 않았다. 솔직하게 모든 걸 표현했던 예전의 모습이 많이 수그러졌다. 모든 것이 조심스럽고, 절로 몸을 사리게 만들었다.

"무슨 생각을 그렇게 해?"

잠시 넋 놓고 생각에 잠겨 있던 해주가 화들짝 놀라더니, 이내 작게 고개를 저었다.

"아니에요, 아무것도."

해주는 서툴게 웃어 보이곤, 그보다 한 발 앞서 걷기 시작했다. 오늘만큼은 그와 함께 있는 이상 걱정, 근심 따위는 뒤로하고 싶었다. 해주는 다시금 굳건히 마음을 다지고, 표정을 풀었다.

잠시 후, 뒤로 처져 있던 률이 금세 그녀를 쫓아왔고, 해주는 그와 함께 즐거이 거리를 거닐었다. 어두웠던 마음이 한순간 잊혀져 버릴 정도로…….

시간은 그렇게 하염없이 흘러갔다.

"오늘 정말 감사했어요."

택시를 타고 해주를 집까지 데려다준 률은 쉽사리 돌아서 가지 못했다. 즐겁기만 했던 마음이 막상 그녀와 헤어지려니 돌덩이가 내려앉은 것처럼 무겁게 느껴졌다.

휴대폰도 있겠다, 전처럼 연락이 단절되지 않을 거라는 걸 누구보다 잘 알고 있었지만, 이상하게도 이대로 그녀를 들여보내면 다시는 못 볼 거 같은 두려운 마음이 앞섰다.

뭘까, 익숙하지 않은 마음은. 그리고 그녀를 향한 막연한 걱정과 안타까움은.

"먼저 가세요, 교수님."

해주가 애써 밝게 웃으며 말했다. 률은 가만히 해주를 가만히 응시했다. 무언가 할 말이 있는 듯, 망설이던 그가 가까이 다가가 그녀의 머리카락을 친근하게 헝클어뜨려 놓았다.

"오늘 고생 많았다, 나랑 놀아 주느라."

률이 그녀에게서 손을 떼곤 빙긋 웃어 보였다. 해주는 뾰로통한 얼굴을 하고선 흐트러진 머리카락을 매만지며 괜스레 툴툴거렸다.

"애 취급 좀 그만하시죠."

"애지, 애…… 네가 나보다 나이가 한참 어린데."

"나이 많으셔서 참 좋으시겠어요."

해주의 귀여운 볼멘소리에 률이 짓고 있던 미소를 잠시 지우고 입을 열었다.

"좋지."

"……."

"난 나이가 많은 나라도 괜찮은데……."

장난스럽게 잠시 말끝을 흐리던 륜이, 이윽고 말을 덧붙였다.

"넌 어때?"

"……네?"

"나 말이야, 어떠냐고."

해주는 얼빠진 얼굴로 반문했고, 륜은 어색하게 콧잔등을 긁적였다.

"갑작스러운 거 아는데…… 난 꽤 오랫동안 고민하고 말하는 거야."

"……."

"정식으로 만나보자. 우리."

쑥스러운 듯 그가 슬쩍 시선을 아래로 뜨며 말했다. 해주는 갑작스러운 그의 고백에 선뜻 어떤 말도 꺼내지 못하고 얼떨떨해하기만 했다.

'정식으로 만나보자.'

그가 했던 말이 되뇌어지며, 순간 심장이 바닥으로 곤두박질치듯 쿵—하고 내려앉았다.

"……그게 ……그러니까."

해주가 좀처럼 말을 잇지 못하자, 륜이 피식 웃음을 터트렸다. 당혹스러워하는 것이 고스란히 그녀의 얼굴에 드러났다.

'이런 상황에 선뜻 대답하기 곤란하겠지.'

률은 이해한다는 표정으로 그녀의 어깨를 가볍게 두들겨줬다.

"당장 대답해 달라는 거 아니니까, 급하게 생각할 거 없어."

"아, 네……."

해주는 차마 쑥스러워 차마 그와 시선을 마주하지 못한 채 짧게 대답했다. 두 눈동자가 갈 곳을 잃고 황망히 흔들렸다. 률은 그런 그녀를 귀엽다는 듯 쳐다보며, 끝내 마지막 인사를 건넸다.

"오늘은 이만 가 볼게."

해주가 그의 인사에 고개를 번쩍 들어 보였다. 그는 아쉬움에 잠시 머뭇머뭇하더니 이내 뒤돌아서 갔다. 해주는 그런 률의 뒷모습을 바라보며 아랫입술을 잘근 깨물었다.

"정식으로 만나보자. 우리."

'교수님과 사귄다…….'

상상은 해봤지만, 현실로 이뤄질 줄은 정말 생각지도 못했다. 그것도 이렇게 갑자기. 미칠 듯이 뛰기 시작한 심장으로 인해 좀처럼 마음이 진정되질 않았다.

해주는 시야에서 률의 뒷모습이 사라질 때까지 붙박아 서 있었다. 잠시 후 그가 더 이상 보이지 않게 되자, 자신도 모르게 참고 있었던 깊은숨을 단번에 내쉬었다. 벅차올랐던 감정이 조금이나마 정리되며 가라앉았다.

'일단 집에 들어가서 생각해 보자.'

해주는 몸을 돌려 대문으로 향했다. 벨을 누르고 아주머니가 문을 열어줄 때까지 기다리려던 그 순간, 차량 한 대가 미끄러지듯 부드럽게 그녀가 있는 곳으로 서서히 다가섰다. 해주는 집 앞에 갑작스레 멈춰 서는 차량을 유심히 살펴봤다.

달칵—

대문이 열리는 소리가 들리는 동시에, 차량 문이 열리며 그곳에서 사람이 내리는 것이 보였다. 누구지? 의아해하며 지켜보던 해주의 두 눈 위로 동요가 서렸다.

수혁이었다.

"어디 갔다 오는 길이야?"

수혁의 질문에도 해주는 입술을 굳게 닫은 채로 그를 차갑게 응시했다.

이윽고 해주는 말없이 대문 안으로 들어섰다. 냉담한 해주의 태도에 수혁의 이마 위로 짙은 그늘이 졌다.

"연락드리겠습니다."

그들을 가만히 지켜보던 영일이 수혁에게 말을 건넸다. 은연중 전화를 꼭 받으라는 은근한 압박이 서려 있었지만, 수혁은 대꾸조차 하지 않았다.

쾅—

유난히도 큰 소리를 내며 대문이 닫혔다. 집 앞까지 도착한 해주가 갑작스레 들린 소리에 움찔 놀라며 뒤를 돌아봤다. 수혁이 그녀의 뒤를 따라 들어서는 모습이 보였다. 해주는 그를 응시하다 이내 현관문 안으로 들어섰다.

"들어오셨어요?"

아주머니가 아는 척을 하며 해주에게로 다가섰다. 그녀는 대답 대신 고개를 끄덕여 보이곤, 2층으로 향했다.

"어? 해주 학생, 머리 잘랐네요?"

이어진 아주머니의 물음에 해주는 잠시 발걸음을 멈추고 힘없이 대답했다.

"덥고, 거추장스러워서요."

"그래요…… 뭐, 항상 긴 머리스타일만 보다가 자른 거 보니까 새롭네요. 단발도 잘 어울려요."

"네, 고맙습니다."

무미건조한 해주의 대답에도 아주머니는 말을 계속 붙였다.

"그나저나 걱정 많이 했어요."

아주머니가 한숨을 푹 내쉬었다.

"갑자기 그렇게 나가버려서 말이에요. 연락도 안 되는데 또 무슨 일은 생긴 건 아닌가 하고……."

"아주머니."

한참 얘기를 꺼내던 아주머니가 해주의 날 선 목소리에 말을 멈췄다. 뒤돌아 서 있던 해주가 아주머니를 돌아봤다. 수혁으로 인해 신경이 곤두서 있는 상태에서 아주머니의 잔소리까지 들으려니 짜증이 났던 터였다. 하지만 막상 아주머니의 걱정스러운 얼굴을 마주하니, 미안한 감정이 앞섰다.

이 집에서 그나마 그녀를 걱정해주고, 살갑게 대해주는 분이었다. 그런 그녀의 호의를 너무 날카롭게만 받아들인 거 같아, 바로 후회가 들었다. 해주는 작게 숨을 골랐다. 굳어 있던 표정을 풀고 좀 전보단 부드럽게 말을 건넸다.

"좀 피곤해서요, 올라가서 쉴게요."

아주머니는 서운한 기색을 애써 지우며 말했다.

"그래요, 올라가 봐요."

올라가보라 손짓하는 아주머니를 뒤로하고 해주는 계단에 올라섰다. 그리고 곧장 문이 열리는 소리와 함께 수혁이 들어섰다.

"어떻게 해주 학생하고 같이 들어오네요?"

그녀의 등 뒤로 수혁을 아는 척하는 아주머니의 목소리가 들렸다. 느릿했던 해주의 발걸음이 그로 인해 점차 빨라졌다. 웬만해선 그와 마주치고 싶지 않았다. 이대로 각자의 방으로 조용히 들어가길 바랐다.

다행히도 2층에 올라서는 동안, 뒤로 수혁이 쫓아오는 기색은 느껴지지 않았다. 아마도 아주머니에게 붙잡혀 얘기를 나누는 중일 것이라.

복도를 지나 방문 앞에 선 해주는 문득 보게 된 자물쇠들을 응시했다. 그녀의 눈빛이 생기 없이 가라앉았다. 해주는 손가락을 들어 자물쇠를 꽉 움켜쥔 뒤 뜯어낼 듯 잡아당겼다. 달칵달칵 소리를 내던 자물쇠는 꿈쩍도 하지 않고 제자리에 매달려 있었다.

이제껏 그녀의 자유를 속박시킨 족쇄였다. 할 수만 있다면 당장에 없애버리고 싶었지만, 그럴 수 없는 현실 앞에 해주는 숨이 턱턱 막혀왔다.

"네가 어떤 상황에 놓인 건지 말하고 싶지 않다면 나도 굳이 묻진 않을게. 다만 힘들거나 도망치고 싶은 일이 있을 땐 꼭 나한테로 와. 약속해."

택시 안, 집으로 향하는 동안 해주에게 률이 건넨 말이 떠올랐다. 감추려 했지만, 집으로 가까워질수록 그녀의 낯빛이 어두워지는 걸 느낀 모양이었다.

괜찮다, 세심하게 신경 써 줘서 고맙다, 해주는 나름 밝게 웃으며 대답했지만 한 편으로는 한없이 마음이 무거웠다. 아무에게도 말할 수 없는 이 지옥 같은 현실이, 결국 제 스스로를 가둬야만 하는 지금 이 순간이, 그저 한심스럽고 힘이 들었다.

자물쇠들을 차례로 매만지던 해주의 손이 일약 멈추더니, 문고리를 잡았다.

끼익―

그녀가 조심스럽게 문을 열자, 익숙한 방 안 풍경이 그녀의 두 눈에 들어왔다. 아주머니가 그새 청소를 해 뒀는지, 나가기 전보다 훨씬 깔끔하고 단정하게 정리되어 있었다.

해주는 숨을 크게 들이키곤, 한 발 한 발 방 안으로 들어섰다. 따뜻해진 날씨임에도 방 안엔 서늘한 기운마저 감도는 느낌이 들었다. 낯설게도 거부감이 들었다. 아마도 곳곳에 수혁과 안 좋았던 기억들이 새겨져 있기 때문일 것이라 그녀는 생각했다.

'일단 좀 쉬자.'

피곤한 몸을 씻고, 편하게 옷을 갈아입으면 불편했던 마음이 조금은 나아질 것이라. 해주는 욕실로 가기 전 뒤로 돌아 문고리를 잡고 문을 닫으려 했다. 하지만 바로 직전, 문틈 사이로 누군가의 손이 비집고 들어와 문이 닫히는 것을 방해했다.

해주는 놀란 표정으로 움직임을 멈추고, 주춤 뒤로한 걸음 물러섰다. 문이 서서히 열리는가 싶더니, 곧 수혁이 모습을 드러냈다.

해주는 문고리를 놓고 뒤로 물러섰다. 나가라며 소리치고 싶었지만, 쉬이 목소리가 나오지 않았다. 어둡게 내려앉은 방 안에서도, 짙고 까만 그의 눈동자가 정확히 자신을 향하고 있었다.

뭔가 이질적이었다. 소름 끼치도록 차가운 표정으로 다가서는 그에게서 심상치 않은 기운이 느껴졌다.

해주는 한 발 한 발 물러서며 주머니에 손을 집어넣었다. 를과 함께 구입한 휴대폰이 손끝에 만져졌다. 그것에 기대어 해주는 꾹 닫고 있던 입술을 천천히 열었다.

"무슨 일이야?"

그녀가 딱딱한 어조로 물었다. 그걸 신호로 수혁의 걸음이 제

자리에 멈췄다. 빤히 해주를 살피던 그의 시선이, 그녀의 머리카락에 머물렀다. 뭔가 못마땅한 듯 미간을 좁힌 그의 입에서 나지막한 음성이 흘러나왔다.

"머리 잘랐네?"

감흥 없는 투에 해주는 치솟는 원망을 억누르며 대꾸했다.

"그런 꼴을 하고 다닐 순 없으니까."

"혼자…… 갔다 온 거야?"

수혁의 목소리가 느릿하게 해주를 더듬었다. 그녀는 바로 대답하지 않고, 묵묵히 그를 응시했다. 싸하게 변한 그의 표정을 보니, 이미 누구와 함께 있었는지 짐작하고 있는 듯했다.

"묻고 있잖아."

해주가 입을 꾹 다문 채 대꾸하지 않자, 수혁이 재촉의 눈빛을 보였다. 해주는 그를 직시하며, 조심스럽게 입을 열었다.

"교수님하고 같이……."

해주가 말을 채 끝내기도 전, 그녀의 손목을 수혁이 거칠게 움켜쥐었다.

"윽……!"

해주의 몸이 문 위로 세게 부딪쳤다.

쾅—!

동시에 방문이 쾅 소리를 내며 닫혔다.

철컹—

자물쇠가 흔들거리는 기괴한 소리가 울렸고, 순식간에 방 안 가득 어둠이 들어찼다. 창문 너머로 별빛처럼 작은 빛만이 그들을 중심으로 비추었다. 갑작스러운 충격에 눈을 질끈 감았던 해주가 서서히 두 눈을 떴다. 탁하게 변질된 그의 눈빛이 그녀를 옴짝달싹 못 하게 붙잡아 두고 있었다.

"다시 말해 봐."

수혁이 붙잡은 그녀의 손목을 더욱 강하게 움켜쥐었다.

"오늘 누구랑 같이 있었다고?"

해주의 입술 끝이 두려움이 잘게 떨리기 시작했다. 불길한 두 근거림이 가슴속을 쳐대기 시작했다. 수혁을 응시하고 있는 해주의 두 눈이 촉촉이 젖어 들어갔다.

"말해, 천해주."

그의 목소리가 한층 높아졌다. 작게 일그러진 그의 표정은 제발 아니라고 부정하길 바라는 듯 보였다. 그러면서 한 편으론 그녀를 탓하는 질책과 원망도 섞여 있었다. 해주가 입술을 꽉 깨물었다.

그의 눈빛에서 자신이 어떤 대답을 해주길 바라는지 적나라하게 느껴졌다. 거짓이라도 그의 편에 서 주길 바라는 그런 간절한 감정이 목소리 끝에 담겨 있었다. 하지만 해주는 그것을 철저히 외면한 채, 경직된 목소리로 대꾸했다.

"교수님하고 내내 같이 있었어."

수혁의 눈동자가 흉흉하게 가라앉았다. 점차 변해 가는 그의 표정을 더는 볼 자신이 없었기에, 해주는 그를 피해 시선을 내리떴다.

"왜……."

그녀의 귓가로 낮은 그의 음성이 힘없이 들리다 이내 끊겼다. 할 말을 잃은 듯 그는 더는 말을 잇지 못했다. 서로의 감정이 닳고 닳아 이제는 메말라 버린 것처럼 한없이 지치기만 했다.

"오늘은 그만하자, 피곤해."

이대로 그가 물러서 주길 바랐다. 더는 반박할 힘조차 남아 있지 않았다. 온몸의 힘이 쭉 빠져 버린 느낌에 한 마디 내뱉을 때마다 한숨이 섞여 나왔다. 해주는 아직도 저를 붙잡고 있는 그에게서 벗어나려, 손에 힘을 줬다. 하지만 그럴수록 수혁은 강하게 그녀의 손목을 압박해 왔다.

"아파, 이거 좀 놓고 얘기해."

"놓으면……!"

"……."

"놓으면 또 피할 거잖아."

애절하게 흘러나온 목소리와 함께 그녀의 이마 위로 수혁의 이마가 맞닿았다. 해주가 어깨를 움츠리며 시선을 점차 위로 올렸다. 서로의 숨이 섞일 만큼 가까워진 거리에서 슬프게 가라앉은 그의 두 눈이 마주쳐왔다.

"처음 만난 순간부터 줄곧 너만 바라봤어."

입술 위로 그의 뜨거운 숨결이 내려앉았다.

"이런 내 마음을 너도 잘 알 거라 생각했고, 언젠간 받아 줄 거라 굳게 믿고 있었는데……."

고백하듯 말을 내뱉던 그가 그녀에게 부드럽게 입을 맞추었다. 확인해 보고 싶었다. 자신을 향한 그녀의 마음에 조금이라도 희망이 남아 있는 건지. 기대를 해도 되는 건지.

하지만 그의 마음을 단박에 밀쳐내듯 해주는 그를 거부하며 고개를 옆으로 돌렸다. 한순간 서로의 입술이 엇갈렸고, 그로 인해 수혁은 상처 입은 듯 표정이 무너져 내렸다.

"하지 마!"

해주가 화를 억누르며 매섭게 소리를 내질렀다. 수혁은 허탈하게 숨을 내쉬었다.

"내가…… 그렇게 싫어?"

제 앞에서 다른 남자 얘기를 꺼내는 것까지는 참아낼 수 있었다. 잊게 만들 수 있을 거라, 저러다 언젠간 자신에게로 다시 돌아올 것이라 믿어 의심치 않았기 때문이었다. 그런데도 끝끝내 그런 그의 마음을 해주는 밀어내며 수혁을 절벽 끝까지 몰아세웠다.

"너만은 평생 내 옆에 있어 줄 거라고 생각했어."

의심해본 적도 없었다. 이 집에 들어와 처음 그녀를 마주한 순간부터 운명처럼 여겼다. 마치 저주받은 아이처럼 그의 곁에 있던 사람들이 하나둘 세상을 떠날 때, 그녀만큼은 평생 그의 곁에 함께 있어줄 거라 확신했다. 이렇게 그녀가 차갑게 돌아설 거라곤 상상조차 해본 적 없었다. 가슴으로 날카로운 고통이 할퀴고 스쳐 지나갔다. 짓이겨 버린 마음의 상처가 수습되질 않았다.

"왜⋯⋯."

도대체 왜,

"내가 아닌 건데?"

평생 네 곁을 지킨 건 난데, 왜 내가 아닌 그 사람인 걸까.

"이만큼 버틴 건 다 너 때문이었는데⋯⋯."

유일한 버팀목이었는데,

"너마저⋯⋯."

천해주, 너마저⋯⋯.

"날 버릴 셈이야?"

괴로움에 숨이 막혀와 점차 목소리가 낮아졌다. 쏟아 내고 싶었는데, 그녀를 향한 이 간절한 마음을 전부 내보이고 싶었는데, 그러다가 더 큰 상처를 입을까 봐 겁이 났다.

내리뜬 그녀의 두 눈이 수혁에게로 올곧게 마주쳐왔다. 감정이 드러나지 않은 해주의 표정을 보고 있는 것만으로도 심장이 미칠 듯이 뛰었다.

제발 날 버리지 마. 아릿하게 번지는 감정을 그녀에게 담아 보냈지만, 해주는 무감하기만 했다. 그녀는 한동안 수혁의 눈을 들여다보았다. 그리고 잠시 후, 꾹 닫고 있던 입을 서서히 열었다.

"안 버려."

꺼져가던 불씨의 씨앗이 되살아난 듯했다.

"네가 나에 대한 마음을 접는다면⋯⋯."

"⋯⋯."

"친구로서 예전처럼 지낼 수만 있다면……."

"그만."

해주의 말을 듣고 있던 수혁이 냉랭하게 그녀의 말을 잘랐다. 또다시 원점. 힘겹게 살린 불씨는 흔적도 없이 사라졌다. 바뀌는 건 없었고, 진심은 짓밟힌 채 지옥으로 처박혔다. 몸부림치며 뜨겁게 차올랐던 감정은 싸늘한 칼바람에 차갑게 식어 갔다.

"내 말 좀 들어 봐."

해주가 그를 똑바로 바라보며 말했다.

"10년이 넘게 한시도 떨어져 본 적 없는 우리야."

두 사람은 피를 나눈 누구보다도 끈끈한 인연을 맺어 온 사이였다.

"나에게 의지하는 마음을 네가……."

"……."

"착각한 것일 수도 있어."

너무나도 가까운 사이였기에, 깊은 감정을 다른 뜻으로 오해하고 있었을 수도 있다.

"그래, 수혁아…… 다시 한 번 생각을……."

"……뭐?"

가만히 그녀가 하던 얘기를 듣고 있던 수혁이 실소를 터트렸다. 해주는 입술을 닫고 멈추고 그를 살펴보았다. 잠시 동안 말이 없던 그가 눈을 가늘게 뜬 채로 읊조리듯 말을 꺼냈다.

"착각……?"

그가 입술 끝을 추켜올렸다.

"내 마음이 착각인지, 아닌지, 한 번 확인해 볼까?"

"그게 무슨……."

해주가 영문을 모르겠다는 듯 말끝을 흐렸다. 수혁이 그녀의 손목을 끌어당겨 허리를 꽉 끌어안았다. 크게 뜨여진 그녀의 두 눈이 그의 시야로 들어왔다. 어차피 틀어진 마음이라면……

'억지로라도 내 곁에 너를…….'

수혁의 얼굴에 시커먼 집착이 떠올랐다.

"—읏!"

해주를 힘껏 끌어안은 수혁이 그녀의 입술을 거칠게 빼앗았다. 손목이 부러질 것처럼 강하게 붙잡힌 그녀는 그에게서 도망칠 수조차 없었다. 필사적으로 고개를 돌려보려 했지만, 수혁은 그녀의 입술 사이를 쉽게 가르며 입안을 거칠게 휘감았다.

숨도 쉬기 힘들 만큼 몰아쳐 오는 강렬한 키스에 해주는 정신이 혼미해질 지경이었다. 뜨거운 숨이 뒤섞이며, 묘한 신음들이 의도치 않게 입술 새로 흘러나왔다. 그의 혀가 입속을 거칠게 헤집다가도 녹일 듯이 부드럽게 엉켜오며 그녀의 혼을 빼놓았다. 그 사이 수혁은 해주를 강하게 끌어안은 채로 그녀를 침대 쪽으로 밀어붙였다.

"아얏."

수혁의 힘에 밀려 침대에 내쳐진 해주의 입에서 작은 비명이 터져 나왔다. 얼마 전에도 겪었던 상황을 떠올린 해주의 얼굴에서 핏기가 싹 가셨다. 어떻게 해서든 그때의 일이 반복되지 않게 그녀는 필사적으로 그를 거부했지만, 집어삼킬 듯한 그의 입술에 잠식당하고 말았다.

강렬히 파고드는 그의 혀는 다른 생각을 할 수 없게, 그녀를 끈질기게 휘감았다. 붉게 여문 해주의 입술을 탐하며, 그는 망설임 없이 반대 손으로 그녀의 허벅지에 닿은 치맛자락을 허리까지 밀어 올렸다.

"흐흡!"

해주는 격렬하게 발버둥을 치며 절규에 가까운 소리를 내려 했지만 어림없었다. 수혁은 진득하게 퍼부었던 키스를 멈추고 그녀가 소리를 내지 못하도록 손으로 그녀의 입을 꽉 틀어막았다. 눈물을 가득 머금은 해주의 원망 섞인 눈빛조차 차갑게 흘러 버렸다.

거부한다면 거부할 수 없게 만들겠다. 수혁은 그녀의 얼굴 위로 흐르는 눈물을 혀로 닦아내곤, 눈물이 만들어 낸 길을 따라 뜨겁게 달은 입술로 자국을 남기기 시작했다.

물고 빨아 당기는 자극에 해주는 민감하게 몸을 떨며 눈을 질끈 감았다. 그의 부드러운 혀끝이 뺨을 지나 귓바퀴를 핥고 지나가는 것이 느껴졌다. 온몸을 움찔거리게 만들만큼 외설스러운 소리가 뇌리로 강렬히 박혀왔다.

그만하라는 그녀의 애절한 눈빛과 몸짓에도 수혁은 오히려 느긋하다 싶을 정도로 해주를 탐했다. 그녀의 목덜미부터 쇄골을 타고 내려와 가슴 언저리까지 자국을 새기고 자극했다.

"읏—"

타액으로 흠뻑 젖어가는 느낌에 해주는 거친 숨을 속으로 삼켰다. 잇새로 내지른 적 없는 신음 소리가 자꾸만 흘러나올 것 같아 안간힘을 다해 참아내려 했다. 그러나 강하게 그녀의 가슴을 쥐어오는 수혁의 손길에, 해주는 결국 참고 있던 교성을 터트리고 말았다.

"아……아앗……!"

해주는 얼굴을 찡그리곤 팔에 힘을 줬다. 만류하려 그의 등을 강하게 움켜쥐었지만, 소용이 없었다. 눈 깜짝할 새에 그녀의 브래지어 후크까지 풀어낸 수혁은, 가슴을 입술로 자극하며 허리 아래로 손을 뻗었다.

본능적으로 그가 하려는 행동을 감지한 해주가 더욱 격하게 몸을 흔들었다. 그럼에도 단단하게 겹쳐진 그의 몸은 떨어질 줄 몰랐다.

"읏읏!"

반사적으로 허벅지를 오므리며, 해주는 겨우 빼낸 한 손으로 그의 얼굴을 팍 쳐냈다. 거친 입술이 겨우 해주에게서 떨어진 동시에, 수혁의 고개가 옆으로 꺾였다.

"하아…… 하아…….."

거친 숨을 내쉬며, 해주가 제 입술을 손으로 훔쳐냈다. 수혁은 벌겋게 달아오른 오른뺨을 매만지며, 해주를 바라봤다. 잔뜩 상기된 얼굴로 입술을 떨고 있는 그녀의 모습에 수혁이 단단하게 줬던 힘을 풀었다.

"너……."

해주는 바들거리는 손으로 말아 올라간 치맛자락을 내리고는, 서둘러 그와 거리를 벌리고 앉았다.

"너…… 이게 무슨 짓이야."

해주가 떨리는 입술을 간신히 뗐다. 촉촉하게 젖은 눈동자에 울음이 가득 차올라 있었다. 심장이 가슴을 뚫고 나올 정도로 격하게 뛰었다. 직접 겪고서도 믿기지 않았다. 그가 하려고 했던 행동들, 상상만으로도 소름이 돋았다.

"지수혁, 뭐라고 말 좀 해 봐!"

해명이라도 듣고 싶었다. 실수였다. 단순히 화가 나서 겁만 주려 했던 것이다. 그리 말해주길 바랐다. 그러지 않고서는 그와의 관계가 이대로 완전히 끝이 나 버릴 것만 같아서…… 그녀는 겨우 남은 인내심 끝자락을 붙잡고 그를 닦달했다.

"지수혁!"

제발 뭐라고 좀 해 봐. 해주가 그에게 소리쳤다. 그러나 수혁은 아무런 대답도 하지 않았다. 결국 참다못한 해주가 서둘러 옷자락들을 걸치고 침대에서 일어섰다.

예전으로 돌아갈 수 있을 거라고 생각한 제 자신이 한심스럽게 느껴졌다. 애초에 작은 기대조차 갖지 말걸.

'잘못된 생각이었어.'

서로 등지고 돌아서는 것이 마음 한편으론 두렵기도 해서 모르는 척하려고도 했다. 단박에 그와의 관계를 단절시키기엔 함께해 온 세월이 너무나도 길고 깊었기 때문이었다.

그래서 수혁이 마음을 정리할 때까지 시간을 두고 지켜볼 생각도 있었다. 그때까진 무슨 짓을 하든 받아주고 용서할 생각이었다. 점차 나아질 것이라, 개선될 것이라, 마냥 기다렸던 게 오히려 서로에게 잔인한 상처만 남기게 될 줄은 몰랐다.

"나가."

침대 아래로 내려온 해주가 수혁에게 날카롭게 말을 던졌다. 이제는 그를 지켜보고 있는 것만으로도 괴로웠다. 당장이라도 눈앞에서 사라졌으면 했다. 해주는 입술을 꽉 깨물고 그에게 다시 차갑게 소리쳤다.

"당장 내 방에서 나가라고."

조금 전 일로 받은 충격에, 아직도 손끝이 달달 떨렸다. 버티고 서 있는 것만으로도 힘에 겨웠다. 그런데도 수혁이 꼼짝도 하지 않자, 결국 해주가 방을 나가기로 마음을 먹고 발길을 문 쪽으로 돌렸다.

그 순간, 침대에 우두커니 앉아 있던 수혁이 그녀의 팔을 붙잡아 당겼다. 그러고는 멈춰 선 그녀의 허리를 뒤에서 꽉 끌어안았다. 해주가 놀라며 고개를 뒤로 돌렸다.

"가지 마."

애원하듯 수혁이 숨죽여 중얼거렸다. 거세게 그를 밀쳐내려던 해주의 움직임이 일순 멈췄다. 허리를 조이는 그의 손길을 차마 쳐내지 못하고, 해주는 어금니를 꽉 아물었다. 무참히 엇갈려버린 관계가 날카로운 가시가 되어 그녀의 심장을 쑤셔댔다.

"네 방으로 돌아가."

약해져 가는 마음을 가까스로 다잡았다. 머리가 어질했다. 극도로 예민해진 신경 탓에 온몸에 핏기마저 가신 기분이 들었다. 그만하고 싶었다. 감정이 전부 소진돼, 더는 끓일 속도 남아 있지 않았다.

해주가 허리를 휘감은 그의 팔을 떼어 내려 했다. 하지만 그럴수록 수혁이 그녀의 허리를 강하게 옥죄였다.

"정말 모르겠어."

공허한 눈빛으로 그가 속삭였다.

"왜 내가 아닌 그 교수인 건데?"

몇 번 마주친 적도 없는 률에게 어째서 마음을 준 건지 이해가 가질 않았다.

"왜 하필 그 사람인 건데……?"

그가 허무하게 읊조렸다. 누구보다 간절히 그녀를 바란 것은 자신이었는데, 그녀는 다른 사람을 선택했다. 그 사실 하나만으로도 세상을 다 잃어버린 것 같은 기분이었다.

견딜 수가 없었다. 지독하리만큼 사랑하고, 누구보다도 그녀를 원하는데, 가지지 못하는 허상이 되어 버렸다. 그 현실이 까마득해, 자꾸만 부정만을 하게 했다.

"아니지?"

모든 게 거짓이라고 제발 얘기해 줘.

"그럴 리 없잖아, 몇 번 만난 적도 없는 그 교수를……."

천해주, 네가…….

"……좋아할 리 없잖아."

토해내듯 그가 간절히 말을 내뱉었다. 아닐 것이다. 몇 번이고 주입하듯 되뇌었다. 하지만 즉시 들려온 그녀의 대답은 그런 그의 진심을 처참히 짓이겨버렸다.

"아니."

그의 한탄에 해주가 냉정하게 반박했다.

"좋아해."

"……."

"교수님을 진심으로 좋아한다고."

해주가 딱 잘라 말을 내뱉었다. 오히려 수혁으로 인해 확신이 들었다. 처음엔 단순한 호기심을 시작했던 감정이, 우연과 필연을 겪으며 점차 그를 향한 진심 어린 감정으로 변했다. 좋아해, 누구보다도 밝고 따스하게 안아주는 그를 좋아한다.

"너한텐 정말 미안해."

해주가 뜨겁게 차오른 감정을 삼켜냈다. 이렇게 차갑게 밀어내고 싶지 않았는데…….

"이제 그만하자. 더는 너하고 이런 식으로 부딪치고 싶지 않아."

적어도 친구로서의 관계만큼은 이리도 산산조각내고 싶지 않았다. 그의 마음이 변해 버린 지금, 예전으로 돌아갈 수 없다는 걸 알면서도 좀처럼 포기가 되질 않았다.

이기적이라고 해도 상관없었다. 그를 놓치고 싶지 않은 마음이 그녀를 지배했다.

'제발 이쯤에서 물러나 줘.'

해주가 허리를 휘감은 그의 팔을 떼어 내려 했다. 아까까지만 해도 놔줄 기색 하나 없던 그가 스스로 팔을 풀었다. 해주가 마른침을 삼키고 그를 돌아봤다.

수혁이 숙이고 있던 고개를 천천히 치켜들었다. 붉게 충혈된 그의 두 눈이 해주의 두 눈과 한데 엉켰다.

쿵—

그 서글픈 눈동자에, 그녀는 심장이 멎어 버릴 것 같았다. 해주는 아무 말도 하지 못하고 제자리에 굳은 채 숨을 멈췄다.

상처로 일그러진 그의 얼굴을 도저히 볼 자신이 없어, 저절로 시선은 아래로 뚝 떨어졌다.

스르륵—

수혁이 침대에서 몸을 일으키는 것이 보였지만, 그녀는 조금도 움직일 수 없었다. 수혁이 느릿하게 한 발을 내디뎠다. 이후 두 발…… 세 발…… 그녀를 지나쳐 수혁이 조용히 걸어 나갔다.

'하아…….'

꾹 참고 있던 숨을 내뱉고, 해주가 뒤를 돌아봤다. 수혁이 잔

뚝 경직된 상태로 문을 열고 나가는 것이 보였다.

"수혁아⋯⋯."

가까스로 그를 불러보았지만, 수혁은 그대로 문을 닫아버렸다.

쾅―

익숙한 소리가 그녀의 귓속을 파고들었다. 고요한 적막이 잦아들고, 칠흑 같은 어둠이 싸늘히 방 안에 드리웠다. 홀로 남겨진 해주는 두 손으로 얼굴을 감싸 쥐곤, 그대로 무너졌다.

심장이 한순간 뜨거운 열기 속에 불타 없어져 버린 듯했다. 말 없이 방을 나서는 수혁의 뒷모습이 그녀의 망막에 박제된 듯 쉬이 사라지지 않았다.

해주는 손을 들어 한쪽 가슴을 움켜쥐었다. 형용할 수 없을 만큼 괴롭고 아팠다. 처음 겪어보는 고통이었다. 도무지 설명이 되질 않을 만큼 가슴이 저릿하게 아려왔다.

"어떡해."

상처를 입은 수혁의 모습에 모든 것들이 무너져 내린 기분이 들었다.

"어떡하지."

그에게 내뱉었던 말들이 자꾸만 머릿속을 울려 댔다. 수혁과의 기억들이 쇠사슬이 되어 그녀의 전신을 무겁게 죄어왔다. 눈 앞이 깜깜해져 왔다.

버린 건 자신인데, 그에게 버림받은 기분이었다. 좀처럼 감정이 추슬러지지 않았다. 버려진 자신이 할 수 있는 건 이 어두컴컴한 방 안에 홀로 남아 모든 슬픔을 감내하는 것뿐이었다.

'죽을 것 같아.'

두 뺨 위로 눈물이 흘러내렸다. 해주는 차마 눈물을 훔쳐낼 생각도 못 하고, 파리해진 얼굴로 주섬주섬 주머니에서 휴대폰을 꺼냈다. 지금 이 순간 유일하게 마음을 달랠 길은 그뿐이었다.

해주는 전원을 켜고 를에게 전화를 걸려 했다. 그러나 그보다 먼저 그에게서 온 메시지가 보였다.

[괜찮은 거지?]

휴대폰 위로 눈물방울이 또르륵 떨어졌다. 걱정이 가득 담긴 문자를 보니, 희미했던 정신이 조금씩 드는 것 같았다.

'정신 차려.'

해주는 손으로 휴대폰에 떨어진 눈물을 훔쳐내고, 격해지는 감정을 진정시키려 심호흡을 했다. 이대로 그에게조차 마냥 기댈 수는 없었다.

이제는 스스로 모든 것들을 이겨내야만 한다. 피멍이 든 가슴을 달래며, 해주는 단축번호를 누르는 대신 그의 메시지에 답장을 적기 시작했다.

[네, 괜찮아요.]

해주가 입술을 꽉 깨물었다.

[아무 일 없으니 걱정 마세요.]

마지막 문장까지 완성시킨 그녀는 그에게 메시지를 보냈다. 이후 해주는 자리에서 일어섰다. 손등으로 하염없이 흘러내리는 눈물을 닦아 낸 뒤, 신음처럼 흘러나오려는 울음을 참아 냈다. 그러고는 꼿꼿이 발길을 옮겨 욕실로 향했다.

타닥타닥.

률은 노트북에 시선을 고정한 채로 연신 키보드를 두들겼다. 논문 준비에 수업 준비까지 눈뜰 새도 없이 바빴지만, 좀처럼 집중이 되지 않았다. 률은 신경질적으로 키보드 엔터키를 누르곤 옆을 홱 돌아봤다.

제이는 소파에 비스듬히 기댄 채로 휴대폰 게임 삼매경에 빠져 있었다. 어쩐 일인가 싶었다. 여자들을 만나거나 술을 마실 때가 아니면, 주야장천 작업실에 처박혀 옷만 만들어대는 녀석이었다. 그런 놈이 연구실까지 직접 찾아오다니.

형이랑 점심을 같이 먹고 싶어 왔다는 녀석의 너스레를 차마 밀쳐 낼 수 없어, 률은 그와 함께 밥을 먹었다. 배까지 두들기며 만족을 표시하던 놈이 도대체 뭐가 불만인지. 제이는 계속해서 률 주변을 맴돌며, 그가 하는 일을 훼방 놓고 있었다.

"곧 시험 기간인데, 도서관에 가서 공부나 하지?"

뿅뿅—

대답 대신 게임 소리만이 그의 귀를 거슬리게 울렸다. 안 하던 잔소리까지 늘어놓았건만, 무슨 반항 심리인지 제이는 끝까지 모른 척 침묵만을 유지하고 있었다.

좋게 회유했건만 못 알아먹는 제이가 괘씸해, 률은 억지로라도 그를 연구실에서 끌어낼 작정으로 자리에서 벌떡 일어섰다.

소파로 다가가 일단 휴대폰을 홱 빼앗아 들었다. 률의 방해에 제이가 입술을 삐죽하게 비틀며 그를 쳐다봤다.

"기말과제 하느라 요 며칠 밤샜단 말이야, 오랜만의 휴식인데 좀 봐주지그래."

"그러니까 그 휴식을 왜 굳이 여기서 즐기고 있는 건데?"

"그야, 우리 형아가 좋아서 그러지. 되게 오랜만에 보는 거잖아."

제이가 도로 자리에 앉으며 히죽 웃어 보였다. 그의 천연덕스러운 말에 률이 징그럽다는 듯 인상을 찌푸렸다.

"오랜만은 개뿔, 언제부터 우리가 그렇게 자주 봤다고."

"형, 그새 나에 대한 애정이 식은 거야?"

갈수록 가관인 그의 행동이 질린다는 듯, 률이 제이에게 휴대폰을 툭 던지며 말했다.

"됐고, 리아랑 도서관 가서 시험공부나 해. 일하는데 거슬려."

률이 매몰차게 돌아서 의자에 앉았다. 제이는 그런 그를 물끄러미 응시했다. 일에 열중하려는 그에게 제이가 조심스럽게 입에 담고 있던 말을 던졌다.

"천해주하고는 연락하고 지내?"

노트북을 응시하던 률의 눈빛이 살짝 흔들렸다. 그는 키보드

위에 손을 올려놓은 채로, 책상 위에 놓인 휴대폰을 흘끔 봤다.

그날 이후로 그녀와 메시지 정도는 주고받은 상태였다. 대화 내용은 서로에 대한 안부 정도로 간단했지만, 률은 그녀와 연락이 끊기지 않은 것만으로도 만족했다.

그의 수업도 조만간 다시 나올 것이라고 답변을 받았다. 그것만으로도 어느 정도 안심이 되었다. 연락 두절 되었던 때와 비교하면 상황은 많이 좋아진 상태였다. 비록 사귀자는 그의 고백에 아직 답변을 듣지 못했지만, 예감이 나쁘지 않았다.

"형, 연락하고 지내냐고."

률이 별다른 대답이 없자, 제이가 가볍게 채근했다. 률은 휴대폰에서 시선을 떼고, 잠시 멈췄던 일을 다시 시작했다.

"그건 왜 묻는 건데?"

제이의 오지랖이라 생각하고 률이 가볍게 질문을 던졌다. 타자치는 속도에 박차를 가하고 있는데, 제이가 이마를 긁적이며 입을 열었다.

"웬만하면 연락하고 지내지 않았으면 해서."

탁.

제이의 말에 률이 작업을 멈추고, 그를 돌아봤다. 전부터 이상하다 생각했다. 여자라면 일단 호의부터 가지는 녀석이 해주에 관해선 어쩐지 떨떠름하게 여겼다. 처음엔 그걸 그저 기분 탓으로 생각했는데, 오늘 보니 그게 아닌 듯 보여 의문부터 들었다. 률은 쓰고 있던 안경을 내려놓으며 그에게 심드렁한 투로 물었다.

"이유가 뭔데?"

률이 눈을 가늘게 떴다.

"네가 그런 말을 하는 이유 말이야."

제이가 잠시 생각하는 듯하더니, 한숨을 푹 내쉬며 입을 뗐다.

"느낌이 안 좋아."

"뭐?"

률이 황당하다는 듯 반문하자, 제이가 황급히 말을 덧붙였다.

"학교 내에 떠도는 그 애 소문이 영 안 좋단 말이야. 더구나 지수혁."

소문도 소문이지만, 자신이 생각하기엔 문제는 그놈이었다.

"그놈이랑 천해주 사이가 심상치 않던데, 그 사이에 형이 굳이 낄 필요 있겠어?"

제이의 말이 떨어지기가 무섭게, 률의 표정이 종잇장처럼 구겨졌다.

"네가 신경 쓸 문제가 아닌 것 같은데."

"형이 몰라서 그래! 내가 좀 알아봤는데……."

"권제이."

률이 제이의 말을 날카롭게 자른 뒤, 긴 숨을 몰아 내쉬었다

"어디서 무슨 소문을 듣고 와서 이러는 건지 모르겠는데, 잘 알지도 못하는 얘기 가지고……."

"직접 확인도 했어."

제이가 단호히 말했다. 해주와 수혁이 집에 왔다 간 이후로 아

무래도 꺼림칙해서, 제이는 학교에 있는 인맥을 동원해 서나율이라는 여자애를 찾아냈다. 그리고 그 여자를 회유한 끝에 들은 이야기는 정말이지 충격적이지 않을 수 없었다.

"내 말대로 해, 더는 천해주랑 가깝게 지내지 마. 형을 위해서 하는 말이야."

제이가 평상시와 다르게 진지한 표정을 지었다.

해주가 선배들과 마약파티를 벌인 것은 물론, 평소 남자들과 문란한 관계를 맺었다는 서나율의 이야기를 백 프로 확신하는 건 아니었다.

본인도 학교 내에서 허무맹랑한 소문의 당사자가 돼 본 적이 있기 때문에, 그것이 얼마만큼 신뢰할 수 없는 일인지 잘 알고 있었다.

그러나 아니 땐 굴뚝에 연기 안 난다는 말이 있다. 개중엔 진실인 일을 아닌 척 넘긴 적도 더러 있었으니, 나율의 말을 그저 묵과할 수만도 없는 일이었다.

"어쩌다 형이 걔한테 마음을 줬는지 모르겠지만, 이쯤에서 그만두는 게……."

"권제이."

"……."

"어울리지 않는 오지랖 그만 부려라."

제이가 률의 제동에 입을 꾹 다물었다. 률의 두 눈이 그에게 경고하고 있었다.

쓸데없는 소리 그만해.

평소 지겹다는 듯, 귀찮다는 듯, 나른한 표정으로 주의를 시키던 때와는 달랐다. 제이의 입에서 한숨을 삼킨 헛웃음이 흘러나왔다. 이제 보니 생각했던 것보다 훨씬, 해주에 대해 진심인 듯보였다.

단순한 호기심? 혹은 작은 호감. 그저 그 정도쯤이라고 생각했는데……

'너무 가볍게 생각했나.'

그러고 보니 자신이 률에 대해 너무 쉽게 간과한 사실이 있었다. 겉으로 보기엔 여럿 여자 울렸을 것 같이 생긴 형이, 어울리지 않게 순애보적인 감성을 타고났다는 것을.

그가 혼잣말처럼 중얼거렸다.

"언젠간 제대로 한 번 콩깍지 씌울 줄 알았지……"

그런데 왜 하필 꽂혀도 천해주일까.

"너 상대해 줄 시간 없다, 그만 나가라."

안 그래도 그동안 미뤄뒀던 일을 한꺼번에 처리하려다 보니신경이 예민해져 있던 상태였다. 어떻게든 오늘 안에 마무리한뒤, 해주를 만날 생각을 하니 그의 마음이 점점 더 조급해졌다.

률은 제이에게 얼른 눈앞에서 사라지라는 듯 휙휙 손을 저어보이곤, 노트북으로 시선을 옮겼다. 화석처럼 굳어 있던 제이가서서히 몸을 일으키는 것이 느껴졌다.

이제야 나가려나 보다 생각하고 있는데, 제이가 느린 걸음으로 다가오더니 책상을 가운데에 두고 그의 앞에 멈춰 섰다.

"어떤 소문인지 궁금하지도 않나 봐? 형은?"

제이가 고개를 살짝 옆으로 기울이며 물었다. 이렇게까지 의미심장한 분위기를 조성하며 말을 던졌으면 궁금해 할 법도 한데, 그는 전혀 관심이 없어 보였다.

"형, 지금 내 말 듣고 있는 거야?"

제이의 독촉에 률의 이마에 힘줄이 돋았다.

"필요 없어."

노트북을 직시하고 있던 그의 두 눈이 송곳처럼 날카롭게 제이에게로 꽂혔다.

"어떤 소문이든 관심도 없을뿐더러, 듣고 싶지도 않다고."

해주의 입을 통해 나온 말이 아니라면, 그녀와 관련한 어떤 말도 그에게 있어 아무런 의미가 없었다. 설령 그녀를 감싼 소문들이 모두 사실일지라도, 해주가 먼저 말해주지 않은 걸 남의 입을 통해 듣고 싶은 생각은 추호도 없었다.

"귀찮게 할 만큼 한 거 같은데, 이제 좀 나가지?"

그가 턱짓으로 문을 가리키며 나직이 말했다. 마지막 경고였다. 제이가 잠시 동안 률을 빤히 응시하더니, 인사 대신 책상을 두어 번 두들기고는 돌아섰다.

률은 흘끗 걸어가는 제이의 뒷모습을 바라봤다. 남의 일에 쉽사리 간섭하지 않는 녀석이 왜 저렇게까지 행동하는 걸까.

'알다가도 모를 녀석이야.'

률은 도리질을 치고는 다시 노트북을 응시했다. 그때, 문 앞까지 도달한 제이가 문고리를 붙잡은 채로 입을 열었다.

"너무 걔한테 마음 주지 마."

타자를 두들기던 률의 손이 멈칫했다. 막 문을 열고 나가려던 제이는 연구실 안에 잦아든 적막에 슬쩍 률을 돌아봤다.

그는 긴 숨을 푹 몰아쉬더니, 의자에 몸을 기댔다. 그러더니 안경을 쓰윽 추켜올리며, 굳은 표정으로 닫고 있던 입술을 천천히 열었다.

"됐고."

률이 미간을 구겼다.

"너, 입 조심해라."

"……."

"네가 알고 있는 그 소문, 네 스스로 퍼트리는 일은 없길 바란다."

묵직하게 들려오는 그의 말에, 제이가 어깨를 으쓱했다.

"어휴, 무섭네."

그가 느물스럽게 웃어 보였다.

"걱정 마, 그런 귀찮은 짓 할 만큼 한가하진 않으니까."

률의 일이 아니었다면, 귀 한 번 후비고 금방 잊었을 일이었다. 서나율, 그 수다스러운 여자애는 상대조차 하지 않았을 것이고, 귀찮게 연구실까지 행차해 남의 뒷담화나 다름없는 얘기 따위를 주절거렸을 리도 없었다.

모든 건 하나뿐인 형이 혹시라도 상처받는 일이 생기지 않을까, 걱정되는 마음에 한 일이었다.

'뭐, 씨알도 안 먹힌 거 같지만.'

어느 정도 예상했던 결과이기도 했다. 바보 같을 정도로 우직한 면이 있는 그라면, 자신이 어떤 말을 해도 해주를 믿고 볼 것이다. 소문 따위 그저 소문일 뿐이라며 흘려들었겠지.

'에라, 나도 모르겠다. 형이 알아서 잘하겠지.'

이 정도 했으면, 률도 뭔가 느끼고 알아서 조심할 것이라 생각했다. 률의 말마따나 오지랖은 여기까지. 제이는 장난스럽게 손을 흔들어 보이고는 뒤돌아 문을 열었다.

연구실 안 에어컨 바람과는 상반된 후덥지근한 공기가 그를 맞이했다. 그다음엔 정면으로 멋쩍은 표정을 짓고 있는 해주가 갑작스레 그의 시야에 비쳤다.

＊　　＊　　＊

"어서 오거라."

수혁은 집으로 들어서자마자 인자한 미소로 맞이하는 성민을 무심히 바라봤다. 장례식 치른 후, 몸이 많이 상한 탓에 집에서 휴식을 취하고 있다던 영일의 말과 달리, 성민의 혈색은 그다지 나빠 보이지 않았다.

어느 정도 예상했던 일이긴 했다. 냉혈한인 그가 마음에도 없는 부인이 죽었다고 해서 시무룩하게 가라앉아 있을 리가 없었다.

성민을 마주 보고 있는 것조차 신물이 올라 올만큼 거부감이 들었지만, 수혁은 감정을 드러내지 않고 무덤덤하게 그의 맞은 편 소파에 자리를 잡고 앉았다. 그러자 대기하고 있던 가사도우미들이 자연스럽게 그들의 앞에 차를 내려놓았다.

"마셔 봐."

성민이 그에게 자상히 차를 권했다. 수혁은 대꾸 없이 차를 들어 한 모금 들이켰다. 은은한 향과 더불어, 알싸하지만 부드러운 차 내음이 입 안 가득 감도는 게 꽤 고급 차임을 단번에 알 수 있었다.

"살아생전, 네 어미한테 처음으로 내가 선물한 차였다."

차를 음미하던 성민이 천천히 말을 꺼내놓았다. 수혁은 그의 말을 듣자마자, 망설임 없이 손에 들고 있던 찻잔을 테이블 위에 탁하니 내려놨다.

마치 불결한 음식을 먹은 양, 그의 얼굴 위로 짙은 그늘이 졌다. 하지만 성민은 싸한 그의 반응에도 아랑곳하지 않고, 과거의 일들을 속살거리듯 늘어놓았다.

"네 어미가 죽은 지도 벌써 20여 년이나 지났구나."

"……."

"세월이 참 빨리도 흘러갔지. 아직도 죽기 전 네 어미 얼굴이 눈앞에 이리 어른거리건만……."

"그만하시죠."

수혁이 성민의 말에 제동을 걸었다. 추억을 회상하듯 어머니의 일을 꺼내는 그의 입을 당장이라도 틀어막고 싶었다. 소름 끼쳤다.

이제껏 같이 한 이불을 덮고 산 부인이 죽은 지 며칠이나 지났다고, 전 부인이었던 어머니에 대한 얘기를 늘어놓는 건지. 이해 가지 않는 그의 행동에 헛웃음조차 나질 않았다.

"네 어미에 관한 얘길 듣고 싶어 할 거라 생각했는데……."

나긋하게 중얼거리던 그가 손에 든 찻잔을 내려놓으며 피식 웃음을 터트렸다. 수혁은 순간 드는 오싹한 기분에 얼굴이 석고상처럼 차갑게 굳었다.

"아아, 오해 말거라. 네 어미 일과 상관없이 단지 기분이 좋아서 웃은 것이니."

수혁의 표정 변화를 지켜본 성민이 해명하듯 말을 이었다.

"네 발로 직접 나를 찾아온 건 이번이 처음 아니더냐."

그가 입가에 미소를 머금었다.

"물론 내가 걱정 돼서 온 건 아닐 테고…… 이 집에 들어와서 살겠다, 자진해서 왔을 리는 더더욱 만무한 일이고…… 뭐, 이유가 무엇이든 네 스스로 날 찾아온 건 꽤나 반길만한 일이구나."

"……."

"그래, 한번 들어 보자꾸나. 무슨 일로 날 다 찾아왔는지."

성민이 여유롭게 수혁의 대답을 기다리며 상체를 소파에 기댔다. 속을 알 수 없는 그의 행동에 수혁은 잠시 동안 말이 없었다.

그의 말대로 목적이 있어 찾아오긴 했는데, 막상 그가 호의적으로 물어오니 생각이 많아졌다. 그동안 그의 손아귀에서 벗어나려 발버둥 쳐왔던 세월이 무색하게 변해버릴 일이라 쉽사리 입이 열리지 않았다.

"흐음……."

그의 말을 재촉하는 성민의 신호가 들려왔다. 망설이던 수혁이 결심이라도 한 듯 목에 힘을 줬다.

"부탁드릴게 있습니다."

한 마디 내뱉었을 뿐인데 전신에 힘이 꽉 들어갔다. 흥미롭게 그를 훑어오는 성민의 눈길이 똑똑히 느껴졌다. 당장 내뱉은 말을 삼키고 싶었지만, 그는 꿋꿋이 버텨냈다.

애써 평정심을 유지한 수혁은, 뜨겁게 달아오른 숨을 삼켰다. 그의 대답이 들리기만을 기다렸다. 잠깐의 정적이 흐른 끝에, 한층 부드러워진 성민의 목소리가 그의 귓전에 들려왔다.

"부탁을 들어주는 대신, 넌 나한테 뭘 해 줄 생각이냐?"

수혁이 고개를 돌려 그를 마주 봤다. 어느 정도 그가 예상했던 반응이었다.

"의원님댁으로 들어오겠습니다."

단호한 수혁의 한마디에 성민의 한쪽 눈이 야살스럽게 찡그려졌다. 그의 손가락이 소파 팔걸이를 규칙적으로 두들기기 시작했다. 그동안 수혁은 그에게서 시선을 거두고 조용히 대답을 기다렸다. 제법 순종적인 그의 태도에 성민은 묘한 미소를 짓더니, 손가락을 멈추고 찻잔을 들었다.

"좋아."

호쾌한 대꾸가 그의 입에서 흘러나왔다. 수혁의 눈빛이 살짝 흔들리는가 싶더니, 이내 그를 따라 찻잔을 들어 차를 한 모금 들이켰다. 감미롭게 감기던 차가 이상하리만치 아무런 맛도 느껴지지 않았다.

"이제 부탁이라는 걸 말해 보거라."

성민이 차를 음미하며 여유롭게 그에게 말했다. 수혁은 꽉 움켜쥐고 있던 찻잔을 내려놓으며 그를 돌아봤다.

"저희 학교 총장님과 친분이 있다고 들었습니다."

"그래, 같은 동향 출신인 데다 대학교 직속 선배님이시지."

수혁의 두 눈이 날카롭게 날이 섰다.

"……다음 학기 교수 임용에 관여를 좀 해주셨으면 합니다."

성민은 의아해하며 수혁을 응시했다.

"쉽게 이해가 가질 않는구나."

"그리 어려운 부탁은 아니라고 생각합니다만."

"뭐, 그렇긴 하다만…… 채용을 부탁하는 것이냐, 아니면……."

"다신 저희 학교에 발을 붙이지 못하게 해주십시오."

"……."

"하실 수만 있다면, 아예 교수 일 자체를 못하게 만들어 주셔도 좋습니다."

차갑게 내뱉어진 그의 말에 성민의 눈매가 가늘게 길어졌다. 전

혀 생각지도 못한 부탁이었다. 누구의 인생을 망가뜨리는 일을
아무렇지도 않게 꺼내는 그를 보자니 이상한 기분마저 들었다.

'피는 못 속인다더니.'

사회생활 첫 시작을 누군가를 짓밟는 것부터 시작한 그였다.
단순했다. 어렵게 고민하고 돌아갈 것 없이 자신이 앞길을 막는
이가 있다면 쳐내고 쉬운 길로 빨리 가기 위함이었다. 쉬운 길을
두고 마음의 무게를 따지며 고민하고 있는 이들을 보면 한심스
럽기 그지없었다.

성민은 그리 살아왔다. 그것이 옳다 믿었고, 지금의 위치가 그
것을 대변해주고 있었다. 이런 쉬운 길을 내버려 두고, 양심의
가책을 들먹이며 뒷걸음치는 것들은 단 한 번도 곁에 둔 적 없었
다. 다행스럽게 자신의 아들은 그런 한심스러운 족속은 아닌 듯
보였다.

"이유는?"

"……말하고 싶지 않습니다."

수혁이 대답하길 거부했다. 성민은 수긍했다. 뭐, 사실 이유야
아무래도 상관없었다. 굳이 알고 싶다면, 나중에라도 알아보면
그만이니.

"누군지 말해 봐."

고민할 필요도 없는 문제였다.

성민이 부탁을 들어주겠다는 뜻으로 상대가 누구인지 물었
고, 수혁은 곧바로 대답했다.

"사진학과 권률 교수입니다."

성민이 손가락을 튕겼다. 영일이 그에게로 가깝게 다가섰다.

"이해용 총장한테 전화 넣어서 가까운 시일 내로 약속 잡아."

"네, 의원님."

일사천리로 그에게 말을 건넨 성민은 이후, 수혁을 응시하며 싱긋 웃어 보였다.

"더 미룰 거 없이 넌 당장 내일 집으로 들어오도록 하거라."

수혁은 보이지 않게 손을 말아 쥐며, 굳은 표정으로 대답했다.

"네, 알겠습니다."

"……."

"아버지."

"안녕……하세요?"

해주가 어색하게 인사를 건넸다. 제이는 그런 그녀를 묘한 표정으로 응시하더니, 고개를 까딱해 보이곤 무심히 말했다.

"형 만나러 왔나 본데, 들어가 봐요."

제이는 감흥 없는 눈빛으로 그녀에게 시선을 던지고는, 가볍게 지나쳤다. 해주는 전과 다르게 싸한 제이의 반응에, 고개를 천천히 갸웃거렸다.

'내가 마음에 안 드나?'

아무래도 전에 신세 진 것이 그에게 밉보인 듯싶었다. 리아와 친구인 데다 성격도 살가운 편인 것 같아 잘 지내고 싶었는데…… 어쩐지 그와 친해지기도 전에 틀어져 버린 것 같았다.

"천해주?"

시야에 사라질 때까지 그를 바라보고 있던 해주는 문득 들린 률의 음성에 고개를 돌렸다. 열린 문 너머로 밝게 웃으며 자리에서 일어서는 률의 모습이 보였다.

"안녕하세요, 교수님."

해주가 싱긋 웃으며 그에게 인사했다. 한달음에 달려 나온 률은 놀란 표정으로 그녀에게 물었다.

"학교 다시 나오기로 한 거야?"

조만간 시험을 치르러 학교에 나올 거라던 그녀의 연락을 받긴 했지만, 이렇게 연락도 없이 빨리 보게 될 줄은 몰랐다. 기쁜 마음에 률은 반색했다. 해주는 반갑게 맞아주는 그에게 싱긋 웃어 보이며, 고개를 끄덕였다.

"네, 지금은 휴학도 안 되는 데다, 일단 기말시험은 치러야 졸업은 할 수 있다고 해서요."

해주는 옅어진 미소로 두 눈을 가볍게 내리떴다. 그 전까지는 수혁의 강압에 의해 학교조차 마음대로 갈 수 없었지만, 동환이 집에 돌아온 이후로는 상황이 변했다.

"그동안 학교를 제 때 다니지 않은 모양이더구나."

동환은 심각하게 얼굴을 굳히며 그녀에게 냉랭히 말했다.

"어차피 지난 일이니, 굳이 나무라지는 않으마. 대신 이번 학기 마무리되는 대로 유학 갈 준비 하도록 하거라."

싫다며 완강히 거부하는 그녀에게 동환은 소리 높여 강요했다.

"네 치기를 받아주는 것도 이번이 마지막이다. 한 번만 더 내 말을 거역한다면, 나도 네 엄마도 한국에 있는 일 전부 정리하고 아예 이민을 갈 수도 있다. 그러길 바라는 건 아니겠지?"

그가 이런 식의 협박까지 할 줄은 미처 몰랐다. 해주는 결국 그의 말에 단 한마디도 반박할 수 없었다. 결국 동환의 뜻대로 이번 학기만큼은 무사히 끝내기로 마음을 정했다.

수혁은 동환과 모종의 대화라도 나눈 건지, 이 문제에 대해 딱히 별다른 말이 없었다. 심지어 그날 이후로 얼굴을 보는 것조차 힘들었다.

'일부러 피하는 건가.'

혹시나 싶어 오늘도 나오기 전 아주머니에게 물었지만, 수혁은 이미 일찌감치 나간 직후였다. 수혁이 먼저 피해주니 마음이 편하기도 했지만, 한편으론 걱정도 됐다.

그날 률에 대한 고백을 들은 그의 표정이 쉽사리 머릿속에서 지워지지가 않았다. 세상을 다 잃은 것처럼 무너져 내린 모습.

"해주야?"

상념에 젖어 있던 해주는 순간 들린 목소리에 눈을 동그랗게 뜨고 옆을 돌아봤다.

"무슨 생각을 그렇게 해?"

률의 물음에 해주는 어색한 표정으로 고개를 저었다.

"아니에요, 아무것도."

"그래?"

해주의 반응이 어딘가 꺼림칙했지만, 률은 애써 짚지 않고 말을 돌렸다.

"오늘 시험은 다 본 건가?"

"네, 교수님은 오늘 수업 없으세요?"

"응, 수업은 없는데…… 논문 준비할 게 좀 있어."

률은 난처한 표정으로 머리를 긁적였다. 마음 같아선 해주와 데이트 라도 하고 싶었지만, 당장 마무리해서 넘겨야 할 일이 산더미였다.

그렇다고 기껏 연구실까지 찾아온 그녀를 그냥 돌려보낼 수 없어, 률은 고민했다. 잠시 동안의 기다림 중, 률의 상황을 은연중에 눈치챈 해주가 먼저 옅은 미소를 지으며 입을 열었다.

"전 이따 리아랑 같이 저녁 먹기로 했어요."

해주는 우연히 리아와 강의실 근처에서 마주치게 됐다. 리아는 왜 그동안 연락을 안 했냐며 서운해 하면서도, 금세 반가운 얼굴로 그녀를 따뜻하게 안아 줬다.

오랜만에 만났으니 같이 밥이나 먹자는 리아의 말에 해주는 곧바로 승낙했다. 두 사람은 시험이 끝나는 두 시간 뒤에 보기로 약속을 잡았다.

생각보다 시험이 일찍 끝난 덕에, 해주는 곧바로 륜에게 향했다. 저녁 약속에 함께 가자는 제안을 할 겸, 깜짝 놀라게 해 줄 심산이었다. 그런데 분위기를 보아하니, 그건 아무래도 무리인 듯 보였다.

"일 하실 게 많은가 봐요?"

해주가 서류들로 널브러져 있는 책상을 쳐다보며 묻자, 륜이 한숨을 푹 내쉬며 대답했다.

"방학하기 전에 준비해 둬야 할 일들이 좀 있어서…… 리아랑 어디서 밥 먹으려고?"

"흠, 아마 학교 근처에서 먹을 것 같은데요."

륜이 슬쩍 손목시계를 확인했다.

"그럼 일단 급한 것부터 처리하고, 나도 이따 합류할게. 먼저 먹고 있어."

"네? 바쁘신 거 같은데…… 괜찮으시겠어요?"

해주가 조심스럽게 묻자, 륜이 고민하는 표정으로 턱을 매만졌다.

"사실 무리긴 한데……."

묘하게 말끝을 흐리던 그가, 느린 손길로 그녀의 허리를 휘감아 안았다. 륜이 해주의 마른 어깨 위에 턱을 올렸다.

"너 신경 쓰여서 더 일 못할 것 같아."

"⋯⋯."

"차라리 같이 밥이라도 먹고 하는 게 낫지."

률이 슬쩍 고개를 틀어 해주의 목에 얼굴을 묻었다.

움찔―

목 주변에 닿는 률의 숨결이 느껴졌다. 온몸에 소름이 돋듯 전율이 흘렀다. 뻣뻣한 나무처럼 우두커니 서 있던 그녀는, 코끝을 간질이는 률의 내음에 저도 모르게 손을 들어 그를 마주 안았다.

따뜻하게 맞닿은 온기가 신호가 되어 그녀의 심장이 격하게 뛰기 시작했다. 가슴을 뚫고 심장이 튀어나오는 건 아닌가 싶어, 그걸 억누르려다보니 숨이 절로 참아졌다.

"피곤했는데, 너 보니까 좋다."

률이 눈을 지그시 감으며 낮게 읊조렸다. 일보다도 해주에 대한 걱정에 온종일 신경이 곤두서 있었다. 설상가상 제이가 쓸데없는 말까지 들먹이는 바람에, 아닌 척했지만 마음이 썩 좋지 않았다.

속 안에 한파가 들이닥친 듯 어수선하고 뒤숭숭했다. 그런 와중에 해주가 직접 찾아와 주니, 가득 들어차 있던 냉기가 사라지고 따뜻한 바람이 포근히 달래 주는 듯했다.

률은 해주를 더 깊게 끌어안았다. 왜 이 아이한테만 자꾸 안 좋은 일들이 생기는 걸까. 할 수만 있다면 대신 막아 주고, 보듬어 주고 싶었다. 그러나 알 수 없는 벽에 가로막힌 채 아무것도 못 해주는 현실이 그저 안타깝고 허망할 따름이었다.

"교수님, 무슨 일 있으세요?"

아무래도 률의 행동이 이상해 해주가 망설이다 질문을 던졌다. 률은 걱정이 담긴 그녀의 목소리에 몸을 세우고 눈을 마주했다.

"아니, 아무 일도 없는데. 왜?"

"평소보다…… 더 피곤해 보이서서요."

"요 며칠 잠을 제대로 못 자서 그런가 보다."

"그러다 쓰러지면 어떡하려고요. 식사도 제때 안 하시죠?"

"뭐, 배고플 때 대충 샌드위치나 과자로 때우긴 하는데……."

"그런 걸로 배 채우니까 힘이 없죠! 밥을 먹어야지."

해주의 잔소리에 률이 피식 웃음을 터트렸다.

"너 그러니까 내 마누라 같다?"

"농담이 아니라, 진짜 식사 그렇게 하시다간 큰일 나요."

"알았다, 알았어. 오늘 저녁부터라도 제대로 챙겨 먹을게."

률이 해주가 귀엽다는 듯 그녀의 머리를 장난스럽게 헝클어뜨리곤 물었다.

"리아랑 몇 시에 보기로 한 거야?"

"아마 지금 시험 끝났을 거예요. 동명관으로 가 봐야겠네요."

"그래, 리아 만나서 맛있는 거 먹고 있어. 나도 끝나는 대로 연락할게."

"네, 그럼 가 볼게요."

해주는 해맑게 웃어 보이곤 뒤돌아 문 쪽으로 걸어갔다. 률은 아쉬운 표정으로 그녀를 지켜보다 한시라도 빨리 일을 끝내기 위해 책상으로 향했다.

"교수님."

그러다 문득 그를 붙잡는 해주의 목소리에 뒤를 돌아봤다. 해주가 발걸음을 빨리 그에게 다가오는가 싶더니, 두 팔로 률의 목을 끌어당겼다. 그러고는 률의 뺨에 입을 맞췄다.

"힘내세요."

해주가 그에게 속삭였다. 이후 충동적인 행동에 차마 그의 눈을 마주치지 못하고, 해주는 도망치듯 연구실을 빠져나왔다. 홀로 남겨진 률은 그녀가 입을 맞춘 뺨을 천천히 매만지더니, 풉하고 웃음을 터트렸다. 예상치도 못한 선물을 받은 것에 기분이 날아갈 것만 같았다.

"힘내세요, 라……."

얼굴이 벌게져선 속삭이던 그녀의 얼굴이 잔상처럼 계속해서 그의 뇌리에 남았다. 저절로 입매가 실룩거렸다. 률은 손으로 제 멋대로 움직거리는 입을 가리고 뒤돌아섰다. 일을 해야 한다.

'빨리 끝내고 가자.'

한시라도 빨리 해주를 보러 가야된다. 재빨리 자리에 앉은 률은 전과는 비교할 수 없을 만큼 엄청난 집중력을 보이며 타자를 쳐 나가기 시작했다.

금방이라도 장대비가 쏟아질 듯 하늘이 어둑했다. 무겁고 습한 공기가 유난히도 몸을 무겁게 했다. 수혁은 피곤한 기색으로 가방을 고쳐 메고 건물 밖을 나섰다.

감기라도 걸린 건지, 날씨를 떠나 컨디션이 영 좋질 않았다. 몸은 으슬으슬하게 떨려오고, 머리는 지끈거렸다. 침을 넘길 때마다 목이 화상을 입은 것처럼 따끔거리고, 조금만 걸었을 뿐인데도 숨이 차는 것처럼 호흡이 불규칙했다.

요 며칠 식사도 거르고 잠도 미룬 채 시험공부에만 매달렸더니, 결국 견디지 못하고 몸이 상한 모양이었다. 오늘은 일찍 집에 가서 좀 쉬어야겠다는 생각을 하고 있는데, 손에 든 그의 휴대폰이 갑자기 울려 댔다.

[최 보좌관]

휴대폰 액정에 뜬 이름을 확인한 수혁의 이마에 짙은 주름이 졌다. 정신이 없어 미처 생각하지 못하고 있었는데, 그러고 보니 오늘이 성민의 집으로 들어가기로 한 날이었다.

너무나 갑작스럽게 정한 일이라, 짐조차 싸지 못한 탓에 아무래도 날짜를 미뤄야겠다는 생각으로 수혁은 일단 전화를 받았다.

"네."

—어디십니까?

"학교입니다."

—수업은 다 끝나셨습니까?

"네."

형식적인 대화들이 오가던 중이었다. 잠깐의 정적이 흐르는가 싶더니, 다시 영일의 목소리가 수화기 너머로 들렸다.

―지금 천 앵커님 댁에서 수혁 군 짐 챙겨서 나오는 길입니다. 수업 끝나셨으면 학교로 모시러 갈까요?

무덤덤하게 흘러나온 그의 말에, 수혁의 이마가 슬쩍 찌푸려졌다. 그러나 그는 이내 고개를 저었다. 어차피 그의 집으로 들어가기로 약속했고, 그걸 지키는 건 이미 결심했던 터였다. 이제와 사소한 것에 신경 쓸 이유는 없었다.

"제가 알아서 가겠습니다."

―네, 알겠습니다. 그럼 이따 의원님 댁에서 뵙겠습니다.

통화를 마친 수혁은 긴 숨을 몰아 내쉬었다. 수혁은 휴대폰을 뚫어지게 바라보다 단축번호 1을 길게 눌러 보았다. 휴대폰 액정에 [해주]라는 이름이 뜸과 동시에 그녀에게로 전화가 연결되었다. 짧은 수화음이 들린 끝에 전화는 무심하게도 자동응답으로 넘어갔다.

수혁은 이내 다시 통화버튼을 누르려다 그대로 마음을 접고 휴대폰을 주머니에 넣었다. 그때 창밖 너머로 해주의 휴대폰을 던져 버린 것이 오늘따라 후회스러웠다.

'목소리…… 듣고 싶은데.'

수혁은 힘없이 발걸음을 내디뎠다. 점차 몸에 열이 달아오르며, 눈앞이 살짝 어질 거리는 게 느껴졌다. 수혁은 손을 들어 이마를 짚었다. 피곤이 한순간 밀려오며, 뜨거운 숨이 입술 새로 흘러나왔다.

아무래도 약이라도 먹어야 될 듯싶었다. 근처에 약국이 있었나,
생각하며 걷고 있는데 그때 맞은편으로 익숙한 사람들이 걸어오
는 것이 보였다. 그 순간 수혁의 표정이 심상치 않게 굳어졌다.

"선배?"

먼저 나율이 그를 발견하고는 자리에 멈춰 섰다. 그런 그녀를
의아하게 바라보던 남자가 시선을 수혁에게로 옮겼다.

"지수혁……?"

수혁의 시선이 남자에게로 곧장 꽂혔다. 훤칠한 키와 조막만
한 얼굴, 인상 좋게 반달 진 눈웃음을 짓고 있는 그는, 웬만해선
다시는 만나고 싶지 않았던 인간이었다. 우두커니 자리에 멈춰
선 수혁에게로 남자가 슬며시 입매를 당겨 웃으며 다가섰다.

"오랜만이네?"

그의 인사에도 수혁은 아무런 대꾸도 하지 않았다. 마치 모르
는 사람처럼 홀연히 그의 곁을 지나쳐 걸어갔다. 하지만 얼마 못
가 그는 남자에게 팔을 붙들렸다.

"너무 오랜만이라 내 얼굴을 까먹은 건 아닐 테고, 섭섭하게
왜 이러시나?"

탁—

수혁이 귀찮다는 듯 그를 뿌리치며 돌아봤다. 남자는 수혁이
밀쳐 낸 손을 민망하다는 듯 거두곤 능글맞게 어깨를 으쓱였다.

"여전히 까칠하네."

"선배."

옆에서 지켜보고 있던 나율이 다급히 수혁에게로 다가섰다. 어떻게든 말을 붙이고 싶어 안절부절못하는 그녀를 수혁은 단지 무심히 훑어볼 뿐이었다.

없는 사람처럼 무시하고, 수혁은 그녀를 차갑게 등졌다. 곧장 기분 나쁜 미소를 머금은 남자가 눈에 들어왔다. 왜 저 인간이 한국에 있는 거지.

"뭐, 예상은 했지만 내가 영 반갑지 않나 봐?"

"한국엔 언제 들어온 겁니까?"

냉랭한 수혁의 질문에 남자는 제 어깨에 묻은 먼지를 툭툭 쳐 내며 심드렁히 대답했다.

"저번 주?"

"언제 출국하십니까?"

남자가 픽 하고 실소를 흘렸다.

"들어온 지 얼마나 됐다고, 벌써부터 미국으로 못 들여보내서 안달이야?"

"이렇게 멋대로 약속을 어기면 곤란합니다."

수혁이 싸늘히 남자를 노려보았다. 남자는 뚫어지게 수혁을 바라보더니 점차 거리를 좁히며 그에게로 다가섰다.

"할머니께서 갑자기 돌아가셔서 잠시 들어온 것뿐이야."

"……."

"뭘 그렇게까지 몰아세우나. 괜히 열 받게."

반달 졌던 눈이 일자를 그리며 옆으로 찢어졌다. 남자의 급작스러운 변화에 옆에서 지켜보고 있던 나율이 끼어들며 그를 만류했다.

　"정후오빠, 그만 가요."

　서둘러 정후를 데리고 자리를 뜨려던 나율은 문득 제 어깨를 붙잡는 수혁의 손길에 걸음을 멈췄다.

　"네가 한정후를 어떻게 알아?"

　정후가 어이없다는 듯 코웃음을 쳤다.

　"한정후라, 이제 선배고 뭐고 없나 보네?"

　"그럴 만한 가치가 없는 인간이니까."

　맹렬히 쏘아붙이는 수혁의 태도에 여유롭던 정후의 얼굴이 처음으로 작게 구겨졌다.

　"재수 없는 새끼."

　정후는 소곤거리듯 중얼거렸다. 수혁은 여전했다. 그러고 보면 저놈은 참으로 일관성 있게 버릇없고 시건방졌다. 정후는 슬며시 턱을 추켜세워 그를 내려다봤다. 무표정한 얼굴을 하고 있는 그를 보자니, 참고 있던 심술이 입 안 가득 차올랐다.

　"정후오빠, 그만 가자고요."

　자리를 피하자는 나율의 손길을 슬쩍 밀쳐 낸 정후가 한쪽 입매를 올리며 그에게 물었다.

　"해주는 잘 지내나?"

　꼬투리를 잡은 정후의 두 눈이 비열하게 빛나고 있었다. 좀처럼 감정을 드러내지 않는 저 녀석의 유일한 약점. 누구보다도 그는 잘 알고 있었다. 역시나 예상대로 돌처럼 무표정했던 수혁의 얼굴에 균열이 일었다. 그것에 꽤 만족하며, 정후는 거들먹거리듯 말을 이었다.

"해주가 날 꽤 따랐는데…… 보고 싶네. 복학했겠지?"

나율이 수혁의 눈치를 살피며 그를 대신해 대답했다.

"네, 복학하셨는데 요즘은 학교에서 잘 안 보이시더라고요."

"그래?"

수혁과 시선을 맞춘 정후가 피식, 웃음을 터트렸다.

"걔는 여전한가 보네."

"……."

"학교생활 적응 못 하고 혼자만 겉도는 거."

그가 시시덕거리며 고개를 살짝 옆으로 비틀었다. 명백히 걸어오는 도발에도 수혁은 그런 그를 뚫어지게 주시할 뿐, 별다른 대꾸는 하지 않았다. 험악하게 흘러가는 분위기 속에서 나율은 한 발 물러선 상태로 그들을 지켜봤다.

'이렇게 마주치게 될 줄 몰랐는데…….'

나율이 귀찮게 됐다는 듯 입술을 지그시 깨물었다.

그녀의 친구와 정후는 친한 선후배 관계라서, 잠시 입국한 그를 우연히 소개받게 된 터였다. 안 그래도 해주와의 관계에 대해 궁금한 게 많았던 그녀는, 사실을 확인하려 살갑게 굴었다. 몇 번의 만남을 통해 정후와 친분을 쌓았고, 그 과정에서 이것저것을 물었었다.

많은 것들을 알아내진 못했지만, 정후를 통해 한 가지 사실만은 정확히 확인할 수 있었다. 소문은 소문일 뿐. 마약파티는 허황된 얘기였고, 사실은 정후 패거리들이 순진한 해주를 꼬드겨 어떻게 한번 해 보려 했던 수작질로 인해 벌어진 일이었다는 것이었다.

그리고 그 과정에서 정후가 수혁을 포섭하려 나섰지만 결국엔 실패. 오히려 사건 이후 수혁에 의해 쫓겨나듯 미국으로 갈 수밖에 없었다는 얘기들이었다.

'차라리 그 소문들이 사실이었다면 좋았으련만.'

천해주가 문란한 여자인 편이 흥미로웠다. 거기다 한정후 저 인간하고 합세해서 그 문란한 여자를 절벽으로 밀어붙이는 역할을 수혁이가 했다면, 그녀에게 더할 나위 없을 최고의 시나리오였을 것이다.

　"지수혁, 그 새끼가 뒤통수 제대로 쳤다니까. 도와줄 것처럼
　굴더니…… 영악한 새끼. 아예 우리를 골로 보내려고 작정했지."

술에 취한 정후가 흥분해서 지껄여대던 말이 뇌리를 맴돌았다. 이 말로 인해 그동안 그녀가 알고 있었던 소문은 정후 패거리들로 인해 대부분 와전된 것임을 알 수 있었다.

그 사실이 꽤나 실망스러웠다. 알고 보니 수혁은 해주를 위험

에 빠뜨린 게 아니라, 구해내려 했던 장본인이었다.

생각해 보면 소문을 들먹이지 말라며 협박했던 것도, 결국 수면 위로 그때의 일이 다시 드러나지 않길 바라는 마음이었을 것이다.

수혁의 약점이 될 사건이라 생각했는데, 그렇지 않은 것에 아쉬운 마음마저 들었다.

"얘가 천해주 걔 기둥서방이라고 소문이 자자했는데, 넌 알고 있었냐?"

일방적으로 수혁을 공격하던 그가 불현듯 나율을 돌아보며 물었다. 수혁이 예상보다 시큰둥한 탓에 좀 더 열을 올려볼 생각인 듯 보였다. 나율은 속으로 욕을 삼켜냈다.

'안 그래도 짜증 나 죽겠는데 저 자식은 왜 날 걸고넘어지는 건데.'

친구를 만나러 학교를 온 정후를 데리고 학교를 돌아다닌 것이 화근이었다. 해주가 오늘 학교에 모습을 비춘 건, 이미 친구를 통해 전해 들었다.

정후와 그녀를 마주치게 할 심산으로 같이 다녔던 건데⋯⋯ 하필 수혁과 마주치게 되다니. 해주를 골탕 먹이려다 도리어 본인이 당하는 기분이 들었다.

"서나율."

정후가 부르는 소리에 나율은 짜증을 꾸역꾸역 삼키며 대꾸했다.

"친구분 만나기로 하셨다면서요, 그만 가요."

자꾸만 가자고 재촉하는 나율의 행동에 빈정이 상했는지, 정후가 이맛살을 찌푸리며 그녀의 손을 쳐냈다.

"너 왜 자꾸……."

사납게 말을 내뱉던 정후가 갑자기 말을 멈추고 그들 너머를 주시했다.

'뭐지?'

나율이 그를 따라 시선을 옮겼다. 건물 밖으로 나온 해주가 웬 모델 같은 여자와 함께 그들 쪽으로 걸어 내려오는 것이 보였다.

정후의 입가에 음흉한 미소가 번졌다. 그는 거만하게 수혁을 슬쩍 흘겨보고는 해주 쪽으로 발길을 옮겼다. 그제야 뭔가 이상한 것을 느끼고 수혁이 정후 쪽으로 시선을 돌렸다. 해주를 발견한 수혁의 얼굴이 일순 뻣뻣하게 굳었다.

"오랜만이야?"

리아를 만나 학교 밖으로 향하던 해주는 정후를 발견하고 걸음을 뚝 멈췄다. 환하게 웃고 있던 그녀의 낯빛이 순식간에 싸늘히 가라앉았다.

"해주야, 아는 사람이야?"

리아는 정후를 흘끗거리며 해주에게 물었다. 의문이 담긴 그녀의 목소리에도 해주는 입술을 꾹 닫았다.

'왜 저 사람이 내 눈앞에 있는 거지?'

여전히 생생한 그에 대한 잔상들이 머릿속에 아른거렸다. 끔찍했던 기억. 손끝이 가늘게 떨리고, 입술이 바짝바짝 말라왔다. 누군가 그녀의 목을 조르는 듯 숨이 턱턱 막혀오고, 가슴이 답답해졌다. 비명이라도 치고 싶은 기분이었다.

"해주야?"

심상치 않은 해주의 표정에 리아가 의아해하며 그녀의 어깨를 붙잡았다. 그녀의 손길이 채 닿기 전, 해주는 리아의 손을 툭 쳐 내며 뒤로 물러섰다.

리아는 놀란 눈빛으로 멍하니 해주를 응시했다. 해주는 새파래진 얼굴로 그녀를 쳐 낸 손을 꽉 말아 쥐었다.

순간 그녀의 몸에 닿으려는 리아의 손길이 정후가 했던 짓들과 투영되어 소름이 끼쳐왔다. 목구멍까지 차오른 뜨거운 불덩어리를 꾹 집어삼키며, 해주가 천천히 입을 열었다.

"미안해……."

"꼭 귀신이라도 본 듯한 표정이네?"

정후가 히죽 웃으며 그들 사이에 끼어들었다. 그는 해주의 반응을 내심 재밌어하면서도, 아무것도 모르겠다는 듯 고개를 갸웃 기울였다.

뻔뻔한 정후의 태도에 해주는 매섭게 두 눈을 치켜떴다. 그러다 문득 정후 뒤로 나율과 함께 서 있는 수혁을 발견했다. 독기에 차올랐던 두 눈에 한순간 혼란스러움이 뒤엉켰다.

"네가 왜……."

저 인간하고 같이 있는 거지?

"안녕하세요?"

그때, 나율이 그녀의 시야를 가리며 인사를 해 왔다. 해주의
표정이 와락 찌푸려졌다. 도무지 눈앞에 펼쳐진 상황이 이해가
가질 않았다. 미국에 있어야 할 정후가 왜 학교 있는 것이며, 수
혁은 왜 나율과 함께 그를 만나고 있는 건지 좀처럼 파악이 안
됐다.

"리아야, 가자."

해주가 리아의 손을 잡아끌며 말했다. 어안이 벙벙한 상태로
사태 파악에 나섰던 리아는, 별다른 말없이 해주가 이끄는 대로
따랐다. 그때였다.

"오랜만에 만났는데, 인사 정도는 해야 되는 거 아냐?"

정후가 옆으로 지나쳐 가는 해주의 팔을 확 잡아끌어 멈춰 세
웠다. 해주가 질색한 얼굴로 그가 붙잡은 손을 확 쳐냈다. 그러
다 채 거두진 못한 그녀의 손이 정후의 얼굴을 강타했다.

짝―

의도치 않은 상황이었지만, 그녀에게 얼굴을 맞은 정후의 얼
굴이 순간 싸늘하게 굳었다.

"이것들이…… 아주 쌍으로 미쳤나."

안 그래도 수혁에게 단단히 무시를 당한 뒤라, 기분이 상당히
상해 있던 터였다. 열이 받을 대로 받은 상태에서 해주까지 기
름을 부어대니, 그나마 잠재되어 있었던 인내심마저 고갈되고

말았다.

정후가 금방이라도 그녀의 뺨을 내려칠 기세로 손을 들어 올렸다. 하지만 그 순간 높게 들어 올려진 정후의 팔을 수혁이 강하게 붙잡았다.

"적당히 하시죠."

"……."

"……한정후 선배님."

낮고 묵직한 음성에 정후가 옆을 돌아봤다. 살기가 담긴 그의 두 눈이 팔을 금방이라도 부러뜨릴 듯이 쏘아져 왔다.

살벌한 기세에, 마지막으로 수혁에게서 비행기 표를 전달받기 위해 만난 그날이 불현듯 회상됐다.

"경고하는데, 한 번만 더 해주 앞에 나타났다간 이 정도에선
끝내지 않을 겁니다."

정후는 그날의 수혁을 똑똑히 기억했다. 그로 인해 도망치듯 미국으로 떠나는 것에 대한 수치 때문은 아니었다. 음침하게 가라앉은 그의 얼굴과 목소리, 시선. 스스로도 인정하고 싶진 않았지만, 정후는 겁을 먹었었다.

반쯤 가늘게 뜬 수혁의 눈빛이 요상할 정도로 기괴하기 느껴졌다. 정후는 손을 거두고, 그의 시선을 피했다. 그 사이 두 사람을 지켜보고 있던 해주가 빠른 걸음으로 그들 곁을 지나쳤다. 리

아는 수혁과 정후를 의미심장하게 훑어보고는 서둘러 해주 뒤를 따랐다.

"저…… 선배."

소강상태로 들어선 분위기에 나율이 수혁에게 조심스럽게 말을 걸었다. 점점 심각해져 가는 사태에 대한 평계를 좀 댈 필요가 있어 보였다. 하지만 그럼 틈조차 주지 않고, 수혁은 거침없이 나율에게 날카로운 비수를 꽂았다.

"꺼져."

수혁은 나율과 정후를 차례로 노려보더니, 곧장 해주에게로 뛰어갔다.

신경이 예민해진 탓인지 손이 달달 떨리면서 저릿해져 왔다. 정후를 본 것이 시발점이 되어, 머릿속이 파노라마처럼 계속해서 그때의 기억을 그려내기 시작했다.

'어떡하지…….'

심장이 조여 오고, 붉은빛을 띠던 입술은 추위에 질린 듯 새파랗게 질려가기 시작했다. 피부 위로 벌레가 기어다는 것처럼 소름이 돋고 속이 울렁거렸다.

"너, 괜찮아?"

리아가 걱정스러운 눈빛으로 물었다. 그제야 곁에 리아가 있는 것을 인지한 해주가 옅은 미소를 지었다.

"응, 괜찮아. 신경 쓰지 마."

어떻게 신경을 안 써. 대답을 하려다 리아가 끝내 말을 삼켰다. 심상치 않은 그녀의 반응으로 봐선 아까 봤던 남자와 뭔가 불미스러운 사건으로 엮여 있는 듯 보였다.

그게 무엇일까, 의문이 들었지만, 해주의 상태를 보고 마음을 접었다. 일단은 해주를 안정적으로 달래줄 필요가 있어 보였다.

"일단 어디든 들어가자."

리아의 말에 해주가 작게 고개를 끄덕였다. 리아를 신경 쓰이게 하고 싶지 않았는데, 도무지 마음이 진정되지 않았다. 해주는 두 눈을 질끈 감았다가 뜨곤, 차갑게 식은 손을 맞잡았다. 잊자. 과거의 일일 뿐이다. 주문처럼 속으로 되뇌며, 그녀가 긴 숨을 몰아 내쉴 그때였다.

"지수혁?"

두 사람 앞을 수혁이 앞질러 뛰어와 가로막았다. 해주는 제자리에 멈춰 선 채로 말없이 수혁을 노려보았다.

"잠깐 얘기 좀 하자."

수혁이 해주를 응시하며 말을 건넸다. 리아는 두 사람 사이에 흐르는 묘한 분위기에 빠져 줄 생각으로 해주를 돌아봤다.

"전에 오빠들이랑 같이 갔던 술집 기억하지? 나 거기로 먼저 가 있을 테니, 얘기하고 와."

"아니."

짧게 말을 내뱉은 해주가 리아에게로 시선을 옮겼다.

"같이 가."

"하지만……."

리아가 채 말을 꺼내기 전에 해주가 먼저 그녀에게로 팔짱을 꼈다. 그냥 이대로 가자, 제발. 해주의 눈빛이, 팔에 닿은 느낌이 그리 말하고 있었다. 리아는 결국 해주의 뜻대로 하기로 마음을 먹고, 수혁에게서 시선을 뗐다.

"해주야."

그들이 수혁을 지나칠 무렵이었다. 간절한 수혁의 목소리가 그들의 발길을 붙잡았다.

우뚝—

정면만을 직시하던 해주의 고개가 천천히 그로 향했다. 어쩐 일인지 수혁의 낯빛이 좋지 않아 보였다. 벌겋게 달아오른 얼굴하며, 바짝 메말라 갈라진 입술도 그렇고, 거칠면서도 불규칙하게 내뱉어지는 숨소리도 그렇고…….

"나랑 얘기 좀 해."

수혁이 힘겹게 말을 덧붙였다. 그를 빤히 바라보던 해주가 어금니를 꽉 다물었다. 어딘가 아파 보이는 그의 모습에 순간 마음이 약해져 버린 자신이 한심스럽게 느껴졌다. 더 이상 끌려 다녀선 안 돼. 해주는 두 눈을 뾰족하게 뜨고선, 냉랭히 대꾸했다.

"너랑 할 얘기 없어."

"잠깐이면 돼."

"한정후…… 그 사람하고 관련된 얘기할 거 아냐?"

수혁이 곧장 답하지 못하고 멈칫했다. 그가 정후에 대한 해명하기 위해 자신을 잡아 세운 것이라 예상했던 해주는, 더는 들을 것도 없다는 듯 고개를 돌렸다.

"네가 왜 그 사람하고 같이 있었는지는 관심 없어. 그러니까 내 앞에서 그 사람에 대해 언급조차 하지 마."

"……알았어, 알았으니까 잠깐만……."

"싫어."

해주가 다가서는 수혁을 피해 소스라치듯 뒤로한 발짝 물러섰다. 수혁이 상처받은 듯 어둡게 변한 얼굴로 걸음을 멈췄다. 대치하듯 마주 선 상태에서 해주가 곱씹어 내뱉듯 말했다.

"너하고 어떤 말조차 나누고 싶지 않아."

"……."

"그러니까 지금껏 그랬듯이 내 눈에 띄지 말아 줘."

해주는 마지막 말을 끝으로 단호히 그를 외면하고 돌아섰다. 뜀박질 치듯 거칠게 움직이던 심장박동 소리가 싸늘히 가라앉았다. 대신 울컥하고 갑작스레 감정이 치달았다. 그 순간 팔짱 낀 해주의 손 위로 리아의 따스한 손이 덮어져 왔다.

"괜찮아."

리아의 위로 섞인 말에 해주는 파르르 떨리는 입술을 꽉 깨물었다. 금방이라도 눈물이 떨어질 듯 두 눈에 습기가 차올랐다.

"괜찮아……."

해주는 애써 스스로를 다독이며, 리아와 함께 무거운 발걸음을 내디뎠다.

일을 마친 륜은 그들이 있는 술집으로 향했다. 밝은 분위기로 떠들썩하게 술을 마시고 있을 거란 그의 예상과 달리, 두 사람은 침울하게 가라앉은 모습이었다.

"오빠, 여기!"

그러던 중 륜을 먼저 알아본 리아가 반색하며 그를 불렀다. 입구에서 두 사람을 의아한 얼굴로 지켜보고 있던 륜은, 능숙하게 표정을 감추며 다가갔다. 그는 자연스럽게 해주의 옆으로 자리를 잡고 앉았다. 줄곧 어두운 표정이었던 해주의 얼굴에 조금이나마 생기가 돌았다.

"일은 다 끝나셨어요?"

"응, 중요한 일은 마무리하고 왔어."

"바쁘신데, 괜히 저 때문에 무리해서 온 건 아닌가 모르겠어요."

"괜찮으니까 걱정하지 마."

륜이 살며시 미소를 지어 보이며 그녀의 어깨를 토닥여 줬다. 륜과 해주 사이에 흐르는 묘한 분위기에 리아가 두 눈을 가늘게 떴다.

뭐랄까. 서로를 바라보는 눈빛이나 행동이, 다정한 연인에게서나 보일 법한 모습이었다. 둘 사이에 뭔가 진전이라도 있는 건가.

'그렇다면 좋겠는데…….'

해주가 말없이 잠적해 버린 이유를 정확히 알 수 없었지만, 전체적인 분위기로 봐선 그다지 좋은 이유는 아닌 것 같았다. 꽤 가까워 보이던 수혁과도 틀어진 것처럼 보여, 률에게서 위안을 찾았으면 하는 마음이 컸다.

"왜 그렇게 쳐다봐?"

리아의 시선을 느낀 률이 고개를 갸웃 기울이며 물었다. 리아는 아무것도 아니라는 듯 손사래를 치더니, 급히 술병을 들어 그에게 내밀었다.

"오빠도 한잔해."

"난 됐어. 이따 가서 마저 일도 해야 하고……."

"그래? 그럼 어쩔 수 없지 뭐."

리아가 아쉽다는 표정으로 술병을 내려놓자, 률이 대신 술병을 들어 그녀의 술잔을 채워 주며 말했다.

"내 몫까지 마셔라."

"네네, 술집 안에 있는 술 전부 다 마셔드리지요."

장난스러운 리아의 말에 률이 피식 웃음을 터트리곤, 해주를 돌아봤다.

"너도 한잔 받아."

률의 권유에도 해주는 그를 가만히 들여다보더니 고개를 저었다.

"전 괜찮아요."

"그만 마실래?"

"네."

짧게 대답을 한 해주가 말없이 술잔만 만지작거렸다. 률이 와

준 것만으로도 너무 고맙고 기뻤지만, 자꾸만 마음 한구석에 수혁이 걸림돌이 되어 표정관리가 되질 않았다.

이 상태에서 술을 더 마셨다가는 감정이 격해져 감정조절조차 쉽지 않을 것 같았다.

"무슨 일……있었어?"

률이 조심스럽게 해주에게 물었다. 해주는 아무것도 아니라는 말만 되풀이 할 뿐, 속 시원히 말을 꺼내지 못했다. 그걸 이상하게 여긴 률이 슬쩍 시선을 리아에게로 옮기자,, 그녀는 어색하게 시선을 돌리며 연신 물만 들이켰다.

수혁과의 일을 해주가 굳이 꺼내지 않는 걸 자신이 나서서 얘기하기가, 그녀로선 썩 내키지가 않았다. 차라리 지금 이 자리에선 자신은 모르쇠로 일관하는 것이 나을 듯싶었다.

"흠…… 나 있지. 이제 그만 집에 가야 할 것 같은데……."

해주와 률의 눈치를 살피던 리아가 휴대폰으로 시간을 확인하고는, 조심스럽게 말을 꺼냈다. 아무래도 두 사람을 위해서 자신이 자리를 피해주는 편이 옳다는 생각이 들었다. 그걸 눈치챈 률이 그녀를 만류했다.

"왜 벌써 가. 조금 더 있다 같이 일어나자."

"미안, 나 통금시간 있는 거 알잖아."

리아가 한쪽 눈을 찡긋하며 말했다. '무슨 통금시간?' 이라고 하마터면 반문할 뻔한 률이, 달싹거리는 입을 다물었다. 그 사이 리아가 자리에서 일어섰고, 해주도 그녀를 따라 몸을 일으켰다.

"그럼 같이 일어나자."

리아는 같이 따라나서려는 해주의 행동에 당황한 듯 률의 눈치를 살피며 말했다.

"아, 아니야. 오빠도 지금 막 왔는데 두 사람 더 놀다 가."

"교수님도 무리해서 나오신 것 같은데…… 나 때문에 두 사람 다 불편하게 만들고 싶지 않아."

해주의 단호한 말에 리아가 당혹스러운 표정으로 콧등을 긁적였다. 이러려고 자리에서 먼저 일어선 게 아닌데…… 리아가 률에게 눈짓을 보냈다. 이대로 다 같이 일어설 거냐는 물음이 담긴 눈짓에, 률은 잠시 침묵했다.

"그럼 우린 좀 더 있다 가자."

률이 슬그머니 해주의 손목을 붙잡았다. 리아가 곧바로 그러라는 듯 해주를 보며 고개를 끄덕였다. 그런데도 어쩐 일인지 해주는 어둡게 가라앉은 표정으로 그의 손을 밀어냈다.

"아니에요. 오늘은 그만 들어가는 게 좋겠어요."

해주는 희미한 미소를 지어 보이곤, 옆에 내려놓은 가방을 챙겼다. 률에겐 정말 미안한 일이었지만, 아무렇지 않은 척 앉아 있는 것이 점차 버겁게 느껴졌다. 그저 돌아가고 싶은 생각만 들었다. 그나마 리아와 둘이 있을 땐 괜찮았는데, 막상 률을 보니 조금 전 겪었던 일들이 자꾸만 머릿속을 맴돌았다. 얼굴에 웃음을 띠우는 게 점점 어려워졌다.

한정후가 갑자기 나타난 것도 그렇고, 무엇보다도 어딘가 아파 보이는 수혁이를 매몰차게 밀어냈던 것. 그것이 마음속에 가시처럼 걸려, 계속해서 신경이 쓰였다.

"아니면, 셋이 좀 더 있다 갈래?"

묘해진 분위기에 리아가 서둘러 말을 꺼냈다. 하지만 이미 마음의 결정을 내린 듯 해주는 고개를 저었다.

"괜찮아, 다음에 셋이 또 보면 되지."

해주의 말에 률은 수긍한 듯 자리에서 일어섰다.

"그래, 그럼. 오늘은 그만 가자."

"오빠."

"오늘만 날도 아니고, 해주 말대로 다음에 또 모이면 되지."

률은 해주를 보며 싱긋 웃어 보였다. 해주는 그에 대한 미안한 마음에 차마 눈을 마주하지 못하고 시선을 피했다. 률은 그것에 별다른 반응 없이 영수증을 들고 계산대 앞으로 향했다. 그 뒤를 해주가 수심 가득한 얼굴로 뒤따랐고, 리아는 그런 두 사람의 뒷모습을 바라보며 한숨을 푹 내쉬었다.

'참, 어렵네. 어려워.'

이어주려 하다가 오히려 핀트를 어긋나게 한 기분이었다. 찝찝했지만, 이미 엎질러진 물인 만큼 어쩔 수 없다는 생각이 들었다.

'뭐, 두 사람이 알아서 하겠지.'

한참 동안 두 사람을 지켜보던 리아는, 고개를 절레절레 흔들곤 그들이 있는 곳으로 걸어갔다.

제 9 장
사고

해주가 떠난 뒤, 길거리에서 한참 동안 우두커니 서 있던 수혁
이 어두운 표정으로 발길을 돌렸다. 하늘 위에 붕 뜬 듯 정신이
몽롱해지고, 몸이 점차 뜨거워지는 것이 느껴졌다. 수혁은 힘겹
게 흐트러진 호흡을 가다듬으며, 택시를 타기 위해 승강장 쪽으
로 향했다.

"어디로 모실까요?"

택시에 올라탄 수혁은 잠시 대답하지 못했다. 몸이 최악의 상
태에서 성민의 집으로 가야 한다 생각하니, 입이 쉬이 떨어지질
않았다.

"손님?"

망설이던 수혁이 결국 택시기사에게 성민의 집 주소를 알려

주었다. 이윽고 택시가 출발하고, 그는 의자에 몸을 기댄 채로 차창 밖을 내다보았다.

금방이라도 한바탕 비가 쏟아질 것 같은 흐릿한 하늘과 습기를 머금은 공기가 유난히도 그의 가슴을 답답하게 만들었다.

"너하고 어떤 말조차 나누고 싶지 않아. 그러니까 지금껏 그랬듯이 내 눈에 띄지 말아 줘."

차갑게 돌아서며 해주가 남겼던 말이 비수가 되어 가슴에 꽂힌 듯했다. 수혁은 찢길 듯 입술을 물어뜯곤, 손을 힘껏 말아 쥐었다. 모든 것이 엉망이 되어 버린 상황이 참을 수 없을 만큼 괴로웠다.

되돌릴 수 있다면, 전처럼 되돌리고 싶다는 생각만이 그를 무겁게 짓눌러왔다.

'어디서부터 잘못된 걸까.'

부질없는 생각만이 쳇바퀴처럼 머릿속에 맴돌았다. 그러면 그럴수록 후회와 원망만이 깊어지는 것뿐 인줄 알면서도 답답한 마음을 꺼뜨릴 다른 방법이 떠오르질 않았다.

수혁은 짙은 한숨을 깊게 몰아 내쉬었다. 찰나의 시간 괜찮다 싶다가도, 다시금 뜨거운 고통이 가슴속을 쳐 댔다. 어떻게 하면 숨이 막힐 듯한 갑갑함을 조금이나마 덜어낼 수 있을까 싶은 그때였다.

그의 시야로 막 교문 밖을 나서는 정후와 나율의 모습이 눈에 박히듯 또렷이 들어왔다. 수혁은 골몰한 얼굴로 점차 멀어지는 그들을 빤히 응시했다.

툭툭 규칙적으로 창틀을 두들겨 대던 그의 손가락이 어느 순간 움직임을 멈추고 거두어졌다.

수혁은 싸늘히 변한 눈빛으로 휴대폰을 꺼내 어딘가로 전화를 걸었다. 짧은 신호음 끝에, 다신 듣고 싶지 않은 음성이 수화기 너머로 들려왔다.

—먼저 개 무시하고 갈 땐 언제고, 전화를 다 주셨나?

수혁은 정후의 빈정대는 말투에도 표정 변화 없이 무덤덤하게 입을 열었다.

"들어 줬으면 하는 일이 하나 있는데요……."

수혁의 시선이 어느 순간 정후 옆에서 삐쭉대며 걷고 있는 나율에게로 꽂혔다.

"별로 어려운 일은 아닐 겁니다."

가슴속을 채우는 답답한 돌덩이 하나를 치워 버릴 기회.

"자세한 건 한 시간 뒤에 다시 연락드리겠습니다."

눈을 뜨자마자 지독한 두통이 머릿속을 거칠게 헤집어놓았다. 나율은 깨질 듯한 머리를 부여잡고 무거운 눈꺼풀을 힘겹게 들어 올렸다.

밝은 햇살이 차가운 바늘처럼 가느다랗게 뜬 눈 사이로 쏘아져 왔다. 이어 낯선 천장이 그녀의 두 눈에 가득 들어왔다.

나율은 화들짝 놀라며 몸을 일으켰다. 분명 집이어야 하는데, 주변을 둘러보니 전혀 낯선 곳이었다. 전체적인 인테리어를 보아 호텔임을 짐작할 수 있었다.

'어떻게 된 거지?'

혼란스러워 하던 그녀는 뭔가 목 아래 허전함을 느끼곤 조심스럽게 시선을 아래로 내렸다. 아무것도 걸치지 않은 나체 상태였다. 그녀는 짧은 비명과 함께 이불을 최대한 목까지 끌어 올렸다.

심장이 미칠 듯이 뛰고, 입안이 바짝 말라왔다. 동시에 절로 눈이 감길 정도로 엄청난 두통이 다시 한 번 그녀의 머리를 바늘로 쪼듯이 엄습해오기 시작했다.

나율은 사태파악을 위해 서둘러 주변을 두리번거렸다. 침대 바로 아래로 옷가지들이 널브러져 있는 것이 보였고, 흉물스러운 무언가가 바닥에 옷들과 함께 뒤엉켜 있었다. 누가 봐도 사고를 친 흔적들이었다.

'설마, 정후선배랑……?'

아차 싶은 나율의 눈빛이 크게 흔들렸다. 파노라마처럼 어제의 일들이 뇌리를 스쳐 지나갔다. 수혁과 대면한 후로, 그들은 학교를 벗어나 근처 술집으로 향했다.

또다시 수혁과 틀어진 상황에 속상했던 터라, 술 한잔하러 가자는 정후의 제안을 군이 거절하지 않았던 것이었다.

마음 한구석 왠지 모르게 정후와 술을 마신다는 게 꺼림칙했지만, 간단하게 마시고 돌아갈 생각으로 깊게 고민하진 않았다.

그가 권하는 술들을 마시고, 정후에게 그간 누르고 있었던 수혁에 관한 불만과 고민들을 털어놓기 시작했다. 왜 그런 얘기들을 정후에게 쏟아 냈는지 지금 생각해 봐도 이해가 가질 않았지만, 아마도 술기운 때문일 것이라 짐작됐다.

그리고 술을 마시던 도중, 화장실을 다녀왔고 그 뒤로의 기억은 아무것도 없었다. 무슨 일 때문인지 그 뒤의 일을 생각하려고 하면 머리가 깨질 듯이 아파오고, 눈앞이 핑글 돌았다.

'몇 잔 마시지도 않았는데 왜 이렇게 머리가 아픈 거지.'

평소 숙취가 있는 편이 아니었던 터라, 뭔가 이상했다. 되짚어 생각해 보아도 어제 그리 술을 많이 마신 것 같진 않았는데…… 필름마저 끊긴 것이 이해가 가지 않았다.

하지만 이 모든 것들보다 중요한 건 현재 그녀에게 벌어진 일들이었다. 정황도 정황이지만, 몸 상태로 보아하니 어제 정후와 아무래도 사고를 친 것이 분명해 보였다.

'미친년.'

나율은 자책하며 제 머리를 쥐어뜯었다. 한정후, 그 새끼가 어떤 놈인지 뻔히 알면서 술 조절 하나 제대로 못 하다니…… 제 자신이 한심스럽게 느껴졌다.

일단은 몸을 추스르고 여기서 벗어나야겠다는 생각에, 나율은 이불로 몸을 감싼 뒤 침대에서 내려왔다. 그때였다. 정면으로 보이는 불투명한 욕실 문 너머로 검은 그림자가 일렁거리는 것이 그녀의 두 눈에 비쳤다.

나율은 사색이 된 얼굴로 서둘러 옷가지들을 챙겨 입기 시작했다. 욕실 안에 있는 것은 분명 한정후일 테고, 지금 이 순간 그와 마주치고 싶은 생각은 눈곱만큼도 없었다.

그저 피하고 싶었다. 무조건 피하는 것만이 능사는 아니라는 걸 잘 알고 있지만, 어떻게 된 상황인지 가늠조차 되지 않은 상태에서 그를 마주쳤다간 괜히 안 좋은 쪽으로 휩쓸릴 것 같은 불길한 예감이 들었다.

정신없이 옷을 챙겨 입은 나율은 침대 옆에 놓인 가방을 들고 슬금슬금 문 쪽으로 향했다.

'제발……'

이대로 조용히 밖으로 나갈 수 있기를 간절히 바라며 문손잡이를 잡은 그 순간이었다. 욕실 문이 열리는 소리가 들리며, 그녀의 등 뒤로 기척이 느껴졌다.

"일어났네?"

여유롭게 들려오는 목소리에 나율은 움직임을 멈추고 그대로 제자리에 굳었다. 머릿속은 하얗게 질리고, 등골 위로 식은땀이 흐르는 것만 같았다.

목구멍까지 차오른 욕지기를 집어삼키곤, 입술을 꽉 깨물었다.

'침착하자.'

굳게 되뇐 나율은, 조심스럽게 뒤를 돌아봤다. 막 샤워를 마친 듯, 가운을 입은 정후가 타월로 머리를 가볍게 털고 있었다.

"거기 서서 뭐해? 가려고?"

정후가 나율을 흘끔 보고는 냉장고 문을 열었다. 그러고는 지금 이 상황이 아무렇지도 않은 듯 편안하게 물을 들이켜곤, 휴대폰을 확인하기 시작했다.

조금의 동요도 없는 그의 행동에 나율은 울컥하고 감정이 치미는 것을 느꼈다.

"……어떻게 된 거예요?"

일단은 사태파악을 하는 것이 우선이라는 생각에, 그녀는 침착히 마음을 가라앉히고 그에게 물었다. 침대에 앉아 휴대폰을 확인하던 정후가 고개를 돌려 나율을 응시했다. 묘하게 그녀를 훑던 그의 얼굴에 조소가 묻어났다.

노골적인 시선에, 나율은 움찔 몸을 떨었다. 그녀는 잔뜩 긴장한 상태로 그를 경계했다. 정후는 그런 그녀를 잠시 동안 쳐다보더니, 시선을 거두며 말했다.

"안 잡아먹을 테니 와서 앉아. 할 얘기도 있고……."

그가 자신의 옆으로 앉으라는 듯 침대 위를 툭툭 쳤다. 이대로 뛰쳐나가려 했던 나율은, 조금 망설였다. 어차피 일은 벌어졌고, 묵과하고 돌아서기엔 너무 멀리 온 것 같았다.

차라리 지금 이 자리에서 뭐라도 결판을 내야겠다는 생각이 불현듯 들었다. 무섭고 두려웠지만, 나율은 최대한 용기를 내 그의 곁으로 조심스럽게 다가갔다. 그러고는 그와 거리를 둔 채 침대 끝머리에 앉았다.

"어떻게 된 건지부터 말해주세요."

나율이 뾰족하게 날 선 목소리로 그에게 말했다. 정후는 멀리 떨어져 앉아 있는 그녀를 보곤 피식 웃음 짓더니 자리에서 일어섰다.

"뭐, 뭐예요?"

나율은 점차 자신에게로 다가오는 그를 두려운 눈빛으로 지켜보며 몸에 힘을 줬다. 정후는 그런 그녀의 반응을 즐기듯 보더니, 주변에 놓인 의자를 끌어와 나율의 맞은편 자리에 놓고 앉았다.

"너, 어제랑 사뭇 다르다?"

정후가 팔짱을 끼고 의자에 몸을 기대며 장난스럽게 말을 걸었다. 나율의 얼굴 위로 불쾌한 기색이 번졌다.

"무슨 소리 하는 거예요? 지금……."

"어제는 꽤나 나한테 적극적이었는데 말이야, 잠시도 떨어지지 않으려 해서 난감할 정도였다고."

나율이 인상을 확 구겼다. 정후의 말이 거짓말인지, 진짜인지 그의 표정으로 봐선 분간이 되지 않았다. 그것이 그녀를 움츠러들게 만들었다.

"어젠 술이 좀 과했어요."

나율의 해명에 정후가 삐딱하게 고개를 기울였다.

"정말 어제 일이 기억 안 나나 보네?"

의미심장한 그의 말투에 나율이 짜증을 참지 못하고 목소리를 높였다.

"무슨 일이 있었는지 말해 봐요, 그럼. 괜히 뜸 들이지 말고!"

"왜 갑자기 흥분하고 그래?"

"오빠!"

"차근차근하자고, 중요한 얘기니까."

나율이 미간을 좁혔다. 도대체 무슨 말을 하려고 저러는 거지? 나율은 손아래 이불자락을 꽉 움켜쥐었다. 불안한 기운이 엄습해 왔다.

'차라리 듣지 말고 다시는 저 인간을 상종하지 말 걸 그랬어.'

뒤늦은 후회가 들었다.

"빨리 말해요."

조금이라도 빨리 그와 대화를 마무리하고 집에 돌아가고 싶었다. 음흉하고 야비한 저 인간과 한시라도 같이 있고 싶지 않았다.

신경질적인 나율의 반응에 정후는 잠시 뜸을 들이는가 싶더니, 손에 들고 있던 휴대폰을 그녀의 곁으로 휙 던졌다.

"꽤나 잘 나왔어. 확인해 봐."

모호한 그의 말에도 나율은 뭔가 직감한 듯 얼굴색이 순간적으로 파리해졌다. 이불을 움켜쥔 그녀의 손이 부들부들 떨리기 시작했다. 심장이 쿵쾅대는 소리가 경고음처럼 귓전에 미친 듯이 울렸다.

좀처럼 휴대폰에 손이 가질 않았다. 확인하고 싶지 않았다. 보고 싶지 않았다. 이상하게도 부정할수록 잊고 있었던 기억의 조각들이 하나둘씩 뇌리를 스쳐 지나가기 시작했다.

그와 양주를 몇 잔 마시고 그 뒤의 기억이 나질 않았는데, 흐릿한 잔상들이 떠올랐다. 정후의 목을 꽉 끌어안고 키스를 나누었던 모습, 누구보다도 적극적으로 그를 침대로 이끌던 그녀의 손길.

'말도 안 돼.'

드문드문 떠오른 기억만으로도 소름이 끼쳤다. 술에 취했다는 이유만으로 자신이 정후를 상대로 그랬다는 것이 믿기지 않았다.

"안 봐?"

정후가 비아냥거리듯 말을 내뱉었다. 그럴수록 나율은 혼돈에 빠졌다. 정확히 정후와 관계를 나눈 것은 기억나지 않았지만, 몸이 그리고 심장이 그것이 사실임을 증명하고 있었다.

분명 느껴졌다. 어제의 잔상이 몸에 정확히 새겨진 것이. 몸전체가 떨리기 시작했다. 눈앞이 깜깜했다.

"후배님. 그렇게 넋 놓고 있지 말고 휴대폰 확인해 보래도."

"가⋯⋯갈래요."

나율이 황급히 자리에서 일어났다. 하지만 정후가 그녀의 앞길을 가볍게 막아섰다.

"확인 안 하고 이대로 가면, 후회할 텐데⋯⋯."

미묘하게 그가 말끝을 늘리며 나율을 압박했다. 결국 나율은 잔뜩 울음을 머금은 채로 도로 침대 위에 앉았다. 정후가 전보다 날카로워진 표정으로 휴대폰을 턱짓으로 가리켰다.

"봐봐, 네가 봐야 얘기를 이어 나갈 수 있거든."

"……안 볼래요."

나율이 흐느끼며 시선을 아래로 뚝 떨어뜨렸다. 금방이라도 눈물이 터져 나올 거 같아 어금니를 꽉 아물었다. 하지만 이미 감정이 격해진 상태에서 꾹 눌러 두었던 눈물이 금세 또르르 그녀의 뺨 위로 흘러내렸다.

결국 지켜보고 있던 정후가 한숨을 푹 내쉬더니, 일어나 휴대폰을 들어 동영상 하나를 틀어 그녀에게 내밀었다.

나율은 차마 휴대폰을 보지 못하고 바닥에 시선을 고정시킨 채로 숨을 멈췄다. 잠시 후, 듣기에도 민망할 정도로 야릇한 음성들이 휴대폰 너머로 들리기 시작했다.

그녀는 두 손으로 귀를 막고 눈을 질끈 감았다. 직접 보지 않아도 알 수 있었다. 가냘프게 들뜬 목소리는 분명 자신의 것이었고, 그것에 호응하듯 짧고 강하게 터져 나오는 신음 소리는 분명 정후의 것이었다.

"뭘 그렇게까지 떨고 그래?"

정후가 달달 떨리는 그녀의 어깨를 손으로 잡았다. 그 순간, 나율이 날카롭게 그의 손을 확 쳐내며 비명 치듯 소리를 내질렀다.

"만지지 마요!"

정후는 손을 거두곤, 무덤덤하게 그녀를 내려다봤다. 어느 정도 예상했던 반응이었다. 도로 의자로 돌아가 앉은 정후는 손에 든 휴대폰으로 누군가에게로 전화를 걸었다. 짧은 신호음 끝에 누군가가 전화를 받았다.

"나야."

패닉에 빠져 있던 나율은 누군가와 통화를 나누는 정후를 천천히 올려다봤다.

"보낸 동영상 확인 했지?"

"……누구예요?"

동영상을 보내다니? 나율은 경직된 표정으로 정후에게 물었다. 그는 무심히 나율을 쳐다보며 통화를 이어 나갔다.

"우리 후배님께서 상황파악이 잘되지 않는 거 같은데 말이야."

"누구냐고요!"

나율이 자리에서 벌떡 일어나며 그에게 악을 썼다. 정후는 한쪽 눈을 샐그러뜨리더니 받고 있던 휴대폰을 그녀에게 내밀며 말했다.

"받아 봐."

나율은 마른침을 꿀꺽 삼키곤, 그가 건넨 휴대폰을 받아 들었다. 액정화면 위로 '지수혁'이란 이름이 떠 있었다. 나율의 두 눈이 절망으로 물들었다. 나율은 숨이 턱하니 막히는 것이 느껴졌다.

목 안 가득 뜨거운 불덩이가 들어박혀 쉽사리 말이 나오질 않았다. 그녀는 힘겹게 심호흡을 하고 떨리는 손으로 전화를 받았다. 그러고는 겨우 목소리를 냈다.

"선……배?"

─그래.

　짧은 대답. 나율은 끝까지 차오른 울분을 견뎌내며 다시 입을
열었다.

　"이게…… 어떻게 된 거예요? 도대체…… 이해가 가질 않아
서……."

─네가 자초한 일이야.

　"선배……."

─경고할 때 숨죽이고 살았다면 좋았을 텐데.

　"……그게 무슨……."

─넌, 해주가 있는 곳으로 한정후를 끌어들이면 안 됐어.

　수혁의 말에 나율이 발작적으로 부정했다.

　"아니에요, 선배! 그건 정말 우연히……."

─네 변명 따위엔 그다지 흥미 없는데.

　"선배!"

─네가 알고 있던 그대로, 되돌려 받은 것뿐이야. 해주를 짓누
르던 소문, 그걸 고스란히 네가 떠안게 된 거지.

　그녀의 뇌리로 순간 자신이 했던 말이 스쳐 지나갔다.

　　"해주 선배, 사지로 몰아넣은 게 수혁 선배라고! 선배 때문에
　　그 세 사람한테 해주 선배 겁탈 당하게 된 거고, 심지어 그 세 사
　　람 뒤 봐준 것도 수혁 선배라고…… 전부 다 얘기 할 거예요."

"말도……안 돼."

나율이 허탈한 소리를 흘렸다.

─입 닥치고 내 눈에 띄지 말았어야 했어.

달콤하게만 들렸던 수혁의 음성이 이제는 악마의 소리로 바뀌어 들렸다.

─해주와 관련된 소문은 전부 너와 관련된 소문으로 바뀌겠지.

불확실한 소문은 확실한 사실로 부메랑이 되어 그녀에게로 날아왔다.

─조용히 예전처럼 지내고 싶다면, 앞으로 쥐 죽은 듯이 지내는 게 좋을 거야.

"……."

─그렇게만 한다면, 동영상은 평생 세상에 풀릴 일 없겠지.

"제발…… 선배, 이러지 마요."

눈물이 눈앞을 가렸다. 결국 참지 못하고 울분을 터트린 나율이 애절하게 수혁에게 부탁했다.

단지 그를 좋아했을 뿐이었다. 곁에 있고 싶었고, 함께 즐거운 시간을 보내기만을 바랐을 뿐이었다. 너무나도 갖고 싶었고, 원했다.

단지 그랬을 뿐인데 이런 식의 결과라니…… 앞으로 벌어질 일에 현실이 까마득했다.

"제발…… 제발…… 선배."

나율은 휴대폰을 꼭 부여잡고 애원했다. 잠시 후, 수혁의 냉랭한 음성이 수화기 너머로 들렸다.

　―내 앞에, 그리고 해주 앞에 다신 나타나지 마.

　"알겠어요, 알겠어요! 선배. 흐흑, 내가 잘못했어요. 그러니까 동영상은 제발 삭제해 주세요."

　―……한정후, 바꿔.

　그에게서 확답을 받고 싶었지만, 나율은 입을 꾹 다물었다. 수혁을 최대한 자극 시키고 싶지 않았다. 나율은 서둘러 휴대폰을 정후에게 건넸다.

　정후는 가느다랗게 뜬 눈으로 나율을 바라보더니 한숨을 내쉬며 전화를 받았다.

　"약속 했던 건 잊지 않았지?"

　―알겠습니다. 바로 처리해 드리죠.

　"뭐, 나중에 또 통화하지."

　수혁과 통화를 마친 정후는 흐느끼며 울고 있는 나율을 흘겨보곤 옷을 갈아입었다. 그러고는 절망에 빠져 어쩔 줄 몰라 하는 나율을 잠시 내려다봤다.

　'하필, 그런 개 같은 자식을 건드려서는…….'

　정후는 작게 고개를 내젓곤, 혀끝을 찼다. 뭐, 본인의 인생이니 어쩔 도리가 있나. 정후는 한심스럽게 나율을 훑어본 후, 미련 없이 뒤돌아 호텔 밖을 나섰다.

　률과 헤어진 후, 집으로 돌아온 해주는 아주머니가 말을 붙이려 해도 피곤하다는 말로 무시한 채 방 안으로 올라갔다.

들어가자마자 샤워를 하고, 편한 옷으로 갈아입고 어두컴컴한 방 안에 익숙하게 몸을 눕혔다. 여러 가지 고민과 생각들로 머릿속이 지끈거리고, 신경이 쓰였지만, 모든 걸 무시하고 잠에 들려고 노력했다.

한 숨 자고 나면, 지금보단 나아지겠지. 이 답답하고 고통스러운 기분도 조금은 잠잠해질 거야. 마치 자장가처럼 스스로를 다독이며 해주는 한참을 뒤척이다 잠이 들었다.

그리고 눈을 감은지 얼마 되지 않아 정신이 든 해주는, 몽롱한 표정으로 몸을 일으켰다. 여전히 두통이 개운하게 가시지는 않았지만, 그래도 꿋꿋이 참아 내며 침대에 내려와 창가로 향했다.

촤락—

커튼을 치자마자 눈부신 햇살이 그녀에게로 덮쳐 왔다. 하늘은 청명하고, 저 너머 길거리에는 출퇴근 하는 사람들이 드문드문 보였다. 언제나 보던 풍경이었지만, 평온한 일상을 보고나니 뒤숭숭했던 마음이 조금이나마 가라앉는 듯했다.

한참을 밖을 내다보던 해주는 욕실로 가 샤워를 하고, 협탁 위에 올려놓은 휴대폰을 확인했다. 아침 일찍부터 륜에게서 메신저가 와 있었다.

[잘 잤어? 어제는 그렇게 헤어져서 아쉽네. 혹시 토요일에 시간 돼?]

물끄러미 휴대폰을 들여다보던 해주가 작게 미소를 머금고서

답을 보냈다.

[좋은 아침이에요, 교수님. 어제는 그렇게 집으로 와버려서 죄송해요. 토요일에 시간 되니 그때 봬요.]

그녀가 메신저를 보낸 지 1분이 채 흐르기도 전에 률에게서 답장이 날아왔다.

[그래, 그럼. 그날 내가 집 근처로 데리러 갈게.]

직접 데리러 오겠다는 그의 메신저에 해주는 잠시 고민했다. 동환이 집에 있는 한, 언제 그와 마주치게 될지도 모를 일이었다. 굳이 불편한 상황을 만들 필요는 없을 거란 생각에, 해주가 서둘러 답장을 작성해서 보냈다.

[아니에요, 어차피 번화가로 나가는 길인데, 제가 교수님 댁 근처로 갈게요.]

그 뒤로 계속 자신이 데리러 가겠다는 률을, 해주는 갖은 핑계를 대며 만류했다. 결국 률은 그녀의 뜻에 따랐고, 두 사람은 그날 률의 집 근처에서 보는 것으로 대화를 마무리 했다. 휴대폰을 협탁 서랍 안에 넣고는 해주는 침대에서 일어나 방문으로 향했다.

아침에 눈을 뜨면 수혁이 밝은 얼굴로 맞아주곤 했는데 이제는 먼 훗날의 꿈처럼 느껴졌다. 끔찍하게 굴던 수혁의 모습만이 잔상으로 남아 문고리를 잡는 것만으로도 손끝이 떨렸다.

문을 열고 나가면 수혁이 있을까. 얼굴을 마주하게 되면 어떤 표정을 지어야 하나, 그냥 무시하고 돌아서면 되는 걸까.

'언제까지 이런 불편한 관계를 지속해야 하는 거지.'

까마득했다. 이 집에서 계속해서 부딪쳐야 하는데, 그것이 너무나도 불편하고 꺼려졌다. 방에서 안 나가면 되겠지만, 한 편으론 이렇게까지 신경 쓰며 예민하게 그를 피하는 것도 능사만은 아니라는 생각이 들었다. 차라리 지금의 현실을 받아들이고, 자연스럽게 행동하자.

생각을 정리한 해주가 방 밖을 나섰다. 공허한 적막만이 흐르는 복도를 지나는 동안 수혁의 기척은 조금도 느껴지지 않았다. 방에 있는 건지, 아니면 밖으로 나간건지 가늠이 되지 않았다.

해주는 일단 1층으로 내려갔다. 내려오자마자 거실 중심에 놓인 소파에 동환이 여유롭게 커피를 마시며 신문을 보고 있는 것이 보였다. 해주는 자신을 슬쩍 돌아보는 동환에게 인사 겸 묵례를 했다.

"해주 학생, 일어났어요?"

때마침 부엌에 있던 아주머니가 해주를 발견하고 말을 건네왔다. 해주는 동환에게서 시선을 거두고 아주머니를 돌아봤다.

"네."

"아침 준비 다 돼가요. 조금만 기다려요."

아주머니가 동환의 눈치를 살피며 작게 말했다. 해주는 알겠다는 대답한 뒤, 동환을 등지고 돌아선 채로 아주머니에게 조심스럽게 물었다.

"수혁이는……요?"

집에 있다면, 방으로 돌아가 있을 심산이었다. 동환도 있는 곳에서 수혁을 마주쳤다간 표정관리가 되지 않을 것 같았기 때문이다. 괜히 불편한 상황을 만들고 싶지 않았다.

"어? 수혁 학생한테…… 못 들었어요?"

아주머니가 의아하다는 듯 말을 건넸다. 해주는 고개를 갸웃기울이며 반문했다.

"뭘요?"

"수혁 학생, 어제 집 나갔어요."

해주가 어안이 벙벙해져서는 말없이 아주머니를 쳐다봤다.

'수혁이가 집을 나가다니? 어디 갈 곳도 없는데……'

혼란에 빠진 상태로 해주가 아주머니에게 다시 말을 걸려던 순간이었다.

"할 말 있으니, 이리 와 앉거라."

동환이 보고 있던 신문을 내려놓고는 해주를 진중한 눈빛으로 돌아봤다. 진지해진 분위기에 아주머니는 눈치껏 부엌으로 들어갔고, 해주는 멍한 얼굴로 동환의 맞은편 자리에 다가가 앉았다.

둘 사이에 잠시 적막이 흐르는 가운데, 해주가 평소와는 다르게 동환보다 앞서 말문을 열었다.

"수혁이가…… 집을 나갔다는 게 무슨 말이에요?"

듣고도 믿기지 않았다. 몇 십 년을 이 집에서 함께 살았는데, 하루아침에 집을 나가버리다니…… 어제 할 말이 있다며 수혁이 붙잡았던 기억이 새삼 그녀의 뇌리에 맴돌았다. 한정후와 관련한 얘기 때문인 줄 알았는데, 이제 보니 그게 아닌 듯 보였다.

'나 때문인 건가.'

막상 일이 이렇게 되고 보니 왠지 모를 자책감이 들며 돌덩이 하나가 가슴속을 꽉 메우고 있는 거 같았다. 이렇게 될 줄 몰랐는데, 수혁이가 자진해서 집에서 나가버릴 줄은 정말 몰랐는데, 막상 이리되고 보니 마음 한구석이 텅 비어 버린 듯 공허해졌다.

"왜 갑자기 집을 나간 건데요? 어디로 간 건데요?"

해주가 보채듯 그의 대답을 재촉했다. 가만히 해주를 바라보던 동환이 버릇처럼 턱을 살짝 치켜 올리며, 천천히 입을 열었다.

"수혁이에게서 아무 말도 못 들은 것이냐?"

동환의 질문에 해주는 대답하지 못하고 이를 악물었다. 그가 한 질문의 의미를 알고 있기에 차마 입이 열리지 않았다. 황폐하기 그지없는 이 집안에서 해주가 유일하게 마음을 주고 기댔던 이가 수혁임을 동환이 모를 리가 없었다. 그런데도 수혁이가 집을 나간 이유조차 해주가 파악하지 못하다니, 그가 이상하게 여길 만했다.

"수혁이와 싸우기라도 했나?"

동환이 질문을 덧붙였다. 해주는 잠깐의 고민 끝에 조심스럽게 말을 꺼냈다.

"그냥…… 말다툼을 좀 했을 뿐이에요."

그녀는 대강 둘러대곤, 아랫입술을 살포시 깨물었다. 더는 그가 자세히 캐묻지 않았으면 했기에, 일부러 시선을 피했다. 다행히 동환은 두 사람 사이에서 흔하게 일어났던 가벼운 다툼 정도로 여기곤, 작은 한숨 뒤에 그녀가 원하는 대답을 꺼내놓았다.

"제 아버지 집으로 들어가겠다, 하더구나."

'아버지?'

"아버지라면……."

"너도 전에 한 번 만난 적 있지 않느냐? 지성민 의원 말이다."

동환의 말에 해주의 얼굴 위로 의아한 빛이 떠올랐다. 불과 얼마 전 성민의 부름을 받고 그의 집에 갔을 때, 그걸 안 수혁의 반응은 서릿발이 내릴 정도로 차가웠다. 왜 네가 이곳에 있냐며 쏘아붙였던 기억이 아직도 생생한데, 자진해서 성민의 집으로 들어갔다니 어딘가 석연찮았다.

"왜 이제 와서요?"

동환이 턱을 손으로 매만지며 대답했다.

"이제라도 지성민 의원의 아들로서 살 생각이 든 모양이더구나."

"……."

"그렇게 설득할 땐, 듣지 않더니 뒤늦게라도 정신을 차린 걸 테지."

당연한 수순처럼 동환이 심드렁히 말을 늘어놓았다. 해주는 어두운 표정으로 시선을 내리떴다. 뭔가 꺼림칙하고 마음이 편치 않았다. 분명 그의 가족 곁으로 가게 된 것인데, 자꾸만 수혁이 성민을 향한 날 선 반응을 보였던 것만이 떠올랐다.

그토록 거부하던 아버지의 집으로 자진해서 들어간 것이라면, 자신과의 불편한 관계 때문일 거란 생각이 계속해서 머릿속을 떠나지 않았다.

꼴도 보기 싫었는데, 차라리 이렇게라도 멀어지는 것이 다행이라는 생각이 드는 것이 당연했는데…… 왜 이렇게 찝찝한 기분만이 드는 걸까. 함께해 온 세월 때문일까.

"그로 인해 너에게 해 둘 말이 있다."

여러 가지 생각들로 복잡해하고 있는데, 동환의 목소리가 그녀의 정신을 붙잡았다. 해주는 고개를 들고, 동환을 조용히 응시했다.

"당장 다음 주부터 유학 갈 준비 하거라. 네 엄마하고도 이미 얘기 끝냈다."

날벼락처럼 떨어진 동환의 말에 해주의 얼굴이 어둡게 가라앉았다.

"그 애긴 전에도 말씀드렸을 텐데요. 생각할 시간을 달라고요."

"며칠 동안 시간을 줬고, 더 준다고 해서 달라질 게 뭐가 있지?"

동환의 무심한 어투에 해주의 표정이 무참히 일그러졌다.

"이렇게 강압적으로 절 몰아세우지 마세요. 저도 제 뜻대로 할 권리라는 게 있어요. 부모님이라는 이유로 제 인생을 멋대로 쥐고 흔드는 거, 이제 그만하실 때도 됐잖아요. 저도 이제 성인이에요. 아버지."

"권리라…… 네게 그걸 내세울 만한 자격이 있다고 생각하는
것이냐?"

동환은 서늘하게 가라앉은 눈빛으로 해주를 직시했다.

"너로 인해 나나 네 엄마는 단 한 순간도 불안하게 살지 않은
날이 없었다."

"……."

"언제 터질지 모르는 시한폭탄 같은 널 끝까지 품고 살았다.
하루하루를 지옥 불 속에 있는 것처럼 말이다."

냉담하게 몰아붙이는 그의 말에, 해주는 울컥하고 감정이 치
미는 것을 느꼈다. 모든 것을 자신의 탓으로 돌리는 동환의 태도
에 숨이 턱턱 막혔다.

"지옥……이요?"

공허하게 흘러나온 그녀의 목소리에 동환은 차갑게 동조했
다.

"그래, 그러니 이제라도……."

"두 분 눈에 거슬리지 않게, 다른 나라로 가서 조용히 쳐 박혀
서 살아라?"

바로 이어진 다소 격한 해주의 반응에 동환이 이맛살을 잔뜩
구겼다.

"말본새가 영 고약하구나."

"……지금 이 상황에서 제가 어떻게 받아들이길 바라신 건데

요? 전처럼 그저 두 분 말씀에 수긍하고 따를 거라 생각하신 거라면, 그건 오산이세요."

"천해주!"

"저도 제 인생이라는 게 있어요. 어릴 때처럼 두 분 마음대로 정하고 거기에 무조건적으로 따르고…… 이제 더는 그렇게 살고 싶지 않단 말이에요!"

더 이상은 부모님의 꼭두각시처럼은 살고 싶지 않아.

"더는 제 인생에 간섭하지 마세요."

동환이 이를 아득 갈았다.

"그래서……!"

"……."

"그래서 고작 이렇게 살아서 뭘 어쩌겠다는 것이냐?"

그가 다소 격앙된 어조로 반문했다. 해주는 부들부들 떨려오는 입술을 거칠게 베어 물었다.

"전처럼은 살지 않을 거예요."

"하, 또다시 반복이구나."

헛웃음을 터트린 그가 고개를 가로저었다.

"매번 이런 일이 벌어질 때마다 넌 항상 내게 그랬지. 전처럼 그렇게 살지 않을 거예요. 다시는 그러지 않을게요. 그래 놓고 얼마 지나지 않아 항상 내 뒤통수를 쳤지."

"그건……."

"그때마다 수혁이가 네 녀석 변호를 해 왔고 말이다."

"……."

"남한테 뒷수습을 미루는 너의 그 못된 버릇을 이제는 고칠 때도 되지 않았나 싶구나."

"아버지."

"얼마 전에도 자살 소동을 벌였다지."

동환이 툭 던진 말에 해주는 말문이 막힌 듯 입을 닫았다. 변명의 말들이 목구멍까지 차올랐지만 차마 내뱉진 못했다. 수혁과 관련된 일들을 동환에게 사실대로 말할 자신이 없었다.

"이번에는 꿀 먹은 벙어리처럼 대꾸하지도 못하는구나."

"……."

"외국에 나가 심리치료도 받고, 심적으로 안정을 찾으면 지금보단 상태가 나아질 테지."

"정신병자 취급하지 마세요."

"네가 그동안 벌인 행동들이 정상적이진 않다고 생각한다만."

"……왜 그렇게밖에 할 수 없었는지에 대해선 관심조차 갖지 않으셨죠."

"그것에 대한 투정을 또다시 늘어놓을 생각이라면 그만두거라. 듣고 싶지도 않으니."

동환이 냉랭하게 그녀의 마음을 잘라냈다. 해주는 끝까지 자신을 알아주지 않는 그에게 질렸다는 듯 자리에서 일어섰다. 더는 할 말이 남아 있지 않았다. 쉽사리 감정의 골이 좁혀지지 않을 것 같았다.

언제나 그랬던 것처럼 서로를 외면하고 피하는 편이 나을 듯 싶었다. 해주는 그를 지나쳐 계단으로 향했다. 그때, 송곳처럼 그녀의 귀속으로 동환의 말이 꽂혔다.

"수혁이도 너와 함께 유학길에 오르기로 결정했다."

'뭐……?'

"지 의원하고 이미 얘기 끝냈으니 그리 알고 있거라."

동환이 짧게 한숨을 내쉬었다.

"이게 마지막으로 너한테 줄 수 있는 최대한의 배려다."

"……."

"나머진 수혁이하고 만나서 얘기해 보거라."

해주가 망연히 동환을 돌아봤다. 그녀의 낯빛이 파리하게 굳었다.

"수혁이랑…… 같이 간다고요?"

생각지 못한 해주의 반응에 동환이 눈썹을 찌푸렸다.

"좋아할 줄 알았더니, 의외구나."

"그건……."

"무슨 일로 수혁이와 다퉜는지 모르겠지만, 적당히 하고 풀도록 해."

동환이 소파에서 몸을 일으킨 뒤, 부엌에 있는 아주머니에게 말을 건넸다.

"아침은 방으로 가져다주세요."

"네, 사장님."

"그만 올라가 보거라."

동환은 제자리에 굳어 있는 해주를 못마땅하게 훑어보고는 방으로 향했다. 그가 방으로 들어갈 때까지 가만히 서 있던 해주가 심각해진 얼굴로 이마를 손으로 짚었다. 순간 알 수 없는 두통이 밀려들었다.

'수혁이랑 같이 유학이라니⋯⋯.'

망연자실했다. 왜 또 일이 이렇게 되어 버린 거지.

"해주 학생, 아침 먹어요."

"⋯⋯."

"해주 학생?"

아주머니의 부름에 해주는 얼이 빠진 얼굴로 마른침만 꿀꺽 삼켜냈다. 그러고는 대꾸도 없이 뭐에 홀린 듯, 그대로 뒤돌아 힘겹게 한 발 한 발 내디뎌 2층으로 올라섰다.

* * *

약을 정성스럽게 챙겨 든 영일이 방문 앞에 선 채로 조심스럽게 노크를 했다.

똑똑—

노크 소리가 잔잔히 울렸지만, 문 너머로 아무런 기척도 느껴지지 않았다. 잠시 대기하고 서 있던 영일은 아무런 반응조차 들리지 않자, 더는 기다리지 않고 문을 열어젖혔다.

꽤나 고풍스러운 인테리어가 가장 먼저 눈에 들어왔고, 이어 침대 위에 누군가가 누워 있는 것이 보였다. 영일은 이불을 꽁꽁 싸맨 채로 눈을 감고 있는 수혁에게로 서서히 다가갔다. 그는 영일의 기척을 느끼고도 마치 시체처럼 아무런 반응조차 보이지 않았다.

자는 건가 싶어, 영일은 일단 약을 올려 둔 쟁반을 협탁 위에 두고는 빤히 수혁을 내려다봤다. 열로 인해 얼굴이 벌겋게 달아오른 데다, 숨소리마저 불규칙하게 흘러나오고 있었다. 거기에 한기가 드는 건지, 식은땀을 흘리면서도 이불로 꽁꽁 싸맨 몸이 가늘게 떨리고 있었다.

영일은 안타까운 표정으로 가볍게 고개를 내저었다. 무슨 고집인지, 수혁은 의사의 진찰도 거부하고 혼자 아픈 것들을 감내해 나가고 있었다. 마치 이런 경우가 익숙하다는 듯, 이러다 말거라며 아픈 티조차 내지 않고 내내 방에 처박혀 있었다.

처음엔 정말 괜찮은 것이라 여겼던 영일은, 뒤늦게 가사도우미들의 말을 듣고 방으로 찾아왔다. 그리고 눈으로 직접 본 결과, 이대로 둬선 안 되겠다는 결론이 들었다.

"수혁 군."

영일이 나직이 그를 불렀다. 처음엔 미동도 없던 그가 영일이 몇 번 더 부르고 나서야 무거운 눈꺼풀을 힘겹게 들어 올렸다. 그러고는 비쩍 말라 갈라진 입술을 천천히 열었다.

"……무슨 일이십니까."

수혁이 침대를 짚고 힘들게 상체를 세우려 했다.

"괜찮으니, 그대로 누워계십시오."

영일이 굳이 몸을 일으키려는 그를 만류했지만, 기어코 일어선 수혁이 마뜩잖은 표정으로 영일을 쳐다봤다. 왜 노크도 없이 방에 함부로 들어온 것인지, 추궁하는 듯한 수혁의 눈빛에, 영일은 협탁 위에 놓인 약을 가리켰다.

"일단 증상만으로 약을 지어왔습니다."

"……필요 없습니다."

퉁명스러운 반응에 영일의 한쪽 눈이 찡그려졌다.

"쓸데없는 고집 그만 부리시죠. 제 몸을 상하게 내버려 두는 것만큼 한심한 일도 없습니다."

영일의 타박에 수혁은 더는 대꾸하지 않고 입을 다물었다. 영일은 한숨을 푹 내쉬었다. 열이 펄펄 끓는 아픈 와중에도 누군가에게 기대는 것조차 하지 못하는 그가 참으로 안쓰럽게 여겨졌다. 혼자서 꿋꿋이 견디고 살았을 그를 생각하니 마음이 좋지 않았다.

"곧 의원님 담당 주치의께서 방문하실 겁니다."

"그렇게까지 하실 필요 없습니다."

곧바로 튀어나온 수혁의 반항을 이번엔 영일이 무시하며 말을 이었다.

"수혁 군을 케어 하는 것도 제 일 중 하나입니다."

영일이 협탁 위에 놓인 약을 손수 그의 앞에 내려놓았다.

"드시고, 쉬고 계세요."

"……."

"혹시라도 필요한 게 있으면 도우미가 밖에서 대기하고 있으니 부르시고요."

말을 마친 영일이 그대로 뒤를 돌아섰다. 수혁은 불편한 자신이 이곳에 있는 것만으로 신경을 잔뜩 곤두세우고 경계할 것이 분명했다.

조금이라도 편히 쉬었으면 하는 마음에 그는 그대로 방문으로 향했다. 그때 등 뒤로 그를 부르는 수혁의 목소리가 들렸다.

"전에 부탁드린 일은 어찌 되었습니까?"

영일이 걸음을 멈추고 그를 돌아봤다.

"한정후라는 친구 일 말입니까?"

"네."

"처리해 뒀습니다. 마약과 관련하여 법적인 조치가 가해질 겁니다. 자세한 건 나중에 설명 드리죠. 일단 몸부터 추스르십시오."

"……알겠습니다."

짧막한 수혁의 대답을 끝으로 영일은 방문을 나섰다. 홀로 남은 수혁은 침대 위에 놓인 약을 먹고선, 침대 위에서 내려왔다. 열로 인해 머리가 어질어질했지만, 꿋꿋이 버티고 선 그는 휴대폰을 확인했다. 해주를 만나고 며칠 지났지만, 그녀에게서 온 연락은 없었다.

한참 동안 휴대폰에서 시선을 떼지 못하던 그가 뭔가를 결심한 듯 옷장으로 다가가 옷을 꺼내 입었다. 이대로 가만히 있을 수만은 없었다. 틀어진 관계를 조금씩이나마 돌려놓으려면, 그녀 주변 정리도 해야 한다.

　점차 거칠어지는 숨을 고르며 옷을 갈아입은 그는, 힘겹게 방문을 열고 밖을 나갔다. 방을 나서자마자 도우미에게 뭔가를 지시하는 영일의 모습이 보였다.

　"어디 가시는 겁니까?"

　대답할 힘조차 없었지만, 수혁은 아무렇지도 않은 척 목소리에 힘을 주고 말했다.

　"잠시 가 볼 곳이 있어서요."

　"안 됩니다. 곧 주치의께서 오실 테니 방에 들어가서서 쉬고 계세요."

　단호한 영일의 태도에도 수혁은 고집을 굽힐 생각이 없는지, 대꾸도 않고 바깥으로 향했다. 영일이 자신을 지나쳐 걸어가는 그를 서둘러 붙잡았다.

　"수혁 군!"

　탁―

　수혁이 신경질적으로 그의 손길을 밀쳐 냈다.

　"제 몸은 제가 알아서 간수 할 테니 신경 쓰지 마세요."

　그는 영일에게 차갑게 쏘아붙이고는 바깥을 향해 무거운 발걸음을 옮겼다.

"하아……."

률은 머리를 싸맨 채로 깊은 한숨을 몰아 내쉬었다.

갑작스러운 통보.

률은 굳은 얼굴로 눈앞의 메일을 다시금 확인했다. 다음 학기 재임용은 힘들 것 같다는 학교 측의 입장이 한 통의 메일에 고스란히 담겨 있었다.

보고도 믿기지 않아 학교 측에 직접 문의를 해봤지만, 돌아온 대답은 퇴직금 관련 얘기들뿐이었다. 평소 그에게 많은 도움을 주었던 교수님께도 전화를 드려 여쭤봤지만, 이미 확정된 사안이라 돌이킬 수 없다는 대답만이 돌아올 뿐이었다.

강의가 마무리된 시점에서 한순간 벌어진 일에 그는 착잡함을 느꼈다. 지금까지 조교수가 되기 위해 밟았던 모든 커리어들이 한순간 무너진 지금 할 수 있는 건, 그저 무력하게 상황을 받아들이는 것뿐이었다.

률은 그동안 승진시험을 위해 준비해 왔던 논문들과 자료들을 멍하니 바라봤다. 다시금 입술 새로 짙은 한숨이 흘러나왔다.

'도대체 뭐가 문제인 거지.'

학교 측에 상세히 물었지만, 자신들도 모르겠다는 답변만 반복할 뿐이었다. 이유라도 알면 이리 답답하지 않을 텐데.

생각에 잠겨 있던 률은 자리에서 벌떡 일어났다. 이렇게 두 손 놓고 가만히 있을 수만은 없었다. 대충 옷을 갈아입고, 정신없이 방을 나서려는데 문이 벌컥 열렸다.

"어라? 어디 가?"

제이었다.

"학교."

률은 귀찮다는 듯 짧게 대답하곤, 그를 지나쳐 방 밖을 나섰다. 서둘러 학교로 가려는데, 방을 나서기가 무섭게 거실에 웬 여자애들 둘이 앉아 있는 것이 보였다. 걸음을 멈춘 률의 인상이 작게 구겨졌다.

"우리 과 후배들, 같이 작업할 게 있어서 집으로 데려왔어."

제이가 쪼르르 률의 곁에 붙어서는, 눈앞의 여자애들을 소개했다. 그 사이 여자애들이 일어나 률에게 인사를 해 왔다. 하지만 그는 무심히 훑어본 뒤, 관심 없다는 듯 현관문 쪽으로 향했다. 다른 때 같으면 제이를 따로 불러 핀잔이라도 줬겠지만, 지금은 정황상 썩 여유롭지 않았다.

평소보다 차가운 률의 반응에, 뭔가 이상한 기류를 느낀 제이가 서둘러 뒤따라가 그에게 말을 걸었다.

"형, 오늘 수업 없는 날 아니야?"

제이가 의아해하며 물어 오자, 률은 짧게 대답했다.

"없어."

"그런데 학교는 왜 가?"

신발을 마저 신은 률이 제이를 슬쩍 돌아봤다. 마냥 철없이 구는 제이에게 차마 사실을 얘기하지 못하고, 그는 터져 나오려는 말을 삼켰다. 률은 깊게 숨을 몰아쉬었다.

답답했던 마음이 제이를 보니 더욱더 꽉꽉 막혀 오는 것 같았다. 외국에서 지내는 부모님 대신 제이를 책임져야 하는 입장에선, 이 모든 상황들이 그저 뒤숭숭하고 복잡했다. 하지만 이 술렁이는 마음을 굳이 제이에게 들키고 싶진 않았다.

"나 오늘 늦을지도 모른다."

"……."

"좋은 시간 보내라."

일자로 찢어져 있던 률의 눈매가 평소처럼 유려하게 곡선을 그리며 휘어졌다. 제이는 미간을 좁히며 고개를 갸웃 기울였다.

"……오늘 좀 이상하다?"

제이가 눈을 가느다랗게 떴다.

"무슨 일 있지?"

"……아니."

"아니긴, 무슨 일 있는 거 같은데."

제이가 추궁하듯 물어 오자, 률이 귀찮다는 듯 그에게 손을 휙휙 저어 보였다.

"나 간다."

"형!"

붙잡고 물으려는 그를 무시하고 률은 집 밖을 나섰다. 무거운 발걸음을 이끌고 멍하니 엘리베이터 앞에 섰다. 어디부터 찾아가야 할까. 고민하는 새에 엘리베이터가 도착했다. 문이 열리고 멍하니 그 안으로 들어서려는데, 정면으로 익숙한 얼굴이 부딪쳐왔다. 률은 의외라는 듯, 그의 이름을 중얼거렸다.

"지수혁?"

수혁은 무표정한 얼굴로 률을 응시했다. 서로를 말없이 대면하던 중 엘리베이터 문이 서서히 닫히기 시작했고, 본능적으로 률이 버튼을 눌렀다. 그 사이 수혁이 엘리베이터에서 내려 률의 옆에 마주 섰다. 률의 얼굴에 서늘함이 번졌다.

"네가……."

"……."

"여긴 어쩐 일이지?"

의문스러운 생각들이 머리를 한차례 휘젓고 나서야, 률이 굳게 닫았던 입술을 열었다. 저 녀석이 갑자기 여기까지 찾아올 이유가 뭘까.

'해주한테 무슨 일이라도 생긴 건가?'

그가 이곳 찾아온 이유는 그것밖에 떠오르지 않았다. 률이 어둡게 가라앉은 얼굴로 입술을 떼려는데, 그보다 먼저 수혁이 입을 열었다.

"잠깐 얘기 좀 하시죠."

그가 메말라 갈라진 입술을 힘겹게 달싹였다.

"권률 교수님."

수혁의 입에서 나온 교수님이라는 호칭이 유독 귀에 거슬렸지만, 이내 률은 고개를 저었다. 그저 저 녀석이 이곳까지 직접 찾아온 이유가 무엇인지 궁금했다.

처음엔 해주한테 무슨 일이 생겨서 찾아왔을 거라고 예상했는데, 차분한 말투나 태도로 봐선 그건 아닌 듯 보였다. 률은 그의 두 눈을 가만히 들여다봤다. 언제나 그랬듯 징그러울 정도로 어떤 감정도 느껴지지 않았다.

"말해."

률은 딱딱하게 대꾸했다. 무슨 얘기를 하려고 여기까지 손수 찾아왔는지 모르겠지만, 지금 그에겐 수혁과 대화를 나눌 만큼의 여유가 없었다.

잠시 동안 제자리에 선 채로 숨을 고르던 수혁이, 떨리는 손이 보이지 않도록 주먹을 꽉 말아 쥐었다.

"여기서 나눌 얘기는 아닌 것 같은데요."

뜨거운 숨소리와 뒤섞여 나온 그의 목소리가 평소보다 더 낮게 가라앉았다. 열로 인해 눈앞이 어지럽고, 다리에 점차 힘이 풀렸다. 수혁은 최대한 몸에 힘을 주고, 평상시처럼 굴었다. 지금의 몸 상태를 률에게 비치지 않으려 안간힘을 다했다. 다행히 률은 그의 변화를 눈치채지 못했다.

"무슨 얘길 하려는지 모르겠지만, 급히 가 봐야 할 곳이 있으니 그냥 여기서 해."

서서 말할 기운조차 없었지만, 어차피 률과 길게 얘기하고 싶은 생각도 없었던 터였다. 수혁은 허리를 꼿꼿이 세우고, 두 눈에 힘을 줬다. 몽롱하게 흐릿해지던 정신이 률을 마주한 순간,

잠시나마 또렷해졌다.

"해주한테……."

느릿하게 말문이 연 그가 강한 어조로 말을 덧붙였다.

"더는 접근하지 마십시오."

수혁이 차갑게 그를 노려봤다. 수혁의 말을 가만히 듣고 있던 률의 입에서 허탈한 한숨이 새어 나왔다.

'접근하지 마라…….'

률은 어두운 표정으로 그의 말을 곱씹었다. 이것이 집까지 찾아와 할 얘기인가 의구심이 들었지만, 한 편으론 수혁이기에 이해도 됐다. 해주에게 이상할 정도로 집착적인 태도를 보여 온 그라면, 충분히 보일 수 있는 행동이었다.

'어떻게든 해주에게서 떨어져 나가주길 바라는 거겠지.'

"할 얘기라는 게 그것뿐인가?"

률이 무심히 말을 이었다.

"더 할 말 없으면, 이만 갔으면 하는데."

"……."

"아까 말했다시피 내가 지금은 좀 바빠서."

수혁은 엘리베이터에 타려 버튼을 누르는 률을 조용히 응시했다. 엘리베이터가 열렸고, 률은 수혁을 뒤로하고 망설임 없이 그곳에 올라탔다.

"당신이 복직할 수 있는 마지막 기회였는데……."

쾅—!!

문이 닫히기 직전, 륜은 닫히는 문을 찍어 누르듯 잡았다.

'복직?'

"너…… 그게 무슨 말이야?"

열린 문 사이로 우두커니 서 있는 수혁의 모습이 보였다. 그는 륜의 물음에 고개를 삐딱하게 옆으로 기울였다.

"무슨 뜻인지, 아실 텐데요?"

륜의 표정이 험악하게 구겨졌다. 그는 어금니를 꽉 깨물고, 엘리베이터에서 내려섰다. 수혁의 표정이 어느새 오만한 빛을 띠고 있었다.

"말해, 무슨 짓을 한 건지."

륜의 낮은 목소리가 바닥을 기었다. 감정이 느껴지지 않던 수혁의 눈에 싸늘한 빛이 번들거렸다. 동요하는 륜을 지켜보고 있자니 아픈 기색이 잠시나마 잊힌 듯했다.

"무슨 짓을 한 거냐고 묻잖아."

륜이 추궁하듯 그를 사납게 독촉했다. 수혁은 잠자코 그를 지켜보더니, 흐트러지는 호흡을 가까스로 달래며 말문을 뗐다.

"집으로 불쑥 찾아온 날 경고했는데……."

중얼거리듯 말을 내뱉던 그가 두 눈을 날카롭게 치켜떴다.

"제자 뒤꽁무니 그만 쫓아다니고, 교수면 교수답게 행동하라고."

"……."

"해주한테서 영영 관심 끊으라고……."

일정한 톤을 유지하며 말하던 그의 두 눈에 일순 날이 서렸다.

"분명하게 말씀드렸습니다. 교수님."

"너······."

"구설수에 휩싸여 불명예스럽게 퇴직하는 것보단 이편이 나을 겁니다."

잠시 말을 멈춘 수혁이 다시금 차분히 말을 이끌었다.

"아니면 지금이라도 해주와 연을 끊겠다 말씀하시면, 없던 일로 하고 복직 처리해드릴 수도 있습니다."

그가 건조한 투로 단언했다. 애초에 목적은 그것이었다. 서로를 몰랐던 처음으로 되돌아가는 것.

"교수님은 교수님의 자리를 지키시면 됩니다."

"······."

"해주한테 괜한 미련 가지실 필요도 없습니다. 애초부터 교수님하고 해주는 이어질 수 없는 사이였으니."

어차피 해주는 그가 아닌 자신의 곁으로 돌아왔을 것이다. 운명의 고리가 서로를 엮듯, 그 집에 들어간 순간부터 해주는 죽을 때까지 자신과 함께해야 할 사람임을 직감해 왔다. 갑자기 불현듯 나타난 저 남자가 가로챌 수 있는 것이 아니었다. 처음부터.

"쉽게 결정하기 어려우시다면 시간을 드리겠습니다."

확신했다. 률의 선택이 어디로 향할지. 몇 달 보지 않은 여자 때문에 교수직을 포기할 리 없을 것이다. 그렇다면 무작정 그를 벼랑 끝으로 몰아세우기보단, 일단은 시간을 두고 그가 스스로 해주에게서 멀어지는 쪽을 택하는 것이 나을 것이라 생각했다. 수혁은 말없이 서 있는 률을 찬찬히 훑어보았다.

"그럼 생각해 보고 연락 주십시오."

률에게서 시선을 거두고, 수혁은 엘리베이터에 다시 몸을 실었다. 어느 정도 용건이 끝나고 나니, 힘겹게 버티고 있던 몸에 점차 한계가 다가오는 것이 느껴졌다. 그는 저릿해진 손끝으로 힘겹게 1층 버튼을 눌렀다.

수혁은 미동도 없이 서 있는 률을 문이 닫힐 때까지 지켜보았다. 잠시 후, 엘리베이터가 1층을 향해 움직였고 수혁은 거칠어진 숨을 내쉬며 고개를 떨궜다. 꾹 참고 있던 고통이 한순간 온몸에 엄습해 왔다. 속이 울렁거려 금방이라도 구토가 나올 것 같았다.

수혁은 1층에 내려서자마자 비틀거리며 건물 밖으로 나갔다. 그러자 기다렸다는 듯이 그의 앞으로 익숙한 인물이 다가서며 수혁의 어깨를 붙잡았다.

"괜찮으십니까?"

수혁은 천천히 고개를 들어 앞을 응시했다. 영일이 걱정스러운 표정으로 그를 바라보고 있었다.

"이제 제 뒤까지 밟으시는 겁니까?"

수혁이 그의 손길을 짜증스럽게 밀쳐냈지만, 영일은 끝까지 그를 부축하며 나직이 말했다.

"저는 제 일을 할 뿐입니다. 싫으시더라도 양해 부탁드리겠습니다.”

정중한 그의 태도에 수혁은 더는 고집부리지 않고 그의 부축을 받아들였다. 그와 실랑이를 벌일 만큼의 힘이 남아 있지 않은 탓이었다.

차에 올라타고, 의자에 몸을 기댄 수혁은 차창 너머 오피스텔을 멀거니 바라봤다. 그러고는 이내 조금은 편안해진 표정으로 두 눈을 천천히 감았다.

좀처럼 표정 관리가 되지 않았다. 현관문에 기대어 선 제이의 안면은 어느새 뻣뻣하게 굳어 있었다. 트레이드마크인 눈웃음은 그의 얼굴에서 사라진 지 오래였다.

“참…… 엿 같네.”

현관문 너머로 뛰쳐나가고 싶은 걸 몇 번이고 참아낸 제이가 결국 입 안 가득 차오른 욕을 내뱉었다. 착잡하고 씁쓸했다. 오늘따라 률이 이상하리만치 예민하다 싶었는데…….

제이는 이를 꽉 아물고, 두 손으로 얼굴을 쓸어내렸다.

‘학교에서 잘렸다? 그것도 고작 그 여자애 때문에.’

률을 쫓아 나섰다가 우연히 문틈 너머로 듣게 된 얘기는 참으로 기가 막혔다. 어쩐지 불길하다 싶었다. 수혁과 해주, 그 둘과 계속해서 엮이는 률을 지켜볼 때마다 위태롭다는 생각이 들었는데, 그것이 그저 기분 탓만은 아니었던 것이었다.

좀 더 강하게 만류하지 못한 것이 후회스럽기까지 했다. 그나저나 고작 이런 일로 한 사람의 미래를 이리도 송두리째 뒤흔들다니, 오심이 절로 치밀었다.

꽉 움켜진 그의 손이 부르르 떨리기 시작했다. 수혁도 수혁이지만, 이런 최악의 경우를 대면하게 한 해주에 대한 원망이 더욱더 짙어졌다.

아마도 이런 상황은 상상도 못 하고, 순진한 얼굴을 하고선 률과 만나겠지. 률의 성격상 그는 이 모든 것을 감내하고, 그런 해주를 탓하지도 않고 고스란히 받아들일 것이란 예상도 들어 화가 더욱 치밀었다. 빤히 내다보이는 미래가 답답하게 그의 가슴을 짓눌렀다.

"오빠, 거기서 뭐 해요?"

현관문에 기댄 채로 뭔가에 집중하고 있는 제이를 보며 여자애 중 한 명이 다가서며 물었다. 제이는 평소처럼 능숙하게 표정을 숨기고 별일 없는 척 손에 든 휴대폰을 그녀에게 보이며 말했다.

"잠깐 통화 좀 하려고, 냉장고에서 뭐라도 꺼내 먹어."

"네, 오빠."

여자애가 자리를 떠나자, 제이는 골몰한 눈빛으로 휴대폰을 빤히 쳐다봤다. 잠시 동안 뭔가를 생각하던 그는 잠시 후 리아에게 메신저를 보냈다.

[천해주 번호 좀 알려 줘라.]

곧바로 리아에게서 답장이 도착했고, 그는 망설임 없이 그녀에게로 전화를 걸었다.

—여보세요?

해주의 목소리에 제이는 표정을 굳히며 천천히 입을 열었다.

"나야, 권제이."

—제이……?

"응, 갑자기 전화 걸어서 미안한데……."

—…….

"시간 괜찮으면 지금 잠깐 볼 수 있을까?"

뜬금없이 연락을 받고, 갑작스럽게 만난 제이는 평상시보다도 훨씬 차갑고 이질적이었다. 도진의 술집으로 불러내 간 곳에서 제이는 한참 말을 아끼더니, 술 한 잔을 들이켜서야 말문을 뗐다.

률이 강단에서 물러나게 됐다는 말을 시작으로 이어진 얘기들은, 도무지 믿기지 않았다. 평이한 어조를 유지하며 말을 이어나가던 제이의 목소리 톤이 어느 순간 높아져서야, 해주는 흐릿해지는 정신을 겨우 붙잡을 수 있었다.

"네가 피해자인 척 굴지 마, 지금 이 상황에서 가장 큰 피해자는 우리 형이니까."

제이의 질책 어린 말에 해주는 대꾸조차 하지 못했다. 비수처럼 꽂히는 그의 말 중에서 틀린 말은 단 한 마디도 없었다. 아무 것도 모르고 방 안에 처박혀 있을 동안, 륜은 겪지 않아도 될 최악의 상황에 직면해야만 했다. 자신으로 인해. 그리고 수혁의 끝을 모를 소유욕으로 인해.

'어째서……'

어째서…… 그리 쉽게 남의 미래를 짓밟을 생각을 할 수 있는 걸까.

수혁의 일방적인 마음이 날카로운 화살이 되어 륜에게까지 피해를 주고 말았다. 그녀로선 충격이 아닐 수 없었다. 제이와의 대화가 마무리될 때쯤, 해주는 반쯤 넋이 나간 얼굴로 술집을 나와 거리를 서성였다.

과거 그가 자신을 방에 가두고 벌였던 일들이 끊임없이 상기되었다. 수혁의 광적인 집착이 떠오르자, 그녀의 마음이 싸늘하게 식었다.

명치에 단단한 돌덩이가 틀어박힌 듯 밀려드는 답답함에, 해주는 몇 번이고 숨을 크게 들이켰다. 수혁에 대한 생각을 하면 할수록 복합적인 감정들이 제멋대로 뒤엉켜 정신을 혼란스럽게 했다.

이제껏 오롯이 혼자 세상에 남겨진 그에 대한 동정심과 모성 본능이, 극단적인 상황까지 몰아치는 그의 비정상적인 행동에 대한 환멸과 두려움을 불식시켜 왔다. 하지만 이제는 좀처럼 결론을 내리지 못했던 그와의 관계를 종결시킬 필요가 있어 보였다.

이제는 수혁이 정말로 무섭고 섬뜩했다. 언제까지고 그와 이런 절망스러운 관계를 지속할 순 없었다. 부모님에 이어 수혁에게까지 이리저리 휘둘려 모든 것을 잃을 순 없었다. 이제라도 좋아하는 사람의 곁에서 행복을 찾고 싶었다.

'스스로 끊어내고 정리하는 수밖에 없어.'

률이 상처 입고 무너지는 것을 가만히 지켜볼 수만은 없었다. 그러기 위해선 제 자신이 강하게 나가지 않으면 안 됐다. 제이 말대로 언제까지고 뒤로 물러서서 관망할 수만은 없었다.

률을 위해서라도, 또다시 부모님의 결정에 휩쓸려 수혁과 유학길에 올라야 할지도 모르는 자신을 위해서라도. 정신 똑바로 차리고 현실을 냉정히 받아들여 대처해야만 한다. 마음을 그리다잡고, 해주는 망설임 없이 길거리로 뛰쳐나가 택시를 잡아탔다.

"손님, 어디로 모실까요?"

택시기사가 정중히 물어 오자, 해주가 어두운 표정으로 조그맣게 대답했다.

"삼성동으로……."

"네?"

"삼성동으로…… 가주세요. 기사님."

집으로 돌아오자마자 수혁은 꼼짝없이 침대에 누워 대기하고 있던 의사의 진료를 받았다. 고열과 탈수 증세를 동반한 영양실조였다. 자칫 폐렴으로까지 번질 수도 있었지만, 안정을 취하면 호전될 거라는 말과 함께 의사는 몇 가지 처방을 내려 주고는 돌아갔다.

영일은 수혁에게 당분간 외출하지 말고 건강회복에만 전념하라 신신당부의 말을 남기고 방을 나섰다. 홀로 방에 남겨진 수혁은 몸을 편안히 하고, 피로에 젖은 두 눈을 감았다.

요 며칠 불면증 때문에 제대로 잠을 자지 못한 탓에 피로가 극에 달한 느낌이었다. 이왕 이렇게 된 거 억지로라도 눈을 붙이려는데, 때마침 옆에 둔 휴대폰 진동 소리가 울리더니 그를 다시 깨웠다.

[나 해주야. 지금 집 앞에 와 있어. 잠깐 나와서 얘기 좀 해.]

수혁은 휴대폰을 한참 동안 들여다보았다. 갑작스러운 해주로부터의 메시지. 전에 그녀가 사용하던 번호가 아닌 것으로 보아, 최근 새로 휴대폰을 구입한 듯 보였다. 안 그래도 해주와 연락이 마음대로 되지 않아 답답했던 터라 그녀에게 휴대폰이 생겼다는 사실이 내심 반가운 한편, 집 앞까지 찾아왔다는 메시지에 의아심이 들었다.

'밤늦은 시간에 찾아와 할 얘기라…….'

문득 떠오르는 이유가 있긴 했다. 자신이 률에게 한 짓을 알고 찾아온 거라면, 지금의 상황이 어느 정도는 설명이 됐다. 하지만 채 몇 시간이 흐르지 않은 지금, 률이 먼저 해주에게 연락을 해 사실을 말했다는 건 조금은 이해가 가질 않았다.

몇 번 본 건 아니었지만 적어도 그가 봐 온 률은, 이런 사실을 해주에게 숨기면 숨겼지, 가볍게 전할 인물로는 보이지 않았기 때문이었다.

혹시 자신이 아픈 걸 알고 찾아온 걸까. 그것도 아니라면 이제라도 마음이 풀리기라도 한 걸까. 여러 생각들로 잠시 고민하던 수혁은 왼팔에 맞고 있던 링거주사를 억지로 빼낸 뒤, 침대헤드에 상체를 기댔다.

어떤 일로 왔든, 해주가 이곳까지 찾아온 것만으로도 마냥 이대로 얌전히 누워 있을 수만은 없었다. 서둘러 내려가 그녀를 만나야겠다는 생각만이 어느새 그의 머릿속을 가득 채우고 있었다.

어느 정도 어지러운 기색이 사라질 때쯤, 수혁은 무거운 몸을 이끌고 문 쪽으로 천천히 걸어 나갔다.

"뭐 필요하신 거라도 있으신가요?"

문을 열고 나서자마자 대기하고 있던 가사도우미가 다가와 그에게 다정히 물었다. 수혁은 불규칙하게 흘러나오는 호흡을 가다듬고는, 괜찮은 척 허리를 꼿꼿이 세웠다. 그러고는 거실 쪽을 훑으며 그녀에게 넌지시 말을 던졌다.

"최 보좌관님은……."

"아, 잠시 의원님과 방에서 얘기 중이십니다."

영일이 잠시 자리를 비운 것을 확인하자마자, 수혁은 현관문으로 향했다. 거실을 가로질러 가는 동안 주변 가사도우미들이 하나둘 들러붙어 만류하고 나섰지만, 그는 철저히 그들을 무시하고 서둘러 집을 빠져나왔다.

제법 서늘한 밤바람이 그를 스쳐 지나가자, 안 그래도 한기가 들었던 몸이 가늘게 떨렸다. 수혁은 미리 챙겨 들고 온 카디건을 위에 걸치고, 최대한 아픈 기색을 숨기려 얼굴을 평상시처럼 굳혔다.

저벅저벅—

정원을 지나 대문 앞에 다다른 수혁은, 크게 심호흡을 한 뒤 조심스럽게 문을 열어젖혔다. 어두컴컴해진 거리 가운데 가로등이 주변을 비추고 있을 뿐, 인적은 물론 지나다니는 차량 또한 없었다.

수혁은 후들거리는 다리에 힘을 꽉 준 채로 밖을 나와 주변을 둘러보았다. 그때 바로 옆, 길게 뻗어 있는 하얀 벽 아래로 익숙한 형체가 우두커니 서 있는 것이 보였다.

"천해주?"

작게 흘러나온 수혁의 목소리를 들었는지, 벽에 기대 생각에 잠겨 있던 해주가 홱 하니 그를 돌아봤다. 긴가민가하던 수혁은 해주임을 확인하자 더는 망설일 것 없이 그녀에게로 다가갔다. 막상 해주를 보고나니 생기가 되살아나고, 무거웠던 발걸음조차 가벼워진 기분마저 들었다.

"이 시간에…… 여긴 어쩐 일이야?"

해주와 마주 서게 된 수혁이 조심스럽게 그녀에게 물었다. 말 없이 우두커니 서 있는 해주는, 마지막으로 봤을 때보다 분위기가 사뭇 더 차가워진 듯했다. 그녀 주변으로 냉랭하고도 무거운 분위기가 흘렀다. 마치 쉽사리 접근할 수 없는 높다란 벽이, 그들 사이에 형성된 것 같았다.

　'해주가 이곳으로 직접 찾아온 이유…….'

　본능적으로 나쁜 쪽임을 알아챈 수혁의 눈빛에 작은 기대감이 한순간 사그라졌다.

　"물을 게 있어."

　차분하지만 서늘한 목소리가 낯설게 그녀 입술 새로 흘러나왔다. 수혁은 힘겹게 자리를 버티고 선 채로 그녀를 말없이 바라봤다. 그것을 말해 보라는 신호로 여긴 해주는 입안에 맴도는 말을 망설임 없이 그에게 내뱉어 냈다.

　"네가 교수님한테 한 짓…… 들었어."

　해주가 딱 잘라 말을 하고선 그를 살폈다. 조금의 동요조차 없는 모습. 그녀가 찾아온 것만으로 어느 정도 예상한 듯, 무덤덤해 보이는 그의 태도에 해주는 치솟는 화를 억누르며 말을 이었다.

　"왜 교수님께 그런 짓을 한 건지……."

　"……."

　"도대체 무슨 생각으로 그렇게까지 한 사람의 인생을 망가뜨리려 한 건지…… 오늘 네 입으로 직접 들어야겠어."

"……."

"나한테 한 짓만으로는 부족했던 거니?"

그녀의 말에도 수혁이 아무런 반응을 보이지 않자, 해주의 목소리가 날카롭게 찢겨 올라갔다.

"뭐라고 말 좀 해 봐."

해주가 제 머리카락을 움켜쥐어 보였다.

"네가 나한테 한 짓들 기억해?"

일그러진 얼굴로 해주가 울분을 내뱉었다.

"이제는 내 주변 사람들까지 그렇게 망가뜨리려고 작정이라도 한 거야?"

"……."

"왜? 도대체 왜? 그렇게 하면 내가 무서워서라도 네 곁에 평생붙어 있을 줄 알았던 거야? 아니면 내 지인들을 모두 잃고 혼자가 된 내가 네 곁으로 자진해서 갈 줄이라도 알았던 거냐고!"

몰아붙이듯 말하는 동안에도 대꾸조차 하지 않는 수혁을 지켜보며 해주가 헛웃음을 터트렸다.

"뭐라고 말 좀 해."

"……."

"뭐라고 해명이라도 좀 해 보라고! 벙어리처럼 그렇게 서 있지만 말고!"

두 사람만이 존재하는 길목에 해주의 격렬한 외침이 울려 퍼졌다. 그동안 참고 참았던 감정들이 일순 활화산처럼 폭발한 기분이었다. 해주는 처음으로 내비친 격한 감정의 변화를 감당해 내려 손을 있는 힘껏 그러쥐었다. 지독하리만치 끔찍한 지금의 상황을 이기고 버텨내야 한다. 물러서선 안 된다.

잠깐 동안의 정적이 흐르고, 침묵을 지키던 수혁이 굳게 닫고 있던 입술을 천천히 열었다.

"네가 날 이렇게 만든 거야."

해주의 눈동자가 흔들렸다.

"……뭐?"

"말했잖아, 그놈은 안 된다고. 네가 그놈이 아닌 날 선택했다면 아무 일도 일어나지 않았겠지."

수혁이 목구멍까지 차오른 뜨거운 숨을 힘겹게 삼키며 말을 이었다.

"이렇게 상황을 악화시킨 건 내가 아니라, 천해주 바로 너야."

그가 한 발자국 그녀에게로 다가섰다.

"네가 내 곁을 떠나려 하지 않았다면, 누구도 다치지 않았을 텐데……."

수혁의 눈매가 날카롭게 길어졌다.

"그 교수가 허무하게 학교에서 잘릴 일도 없었을 테고, 너와 내가 이런 식으로 감정낭비를 하며 말다툼을 할 일도 없었겠지. 너만 변하지 않았다면, 예전처럼 우린 서로를 의지하며 하루하루를 별 탈 없이 보냈을 거야."

"그러니까…… 이렇게 된 게 전부 내 탓이라는 거니?"

해주는 건조하게 갈라진 입술을 세게 베어 물었다. 가슴이 갑갑하게 조여 왔다. 제 틀에 갇힌 채 강압만을 강요하는 저놈을 어떻게 해야 할지 감이 오지 않았다. 잘못되어도 한참 잘못되었다.

'되돌릴 수 없다.'

직감적으로 느껴졌다. 수혁과 자신은 되돌릴 수 없는 강을 건넌 사이라는 것이, 엇갈릴 대로 엇갈려 버린 관계라는 것이 너무나도 명확해졌다.

"지겹다……."

중얼거리듯 말을 내뱉던 해주가 작게 고개를 내저었다.

"지겨워…… 진절머리가 나."

소름 끼칠 정도로, 그가 감당이 안 된다.

"너란 놈, 이제는 무섭고 치가 떨리게 싫어."

"……."

"이렇게 마주 보고 얘기 하는 것조차 지치고 숨이 콱콱 막혀 온다고. 알겠어? 이제 나한테 넌 친구도 가족도 아닌, 서로를 괴롭게 할 원수 같은 놈일 뿐이야."

이대로 끝내는 것이 옳다. 더 이상 그에게 미련을 가져봤자, 그 끝은 지옥일 것이 불 보듯 뻔했다. 서로를 위해서라도 여기서 끝내자.

"앞으로 다신 서로 얼굴 보는 일 없었으면 좋겠어."

"천해주……!"

"그리고 아버지께 들었어, 우리 같이 유학 가기로 한 거."

싸늘하게 식은 그녀의 눈빛이 수혁을 똑바로 직시했다.

"난 절대 유학 갈 생각 없어, 특히 너하고 같이."

"……."

"교수님하고 잠시도 떨어져 지내고 싶지 않아. 교수님 곁에 꼭 붙어 있을 거라고. 그러니까 더는 방해할 생각하지 마."

"……."

"혹시라도 부모님을 이용해 날 억지로라도 유학길에 올릴 생각조차도 하지 않는 게 좋을 거야. 내가 죽는 꼴 보기 싫으면."

해주가 왼팔을 그에게 들어 보였다.

"쉽게 하는 말 아니야. 그동안은 너 때문에 미수에 그쳤지만, 다음번엔 확실하게 끊어 낼 거야. 너로 인해 내가 목숨을 잃는 것을 원한다면, 전처럼 네 멋대로 굴어도 좋아."

지수혁의 유일한 약점을 누구보다 잘 알고 있었다. 바로 자신. 해선 안 될 협박이라는 걸 알지만, 그에게 먹힐 유일한 방법이었다. 역시나 수혁이 크게 동요하는 것이 얼굴에 드러났다.

"보지 말자."

해주가 보이지 않게 옷자락을 꽉 쥐고선 되뇌듯 그에게 단호하게 말했다.

"다시는 보지 말자, 수혁아."

심장이 터질 듯이 쿵쾅거렸다. 결심하고 다짐하고 꿋꿋하게 마음을 다졌지만, 그에게 던지는 잔인한 말이 부메랑처럼 그녀의 가슴을 잔인하게 헤집었다.

상처로 일그러진 그의 표정을 지켜보는 것만으로도 감당이 되지 않아, 해주는 자신도 모르게 수혁에게서 시선을 떼고 말았다. 금방이라도 눈물이 뚝 떨어질 것처럼 두 눈 가득 습기가 차올랐다.

'견뎌, 여기서 무너지면 모든 것은 제자리로 돌아오고 말 거야.'

해주는 입안 살점을 피가 날 정도로 깨물고는 울음을 삼켰다. 울지 않기 위해 안간힘을 썼다. 수혁과 함께 했던 나날들이 파노라마처럼 뇌리를 스쳤지만, 외면하려 눈을 질끈 감았다가 떴다. 마른 숨을 뱉어 낸 해주가, 다시 시선을 수혁에게로 맞췄다.

"갈게."

이 이상 버티고 그를 마주했다간 피가 말라 버릴 것 같았다. 아무 말 못 하고 우두커니 서 있는 그를 보고 있는 것조차 참을 수 없을 만큼 고통스러웠다.

'붙잡지 말아 줘.'

그의 곁을 지나쳐 걸어가는 내내 주문처럼 외웠다.

'붙잡지 마. 제발 붙잡지 마.'

더한 독한 말도 내뱉을 수 없어. 이대로 끝내줘. 간절히 바랐지만, 수혁은 끝내 그녀의 팔을 붙잡았다. 우뚝 멈춰 선 그녀의 뒤로, 수혁의 나지막한 목소리가 들려왔다.

"날 버리지 마."

수혁은 자꾸만 흐트러지는 정신을 붙잡으며 간절히 말을 내뱉었다.

"너마저……."

"……."

"너마저 날 버려두고 가지 마."

힘겹게 말을 꺼낸 수혁의 몸이 휘청거리더니, 그대로 무너져 내렸다. 해주는 차마 뒤를 돌아보지 못하고, 금방이라도 터져 나오려는 울음을 막으려 서둘러 입을 손으로 막았다.

'안 돼.'

절대 돌아봐선 안 된다. 돌아보면 또다시 마음이 약해져 버릴 것이 자명했다. 해주는 마음을 꽉 다잡곤 입 안 가득 퍼진 비릿한 핏빛 향을 울음과 함께 삼켜냈다.

그와 함께한 세월이, 좋았던 기억들이, 그림자처럼 들러붙은 그에 대한 흔적들이, 결국 모든 것을 제자리로 돌려놓고 말 것이다.

동정심에 사로잡혀 서로를 깎아 내리는 일을 반복할 순 없다. 변질되어 버린 그와의 연을 오늘로 끊어내야만 했다.

"교수님 건은 없던 일로 처리해 줘."

그녀가 작게 심호흡하고, 말을 덧붙였다.

"친구로서 하는 마지막 부탁이야."

"……."

"이 일로 더는 너한테 실망하는 일 없게…… 잘 해결해 줄 거라 믿을게."

차디찬 목소리로 말을 뱉어낸 해주는, 차오르는 슬픔을 있는 힘껏 억누르고 발걸음을 내디뎠다. 절대 놓지 않을 것처럼 강하게 그녀를 부여잡았던 수혁의 손길이 힘없이 떨어져 나가는 게 느껴졌다.

해주는 입술을 꽉 깨물고, 걸음을 점차 빨리했다. 등 뒤가 화끈거렸다. 그의 애절한 시선이 고스란히 전해졌다. 그때마다 스스로를 다그쳤다.

'약해져선 안 된다.'

텅 비어 버린 것 같은 가슴속을 독하게 먹은 결심으로 가득 채워 넣었다. 번화한 거리로 나온 해주는 도로로 뛰어들다시피 택시를 잡아탔다.

"일단 출발해 주세요."

한시라도 이곳을 벗어나고 싶었다. 턱 끝까지 고조된 감정으로 인해, 어느새 두 눈이 벌겋게 변하고 축축이 젖어들어 갔다. 그를 내친 건 저인데, 마치 버림받은 것처럼 비참하고 공허했다.

"날 버리지 마."

귓속으로 수혁의 목소리가 소용돌이처럼 빙글빙글 맴돌았다. 마지막으로 수혁이 내뱉었던 말이 비수가 되어 그녀의 가슴을 거칠게 긁어 댔다. 수혁이가 없는 삶, 상상해본 적도 없었는데 이제는 현실이 되어 버린 것이 아득한 꿈을 꾼 것만 같았다.

수혁과의 미래는 참담하고 비극적일 것을 알기에, 그를 잡을 수 없었다. 수혁과 자신은 너무 멀리 와버렸다. 깊은 감정의 골은 절대 메울 수 없을 것이다. 그러니 정리해야 한다. 어떠한 것이든, 그에 대한 마음 한 조각까지도.

해주는 옷자락을 꽉 쥐어 잡은 채, 천천히 숨을 뱉어 냈다.

'잘한 거야, 천해주.'

그녀는 목구멍까지 차오른 울음을 끝끝내 삼켜냈다. 수혁이에 대한 조금의 미련도 내비치고 싶지 않았다. 모두를 위한 결정이었고, 그것에 대한 후회는 없다. 많이 아팠고, 많이 힘들었다. 버틸 만큼 버텼고, 할 만큼 해 왔다.

'이제 됐어.'

끔찍했던 과거를 되풀이하고 싶지도, 떠올리고 싶지도 않았다. 차창 밖으로 향한 해주의 눈빛이 점차 차분히 가라앉았다. 울컥하고 솟아오르던 감정도 차가워진 이성 앞에 누그러졌다.

이제는 타인에게 이끌려 다니는 삶은 살지 않을 것이다. 더는 슬퍼하지도 않을 것이다.

해주는 굳은 다짐을 되새기며 구겨진 옷자락을 더욱더 강하게 움켜쥐었다.

"대체 어딜 다녀오신 겁니까?"

수혁이 집으로 들어서자마자, 영일이 잔뜩 화가 난 얼굴로 물었다. 수혁이 아픈 몸을 이끌고 말없이 사라진 바람에, 혹시 무슨 일이 생긴 건 아닐까 전전긍긍했었다. 그를 끝까지 말리지 못한 가사도우미들을 한참 질타하던 도중, 수혁이 모습을 드러냈다.

당장이라도 사람을 풀어 그를 찾아볼 생각이었던 영일은, 마침 거실 안으로 들어서는 수혁을 붙잡고 크게 다그치려 했다. 하지만 금방이라도 쓰러질 듯 비틀거리는 수혁의 모습에, 놀란 눈으로 다급히 부축했다.

수혁의 몸은 불덩이 같았고, 간간이 가파른 숨을 내쉬고 있었다. 의사가 방문한 뒤로 조금 나아졌나 싶더니, 바깥출입을 한 탓인지 상태가 다시 나빠진 듯 보였다.

"괜찮으십니까?"

영일이 걱정스러운 표정으로 물었다. 새파랗게 질린 얼굴로 겨우 버티고 선 수혁은, 이를 악물며 그의 손길을 밀어냈다.

"……괜찮습니다."

"방에서 쉬지 않고 그새 또 어딜 다녀오시는 겁니까?"

착잡한 마음에 침착한 톤을 유지하던 영일의 목소리가 높게 울렸다. 위태로운 모습으로 서 있던 수혁의 시선이 영일에게 향했다. 붉게 충혈된 두 눈의 초점은 흐릿했고, 멍한 얼굴은 넋이 나간 것처럼 감정이 느껴지지 않았다. 어딘가 불안정해 보이는 수혁의 모습에 영일의 표정이 급격히 굳어졌다.

"수혁 군?"

"나중에…… 얘기하시죠."

힘겹게 말을 꺼낸 수혁은 그를 지나쳐 방으로 천천히 걸어갔다. 지진이라도 난 듯 눈앞이 어지러웠고, 두 발은 모래주머니라도 찬 것처럼 무겁기 그지없었다. 한 발, 한 발, 내디딜 때마다 숨은 막혀오고, 금방이라도 바닥에 고꾸라질 것만 같았다.

"모셔다드리겠습니다."

뒤에서 그를 지켜보고 있던 영일이 안 되겠다 싶었는지, 금세 다가와 그의 어깨를 붙잡았다. 그게 거슬렸는지, 힘겹게 발을 옮기던 수혁이 걸음을 멈추고 그를 사납게 밀쳐 냈다.

"됐다고 했습니다."

"수혁 군……."

"됐다고 하지 않았습니까!"

싸늘한 수혁의 반응에, 영일은 손을 거두고 주춤 뒤로 물러섰다. 수혁은 거친 숨을 몰아 내쉬며, 이마에 손을 짚었다. 순간 격해진 감정이 소용돌이처럼 가슴속으로 휘몰아쳤다.

이젠 아무래도 좋다.

평정심을 유지하는 것조차 지겹고 지친다. 그저 혼자 있고 싶었다. 수혁은 방으로 가기 위해 고개를 들었다. 그 순간 그의 시야로 무표정한 얼굴의 성민이 가득 들어왔다.

"밤늦은 시간에 이 무슨 소란이냐."

수혁은 대답 없이 그저 그를 차갑게 노려보았다. 성민의 묵직한 음성이, 한심하다는 듯 쳐다보는 눈길이, 그를 또 한 번 바닥으로 떨어트렸다.

"몸이 아프다고 들었는데…… 생각보다 쌩쌩한 것 같구나."

성민은 느릿하게 수혁을 훑어보더니, 이윽고 영일에게로 시선을 옮겼다.

"강 박사까지 집에 들이며 호들갑스럽게 굴 정도는 아닌 거 같은데?"

그가 입꼬리를 한쪽으로 추켜올렸다. 웃고 있었지만, 위압적인 말투엔 영일을 향한 힐난이 섞여 있었다. 왜 쓸데없이 강 박사를 집에 들여 수혁을 보였는지에 대한 질타.

영일은 그의 의중을 모르지 않았다. 안 그래도 수혁과 얽힌 여러 지라시들이 언론에 돌고 있는 상태였다. 혹시라도 정치적으로 문제가 생길까 싶어, 성민은 최근 무척 예민한 상태였다.

그렇다고 위독해 보이는 수혁을 가만히 지켜볼 수는 없었던 터라, 병원을 데려가는 것 대신 성민의 주치의인 강 박사를 들인 것이었는데…… 그것조차 용납지 않는다니.

영일은 난처한 빛이 담긴 눈빛으로 수혁을 흘끗 쳐다봤다. 그가 성민의 말에 상처받진 않았을까 조심스러웠다. 하지만 수혁은 의연한 얼굴로 성민을 가만히 바라보고 있었다.

"방으로 들어가십시오."

수혁의 곁으로 영일이 다가가 작게 속삭였다. 몸도 안 좋은 수혁이 성민과 괜한 실랑이를 벌이지 않았으면 했다. 혹시라도 성민의 빈정거림에 반발심을 드러내지 않을까 걱정했는데, 다행히 수혁은 영일의 말대로 방 쪽으로 걸음을 돌렸다.

이대로 별 탈 없이 마무리되나 싶었지만, 그 순간 수혁을 향한 성민의 날선 목소리가 들렸다.

"유명인사가 다 되었더구나."

성민의 비꼬는 언사에 계단 위를 오르던 수혁의 표정이 냉랭히 식었다. 수혁은 성민을 향해 고개를 돌렸다. 이윽고 성민이 손에 든 잡지를 수혁을 향해 거칠게 집어던졌다. 수혁은 자신의 몸에 맞고 떨어진 잡지를 천천히 허리를 굽혀 들어 보았다.

얼마 전, 장례식장을 방문했다 찍힌 사진이 모자이크 처리 되어 기사화되어 있었다. 수혁은 애써 힘든 기색을 감추며, 고개를 들어 성민을 응시했다.

"의원님께서 교수님까지 동원해 장례식장으로 가게 하지 않았다면 이런 사진 따윈 찍힐 일 없었겠죠."

수혁은 태연하게 대꾸했다. 성민은 그런 그의 태도가 마음에 들지 않다는 듯, 이마를 살짝 찡그렸다.

"최 보좌관이 하자는 대로 조용히 조문만 하고 갔다면, 사태가 이렇게 커지진 않았을 테지."

"……그래서요? 지금 하고자 하시는 말이 무엇입니까?"

"……."

"설마 제 탓이라도 하고 싶으신 겁니까?"

성민이 추켜올린 턱 끝을 손으로 쓸어내렸다.

"네 탓 따위 해 봤자 득 될 게 없지. 다만……."

그가 한숨을 푹 내쉬었다.

"조금은 후회스럽구나, 널 이 시기에 집으로 들인 거 말이다. 때가 좋지 않았는데…… 내가 너무 성급했어."

자조하듯 내뱉은 그의 말에 수혁의 두 눈 위로 점차 화가 스며들었다.

"절 구태여 이 집으로 끌어들인 사람은 당신입니다."

"그래, 그랬지. 그런데…… 뭐랄까."

"……."

"상황이 원치 않는 방향으로 흘러가고 있어서…… 그게 무척이나 거슬리는구나."

성민이 슬쩍 고개를 옆으로 기울였다.

"알다시피 너란 존재가 세상 밖으로 드러나는 건 무척이나 곤란한 일이거든."

부드러운 어조로 그가 말을 이었다.

"혼외자식인 네가 세상에 알려지면 네 어미, 네 누이와 관련한 내 구질구질한 과거마저 수면 위로 떠오를 것이 아니냐. 청렴하기 이를 데 없는 내 정치인생에 커다란 오점으로 남을 것이 자명한 일이지."

"……."

"그래서…… 내가 널 그리도 곁에 두려 했던 것이었는데 말이다."

그가 미간을 좁혔다.

"애초에 꼭꼭 숨겨둘 수 없다면, 평생 널 외부에 가둬둘 수 없다면……."

"……"

"차라리 허튼짓하지 못하게 철저히 내 손아귀 안에 두려 했다. 그러면 적어도 이런 식으로 허무하게 너를 언론에 노출 시킬 일 따윈 없을 거라 생각했는데…… 어찌 보면 이게 오히려 나의 불찰이었나 싶구나."

성민이 수혁의 앞으로 다가가 그의 손에 든 잡지를 빼앗아 들었다.

"나와 비슷한 구석이 많다고 생각은 했지만……."

느릿하게 말을 내뱉던 그의 두 눈이 가늘게 길어졌다.

"이런 식으로 내 뒤통수를 칠 줄은 생각지도 못했지."

툭툭.

성민은 말아 쥔 잡지로 수혁의 머리를 몇 차례 내려쳤다. 미소 짓고 있었지만, 수혁을 바라보는 성민의 눈빛엔 서슬 퍼런 섬뜩함이 서려 있었다.

"무슨 생각으로 삼류잡지에 이런 기사가 실리도록 한 것인지…… 어디 한 번 뚫린 입이 있다면 찬찬히 말해 보거라."

옆에서 잠자코 대화를 듣고 있던 영일이 어두운 표정으로 수혁을 돌아봤다. 그가 언론사에 제보한 것이 명백하게 탄로 났는데도 조금도 당황한 기색이 없었다. 오히려 지지 않고 성민을 노려보고 있었다. 성민은 그런 수혁을 한참 동안 빤히 쳐다보더니 다정한 목소리로 말을 덧붙였다.

"내게 지대한 관심이라도 받고 싶어서 그랬나?"

"……."

"아니면 뒤늦게 사춘기라도 찾아와 같잖은 반항이라도 해 본 건가?"

"……."

"그것도 아니면 이제라도 너와 네 어미를 버려둔 내게 복수라도 할 셈이었어?"

끈질긴 성민의 질문에도 수혁은 대꾸 하나 없이 침묵했다. 그 것에 화가 찰대로 차오른 성민의 얼굴 위로 일순 웃음기가 사라졌다. 그는 손에 든 잡지를 수혁의 얼굴 위로 세차게 집어던졌다. 요란한 소리를 내며 잡지가 바닥에 나 뒹굴었고, 한순간 그들 사이엔 차가운 적막이 흘렀다. 무표정한 얼굴을 일관하던 수혁의 얼굴이 어느샌가 일그러져 있었다.

"변명할 기회를 주는데도 끝까지 입을 다물겠다?"

성민은 형형히 빛나는 두 눈으로 수혁을 훑어보며 말을 이었다.

"난 널 최대한 배려해 줬다."

"……."

"네가 천 앵커 집에서 지내는 조건으로, 그에게 정치적 발판을 마련하는 데 도움을 주었고…… 물질적인 지원도 아낌없이 했지."

"……그것이 전부 나를 위한 배려였다는 건가요?"

조용히 성민의 말만 듣고 있던 수혁이 닫고 있던 입술을 열었다. 그는 뜨겁게 차오른 숨을 고른 뒤, 성민을 똑바로 쳐다봤다.

"당신은 언제나 그런 식으로 자신을 포장하지."

"……뭐?"

"교수님의 집에 날 들여보낸 것도, 정치적인 물주가 되어준 것도…… 그분들이 전부 당신의 추잡한 과거를 알고 있는 유일한 사람들이라서, 그 사람들 입막음을 할 필요가 있어서 그렇게 할 수밖에 없었다는 걸 내가 모를 줄 아셨습니까?"

성민이 심각하게 굳은 얼굴로 수혁을 응시했다. 수혁은 손등 위로 힘줄이 붉거져 오를 정도로 두 손을 꽉 말아 쥐었다.

"누나의 주치의로 선생님을 추천했을 때부터 이미 알고 있었습니다."

"……"

"당신이 어떤 생각으로 내 앞에 나타났는지."

어떻게든 세상 밖으로 나오는 걸 막고 싶었겠지. 피가 섞인 핏줄을 운운하며 곁에 있길 바란다는 말은 애초부터 개소리라는 걸 누구보다 잘 알고 있었다.

"차라리 당신은 날 내버려 뒀어야 했습니다."

수혁이 바닥에 떨어져 있는 잡지를 눈짓으로 가리켰다.

"그랬다면, 저런 싸구려 가십거리의 주인공이 되진 않았을 텐데……."

수혁은 담담히 말을 내뱉곤, 입술을 일자로 닫았다. 성민은 의미심장한 눈길로 한동안 그를 주시하더니, 피식하고 웃음을 지었다.

"재미있구나."

천연덕스럽게 말하곤, 성민은 수혁을 향한 시선을 영일에게로 옮겼다.

"영일아."

영일은 보좌관이라는 호칭 대신 자신의 이름을 부르는 그를 불안한 눈빛으로 바라봤다.

"네, 의원님."

"이번엔 내가 선택을 잘못한 것 같구나."

성민이 얼굴을 싸늘히 굳혔다.

"처음부터 신분세탁을 해서라도 저 녀석을 외국으로 보내 평생 한국 땅을 밟지 못하게 할 것을."

"……."

"핏줄을 빌미로 알량한 동정심 따위를 갖는 게 아니었어. 이런 쓰레기 같은 놈한테."

수혁의 말아 쥔 손이 부들부들 떨리기 시작했다. 꽉 깨문 입술 위로 선혈이 베어 나왔다. 성민은 무심히 수혁을 흘긋 보고는 다시 영일을 돌아보며 말했다.

"지금이라도 올바른 선택을 하는 것이 좋겠지."

"의원님……."

만류하는 영일의 눈빛에도 성민은 망설임 없이 말을 내뱉었다.

"당장 출국날짜 잡아."

"……."

"한시라도 빨리 저거……."

"……."

"내 눈앞에서 치워."

성민은 냉담히 말을 끝내고 뒤로 돌아섰다. 영일은 그가 내린 결정에 동조하지 못하고, 당혹스러운 눈빛으로 수혁을 돌아봤다. 그는 벌겋게 상기된 얼굴로 자리를 버티고 서 있었다. 안타까운 그 모습을 지켜보며 영일이 나직한 목소리로 수혁에게 속삭이듯 말했다.

"일단 방으로 가 계십시오."

그의 어깨를 툭툭 토닥여주고는 영일은 성민의 뒤를 서둘러 쫓아 들어갔다.

쾅!

세찬 문소리가 들리자, 수혁은 비틀거리는 몸으로 힘겹게 방으로 걸어갔다. 걸음을 옮길 때마다 이마 위로 흐르는 식은땀이 그의 눈앞을 가렸다.

달칵—

겨우 문 앞에 도착한 수혁은 문을 열고 방 안으로 들어섰다. 인위적이고, 낯선 방 안의 서늘한 공기가 그의 몸 위로 덮쳐 왔다. 수혁은 힘겹게 방으로 들어선 뒤, 힘겹게 침대로 다가갔다. 그리고 그곳에 쓰러지듯 몸을 눕히고, 팔로 두 눈을 가렸다. 어둠이 그를 잠식해 왔다.

"괜찮아?"

귓가로 속살거리듯 익숙한 음성이 들렸다. 너무나도 듣고 싶었던 목소리. 수혁은 떨리는 입술을 간신히 열어 작게 대답했다. "아니. 안 괜찮아."

"많이 힘든가 보네, 우리 동생."

뜨거운 이마 위로 차가운 누나의 손길이 닿았다.

"한숨 자고 나면 괜찮아질 거야."

"정말…… 그럴까?"

"그럼, 누나가 항상 말했지. 잠이 인간한테 최고의 보약이라고."

누나의 웃음소리가 귀에 잔잔히 울렸다.

"누나가 옆에 있어 줄게."

부드러운 손길이 그의 머리카락을 매만졌다.

"걱정할 거 없어, 다 잘 될 거야."

자장가처럼 들리는 그녀의 목소리에, 수혁은 울컥 감정이 치달았다.
"보고 싶다……."
너무 보고 싶어.
"보고 싶어, 누나."
눈을 가린 그의 팔 아래로, 뜨거운 눈물이 뺨을 타고 흘러내렸다.

*　　　*　　　*

아주머니는 식탁에 앉아 식사를 하고 있는 해주를 흘끔흘끔 훔쳐봤다. 해주는 요 며칠 방으로 음식을 가져다줘도 도통 입을 대지 않았다. 그랬던 그녀가 오늘은 어쩐 일인지, 부엌으로 내려오더니 어느새 밥 한 공기를 뚝딱 비워내고 있었다.

드문 광경에 아주머니는 별별 생각이 다 들었다. 또 무슨 일이 있는 건 아닌 건지 걱정되면서도, 한편으론 유학가기 전 이제라도 정신 차리고 정상적인 생활을 하려는 건가 싶은 생각도 들었다.

'괜찮은 건가.'

어느 정도 활기를 되찾은 낯빛으로 봐선 후자 쪽이 좀 더 가까워 보이긴 했다. 아주머니가 후식으로 매실차를 준비해 그녀의 앞에 놔주자, 해주는 감사하단 인사와 함께 매실차를 한 모금씩 들이켰다. 그걸 옆에서 지켜보던 아주머니가 그녀에게 조심스럽게 말을 붙였다.

"몸은 좀 어때요?"

해주는 매실차를 마시며 대답했다.

"걱정해 주신 덕분에 많이 좋아졌어요."

"다행이네요."

아주머니는 해주의 대답에 안도하더니, 갑자기 손뼉을 치며 물었다.

"아, 그러고 보니 어제 집으로 수혁 학생한테서 전화 왔었는데, 혹시 연락 받았어요?"

해주가 살짝 굳어진 낯빛으로 손에 든 찻잔을 내려놓았다.

"아니요……."

"그래요? 어쩐 일인지 바꿔주겠다는 데도 괜찮다고 황급히 끊어버리더라고요. 그래서 해주 학생 휴대폰으로 직접 연락하려는 건 줄 알았는데, 안 했나 보네요."

아주머니가 걱정스러운 표정을 지었다.

"목소리가 영 좋지 않던데…… 무슨 일 있는 건 아닌지 모르겠네요. 이따 봐서 해주 학생이 한 번 연락해 봐요."

아주머니의 권유에 해주는 작게 고개를 끄덕이더니, 자리에서 일어섰다.

"올라가 볼게요."

아주머니는 살짝 웃어 보이며 다정히 말했다.

"그래요, 올라가서 쉬어요."

"네."

거실로 나와 2층으로 향하는 계단으로 올라서는데, 때마침 그녀가 손에 든 휴대폰이 진동소리를 내며 울렸다.

[오늘 약속 잊지 않았지? 11시까지 집 앞으로 갈게.]

률로부터 온 메시지였다. 해주는 아차 싶었다. 요 며칠 불면증으로 통 잠을 못 이루는 바람에 하루하루를 멍한 상태로 보내다, 하마터면 중요한 약속까지 깜빡 잊어버릴 뻔했다. 해주는 다급히 시간부터 확인했다. 다행히 아직 시간적인 여유는 충분했다. 해주는 안도하며 방으로 올라갔다.

서둘러 씻은 뒤 나갈 준비를 하려는데, 문득 든 생각에 잠시 멈칫했다. 집 앞으로 오겠다던 그의 메시지. 자칫 집 앞에서 동환과 마주치는 불상사가 발생할지도 몰라, 해주는 재빨리 그에게 답장을 보냈다.

[번거롭게 여기까지 오실 필요 없어요. 그냥 사거리에 있는 A

카페에서 봬요.]

곧바로 알겠다는 륫의 답변이 왔다. 그제야 마음을 놓은 해주
는 마저 준비를 마친 뒤 시계를 확인했다. 아직도 약속 시간까지
는 한 시간 정도 남아 있는 상태였다.

'어떻게 할까.'

고민하던 해주는 오랜만에 혼자 바깥 구경도 할 겸, 미리 나가
있기로 마음을 먹고 방을 나섰다. 창 너머로 밝은 햇살이 텅 빈
복도를 비쳤다. 화창한 날씨에 만족하며 복도를 걷는 해주의 시
선이, 어느 순간 익숙하게 수혁이 지냈던 방문으로 향했다. 방문
을 보는 것만으로도, 가슴 한쪽이 저릿하게 아려왔다.

'당분간은 어쩔 수 없나.'

이 집에서 수혁과 함께한 세월이 너무나도 길었기에, 그를 잊
는다는 것이 쉽지 않았다. 이렇게 하루에도 몇 번씩 마음이 변덕
스럽게 요동치겠지. 그걸 감내하고 참아야만 한다. 해주는 숨을
깊게 들어 마신 후, 길게 내쉬었다. 심란했던 마음이 조금은 수
그러들었다.

'가자.'

오늘은 륫과 오랜만에 데이트 하는 날인만큼, 온전히 그에게
집중하고 싶었다. 해주는 그의 방에서 시선을 거두고 어깨에 멘
핸드백을 고쳐 멨다. 그러고는 미련 없이 뒤돌아 계단 아래로 내
려갔다.

거리로 나선 륜은 진이 빠진 얼굴로 한숨을 푹 내쉬었다.

"혀엉~! 어디 가는 건데! 누구 만나러 가는 거냐고! 천해주 만나러 가는 거야? 그런 거야? 그럼 나도 갈래! 나도! 응? 응?"

아침 내내 시달렸던 제이의 목소리가 여전히 매미소리처럼 그의 귓전을 어지럽게 맴돌았다. 해주와의 데이트를 기대하며 한껏 단장을 하고 방을 나서자마자, 제이에게 붙잡혀 실랑이만 30분을 한 터였다.

요 며칠 집에 일찍 들어오는가 싶더니, 껌 딱지처럼 들러붙어 잔소리를 해 대는 통에 안 그래도 이상하다 싶었다. 그런데 오늘 절정을 찍고야 말았다.

행적을 밝히라며 들들 볶더니, 륜이 문밖을 나서기가 무섭게 바짓가랑이를 붙잡았다. 또 한참을 자기도 데려가라며 애걸복걸 하는 바람에, 떼어 놓고 오느라 진땀을 다 뺐다. 원래부터 괴상한 놈이었지만, 오늘은 정말 이해할 수 없을 정도로 막무가내였다.

'그 자식은 언제 철들려나.'

안 그래도 일 때문에 이래저래 골치 아파 죽겠는데, 거기에 권제이라는 짐 덩이가 하나 더 추가된 것 같았다. 자신의 일 이외는 관심도 없던 녀석이 왜 그러는 건가 의구심이 들다가도, 제이를 이해해 보려 시도하는 것조차도 부질없게 느껴져 재빨리 머리를 좌우로 내저었다. 괜한 심통을 부리는 것으로 결론을 짓고, 률은 빠르게 약속 장소로 향했다.

주말이라서인지, 많은 이들이 거리 위를 빼곡하게 채웠다. 커플부터 삼삼오오 친구들과 짝을 이룬 이들까지. 그들은 너나 할 거 없이 거리를 활보하며, 행복한 한때를 보내고 있었다.

그는 인파 사이에 파묻힌 채로 해주와 만나기로 한 카페를 찾기 위해주변을 두리번거렸다. 훤칠한 키와 외모 덕분인지, 률에게로 많은 여자들의 시선과 관심이 확 쏠렸다. 카페 앞까지 가는 동안 간간히 번호를 물어 오는 여자들도 있었지만, 률은 능숙하게 거절하고 약속 장소인 카페 안으로 들어섰다.

'20분 정도 남았나.'

률은 시간을 확인하곤, 카페 안을 슬쩍 돌아봤다. 빈 좌석이 보이지 않을 정도로 많은 사람들이 자리를 차지하고 앉아 있었다. 해주는 아직 도착을 하지 않은 듯했다. 통유리 쪽 의자에 자리를 잡은 그는, 휴대폰을 꺼내 해주에게 메신저를 보냈다.

[나 카페 안에서 기다리고 있을게. 천천히 와.]

위잉—

해주에게 메신저를 보내기가 무섭게, 그가 앉은 바(bar)형 테이블 위로 진동 소리가 울렸다. 기막힌 타이밍에 울리는 소리에 률은 무심코 옆을 돌아봤다. 웬 여자가 휴대폰을 자신의 옆에 올려놓고선 테이블 위에 팔을 대고 엎어져 있었다.

'자는 건가?'

시끄러운 카페 분위기 속에서도 꿋꿋이 잠들어 있는 여자를 신기해하며 고개를 돌리려는데, 문득 뭔가 이상한 느낌이 들었다. 륜은 다시 시선을 돌려 그녀를 좀 더 자세히 살펴봤다.

익숙한 긴 단발 머리스타일하며, 가녀린 몸매와 여성스러운 옷 스타일. 무엇보다도 머리카락 사이로 보이는 옆모습이 혹시나 싶었는데, 영락없이 해주였다.

설마 해주일 거라고 상상조차 하지 못했던 륜은 다소 놀란 눈빛으로 그녀를 바라보았다.

'언제 온 거지?'

의아해하며 륜은 조심스럽게 해주 옆으로 자리를 옮겼다. 그때까지도 그녀는 화석이라도 된 듯 조금도 움직이지 않았다.

물끄러미 그녀를 내려 보던 륜이 이내 그녀와 똑같은 자세로 엎드렸다. 그러고는 장난스러운 눈빛으로 해주를 마주 봤다.

'속눈썹 엄청 기네.'

얼굴을 가리는 흐트러진 머리카락 사이로 륜은 해주를 꼼꼼히 살펴봤다. 색색거리며 잠든 그녀의 모습은 시선을 떼지 못할 만큼 귀엽고 사랑스러웠다.

아기처럼 하얗고 고운 피부, 긴 속눈썹 아래로 우뚝 솟은 콧대하며, 고집스럽게 꽉 다문 입술까지. 륜은 입가에 저절로 흐뭇한 미소가 걸렸다.

"흐음……."

잠에서 깨려는 듯 감은 두 눈이 파들거리는가 싶더니, 이내 다시 안정을 되찾았다.

'많이 피곤했나?'

좀처럼 깨지 못하는 해주를 한동안 같은 자세로 바라보던 륜이, 그녀 옆으로 조심스럽게 의자를 바짝 붙였다. 이후 그는 제이마를 그녀의 이마 위로 가볍게 콩하고 부딪쳤다. 당장에 놀라며 두 눈을 동그랗게 뜰 거란 그의 예상과 달리, 해주는 여전히 미동도 없이 고이 잠에 빠져 있었다. 륜은 가만히 그녀와 이마를 마주한 상태로, 어떻게 할지 고민했다.

'깰 때까지 기다려야 하나.'

어차피 미리 예매해 둔 영화 시간까진 꽤 넉넉했다. 해주가 깰 때까지 기다리기로 마음을 정한 뒤, 륜은 헝클어진 그녀의 머리카락을 정성스럽게 귀 뒤로 넘겨주었다. 그러자 해주의 얼굴이 더욱 선명하게 보였다.

륜은 눈동자를 굴려 더듬더듬 해주의 얼굴을 살폈다. 그러다 문득 그의 시선이 해주의 붉게 물든 입술에서 멈춰 섰다. 륜의 눈빛이 크게 흔들렸다.

'미쳤구나, 권륜.'

아무리 그래도 세상모르고 곤히 잠든 여자의 입술을 탐하려 하다니. 륜은 자책하며 두 눈을 질끈 감았다.

이런 본능에 충실한 놈 같으니.

스스로를 탓하던 륜은 속으로 숨을 삼키며 다시 눈을 떴다. 그러자 거짓말처럼 반쯤 눈을 뜬 해주의 모습이 강렬하게 그의 두 눈 위로 덮쳐 왔다.

"······교수님?"

"아······."

잠깐의 침묵이 흐른 뒤, 률이 어색하게 웃으며 말했다.

"안녕?"

지금 내가 뭐라고 한 거지? 률은 당혹스러움을 이겨 내지 못하고 벌겋게 물든 얼굴로 황급히 상체를 바로 세웠다. 그녀에게로 바짝 붙인 의자도 얼른 거리를 벌렸다. 그 사이 해주가 부스스한 상태로 고개를 드는 것이 느껴졌다. 률은 갑작스레 직면하게 된 민망하고 창피한 상황에 어쩔 줄 몰랐다.

'그 상황에서 안녕이라니······.'

당장이라도 머리를 부여잡고 소리치고 싶은 걸 간신히 참았다. 왜 하필 하고 많은 말 중에서 그리 낯간지럽고 멍청한 소리가 흘러나온 건지 참으로 미스터리했다. 률은 일단은 아무렇지 않은 척해 보려 표정관리에 힘썼다. 놀란 마음에 방망이질 치는 심장도 어떻게든 달래려 마음을 가다듬었다.

"언제 오셨어요?"

먼저 물어 오는 해주의 질문에, 률은 내심 뜨끔해하며 천천히 그녀를 돌아봤다. 다행히도 해주는 조금 전의 상황을 그다지 신경을 쓰지 않는 눈치였다. 아마도 잠결에 겪은 일이라 깊게 생각할 겨를 없었을 것이라. 률은 그리 현실을 부정하곤, 한껏 가라앉은 목소리를 가다듬은 뒤 입을 열었다.

"온지 얼마 안 됐어. 한 5분 정도 지났나?"

"생각보다 빨리 오셨네요."

"응, 미리 와서 너 기다리고 있으려 했는데…… 설마 네가 먼저 와 있을 줄은 생각도 못 했네. 언제 온 거야?"

률이 혹여 자신보다 40분이나 먼저 온 걸 알게 되면 신경 쓸까, 해주는 잠시 망설이다 대답했다.

"사실 저도 온지 얼마 안 됐어요."

"그래? 그런 거 치고는 너무 푹 잠들어 있던데?"

장난스러운 그의 말에 해주는 멋쩍은 표정으로 콧등을 긁적였다.

"그렇게 깊게 잠들진 않았던 것 같은데……."

"아닐걸, 내가 네 코앞까지 얼굴을 들이미는데도 전혀 모르……."

농담 삼아 얘기를 꺼내던 률이 돌연 말을 멈췄다. 겨우 모르는 척 다른 화제로 말을 돌려놨건만, 그걸 왜 또다시 본인이 언급하고 있는지. 순진한 해주의 반응에 신이 나 말을 늘어놓은 것이 화근이라면 화근이었다.

오늘따라 왜 이러는 걸까. 률은 또다시 자책한 뒤, 분위기 전환을 목적으로 서둘러 자리에서 벌떡 일어섰다.

"배고프지? 영화보기 전에 일단 맛있는 거 먹으러 가자."

"우리 오늘 영화 봐요?"

해주가 한껏 밝아진 표정으로 물었다. 률은 그런 해주를 다정한 눈길로 쳐다보며 대답했다.

"응, 네가 좋아할지 모르겠다."

"저 영화라면 공포물 빼곤 웬만한 장르는 다 좋아해요."

"아 정말? 공포물인데?"

"네?"

륜은 깜짝 놀라는 해주가 귀엽다는 듯 피식 웃음을 터트렸다.

"농담이야, 농담."

"뭐예요, 순간 당황했잖아요."

"미안, 그 대신 사과의 뜻으로 맛있는 거 사 줄게. 뭐 먹고 싶은 거 없어?"

해주가 자리에서 일어나, 활발한 목소리로 대답했다.

"전 아무거나 다 괜찮아요."

"그래? 그럼 내가 자주 가는 식당 있는데 거기로 갈래?"

"네, 좋아요."

"그럼 가자."

해주는 그의 곁을 따라 걸었다. 그러다 문득 그녀는 륜의 옆 모습을 흘끗 훔쳐봤다.

잠시 잊고 있던 조금 전의 일이 불현듯 뇌리를 스쳐 지나갔다.

'키스……하는 줄 알았어.'

사실 륜이 이마를 맞댄 순간부터 잠이 깨어 있었다. 그의 숨소리에, 맞닿은 살결에 차마 눈을 뜰 수 없었을 뿐이었다. 직감적으로 그의 시선이, 그의 입술이 점차 자신의 입술로 향하는 것

또한 느껴졌지만, 아는 척을 할 수 없었다.

해주는 그때의 순간을 곱씹으며, 손을 들어 이마를 매만졌다. 어찌나 긴장했는지, 아직도 미열이 남아 있었다.

'그만 생각하자.'

자꾸만 그 순간을 생각하면, 가슴이 두근대 참을 수가 없었다. 해주는 손을 거두고 률을 돌아보자, 마침 그도 해주를 내려다보았다. 그는 싱긋 웃더니 해주의 어깨를 가볍게 그러잡았다.

"이쪽이야."

해주는 작게 고개를 끄덕이곤, 그가 이끄는 데로 따라 걸어갔다.

학기 중 미리 접수해 둔 영어시험을 핑계로 밖으로 나온 수혁은 시험이 끝난 뒤 교문으로 향했다. 오랜만에 바깥으로 나온 기분은 생각보다 나쁘지 않았다. 수혁은 그동안 쌓였던 답답함을 교정을 걸으며 잠시나마 풀어냈다.

> "난 시험 끝나고 교문 밖을 나설 때가 가장 기분 좋더라, 뭔가 해방되는 기분이랄까?"

교문에 가까워지자, 문득 해주와의 추억이 회상됐다. 시험이 끝난 것만으로 뛸 듯이 기뻐하던 그녀의 모습이 아직도 눈에 선한데, 이제는 곁에 없다는 사실이 아직까지도 믿기질 않았다. 순간 가슴이 뻥 뚫린 거 같은 공허함이 밀려들었다. 무엇으로도 채울 수 없는 이 공허함 때문에 기분이 가라앉았다.

수혁은 우울해진 얼굴로 휴대폰을 꺼내 들었다. 저절로 그의 손끝이 사진첩으로 향했다. 해주와 찍은 사진들이 보였다. 수혁은 한참을 사진을 들여다보며 미소 짓다 이내 시선을 뗐다. 보면 볼수록 그리움만 가중됐다. 이걸 어떻게 해소해야 할까.

수혁은 휴대폰을 도로 주머니에 넣고 다시 걸음을 내디뎠다. 곧 파릇파릇한 학생들이 가득한 교문 앞에 다다랐다. 그곳엔 이곳 분위기와는 사뭇 다른 위압적인 분위기의 차량이 대기하고 있었다.

단번에 자신을 데리러 온 차량임을 알아본 수혁은, 교문 앞에서 걸음을 멈췄다. 어느새 그의 눈빛은 싸늘히 식어 있었다. 잠시 후 수혁을 발견한 건장한 체격의 남자가 운전석에서 내리는가 싶더니, 그에게 슬쩍 묵례를 건넸다.

심상치 않은 분위기 때문인지 삽시간 주변 학생들의 시선이 수혁에게로 모여들었다. 그들은 진기한 풍경을 목격이라도 한 듯, 수혁을 훔쳐보며 쑥덕거리기 시작했다. 하지만 수혁은 그런 주변 시선에도 아랑곳하지 않고, 묵묵히 남자에게로 다가섰다.

"보좌관님께선 급히 처리하실 일이 있으셔서, 오늘은 제가 대신 모시러 왔습니다."

남자의 말에 수혁은 별다른 대꾸 없이 차 안을 살피더니, 그에게 손을 내밀었다.

"차키 주세요."

"네?"

남자가 얼굴을 찌푸리며 되묻자, 수혁이 차분하게 가라앉은 목소리로 말했다.

"나오기 전, 보좌관님께 허락 받았습니다. 오늘 이 차, 제가 사용해도 된다고요."

"……그런 내용은 아직 전달받지 못했습니다만."

"그쪽이 전달 받았는지는 제가 알 바 아니죠."

"하지만……."

"전화해서 확인해 보면 될 일 아닙니까?"

탁!

수혁이 그의 손에 든 차키를 확 잡아챘다. 남자가 도로 빼앗으려 했지만, 송곳같이 날아오는 날카로운 그의 눈빛에 우뚝, 움직임을 멈출 수밖에 없었다.

"나와 괜한 실랑이 벌여봤자 그쪽만 피곤할 겁니다."

"잠시만 기다려 주십시오. 보좌관님과 통화한 뒤 보내…… 앗!"

남자의 만류에도 수혁은 그를 밀쳐내고 운전석에 올라탔다.

쾅쾅—

남자가 곧바로 득달같이 달라 들어 차문을 열려 했지만, 이미 문은 전부 잠겨 있는 상태였다.

"지수혁 씨!"

남자가 험악하게 굳은 얼굴로 창문을 쳐대며 그를 불러댔지만, 수혁은 곧장 액셀을 밟았다. 차가 한 차례 굉음을 내며 앞으로 내달렸다.

수혁은 사이드 미러 너머로 뒤를 확인했다. 남자가 어딘가로 다급히 전화를 거는 것이 보였다. 그렇게 채 1분이 지났을까. 수혁의 휴대폰이 진동소리를 내며 울렸다. 수혁은 주머니에서 꺼내 액정화면을 확인했다. 영일이었다.

수혁은 통화버튼을 눌렀다.

―차 돌리십시오.

명료한 그의 한마디에 수혁은 무심히 대꾸했다.

"볼일이 있습니다. 저녁쯤 들어가겠습니다."

―안 됩니다. 당장 지금 차 돌리세요!

"그건 곤란합니다."

―수혁 군!

"끊습니다."

수혁은 통화를 끝낸 뒤, 휴대폰을 보조석에 집어던졌다.

그의 목적지는 단 한곳이었다.

어느덧 밤이 깊었다. 점심을 먹고, 영화를 본 후, 이곳저곳을 구경하며 쇼핑하고 나니 하루가 어떻게 지나갔는지도 모르게 시간이 가 버렸다. 돌아다니면서 길거리 음식을 먹은 탓에 배가 불러, 그들은 저녁 대신 해주 집까지 산책을 하기로 했다.

밤이 되니 낮과 다르게 선선한 바람이 불어와 산책하기엔 딱 좋았다. 두 사람은 걷는 내내 오늘 하루 동안 있었던 일들을 곱씹으며 즐거운 대화를 나눴다. 둘 사이에 잠시도 웃음이 끊이질 않았다. 그렇게 30분가량을 걸었을까. 어느덧 해주의 집이 그들의 시야에 들어올 만큼 가까워졌다.

"이 근처 한 바퀴 더 돌까?"

이대로 헤어지는 것이 아쉬워, 률은 조금 더 산책하는 것을 제안했다. 해주도 그러길 바랐지만, 그러기엔 산책하는 동안 간간이 걸려오는 동환의 전화가 신경 쓰였다.

률 때문에 일부러 받진 않았지만, 웬만해선 먼저 전화를 걸지 않는 동환이 이렇게까지 하는 데는 분명 좋지 않은 이유가 있을 것이다. 해주는 휴대폰을 넣어 둔 가방끈을 꽉 쥐었다.

이제 그만 울려라, 그만 울려라. 주문을 외듯 생각하고 있는데 률의 목소리가 들려왔다.

"흠, 아니면 오늘은 이쯤에서 헤어질까?"

"네?"

해주가 황망히 되묻자, 률이 싱긋 웃으며 말했다.

"아쉬울 때 헤어져야 다음에 만났을 때 더 반가워해 줄 것 같아서."

률의 말에 해주는 뒤늦게 허탈한 웃음을 지어 보였다. 말하지 않아도 느껴졌다. 대답을 망설이는 그녀를 위해 그가 눈치껏 배려해 준 말이라는 것을. 괜스레 그에게 미안해져 시종일관 밝았던 해주의 얼굴이 시무룩해졌다.

슬그머니 가라앉은 그녀의 모습에, 률은 잔잔한 미소를 띠웠다. 그는 분위기를 전환시키려는 듯, 자신의 입술 부근을 손가락으로 툭툭 치며 장난 섞인 말을 내뱉었다.

"적어도 오늘처럼 침 흘리면서 자고 있는 모습으로 맞아주진 않겠지?"

해주가 화들짝 놀라며 률을 쳐다봤다.

"치, 침은 안 흘렸는데요."

"그래?"

"네! 그럼요! 애초에 그리 깊게 잠든 것도 아니었어요."

"그래?"

"네! 정말이에요! 교수님 오셨을 때 이미 깨어 있었는걸요."

해주의 마지막 말에, 연신 능글맞게 반문하던 률의 얼굴에서 미소가 지워졌다. 이미 깨어 있었다고?

"그……래?"

률이 조금 전과 달라진 표정으로 어색하게 반문하자, 뒤늦게 사태파악을 한 해주의 두 뺨이 붉게 번졌다.

'지금 내가 뭐라고 한 거지?'

해주는 탄성을 내지를 것 같은 입을 재빨리 두 손으로 틀어막았다. 당혹스러웠다.

'모른 척하고 넘길 수 있었는데…….'

민망한 그때의 일을 이런 식으로 끄집어낼 줄이야. 해주는 당장이라도 제 입을 마구 때려주고 싶은 걸 겨우 참아 냈다.

'어떡하지.'

아까처럼 가볍게 농담처럼 여기고 웃어 넘겨주면 좋으련만 률은 침묵했다. 그로 인해 두 사람 사이엔 미묘한 정적만이 감돌고 있었다. 해주는 어떻게든 이 상황을 모면하기 위해 변명거리를 찾으려 애를 썼다. 그녀는 차마 률은 쳐다보지 못하고 애꿎은 눈만 이리저리 굴렸다.

'그냥 침 흘렸다는 말에 당황해서 말이 허투루 흘러나온 거라고 할까. 제 의지와 상관없이 갑자기 거짓말이 툭 튀어나간 거라고.'

하지만 이 상황에서 하는 해명치곤 너무 구차하다. 강한 부정은 강한 긍정이라고 하지 않던가. 굳이 덧붙여 사실 깨어 있지 않았다고 부정하는 것도 이상했다. 그렇다면 좀 더 그럴싸한 말이 없을까.

고민에 고민을 하고 있는 그때, 잠잠하다 싶었던 그녀의 휴대폰이 다시금 울리기 시작했다. 아까까지만 하더라도 대화 소리에 묻혀 들리지 않았던 휴대폰 진동소리가, 이제는 두 사람의 사이의 적막을 깨며 또렷하게 들렸다.

"받아봐."

잠자코 있던 률이 다정한 목소리로 그녀에게 말했다. 해주는 움찔하더니 그의 말대로 서둘러 휴대폰을 꺼내 들었다. 동환일 것이라 예상과 달리 수혁으로부터 온 전화였다. 그걸 확인한 해주의 표정이 일순간 확 굳었다.

왜 하필 이럴 때 전화한 거지. 해주는 차마 전화를 받지 못하고, 액정화면에 뜬 그의 이름을 하염없이 쳐다봤다.

"안 받아?"

휴대폰에서 시선을 떼지 못하던 해주가 흠칫 놀라며 률을 돌아봤다. 그는 무슨 일이냐는 듯 의아한 눈빛으로 그녀를 바라보고 있었다. 그제야 정신을 차린 해주는 황급히 휴대폰을 도로 가방 속에 집어넣었다. 그러고는 별일 아니라는 듯 그를 향해 억지로 웃어 보였다.

"아버지세요. 저녁이라 걱정돼서 전화하신 모양이에요."

"아, 그럼 전화 받아서 지금 들어간다고 말하지 그랬어?"

"어차피 집 앞인데요. 들어가서 말씀드리면 돼요."

해주는 대충 말을 둘러대곤, 그의 반응을 살폈다. 미심쩍어하는 기색이 역력했지만, 률은 이외에 별다른 말을 묻진 않았다. 해주는 내심 그것을 다행이라 여기며 그에게 말했다.

"저, 그럼 그만 들어가 볼게요."

"그래."

"오늘 덕분에 정말 즐거웠어요. 교수님. 다음에 또 봬요."

해주가 마지막 인사를 건네며 손을 흔들자, 률도 고개를 주억거리며 그녀를 바라보았다. 그의 따뜻한 눈빛 때문인지, 해주는 바로 돌아서기가 어려웠다. 결국 그녀는 률과 한동안 눈 맞춤을 한 후에야 발길을 돌렸다. 더 시간을 끌어봤자, 서로의 아쉬움만 짙어질 것 같았다.

"잠깐만."

막 해주가 대문 앞에 다다랐을 때였다. 갑작스럽게 등 뒤로 그녀를 붙잡는 률의 음성이 들렸다. 해주는 걸음을 멈추고, 천천히 뒤를 돌아봤다. 률은 빠른 걸음으로 다가오더니, 해주의 바로 눈앞에서 멈춰 섰다.

"미안, 빨리 들어가 봐야 할 텐데 붙잡아서."

해주는 어느샌가 진지해진 률의 표정에 괜스레 긴장됐다. 무슨 일 때문에 그러지?

"아니에요. 괜찮아요. 그런데 뭐 하실 말씀이라도……?"

률이 잠시 숨을 고르더니, 입을 열었다.

"이대로 돌아가면 전처럼 또 후회할 것 같아서…… 그래서 오늘만큼은 꼭 듣고 가려고 해."

담담하게 울리는 그의 목소리에 해주가 고개를 갸웃 기울였다. 률은 저에게 고정된 해주의 눈을 가만히 바라보며, 나직이 그녀를 불렀다.

"해주야."

"네……?"

영문도 모르고 반문하는 해주의 얼굴을, 률이 두 손으로 부드럽게 감싸 쥐었다.

"그 전에 너한테 고백할 게 있어."

해주가 그의 말에 얼떨떨해하며 물었다.

"고백……이요?"

"응."

률이 한 손으로 해주의 목을 감싸 당기며 그녀와의 거리를 더욱 좁혔다.

"사실 카페에서 너 자고 있을 때 말이야……."

중얼거리듯 말을 내뱉던 그가 시선을 그녀의 입술로 내렸다.

"하마터면…… 못 참을 뻔했어."

률이 고개를 살짝 옆으로 비틀더니, 서서히 해주에게 다가갔다. 해주는 점차 가까워지는 그의 얼굴을 동그랗게 뜬 눈으로 지켜보다, 결국 입술이 거의 맞닿을 때쯤 질끈 두 눈을 감고 숨을 참았다. 당연히 그녀의 입술 위로 그의 입술이 겹쳐질 걸 예상했다.

그런데 이상하게도 그의 숨결만이 얼굴 위를 간질일 뿐, 입술에 아무런 감촉이 느껴지지 않았다. 해주는 파르르 떨리는 속눈썹을 살짝 들어 올렸다. 가느다랗게 뜬 실눈 사이로 그녀를 빤히 응시하는 률의 두 눈이 보였다. 내내 진지했던 그의 표정이 살며시 풀어졌다.

"이렇게……."

률이 고개를 바로 하고 입매를 당겨 웃었다.

"사귀기도 전에, 너한테 키스할 뻔했어."

그가 장난스럽게 말하곤, 두 손을 내려 해주의 양어깨를 붙잡았다.

"천해주……."

"……."

"널 좋아해."

률의 입가에 따스한 미소가 번졌다.

"이제라도 우리 정식으로 사귀자."

집 앞에 도착한 지 얼마나 지났을까. 수혁은 의자에 잠시 기댔던 몸을 천천히 세워 바로 앉았다. 무심코 확인한 시간은 처음 그가 해주의 집 앞에 도착한 시간보다 5시간이나 훌쩍 지나가 있었다. 수혁은 슬쩍 손을 뻗어 보조석에 던져 놓은 휴대폰을 집어 들었다. 세게 집어던진 탓인지 휴대폰 전원은 꺼져 있었다.

그는 일단 해주의 행방을 알아보기 위해 전원부터 켰다. 잠시 후, 부재중 전화 알림메시지가 부지기수로 쏟아졌다. 대부분 영일에게서 온 것이었지만, 개중엔 성민과 심지어 동환에게까지 연락 온 것이 남겨져 있었다. 아무래도 해주를 찾아갈 것이라 예상한 영일이나 성민이, 동환에게 일부러 연락을 했을 거라 짐작이 됐다.

해주의 집으로 전화해 아주머니를 통해서 그녀의 행방을 알아볼 생각이었으나, 수혁은 집에 동환이 있을 경우를 대비해 그 방법은 접어뒀다. 차라리 해주한테 직접 전화를 걸고 싶었지만 마음의 결정을 내리는 것이 쉽지 않았다.

"다시는 보지 말자, 수혁아."

매몰차게 뱉어내던 해주의 한마디. 아직 그의 손끝엔 차갑게 자신을 밀쳐내던 그녀의 손길이 선명히 남아 있었다.

수혁은 그 말을 떠올릴 때마다, 가슴이 무너져 내리고, 심장이 바닥으로 처참히 곤두박질치는 것 같았다. 끔찍하고 절망스러웠다. 가지고 있는 전부를 다 잃은 것 같았다. 몸 전체에 구멍이 숭숭 뚫린 것처럼 허전하고, 허무하고, 암울했다.

그때의 기분이 채 사그라지지도 않은 상태에서 그녀를 어찌 대해야 할지 도저히 감이 잡히지 않았다. 그녀가 그리워 무작정 찾아왔지만, 두려웠다.

'끝까지 붙잡고 매달려도 받아 주지 않으면 어떻게 해야 하는 걸까.'

무릎이라도 꿇고 빌라면 얼마든지 빌 수 있는데,

'날 안 보면, 눈조차 마주치지 않으려 한다면, 그건 또 어떻게 견뎌야 하는 걸까.'

돌아볼 때까지 낮이고 밤이고 그녀 곁을 온종일 지키고 있어야 하나.

'같이 외국으로 갈 수만 있다면, 방해하는 이 하나 없는 곳으로 단둘이 떠날 수만 있다면, 무엇이든 할 수 있는데……'

목숨까지도 바칠 수 있다. 해주와 함께할 수만 있다면, 어떤 짓이라도 할 각오가 되어 있었다.

하지만 그리한다고 해도 해주가 더욱더 멀어질까 두려워 미칠 것만 같았다. 수혁은 어둡게 가라앉은 눈빛으로 휴대폰을 가만히 들여다봤다. 단축번호 1만 누르면 바로 해주에게로 연결되는데, 바보처럼 그러지 못하는 자신이 너무나도 한심하고 화가 났다.

퍽!

퍽!

퍽!

수혁은 신경질적으로 차 손잡이를 내려치고는, 턱까지 치밀어 오른 짙은 한숨을 길게 내뱉었다. 세게 내려친 탓에 손날 부근이 찢겼는지, 배어 나온 피가 손잡이 위로 뚝뚝 떨어졌다. 흘러내리는 핏방울을 멍하니 바라보던 수혁이 가라앉은 시선을 들어 올렸을 때였다.

그는 차 앞 유리 너머로 두 사람의 형체가 어렴풋이 보이는 것을 발견하곤 움직임을 멈췄다. 그는 일단 잠시 숨을 죽이고 그들을 살폈다. 정확히 누군지 파악이 되지 않던 그들이 가로등 아래를 지나가는 순간, 수혁은 단번에 알아볼 수 있었다.

해주와……

그리고 나머지 한 사람은,

"권률……."

수혁이 이를 아득 갈았다.

'저 인간만 없었더라면…….'

해주가 이렇게 자신을 쉽게 떠날 수 없었을지도 모른다. 돌아갈 곳이 있기에, 그리 무참히도 버릴 수 있었던 거겠지.

그를 향한 원망이 수혁의 두 눈 위로 깊게 서렸다.

두 사람은 걷는 내내 서로를 마주 보며 즐겁게 대화를 나누고 있었다. 어느 순간 집 근처에 도달한 두 사람 사이에 미묘한 시선들이 오가는 것이 보였다.

차 손잡이를 꽉 말아 쥔 수혁의 두 손이 분노로 바르르 떨렸다. 상처가 더욱 벌어졌는지, 그의 손에서 피가 흥건히 배어 나와 바닥까지 적시기 시작했다.

수혁의 두 눈은 그들에게서 조금도 벗어나지 않았다. 숨을 고르던 그는, 이내 참지 못하고 옆에 내려두었던 휴대폰을 다시 집어 들었다. 그러고는 망설임 없이 해주에게로 전화를 걸었다.

그녀는 당황한 표정으로 휴대폰 꺼내 드는가 싶더니, 누군지 확인하자마자 곧장 가방 속으로 다시 집어넣었다. 해주에게 건 전화는 얼마 못 가 그렇게 무참히 끊어졌다.

수혁은 아랫입술을 잘근 물어뜯었다. 얼마 지나지 않아, 두 사람은 손을 흔들어 보이며 마지막 인사를 나눴다. 해주가 뒤를 돌아 집으로 향했고, 률은 그녀가 들어갈 때까지 우두커니 선 채로 바라보고 있었다.

두 사람의 다정한 모습에, 심장이 쿵— 쿵— 밑으로 하염없이 추락한다.

인내심이 바닥까지 떨어진 수혁이 운전석 손잡이를 잡아채던

때였다.

갑작스레 률이 그녀에게로 다가가는 것이 보였다.

'뭐지…….'

그가 해주 바로 앞에 멈춰 섰다. 이후 률은 해주의 얼굴을 감싸는가 싶더니, 순식간에 그녀에게 입을 맞췄다.

수혁의 얼굴 위로 일순 어두운 그림자가 드리웠고, 두 눈 위로 시커먼 광기가 서렸다. 잘근잘근 씹어댄 탓에 짓뭉겨진 입술은 분노로 바들바들 떨리고 있었다.

'저놈만 없었더라면…….'

그의 시야로 률을 보며 어쩔 줄 몰라 하는 해주의 얼굴이 가득 들어왔다. 자신에겐 단 한 번도 비춰본 적 없던 모습. 수혁은 꺼뒀던 차의 시동을 켰다.

'저놈만 나타나지 않았다면…….'

해주가 얼굴을 붉히며 고개를 끄덕이자, 률이 와락 그녀를 끌어안았다. 수혁의 얼굴이 악귀처럼 와락 일그러졌다.

'어떻게 해야 할까.'

해주가 다시 제 곁으로 돌아오게 만드는 방법,

'죽여야 돼.'

그녀 곁에 자신 이외에는 누구도 존재할 수 없게,

'죽여야만 해.'

홀로 남겨진 그녀가 돌아올 곳은, 결국 자신밖에 없을 것이다.

'죽여!'

독이 퍼지듯 온몸으로 그를 향한 원망과 분노가 피를 타고 흐르는 것만 같았다. 수혁은 증오로 가득 찬 눈빛으로 륜을 노려보며, 있는 힘껏 액셀을 밟았다.

끼익—

소름 끼치는 소리가 주변을 울리며, 시커먼 세단이 맹렬한 속도로 륜을 향해 돌진했다.

륜과 다정히 얘기를 나누던 해주는, 맞은편으로 차가 달려오는 것을 발견하곤 경악했다. 찰나의 순간, 해주는 뒤를 돌아보려는 륜의 팔을 잡아당겨 그대로 옆으로 확 밀쳤다.

그대로 바닥으로 내팽개쳐진 륜은 홀로 도로 위에 남겨진 해주를 돌아보며 발악하듯 소리쳤다. 잠시 후 요란스럽게 브레이크를 잡는 소리와 함께, '쾅!!' 하고 둔탁한 무언가가 차량에 부딪치는 소음이 거리 위로 울려 퍼졌다.

제 10 장
작별

이렇게 떨리고 설레던 순간이 있었나 싶었다.

"이제라도 우리 정식으로 사귀자."

달콤하게 흘러나온 그의 말에, 뜨겁게 달아오른 심장은 금방 이라도 멎어 버리듯 길길이 날뛰었다. 어둑한 거리 위로 쏟아지는 가로등 불빛과 고요하게 흐르는 정적은, 세상에 두 사람만이 존재하는 것처럼 서로에게서 한시도 눈을 떼지 못하게 했다.

미소 짓고 있지만 긴장한 기색이 역력한 그에게, 해주는 온전히 집중했다. 초조함이 담긴 눈빛, 진중하면서도 확고한 진심이 담긴 그의 목소리, 절대 놓치지 않겠다는 의지를 보이듯 어깨를 꽉 부여잡은 그의 손길까지. 시간이 멈춘 듯했다.

'좋아해요.'

마음속 깊은 곳에 담아뒀던 말이었다. 이제는 진심을 전하고 싶었다. 더는 망설이고 싶지 않았다. 그의 한결같은 마음에 응답해주고, 그토록 바랐던 행복한 순간을 맞이하고 싶었다. 달싹거리는 입술이 화끈거리고 떨렸다. 처음으로 내뱉는 고백이 낯간지럽고, 부끄러웠다.

그래도 용기를 내야만 해.

그녀는 차마 마주 보지 못하고 피했던 그에게로 시선을 맞췄다. 대답을 기다리는 그의 두 눈 위로 뜨거운 열기가 어렸다. 해주의 두 뺨에 핀 홍조 빛은 더욱 짙게 물들어 갔다. 콩닥거리는 심장이 금방이라도 가슴을 뚫고 튀어나올 것만 같았다. 그녀는 긴장감에 말라 버린 입술 새로 숨을 깊게 들이 내쉬었다.

'저도 교수님 좋아해요.'

머릿속으로 수없이 되뇌며 연습했던 말이었다. 입 안 가득 머금고 있던 그 진심을 률에게 전하려 하던 순간이었다. 갑자기 그의 어깨너머로 헤드라이트가 번쩍이며, 맹렬한 속도로 차량 한 대가 돌진해 오는 것이 보였다.

'뭐지?'

단숨에 거리를 좁혀오는 차량에 의구심을 가지던 그녀는, 한순간 말문이 턱, 막히고 말았다. 어디선가 본 적이 있는 차량이었고, 불빛에 의해 정확히 보이지 않았지만 운전석엔 익숙한 실루엣의 누군가가 앉아 있었다.

그녀는 직감적으로 알 수 있었다.

'지수혁……!'

그를 인지한 순간 끔찍한 기운이 온몸을 잠식해 왔다. 소름이 돋았고, 머릿속은 하얗게 질려갔다. 오직 한 가지 생각만이 그녀를 지배했다.

'교수님이 위험해.'

본능처럼 그녀의 몸이 움직이더니, 륜의 팔을 휘어잡기가 무섭게 그를 옆으로 확 밀쳐 냈다. 모든 것은 찰나에 이루어졌다.

끼이익—

도로 위를 긁어 대는 날카로운 굉음이 적막을 깨며 울려 퍼졌다.

쾅—!

고막을 죄여오는 둔탁한 소리가 어두운 거리에 번졌다. 해주는 무슨 일이 일어났는지 인지조차 하지 못하였다. 그녀의 몸이 힘없이 공중으로 떠올랐다. 두 눈 가득 검은 하늘이 들어찼다.

"해주야!!"

그때, 먹먹한 목소리가 뱉어 내는 제 이름이 들려왔다.

'교수님……'

입을 열어 그를 부르고 싶은데 입술만 달싹여질 뿐, 소리는 나지 않는다. 온 힘을 다해 눈꺼풀을 밀어 올렸지만, 불투명한 막이 두 눈에 싸인 듯 주변이 희뿌옇게 보였다.

'환각인 걸까……'

누군가 정신없이 몸을 들어 올리는 것이 느껴졌다. 몸이 축 늘어졌다. 지독한 아픔이 해일처럼 온몸을 부딪쳐왔다. 널브러진 손에 힘이 들어가질 않는다. 세상이 느릿하게 움직인다.

"정신…… 해주야! 해주…… 제발……!"

드문드문 률의 간절한 목소리가 들렸다.

"하아……하아……."

바람 빠진 풍선처럼 힘겹게 이어지던 숨이 점차 희미해졌다. 이대로 죽는 건가. 참으로 우습고, 절망스럽다. 겨우, 이제야 겨우 행복이라는 걸 느낄 수 있었는데 허무하다. 가슴이 갈기갈기 찢겨져 나간다. 온몸이 사지가 찢겨 나가듯 고통스럽다.

몸도 마음도 짓이겨져 의욕조차 잃게 한다. 시끄러운 주변 소음도 점차 멀어지더니 이제는 고요해진다. 희미하게나마 들렸던 률의 목소리도 꿈결처럼 사라져 버렸다.

끝이다.

간신히 버티고 떴던 두 눈이 마음의 문처럼 무겁게 닫혔다. 새하얀 불빛들이 깜빡거리듯 눈앞을 어지럽게 돌더니, 이내 망연히 어둠 속으로 점차 묻혀 갔다.

*　　　*　　　*

소용돌이처럼 휘몰아치는 어둡고 습한 공간 속에서 그를 보았다. 그는 몸을 웅크리고 앉아, 가늘게 떨리는 무릎 위로 얼굴을 묻고 있었다. 그 모습이 너무나도 가련하고 안타까워, 그녀는 자신도 모르게 작은 손을 내밀어 그의 머리카락을 부드럽게 쓰다듬어 주었다.

　잠시 후 한참을 홀로 흐느끼던 그가 천천히 고개를 들어 보였다. 붉게 충혈된 그의 두 눈 가득 눈물을 머금고 있었지만, 새파랗게 질린 입술은 더 이상 흐느끼는 소리를 내지 않았다.

　그는 그리 울음을 삼켜내고, 서슬 퍼런 기를 드리운 눈빛을 번뜩이며 그녀를 노려보았다. 그녀는 주춤거리더니, 머리카락을 쓰다듬던 슬며시 거두었다. 하지만 그 순간, 그가 손을 뻗어 그녀의 손목을 꽉 부여잡았다.

　　"넌…… 내가 보여?"

　의미심장한 그의 말에 그녀는 뭐에 홀린 듯 멍한 얼굴로 고개를 끄덕였다.

　　"응, 보여…… ."
　　"내 얼굴이 보여?"
　　"응. 왜…… 울었어?"

　그녀가 맺힌 눈물을 훔쳐내 주려 그가 붙잡은 손을 그의 눈가로 가져갔다. 뜨거운 눈물이 그녀의 손가락 끝에 닿자, 노려보던 그의 차가운 눈빛이 이내 누그러졌다.

두 사람의 시선이 마주하고 서로의 눈동자를 가만히 들여다 봤다. 슬프다. 그녀는 느꼈다. 그의 눈빛이 너무도 시리고 아파. 손가락 끝에 맺힌 뜨거운 눈물과 대조적이다.

"난…… 없어."

느릿하게 그의 입술이 움직였다.

"아무도 없어, 이제."

그가 조용히 중얼거렸다.

"눈이 멀어 내 얼굴을 봐주지 못해도,"
"……."
"나와 눈을 마주하고 얘기하지 못해도,"
"……."
"그래도 곁에 꼭 붙어 있어 주던 누나조차 이제 내 곁에 없어."

그녀가 물었다.

"……혼자야?"

그가 슬프게 대답한다.

"응, 이제 혼자야."

"……."

"무서워."

"……."

"모두들 날 없는 사람 취급해."

"……."

"춥고, 외롭고, 무서워."

"……."

"또 이렇게 버림받는 걸까."

"……."

"또 이렇게 홀로 남겨지는 걸까."

쉼 없이 속살거리듯 말하던 그가 살며시 그녀의 손을 놔주었다. 그에게 붙잡혔던 그녀의 손이 힘없이 아래로 뚝 떨어졌다. 그는 다시 처음 모습 그대로 무릎에 얼굴을 묻었다. 모든 것을 잃은 것에 이루 말할 수 없는 좌절감을 떠 앉은 것처럼 보였다.

희망은 없고 황량한 사막 위에 홀로 남겨진 듯한 기분. 알아…… 나도 그걸 알아. 그가 했던 모든 말이 그녀에게로 다시 내던져진다. 똑같아. 나도. 너와 같아. 그녀가 쪼그려 앉은 뒤, 웅크린 그를 바라봤다.

"혼자야…… 나도."

그가 천천히 고개를 들었다. 절망을 머금은 그의 눈이 그녀를
마주했다.

"……네겐 부모님이 있잖아."

그가 말하자, 그녀가 고개를 내저었다.

"그래도 혼자야."

"……."

"난 항상 혼자였어. 어두컴컴하고 답답한 이곳에서 홀로 남겨져 버티
고 또 버텼어. 누군가 돌아봐 주길. 누군가 날 위로해 주길. 누군가 내
말을 들어 주길."

그녀가 슬프게 웃어 보였다.

"네가 나한테 그렇게 해 줄래?"

"……."

"너도…… 혼자잖아."

서로에게 빛이 되어 주자. 그러면 버틸 수 있을 거야.

"그러면 넌 내게 뭘 해 줄 건데……?"

흐릿하게 갈 곳 없이 흔들리던 그의 까만 눈동자가 또렷이 그녀를 응시했다. 그가 원하는 것. 그녀는 두 손을 내밀어 그의 얼굴을 부드럽게 감싸 줬었다. 그는 그녀를 보았고, 그녀는 그를 보았다.

"난 이렇게 너만 볼게."
"……"
"네 얼굴을 봐주고, 너와 눈을 마주하고 얘기할게."
"……"
"네 누나조차도 못 해주던 걸, 내가 해 줄게."
"……"
"너만을 위해."

끝없이 이어진 말이 그에게로 향했다. 시체처럼 차갑게 식어 있던 두 뺨 위로 그녀의 따뜻한 기운이 스미자, 지독히도 드리웠던 슬픔이 점차 거두어졌다.

너는 오롯이 나를 응시한다. 주변 그 누구도 아닌 나 자신만을 위한다. 서로를 향한 마음의 연결 고리를 굳건히 채워본다.

처음이지만 평생일 이 마음의 끝은 결국 서로를 향하다 끝이 나겠지. 둘 사이에 흐르고 흐를 끝없는 뫼비우스와 같은 마음일 것이라 확신한다.

"영원히……?"

영원해야만 한다. 이 믿음이, 이 마음이, 무너져 버리면 더는 걷잡을 수 없다. 더한 슬픔을 견딜 자신은 없다. 돌이킬 수 없기에, 그녀에게 되묻는다. 그녀는 옅은 미소를 띠더니, 두 눈을 마주하고 작게 고개를 끄덕인다. 그녀의 눈빛이 말을 한다. 네가 되묻는 그 말의 의미를 알아. 나도 너와 같아. 또다시 마음속에서 되새기곤, 단호히 말한다.

"영원히."

확언한다. 홀로 남겨진 내게 단 한 사람, 어둠을 비춰 줄 사람은 하나면 충분하다. 너와 나는 영원할 거야. 변하지 않을 테지.

"날 믿어."

올곧은 그녀의 시선이 그의 눈동자를 꿰뚫듯 또렷이 쏘아져 온다.

'난 달라, 불안해할 거 없어.'

그녀의 눈빛이 모든 걸 말하고, 설득해 왔다. 거대한 장막을 치고 있던 굳은 마음이 움찔 움직였다. 어느새 습기가 지워지고 건조하게 메마른 눈이 그녀를 직시했다.

어차피 더는 기댈 곳도 없어. 절벽의 끝에서 끈질기게도 버텨 온 절박한 심정을 마지막으로 맡겨본다. 그녀의 진심을 받아본다.

"믿어……."

"……."

"너만은 믿어볼게."

우린 서로가 혼자였으니까. 유일하게 서로의 아픔을 나누고 공유할 수 있는 존재니까.

"네 말을 믿고, 내 마음을 온전히 네게만 줄게."

누나 이외엔 그 누구에게도 주지 않았던 마음 네게 맡겨본다. 죽음은 뒤로 미룬다. 마지막으로 실낱같은 희망을 붙잡아본다. 그리고 다짐한다. 온전히 그녀만을 위하리라. 그걸 받아들인 그녀가 미소 지었다.

"걱정 마."

슬픔의 기색은 어느새 지워졌다. 대신 진심 어린 그의 말에 울컥한 마음을 대신한 눈물만이 그녀 두 뺨 위로 흘러내렸다.

"항상 네 곁에 있어 줄게."

이젠 우리는 혼자가 아니다 둘이다. 차갑고 딱딱한 벽이 아닌 서로에게로 기댈 수 있어.

"그래."

그가 그녀의 마음에 응답했다. 그는 손을 내밀어 그녀의 눈물을 닦아내 주었다. 그러고는 제 얼굴을 감싸 쥔 그녀의 손을 천천히 떼어 냈다. 떨리는 그녀의 손을 달래듯, 그가 두 손으로 부드럽게 움켜쥐었다.

"내 옆에 있어."

"……."

"너만 내 곁을 떠나지 않는다면,"

"……."

"난 네 것이야."

"......"

"너만 날 버리지 않는다면."

"......"

"내가 먼저 널 떠나는 일 따윈 없을 거야."

"......"

"맹세해."

너를 향한 굳은 맹세. 그녀가 화답한다.

"맹세해, 나도."

서로를 위해 존재하는 것처럼 살아갈 것을 다짐한다.

"난 널 절대 떠나지 않을 거야."

*   *   *

눈을 떴다.

여전히 꿈을 꾸는 듯 몽롱해, 지금이 현실인지 좀 전까지 꿨던 꿈이 현실인지 감이 잡히지 않았다. 하얀 천장이 눈에 들어오기 전까지만 하더라도, 어둠의 소용돌이 속에 갇힌 채로였다.

최악까지 치달은 관계의 시작.

그것을 되새긴 심장은 더는 그를 갈망하지 않았다. 그걸 깨달은 뒤의 현실은 참으로 생소했다. 길고 긴 감정의 터널 안에 머문 채로 적막감에 젖어 살았던 여파가 아직도 생생히 가슴을 할퀴어왔다.

하얀 도화지와 같은 천장 위로 그녀는 희미한 초점을 맞추었다. 그곳에 그려본다. 그와 나눴던 그 모든 말과 감정을 속속히 되새겨보았다.

나는 너를 보았고, 너도 나를 보았다. 그것을 무너뜨린 건······.

'나.'

내가 잘못되었던 거구나. 그런데 왜 이런 것들을 따져보게 된 거지.

답답함이 밀려들었다. 주변 공기가 증발이라도 된 것처럼 숨이 쉬이 쉬어지질 않았다.

입을 벌리고 숨을 깊게 들이 마셔본다. 콧속으로 시원한 바람과 같은 공기가 깊게 들이켜진다. 한숨과 같은 숨을 몰아 내쉬곤, 눈을 굴려 주변을 둘러보았다.

심장 소리처럼 일정한 소리를 내며 울리는 의료기기들과 꿈속에서처럼 그녀의 한 손을 움켜쥐고 있는 누군가······.

'교수님······?'

률은 그녀의 오른손을 꽉 붙잡고선 잠들어 있었다.

"맹세해."

수혁의 얼굴이 뇌리에 박혔다. 저리도 절박하게 붙잡고 얘기했었지. 그날의 넌, 나의 유일한 안식처였고, 나를 지탱해주던 유일한 힘이었다.

'하지만 이제는 아니야.'

너는 나와 내 사람에게 위해를 가했고, 너라는 존재는 나에게 해악이었다. 그리 변질되었어. 죄책감처럼 남아 있던 마음 때문에 차마 놓지 못할 뻔했지만 차 속에 있는 그를 본 순간, 그 티끌 같던 마음마저 사그리 사라져 버렸다.

이제 그녀의 손을 꽉 붙잡고 곁을 지켜 주는 건, 수혁이 아닌 률이다. 그 확신이 그를 향한 마음을 강하게 다진다.

해주는 말없이 률을 바라봤다. 부드럽게 흘러내린 머리카락이 그녀의 손등을 간질였다. 해주는 그가 잡고 있는 손에 힘을 주어보았다.

그때, 률이 서서히 감은 눈을 떴다. 그는 움찔대는 그녀의 손을 보곤 곧장 고개를 들고 옆을 돌아봤다.

"해주야."

정신이 든 걸 확인한 률이 벌떡 자리에서 일어나 그녀의 머리맡으로 다가갔다.

"정신이 좀 들어?"

그가 그녀의 이마를 짚자, 해주가 대답 대신 두 눈을 끔뻑였다. 률은 안도의 한숨을 내쉬곤, 다급히 말했다.

"잠깐만, 의사 선생님 불러올게."

"……얼……마나 이러고 있었던 거예요?"

해주는 힘겹게 호흡기를 떼어 내고, 뒤돌아가려는 그를 붙잡은 뒤 물었다. 목이 바짝 말라 버려 쉬어버린 목소리가 흘러나왔다. 률은 나가려던 몸을 다시 해주에게로 돌렸다.

"삼일 정도."

"삼일……."

중얼거리는 그녀 곁으로 률이 다가섰다. 그는 안타까운 표정으로 해주의 한쪽 뺨을 부드럽게 쓸었다.

"정말…… 혹시라도 못 깨어나는 건 아닌지 정말 걱정했어."

생기 없이 파리해진 얼굴을 보니, 그날의 기억이 다시금 떠올라 가슴을 후벼 팠다. 자신을 대신해 몸을 내던졌던 그녀의 모습. 회상한 것만으로도 지옥으로 내던져진 것처럼 절망스러웠다. 숨통이 꽉꽉 막혀 온다.

"미안하다."

그녀의 뺨을 쓰다듬는 그의 손끝이 떨렸다.

"미안해, 괜히 나 때문에 네가…… 다쳤어."

그녀가 눈을 뜨지 않는 내내 자책하고 또 자책했다.

그때, 자신이 집으로 들어가려는 그녀를 붙잡지 않았더라면…… 고백하지 않았더라면…….

도돌이표처럼 스스로를 다그쳤다, 모든 것은 제 탓이다.

"교수님이…… 왜요."

해주가 그를 위로하듯 옅게 미소를 머금었다.

"교수님은 잘못 없어요."

"……."

"그저 사고일 뿐이에요."

그녀가 제 뺨을 쓰다듬는 륜의 손을 맞잡았다.

"교수님이 괜찮으셔서 정말 다행이에요."

"해주야……."

"저도 괜찮아요. 그러니까 제발 그런 표정 짓지 말아요."

온 세상의 죄를 홀로 짊어진 것 같은 얼굴. 보고 싶지 않았다.

"삼일 만에 눈 떴는데, 기왕이면 웃는 얼굴로 맞아주시면 좋잖
아요."

장난 섞인 그녀의 말에 륜이 한숨을 내쉬며 말했다.

"울지 않은 걸 다행으로 여겨."

"우시려고 했어요?"

"그래, 방금도……."

울컥하는 걸 겨우 억눌렀다. 간절히도 바랐는데…… 그녀가
눈 뜨기만을, 그가 바랐던 대로 눈을 뜬 걸 봤을 땐 심장이 멎을
것만 같았다.

"좀 더 있다 눈 뜰 걸 그랬나 봐요."

"뭐?"

"그럼 교수님이 절 위해 우는 모습을 볼 수 있었을 거 아니에

요."

"······놀리냐?"

륜의 볼멘소리에 해주가 피식 웃음을 터트렸다. 그녀의 모습에, 륜은 그제야 안도의 한숨을 지었다. 지옥의 불구덩이 속에서 허우적대다, 겨우 빠져나온 것처럼 온몸에 힘이 쪽 빠졌다.

"물 좀 마실래?"

륜은 그녀의 이불을 정성스럽게 가다듬어주며 물었다. 해주는 고개를 끄덕였고, 륜은 슬쩍 협탁 위 텅 비어진 물통을 확인하며 말했다.

"물 떠오면서 의사선생님도 모시고 올게. 잠깐만 있어."

"네, 그럴게요."

"아, 그리고 네 부모님께도 연락드릴게."

해주의 얼굴이 그의 말에 순간 굳어졌다.

"바쁘실 텐데, 됐어요."

"네 어머니, 너 이렇게 됐다는 거 알자마자 이튿날 한국으로 들어오셨어."

"······."

"지금은 잠깐 일 때문에 자리 비우신 거야. 네 아버지도."

"······."

"아주머니께서는 너한테 필요한 짐 가지러 집으로 가셨다."

"······네."

륜의 말을 심드렁하게 듣던 해주가 이내 힘없이 대꾸하고 입을 닫았다. 률의 해명에도 불구하고 충분히 눈치채고 있었다. 의식이 없는 그녀의 곁에 있어야 할 부모가 없는 이 상황. 너무나도 익숙하다.

한국으로 입국했다는 어머니도 아마 다른 일 때문에 온 것일 테지. 절대 자신 때문에 일부러 입국할 사람이 아니었다. 이것을 인정할 수밖에 없는 자신이 참으로 처량하게 느껴졌다.

"교수님, 물마시고 싶어요."

기껏 좋았던 분위기가 가라앉는 걸 원치 않았다. 해주는 애써 표정관리하며 그를 밖으로 내보내려 했다. 부모에 대한 서운함과 원망. 그로 인해 흐트러진 감정을 그새 정리할 셈이었다.

해주는 그를 향해 괜찮다는 듯 입꼬리를 살짝 추켜올려보였다. 률이 알겠다고 말하곤, 그녀의 머리를 다정히 쓰다듬어 주었다.

"그래, 그럼 잠깐 쉬고 있어. 금방 갔다 올게."

"네."

해주의 대답을 끝으로 률은 물병을 들고 방을 나섰다. 일단 간호사에게 해주 상태를 말해주려 률은 간호사실로 발길을 옮겼다. 그러던 중, 몇 몇 사람들 사이로 어떤 남자가 우두커니 선 채로 그를 응시하고 있는 것이 보였다.

'설마…….'

률은 두 눈을 부릅떴다. 그날, 세상이 내려앉은 기분을 맛보게 해 준 그날, 수혁은 홀연히 사라져 버렸었다. 한동안 코빼기도 보이지 않던 그가 멀쩡한 얼굴로 병원 복도에 서 있는 것이 망막에 아프도록 박혔다.

"지수혁······!"

률이 씹어뱉듯이 이름을 불렀다. 차로 해주를 잔인하게 치고 선, 피해자인양 넋 나간 얼굴로 운전석에서 내리던 그의 모습. 률은 손에 든 물병을 바닥에 내동댕이쳐 놓곤 한달음에 수혁에게로 향했다.

'분명 여기 있었는데······.'

엘리베이터 앞 기둥 옆에 있는 그를 똑똑히 봤지만, 아무리 주위를 둘러봐도 수혁의 모습은 보이지 않았다. 눈 깜짝할 새에 사라져 버려서 환영을 본 것인가 의심이 들 정도였다.

률은 땀으로 흥건히 젖은 손으로 앞머리를 쓸어 올리고, 망연자실한 표정을 지었다. 놓친 건가. 그날의 일에 대해 어떻게든 앙갚음을 하고 싶었는데, 또 이렇듯 수혁을 허무하게 놓치고 말았다.

병실에 자신을 대신해 누워 있는 해주의 모습이 눈앞에 어른거리며, 말로 다 할 수 없는 분노가 들끓었다. 그는 어금니가 으스러질 정도로 이를 악다물었다. 북적대는 사람들 사이에서 유난히도 또렷이 시야에 박혔던 그가 이제는 안개처럼 허무히 사라져 버리고 말았다.

답답하고 아쉬운 마음에 다시 한 번 주변을 샅샅이 돌아보았지만, 강렬히 못이 박히듯 두 눈에 들어온 존재는 흔적조차 보이지 않았다. 률은 1층으로 향하는 비상구 계단까지 둘러보곤, 마지막으로 휴대폰을 꺼내 들었다. 사고가 난 이후로 줄곧 꺼져 있던 수혁의 휴대폰은 여전히 켜지지 않은 상태였다.

자동응답기능으로 넘어간다는 기계적인 음성만이 도돌이표처럼 돌아오자, 그의 얼굴위로 짜증이 드러났다. 교수 임용 문제부터 이번 사고까지. 매번 무기력하게 당하고 이렇듯 힘없이 놓치고 마는 무능한 제 자신이 참을 수 없을 만큼 한심스럽고 치욕스러웠다.

"오빠."

신경질적으로 휴대폰을 종료버튼을 누르고 있는데, 률의 어깨를 누군가가 툭툭 치며 살갑게 말을 붙여왔다. 목소리만으로 누군지 가늠한 률이 심각하게 굳은 얼굴 그대로 뒤를 돌아보았다.

리아였다. 그리고 그녀 옆엔 뾰로통해 보이는 제이가 서 있었다. 그들은 어딘가 평상시와 다른 분위기를 풍기는 률을 보며, 동시에 의아한 표정을 지어 보였다.

"여기서 뭐 해?"

률은 100m 달리기를 전력 질주한 사람처럼 땀을 흘리며 간간이 거친 숨을 내뱉고 있었다. 리아는 고개를 갸웃 기울이며 왜 그런 꼴을 하고서 이곳에 서 있느냐는 듯 눈빛으로 물어 왔다.

그녀의 의구심을 읽어낸 률은 일단 흐트러진 호흡을 정리하고, 이마에서부터 목덜미까지 흘러내린 땀을 손으로 훔쳐냈다.

그러고는 별일 아니라는 듯 태연한 어투로 물었다.

"언제 왔어?"

"언제 오긴, 방금 엘리베이터에서 내렸는데 못 봤어?"

"아아, 그랬나……."

"왜 귀신이라도 본 사람처럼 얼빠진 얼굴을 하고선 병원을 돌아다니고 있는 건데?"

제이는 률을 수상한 눈길로 훑어보며 빈정대는 말을 내뱉었다. 리아가 하루 종일 보채는 통에 어쩔 수 없이 목줄 채운 개처럼 끌려 해주가 입원한 병원에 온 터였다. 이 자체만으로 별로 내키지 않았는데, 설상가상 기둥서방처럼 어김없이 병원에 있는 률을 보니, 참고 있던 울화통이 혹하니 치밀어 올랐다.

'바보 머저리도 아니고.'

리아는 그냥 단순히 해주가 률과 데이트를 하는 도중 예기치 않은 사고를 당한 줄 알고 있지만, 그는 정확한 사건경위를 알고 있었다. 우연히 경찰과 률이 통화하던 내용을 듣게 된 것이다.

률을 향해 돌진한 차량을 해주가 대신 몸으로 막아섰다. 여기까지 들었을 땐 누구보다 해주에게 고마웠다. 어쨌든 형을 구해주고 그녀가 대신 해를 입은 것이니. 하지만 이런 사고를 일으킨 장본인이 지수혁이라는 것을 안 순간부터는 그런 마음은 일순 산화되듯 전부 사라져 버렸다.

모든 것은 결국 두 사람의 애정 다툼이었고, 그 사이에 병신같이 률이 끼어 있는 것이다. 해주의 마음 같은 건 중요하지 않았다. 적어도 그가 보기엔 해주는 수혁과 률 사이를 저울질하는 어장관리녀, 그 이상 그 이하로도 보이지 않았다.

학교 다니는 내내 수혁과 붙어 다니는 그녀를 보았고, 학교 내에선 그들은 제법 유명한 커플로 알려져 있기도 했다. 그걸 두 사람이 모를 리 없을 테고, 결국 부정도 하지 않은 채 지금껏 그 소문들을 어깨에 얹고 온 것이다.

즐긴 건지, 아니면 굳이 해명할 필요성을 느끼지 못한 건지 알 수 없었지만, 그것 역시 상관없었다. 어쨌든 질투로 인해 사람까지 죽이려 한 수혁, 그리고 그런 그를 내내 곁에 둔 해주. 비정상적인 두 사람 사이에 더는 률이 끼어 있지 않았으면 하는 것이 그의 바람이었다.

"하루를 일 년처럼 바쁘게 사시던 분이 요즘 따라 여유가 넘쳐. 논문 준비는?"

제이는 심통이 난 마음에 그의 아킬레스건을 망설이는 기색도 없이 쑤셔댔다. 끝까지 자신에겐 학교 측으로부터 해임을 당한 것을 숨긴 것에 대한 서운한 감정 반, 괘씸하게 여기는 옹졸한 마음 반이 섞여 만들어 낸 결과였다. 역시나 률의 표정은 어두워졌고, 분위기는 급속도로 냉각되었다.

"연애하더니, 아주 나사 하나가 빠진 것 같단 말이지."

기어코 한마디 더 덧붙인 제이에게로 화살처럼 냉정한 대꾸가 날아들었다.

"네가 상관할 바 아니라고 했을 텐데."

률이 삐딱하게 고개를 기울였다.

"권제이, 너야말로 요새 왜 그래? 대체 뭐가 불만인 건데?"

률이 나직이 묻고는 얼굴을 굳혔다. 률의 불편한 심정이 고스란히 눈빛에 드러났다. 뾰족하게 날이 선 기세들이 서로를 향했다. 중간에 낀 리아가 뒤늦게 심상치 않게 변질된 분위기를 눈치채고, 만류하듯 제이의 앞을 막아섰다.

"그래, 너 왜 갑자기 오빠한테 시비야?"

리아가 그를 질책하며 표정을 구겼다. 평소답지 않게 과민하게 구는 제이가 도무지 이해되지 않았다. 장난스럽게 실실거리며 헛소리를 해 댄 적은 다반사였지만, 다른 사람도 아니고 률에게 이처럼 공격적인 모습을 보인 것은 굉장히 드문 일이었다.

"둘 다 왜 그래. 여기 병원이야. 우린 지금 병문안 온 거고."

리아가 적당히 하라는 듯 두 사람을 질타하는 눈길로 흘겨봤다. 률은 그녀의 말에 수그린 반면, 제이는 여전히 불만투성이인 얼굴을 하고 있었다.

"권제이, 적당히 하고 표정 풀어라."

"이 정도면 나도 굉장히 많이 참고 있는 거야."

"네가 뭘 참고 있는데?"

어이없다는 듯 리아가 되묻자, 제이가 입을 꾹 다물고 률을 가만히 들여다봤다. 률은 또다시 쏘아져 오는 그의 시선에 한숨을 쉬었다. 저 자식 요즘 정말 왜 저래?

"나한테 불만 있으면 그냥 얘기해."

제이가 한마디 하려다 리아의 싸늘한 시선을 느끼곤 고개를 저었다.

"아니, 됐어."

"그래, 됐으면 됐어. 두 사람 간의 갈등은 나중에 술 한 잔 하며 풀고……."

리아가 재빨리 그들의 대화를 끊어내고 률을 돌아봤다.

"해주는 좀 어때? 아직도 의식 없어?"

그녀는 해주가 입원한 뒤로 매일 병원을 들렀지만, 좀처럼 눈을 뜨지 못해 걱정이 극도로 쌓여 있는 상태였다. 오늘만큼은 제발 의식이 돌아왔기를 간절히 바라며 왔는데, 률이 갑작스레 화들짝 놀란 얼굴을 하고선 리아의 어깨를 붙잡았다.

"해주, 의식 돌아왔어."

리아가 기다려온 소식에 반색했다.

"뭐? 정말?"

"응, 일단 간호사한테 얘기해서 의사 선생님 불러올 테니 넌 빨리 병실로 들어가 봐."

률은 리아에게 당부의 말을 건넨 뒤 헐레벌떡 간호사실로 향했다. 리아는 어쩐지 얼이 나간 듯 보이는 그를 묘한 눈빛으로 바라봤다. 요 며칠 해주 병간호로 잠을 못 잔 탓인지 모르겠지만, 제이 말대로 나사 하나가 빠진 듯 위태로워 보이기는 했다.

"……괜찮은 거야? 저 인간."

리아는 병실로 향하며 중얼거리듯 말했다. 그걸 옆에서 들은 제이가 심통 이 난 말투로 말을 내뱉었다.

"제정신은 아니지."

딱!

"악!"

제이가 짧은 비명을 내지르며 뒤통수를 움켜잡았다. 리아는 그의 머리를 있는 힘껏 후려친 손을 털어 내며 인상을 잔뜩 찌푸렸다.

"어떻게 네 머리는 갈수록 더 단단해지는 것 같냐?"

제이는 그녀에게 한마디 쏘아붙이려다, 이내 됐다는 듯 한숨을 푹 내쉬었다. 그리고 본래의 천연덕스러운 말투로 말을 꺼냈다.

"이 몸은 머리조차 반짝반짝 빛이 나는 다이아몬드로 이루어져 있기 때문이지."

뻔뻔한 그의 말에 리아가 고개를 절레절레 흔들었다.

"제정신은 네가 아닌 거 같다."

제이가 입술을 삐쭉대며 어깨를 으쓱해 보였다. 그 사이 병실 앞에 도착한 리아는, 마지막으로 으름장을 놓듯 두 눈을 부릅뜨고선 제이에게 주의를 줬다.

"무슨 이유로 네가 오빠한테 못되게 구는지 모르겠지만, 적당히 하는 게 좋을 거야. 철없이 구는 걸 봐주는 데도 한계라는 게 있어."

"네네."

"그리고 아무 일 없었다는 듯 햇살처럼 눈부신 미소로 해주를 맞이하길 바란다. 두 눈이 튀어나올 정도로 뒤통수를 가격당하고 싶지 않다면."

제이는 뒤통수를 만지작거리며, 대답 대신 이번에도 어깨를 으쓱해 보였다. 진정성이 느껴지지 않는 그의 태도에 부글부글 화가 끓어올랐지만, 해주를 생각해 그녀는 애써 마음을 진정시켰다.

"나중에 두고 보자. 권제이."

리아는 도끼눈으로 제이를 흘겨보곤, 조심스럽게 문을 열고 병실 안으로 들어섰다.

짝—!
짝—!
짝—!

매서운 소리가 주변 공기를 얼려버릴 듯 차갑게 울렸다. 모든 의욕을 잃은 듯한 얼굴을 한 수혁은, 차에 오르자마자 지금껏 성민에게 무차별적으로 뺨을 얻어맞고 있었다. 목이 꺾일 정도로 숨 쉴 틈 없이 맞은 수혁의 뺨은 눈에 띄게 붉거져 올랐지만, 성민은 손놀림을 멈추지 않았다.

쥐죽은 듯 백미러를 통해 상황을 지켜보던 영일이, 더는 안 되겠다 싶었는지 성민을 만류했다. 그제야 그가 겨우 움직임을 멈췄다.

"후우⋯⋯."

성민은 턱까지 차오른 분노를 뜨거운 숨에 담아 뿜어냈다. 수혁을 보자마자 폭발했던 감정이 어느정도 소모되고 나니, 아주 조금은 호흡이 트인 것 같았다. 성민은 자세를 바로 하고 흐트러진 머리를 깔끔히 정돈하며 수혁을 응시했다. 맞는 내내 신음 한 번을 흘리지 않고 독하게 버텨내는 그가 징그러울 지경이었다. 성민은 떨떠름한 표정으로 그를 훑어보고는, 영일을 향해 손을 내밀었다.

"물티슈."

더러운 것에 닿기라도 한 듯, 그는 가차 없이 수혁의 뺨을 갈겼던 손을 물티슈로 닦아 냈다. 수혁은 그것을 지켜보면서도 별다른 반응을 보이지 않았다. 더러운 벌레 취급을 당했지만, 이젠 아무래도 상관없다.

이젠 뭐든 중요치 않아져 버렸다.

그저 다른 세상에 존재하는 기분이다.

"정신 나간 새끼."

성민은 무기력하게 앉아 있는 그를 죽일 듯이 노려보며 이를 갈았다.

"경찰서에 처박혀 있어야 할 놈을 기껏 집에 데려다 놨더니, 그새를 못 참고 멋대로 돌아다녀? 다른 곳도 아니고 네가 차로 들이박은 애를 보러 병원엘 찾아가? 왜? 저번처럼 기자들한테 사진이라도 찍혀야 직성이 풀릴 참이었던 것이냐? 속죄하는 범

죄자 흉내라도 낼 참이었냐는 말이다! 개자식, 이런 식으로 끝까지 내 얼굴에 먹칠을 하겠다 이거지."

이제는 분이 풀렸나 싶었는데, 성민은 지치지도 않고 비난의 화살을 그에게 쏟아 냈다. 점잖은 얼굴을 하고서 국민들 앞에서 구원자 노릇을 하던 그가, 고작 자신 때문에 길길이 날뛰는 꼴이 참으로 우습다.

넋 나간 얼굴로 앉아 있던 수혁이 고개를 천천히 들어 올렸다. 능글맞게 웃어대던 그의 얼굴 위로 본래의 악귀 같은 표정이 드러나자 왠지 역겹게 느껴졌다. 저런 인간이 나의 아버지. 지금 이 순간 내 곁에 앉아 있는 유일한 사람.

"뭘 잘했다고 그런 눈으로 쳐다보는 것이냐? 끝까지 네놈이 잘했다 이것이냐?"

몰아붙이는 그의 말에도 한마디 대꾸도 하지 않던 수혁이, 잠시 후, 잔뜩 터지고 갈라져 선혈이 배어난 입술 사이로 쉬어빠진 목소리를 냈다.

"후회……."

"……."

"되십니까?"

그의 반문에 성민이 눈을 가늘게 떴다.

"뭐?"

"날 당신 곁으로 데리고 온 걸 후회 하냔 말입니다."

건조하게 흘러나온 그의 목소리에 성민이 코웃음으로 받아쳤다.

"이제 와 그딴 걸 묻는 저의가 뭐지?"

"……."

"어떤 대답을 원하고서 묻는 건지 모르겠지만, 지금 이 상황에서 네게 해 줄 수 있는 대답은 하나다."

그가 영일에게 손을 내밀었다. 그러자 영일은 기다렸다는 듯 이번엔 제 품 안에서 비행기 티켓과 여권을 꺼내어 성민에게 전했다.

"오늘 저녁 8시, 미국 샌프란시스코 행 티켓이다."

"……."

"가서 쥐 죽은 듯이 지내 거라. 내가 널 한국으로 불러들일 때까진, 이곳에 돌아올 생각은 일체 하지도 말고."

"……."

"대답해라, 지수혁."

강압적인 그의 말이 수혁을 옭아매 왔다. 수혁은 잠시 말없이 성민을 응시했다. 대답을 재촉하는 그의 두 눈이 사납게 찢어져 있었다.

처음 어떻게 해서든 자신을 집으로 들이려 곰살궂게 굴던 눈빛과 표정은 거짓말처럼 그의 얼굴에서 지워 없어져 버렸다. 그와의 관계가 명확히 느껴진다. 수혁이 닫고 있던 입술을 열고 나지막하게 말문을 열었다.

"……불러들이는 날이……."

"……."

"그런 날이 오긴 하는 겁니까?"

성민은 대답하지 않았다. 그의 노골적인 반응에 수혁이 실소를 뱉어 냈다. 예상은 했지만, 확인하고 나니 알 수 없는 허무함이 밀려든다.

"버려졌군요."

또다시,

"처음엔 깊고 깊은 산 속에 가둬 버리더니……."

"……."

"이젠 머나먼 나라로 날 보내려 안간힘을 쓰시네요."

입가엔 깨끗한 미소가 번지는데, 눈은 뜨겁게 달아올랐다. 뚫려버린 가슴 사이로 눈보라가 휘몰아쳤다.

"네가 자초한 일이다."

"……."

"지금 누굴 탓하는 것이냐!"

모든 책임을 전가시키는 말이 수혁을 무겁게 짓눌러왔다. 그래, 모든 것이 내가 자초한 일이다. 해주에게 버려진 것도, 아버지에게도 버려진 것도. 이리도 모두에게 철저히 버려진 건 내가 스스로 자초한 일이다. 그러니 돌이킬 수도 없다. 사형선고처럼 내려진 결말이 견딜 수 없을 만큼 참담하게 부딪쳐 온다. 너무나도 참담해서, 비참해서, 오히려 아무렇지 않다.

"알겠습니다."

수혁이 무덤덤하게 대답했다. 성민은 순순히 원하는 답을 내어 놓는 그를 가만히 바라보다 이내 시선을 거뒀다. 어차피 그가 어떤 대답을 하든 상관은 없었다. 이미 모든 게 결정된 사항이었다.

거부하거나, 지금의 결정을 번복한다 하더라도, 그땐 억지로라도 한국 땅을 떠나보내면 될 일이다. 오히려 그의 결정이 번잡스럽게 처리하지 않아도 돼서 잘 된 일이었다.

"뒤에 차 대기시켜 놨다. 비행기 탈 시간이 얼마 남지 않았으니, 집으로 가 간단한 짐만 챙겨라. 나머지 짐은 나중에 다른 사람을 시켜 보내 줄 테니."

"……."

"다시 한 번 말하지만, 쥐 죽은 듯이 지내 거라."

성민이 지갑에서 미리 준비해 둔 카드를 꺼내 그에게 건넸다.

"생활비를 따로 보내 주겠지만, 이것 역시 흥청망청 써도 좋다. 법에 저촉되는 짓만 하지 않는다면, 그곳에서 네가 원하는 걸 하면서 마음껏 살아도 좋다는 뜻이다."

그가 수혁의 무릎 위로 카드를 툭 내던지곤, 의자에 몸을 기댔다.

"내게 하는 마지막 배려다. 잘 받아 챙기고 그만 가 봐."

성민은 이후 두 눈을 감았다. 차 안으로 익숙한 적막이 내려앉았다. 수혁은 그에게서 시선을 떼고, 천천히 카드를 집어 들었다.

마지막 배려.

그 말이 참으로 비수처럼 심장에 꽂힌다. 자신을 향한 그의 포기가 고스란히 느껴진다. 수혁은 카드를 꽉 손에 쥐고, 차에서 내렸다. 곧이어 영일도 그를 따라 차에서 내렸다. 뒤로 미리 준비해 둔 동일한 모델의 검은색 차량이 보였다.

"이따 공항으론 제가 모셔다드리겠습니다."

영일이 그를 보며 말했다. 그러나 수혁은 영일을 돌아보지도 않고 그대로 뒤의 차량에 몸을 실었다. 잠시 후, 운전석에 앉은 남자가 출발하겠다는 말과 함께 차를 출발시켰다.

수혁은 고요히 가라앉은 눈빛으로 창가를 내다보다 조용히 창문을 내렸다. 거센 돌풍이 일 듯, 후덥지근한 바람이 차 안으로 내달려들어왔다. 수혁은 손에 쥔 카드를 만지작거리더니, 곧 미련 없이 창밖으로 내버렸다. 먹이를 발견한 피라니아처럼 습한 바람이 카드를 한순간 집어삼켜 휘날렸다.

수혁은 정면에 시선을 둔 채 손을 거두고, 창문을 닫았다. 귓속을 먹먹하게 울려대던 바람결이 사라지자, 차 안이 다시 평온해졌다. 그 평온함이 믿을 수 없을 만큼 지독한 외로움을 만들어 냈다.

"차…… 돌리세요."

잠자코 앉아 있던 수혁이 운전석에 앉아 있는 남자에게 나지막하게 말을 건넸다. 남자는 백미러로 수혁을 흘끗 보더니, 단호한 목소리로 대답했다.

"집으로 모시라고 하셨습니다."

"공항으로 곧장 가란 말입니다."

예상치 못한 그의 말에 남자가 의아한 표정을 지었다.

"짐은······."

"필요 없습니다."

"하지만······."

"필요한 물건은 현지에서 직접 산다고 전하세요."

"네?"

"차 돌리려면 최 보좌관님께 확인 전화 드려야 할 거 아닙니까? 그렇게 전하라고요."

남자는 잠시 쭈뼛대더니 알겠다는 말과 함께 영일에게로 전화를 걸었다. 그는 수혁의 눈치를 살피며 영일에게 어찌해야 할지 물었다. 이후 그에게서 답변을 받은 남자는 백미러로 수혁을 보며 정중히 말했다.

"공항으로 모시겠습니다."

그는 능숙하게 차선을 변경했다. 공항으로 향하는 창밖을 말없이 바라보던 수혁이, 낮은 목소리로 운전하는 남자에게 말을 건넸다.

"휴대폰 좀 빌려주시죠."

"네?"

"집에 두고 와서요."

"아, 네. 여기 있습니다."

남자는 옆에 내려놓은 휴대폰을 수혁에게 건넸다. 그걸 받아

들은 수혁은 미리 외워둔 전화번호를 차례로 입력하기 시작했다. 그러고는 한참 고민 끝에 누군가에게로 전화를 걸었다.

영일은 병원 앞에 차를 멈춰 세우고, 백미러 너머를 흘끗 뒷좌석을 보았다. 그곳엔 수혁이 두 눈을 감고 의자에 몸을 기대고 앉아 있었다. 영일은 피곤한 표정으로 한숨을 내쉬곤, 목 뒤를 손으로 주물렀다. 불과 몇 분 전, 그가 했던 말들이 귓전에 뱅글뱅글 돌았다.

"공항으로 직접 데려다주신다고 하셨죠? 지금 그 약속 지켜 주세요."

공항으로 곧장 가겠다는 연락을 받은 뒤, 개인적으로 사용하는 휴대폰이 이어 울렸었다. 눈에 익은 번호이기에 확인해 보니, 조금 전 걸려온 부하 직원의 번호였다. 부하 직원은 이 번호를 알 리 없으니, 그전에 혹시나 싶어 번호를 알려 준 수혁임을 알 수 있었다.

영일은 성민의 눈을 피해 조심스럽게 전화를 받았고, 받자마자 수화기 너머로 예상대로 수혁의 목소리가 들렸다. 그리고 수혁은 그가 직접 공항에 데려다주겠다고 한 것에 대한 책임을 지라는 식으로 말을 하곤 전화를 끊었다.

'들어주지 말았어야 했나.'

그때, 그냥 무시하고 말았으면 될 일이었다. 수혁이 안타까운 마음에 마지막 배웅 정도는 본인이 직접 해주고 싶어서 그렇게 말한 거였지만, 굳이 이미 떠난 차로 갈 필요까진 없었다.

하지만 전화를 끊은 뒤, 성민에게 뺨을 맞으면서도 신음 한 번 흘리지 않고 담담히 견뎌내던 수혁의 모습이 자꾸만 눈앞에 어른거려 냉정히 외면할 수 없었다.

결국 영일은 허락을 받기 위해 성민에게 사실대로 얘기를 전했다. 예상과 달리 그는 순순히 다녀오라며 영일을 보냈다. 그후 그는 성민의 차량 운전을 다른 이에게 인계하고 수혁에게로 곧장 왔다.

'그때까지만 하더라도 이런 꿍꿍이가 있을 줄은 생각도 못 했지.'

홀로 외국을 떠나는 것이 마음이 좋지 않았을 거라 예상했다. 강한 척 굴지만, 언제 한국으로 돌아올지 모르는 이 상황이 막연히 두렵고 외로웠을 거라 생각하고 자신을 불렀을 거라, 그리 생각했다.

그런데 차에 올라타자마자 수혁은 부하 직원을 내보내더니 그에게 다짜고짜 부탁을 해 왔다.

"떠나기 전 해주 얼굴 한 번만 더 보고 갈 수 있게 해주십시오.
최 보좌관님께 드리는 처음이자 마지막 부탁입니다."

군이 자신을 공항까지 대동하려 이유가 따로 있었던 것이다. 영일은 당연히 딱 잘라 거절했다. 그곳에 갔다가 성민에게 그 꼴을 당하고서 얼마 지나지도 않았다. 그의 요청을 용납할 수 있을 리 없었다.

하지만 영일은 수혁의 간절한 눈빛에 결국 넘어갔고, 운전대를 병원으로 돌리고 말았다. 아무리 인간 같지도 않은 인간들을 상대해 온 자신이지만, 세상 모든 것을 잃은 듯 허망한 눈으로 부탁해 오는 그를 냉담히 밀쳐낼 정도로 모질지는 못했다.

더구나 그동안 수혁을 지켜봐 온 사람으로서, 누구보다 잘 알고 있었다. 수혁이 얼마나 해주를 소중히 여기고 사랑하고 있는지. 그런 사람을 다치게 만들었으니, 멀리 떠나는 입장에서 그의 마음은 조금도 편치 않으리라.

처음이자 마지막 부탁. 성민에게 질타를 받게 되더라도, 영일은 수혁에게 주는 마지막 선물이라는 생각으로 그를 병원까지 태워다 주었다.

"도착했습니다."

영일이 뒷목을 주무르던 손을 거두고, 수혁을 돌아보며 나직이 말했다. 그의 음성에 수혁이 감고 있던 눈을 서서히 떴다. 그는 창밖으로 보이는 병원건물을 잠시 동안 바라보더니 조용히 문을 열어젖혔다.

"금방 오셔야 됩니다."

영일의 당부에 수혁은 문밖을 나서기 전 슬쩍 그를 돌아봤다.

그러고는 그를 향해 천천히 묵례를 했다.

"감사합니다."

그는 감사의 인사를 전하고는 그대로 문밖을 나섰다.

탁—

문이 닫히고, 이후 영일은 묘한 표정으로 긴 한숨을 내쉬었다.

"감사합니다."

수혁의 말을 상기한 그가 짧은 헛웃음을 뱉어 냈다.

"감사합니다라……."

저 고집불통이 저리 정중히 고맙다는 말을 다 할 줄 알고, 나름의 성과는 있었다고 해야 하나. 영일은 조수석 창문 너머로 보이는 수혁의 뒷모습을 물끄러미 쳐다봤다. 인파들 사이로 걸어가는 그의 모습이 어딘가 처량해 보였다. 그를 볼 때면 괜스레기분이 울적해진다.

'불쌍한 사람.'

영일은 혀끝을 차곤 고개를 절레절레 흔들었다. 수혁이 자초한 일들이지만, 모든 것을 홀로 견뎌야만 하는 그가 참으로 안타깝다. 안타깝지만 어쩔 수 없이 본분을 다해야 하는 입장에서 그를 향한 감정을 이쯤에서 정리해야 한다.

값싼 동정은 여기까지. 영일은 수혁에게서 시선을 거뒀다. 그러고는 곧바로 차를 주차장 쪽으로 이동시켰다.

병실 앞에 멈춰 선 수혁은 문고리를 가만히 내려다봤다. 아주머니에게 확인해 본 바로는 문병객들은 전부 돌아가고, 현재는 해주 혼자 병실 안에 있다고 했다. 그리고 무엇보다도 해주가 의식을 찾은 상태라고 했다.

수혁은 그것에 안도하며, 아주머니에게도 잠시 자리를 비켜달라고 했다.

해주와 단둘이 있고 싶었다. 마지막일지도 모를 그녀와의 시간, 지금 헤어지면 언제 다시 볼 수 있을지도 모른다. 해주는 원치 않겠지만, 이대로 그녀를 보지 못하고 한국 땅을 뜰 수는 없었다.

무엇보다도 속죄하고 싶었다. 어떤 변명도 하고 싶지 않았다. 그녀를 다치게 한 나 자신에 대한 자책과 후회 그리고 진심, 그 모든 걸 담아 그녀에게 속죄하고 싶었다.

그래야만 뒤돌아설 수 있을 것 같았다. 그녀를 등지고, 미련을 조금이나마 거두고, 미국으로 갈 수 있을 거 같았다.

그리고…… 마지막 기대감을 조금은 걸어보고 싶었다.

구차하고 양심 없는 걸 알지만, 도저히 지워지지 않는 이 무언가를 해소시키고 싶었다. 수혁은 숨을 가다듬고, 문고리를 잡아 조심스럽게 문을 열었다.

새하얀 벽지 그 아래로 침대에 고이 누워 있는 해주의 모습이 보였다. 그녀는 창백하게 마른 모습으로 여전히 의식이 없는 것처럼 두 눈을 감고 있었다. 수혁은 해주에게로 한 발 한 발 천천히 내디뎌 다가섰다.

그녀 얼굴 위로 그늘이 지자, 속눈썹이 반사적으로 살짝 떨리는 것이 보였다. 수혁의 검은 동공이 살짝 흔들렸다. 일부러 잠든 척 눈을 감고 있는 건가. 자신이 찾아올 것을 미리 예상한 듯 보였다.

아마도 아주머니가 어색하게 병실을 비운 것을 보고, 대충 눈치를 챈 것이겠지. 그리고 널 찾아온 날 무시하고 싶었을 것이다.

수혁은 그녀를 지그시 응시하며 침대 앞에 놓인 의자에 앉았다.

"나 왔어."

수혁이 우울한 얼굴을 하고선 그녀에게 그윽이 말을 걸었다. 하지만 돌아오는 대답은 없었다. 여전히 그녀는 의식이 없는 환자의 모습이었다.

수혁은 이불 밖으로 나와 있는 그녀의 오른손을 내려다봤다. 핏기조차 없이 가늘고 긴 손가락은 움찔하는 기색도 없었다. 수혁은 차가워 보이는 그녀의 손을 잡아주려다, 이내 그러지 못하고 제 손을 거뒀다.

두렵다.

자신의 체온이 그녀에게 닿자마자, 매몰차게 밀쳐질까. 수혁은 거둔 손을 꽉 말아 쥐었다. 그의 시선이 다시 해주의 얼굴로 향했다. 얼굴 위로 그림자가 드리운 듯 어두워 보였다.

"미안해."

수혁은 떨리듯 달싹대는 입술을 잠시 깨물었다. 그리고 잠시 후 다시 입을 열었다.

"내가 잘못했어."

어떠한 변명도 통하지 않는다는 걸 너무나도 잘 알고 있다. 하지만 말하고 싶었어. 네게 잘못을 빌고 싶었어.

"내가 정말 잘못했어."

수천 번을 빌고 또 빌어도 이 죄는 씻겨 내려가지 않을 걸 안다. 하지만

해야만 한다. 네게 이 진심을 전해야만 해.

"널 이렇게 다치게 할 줄은 몰랐어."

상상조차 못할 끔찍한 순간이었다. 그 순간을 생각하는 것만 으로도 심장이 멎어 버릴 것 같다.

"미안해. 정말……."

용서해 달라는 말은 차마 내뱉진 못한다. 하마터면 널 내 손 으로 죽일 뻔했으니. 이건 평생 내가 짊어지고 가야할 죄겠지. 이렇게 얼굴을 보고 미안하다는 말을 하는 것조차 염치가 없다 는 걸 알면서도, 이기적이게도 찾아왔다.

"뭐라고 말 좀 해 봐. 해주야."

단 한마디라도 족하다. 욕을 퍼부어도 좋아. 네 목소리가 듣 고 싶어.

"해주야……."

하지만 적막만이 흐를 뿐, 끝내 그녀는 입을 열지 않았다. 속

눈썹이 떨리고, 이제는 하얗게 질린 손가락마저 움찔대지만, 그녀는 수혁에게 조금의 반응도 보이지 않았다.

그때, 마치 환청처럼 그녀의 목소리가 들렸다.

'제발 내 눈앞에서 사라져 줘.'

수혁은 참지 못하고 허벅지를 꽉 움켜쥐었다. 손톱이 살갗을 찌르는 아릿한 고통이 느껴진다. 동시에 가슴이 무너져 내렸다. 더 이상 무너질 것도 없을 줄 알았던 가슴이 무참히도 땅바닥까지 처박히고 만다.

수혁은 고개를 푹 숙인 채로 천천히 몸을 일으켰다. 주변 공기가 소멸된 것처럼 쉬이 호흡이 되질 않는다. 그는 한 손으로 제 얼굴을 쓸어내리며 두 눈을 질끈 감았다가 떴다.

그토록 보고 싶었던 해주가 눈앞에 있는데, 아무것도 할 수가 없었다. 죄를 빌어도, 간절히 불러도, 그녀는 봐 주질 않았다.

비참하다.

어느 정도 예상하고 마음을 먹고 왔지만, 아무 소용이 없었다. 끝이 눈앞에 성큼 다가온 걸 알면서도 애써 모른 척해 왔는데…… 이젠 받아들여야 한다. 감당이 안 되는 슬픔이 물밀 듯이 밀려와 심장을 집어삼켰다.

"나…… 오늘 미국 가."

텅 비어 버린 공허한 눈빛이 바닥을 향하고, 힘없는 말들이 입 밖으로 내어졌다.

"언제 돌아올지는…… 몰라."

널 보는 마지막이야. 애절한 마음을 담아 외쳐본다.

"영영 돌아오지 못할지도 모르겠어."

다시는 못 볼지도 몰라.

그러니까, 지금이라도 붙잡아 줘.

"많이…… 보고 싶을 거야."

끝내 목소리가 떨린다. 흔들리는 모습조차 보이고 싶지 않았는데, 무덤덤하게 진심을 전하고 싶었는데, 그러질 못하는 것마저 속상하다. 수혁은 고개를 천천히 들었다.

먼저 이불을 꽉 그러쥔 해주의 손이 보였고, 이윽고 경련이 인 듯 떨리는 입술과 질끈 감은 두 눈이 보였다.

"해주야……."

마지막으로 불러봤다. 제발 한 번만 날 봐줘. 하지만 그녀는 끝까지 그를 봐주지 않았다. 마음의 문을 완전히 꽉 닫아버린 듯, 견고한 벽을 쌓아 둔 듯, 더 이상 접근할 수조차 없게 한다.

그의 입에서 허탈한 한숨이 흘러나왔다.

그래, 아마 넌 이대로 내가 널 포기하고 물러서 주길 바라는 걸 테지.

수혁은 차오르는 슬픔을 힘껏 억누르고 애써 아무렇지 않은 얼굴을 유지했다. 그러고는 천천히 손을 들어 올려 그녀의 뺨을 감싸 쥐었다.

"건강히…… 잘 지내."

따뜻한 그녀의 온기가 손에 전해져 온다. 다행히 손길을 거부하진 않았다. 다만 대답 없는 네가 내게 마지막을 통보해 왔다. 그래서 난 네게 부질없는 마지막 고백을 한다.

"사랑했어, 널."

진심을 담은 고백을 하고, 그는 그녀의 이마에 입맞춤을 했다. 애절함을 담은 그의 두 눈은 촉촉하게 젖어 있었다.

마지막 작별 인사였다.

이것만큼은 절대 잊지 않아 줬으면 하는 마지막 바람. 그래서 그 바람만큼은 그녀가 받아들여 줬으면 했다. 아니, 받아 줄 것이라 믿었다.

하지만 돌아온 건 그런 그의 마음을 매몰차게 외면하듯 등지고 돌아서는 해주의 뒷모습과 차디찬 한마디였다.

"가."

짧은 침묵 뒤로, 그녀가 잔인한 말을 덧붙였다.

"그리고……."

"……."

"혹시 돌아오게 되더라도 절대로 내 눈앞엔 나타나지 마."

이내 그녀의 목소리가 더욱 단호해졌다.

"너한테서 날…… 지워."

"……."

"평생 만난 적 없었던 사람처럼, 철저히 네 머릿속에서 날 지워 버려."

"……."

"나도, 그랬으니까."

날카로운 비수가 숨 쉴 틈 없이 쏟아져 내렸다. 그녀의 말이 줄곧 조용히 듣던 수혁의 얼굴 위로 절망의 빛이 서렸다. 악몽을 꾸는 듯 도무지 현실로 받아들여지지가 않는다.

그는 초점을 잃어버린 눈으로 주춤 한 발자국 뒤로 물러섰다. 철저히 버림당한 지금 이 순간이 너무나도 견디기 힘들었다. 온 몸의 혈관 속 피가 싹 메말라 버리는 기분이다.

병실에 들어오기 전, 걸었던 마지막 기대가 결국 한순간 먼지가 되어 사라져 버렸다. 새파랗게 질린 입술이 달싹이다 이내 닫혀버리고 만다. 어찌해야 할지 몰라 말문이 막히고 백지장처럼 머릿속이 하얗게 질려버렸다.

수혁은 쥐어짜듯 그녀의 어깨 쪽으로 손을 뻗어보았다. 도저히 믿기지 않아 얼굴을 보고 확인을 할 생각이었다. 그러나 그의 손은 그녀의 어깨에 채 닿지도 못한 채로 곧장 거두어졌다.

'못 하겠어⋯⋯.'

자신이 없다. 그녀가 조금 전 쏟아낸 말들을 또다시 듣게 될지도 모를 두려움이 온몸을 덮쳐 왔다. 심장이 터져 버릴 것 같았다. 귓속으로 거칠게 심장소리가 휘몰아쳐 들려온다. 이대로 심장마비로 죽는 건 아닐까 싶은 생각마저 들었다.

그는 왼쪽 가슴을 움켜쥐고는, 숨을 깊게 들이마셨다 내쉬었다. 여전히 진정되질 않는다.

일단은⋯⋯ 일단은 이곳을 나가야만 한다.

그가 들이마실 공기조차 이곳엔 존재하지 않는 듯하다. 모든 것이 소멸되어 버린 듯한 이곳은 지옥…… 그래, 끔찍한 지옥이다.

"……갈게."

수혁은 무의미한 말을 내뱉고 뒤돌아섰다. 넋이 나간 얼굴로 한발 한발 문 쪽으로 걸어갔다. 이제 이 문을 나서면 해주를 다시 볼 수 없겠지. 하지만 결국 열고 나가야 한다. 수혁은 힘껏 입술을 꽉 깨물고는 문을 열고 나섰다. 그러고는 천천히 문을 닫고 힘없이 몸을 기댔다.

눈앞으로 사람들이 복도를 오가는 것이 보였다. 이제야 지옥을 벗어나 현실로 돌아온 거 같았다. 하지만 악몽에서 깨어난 지금, 그의 곁에 남아 있는 사람은 아무도 없다. 뚫려버린 가슴을 그 무엇으로도 채울 수 없음에 미칠 것 같은 고독감과 상실감이 밀려들었다.

어떻게든 참고 억누르려 했는데…… 뜨거운 감정이 턱 끝까지 차오르는가 싶더니, 결국 댐이 무너지듯 두 뺨 위로 눈물이 주르륵 흘러내렸다. 도저히 감당할 수 없을 거 같은 깊은 슬픔이 온몸으로 부딪쳐 왔다. 수혁은 한 손으로 입을 틀어막고, 울음을 삼켜내려 애를 썼다.

이제 어떻게 해야 하는 거지. 해주가 없는 삶은 생각해 본 적 없는데……

언젠간 돌아올 거라, 받아 줄 거라는 희망조차 싹 사라져 버린 지금은 너무나도 막연하고 캄캄하다. 미래가 보이질 않는다. 이제 어떻게 살아가야 할까.

"수혁 군."

멀리서 영일의 목소리가 들렸다. 수혁은 의욕을 잃은 텅 빈 눈빛으로 그를 돌아봤다. 성큼 그에게로 다가선 영일은 하염없이 눈물을 흘리고 있는 그를 보자마자 제자리에 멈춰 섰다.

차에서 기다리다 늦어져 걱정되는 마음에 와본 참이었다. 그런데 생각지 못한 모습으로 서 있는 수혁을 보니 당황할 수밖에 없었다.

"괜찮……으신 겁니까?"

영일의 물음에 수혁은 아무 말도 하지 않았다. 그저 그 모습 그대로 수혁은 영일을 지나쳐 앞으로 걸어 나갔다. 위태롭게 비틀거리며 걸어가는 수혁의 뒤를 쫓으려던 영일은 문득 고개를 돌려 해주의 병실 문을 쳐다봤다.

잠시 후, 고요하던 병실 안으로 슬프게 흐느끼는 울음소리가 울려 퍼지기 시작했다.

*　　　*　　　*

3달 후.

"역시, 내 눈은 정확했어. 너무 예쁘다, 해주야!"

리아는 해주의 머리부터 발끝까지 골몰히 훑어보고는 만족스러운 미소를 한가득 머금었다. 축제 당일, 오늘 열릴 패션쇼를 위해 심혈을 기울여 만든 옷은, 정말이지 해주에게 너무나도 잘 어울렸다.

산뜻한 느낌의 피치 색을 기본으로, 글로시한 꽃 장식 포인트를 준 미니드레스는, 청초하면서도 수수한 분위기의 해주의 매력을 한껏 살려 주고 있었다. 평소 그녀가 추구하던 디자인보다 다소 화려함이 더해진 것에 대해 내심 걱정했는데, 해주가 그 걱정을 단숨에 날릴 정도로 훌륭히 옷을 소화해내고 있었다.

"어디 불편한 곳은 없어?"

리아가 옷을 살펴보며 묻자, 해주가 고개를 저었다.

"없어. 없는데……."

"없는데?"

"나 너무 떨려…… 잘할 수 있을까?"

해주가 불안한 표정으로 가늘게 떨리는 두 손을 맞잡았다. 리아가 하루를 멀다하고 부탁을 해오는 바람에 어쩔 수 없이 모델 일을 승낙하긴 했지만, 막상 무대 위를 오르려 하니 심장이 거세게 날뛰었다.

정말 괜찮을까? 물어 오는 그녀의 눈빛에 리아는 해주의 양어깨를 붙잡고 싱긋 웃어 보였다.

"아까 리허설 때처럼만 하면 돼. 걱정할 거 하나도 없어."

"너무 어색하지 않았어?"

"전~혀! 생각했던 것보다 훨씬 잘해서 오히려 놀랐는데?"

"거짓말."

"거짓말 아냐, 제이도 너 리허설 하는 거 보고 칭찬하던걸. 제법이라고."

제이가?

해주는 의외라는 듯 리아를 쳐다봤다. 없는 사람 취급을 하며 사사건건 자신을 무시하기 일쑤인 제이가 그런 말을 했다니.

그런 해주의 마음을 읽어내기라도 한 듯, 리아는 피식 웃음을 지었다.

"다행이야."

"……응?"

"너와 그 녀석 사이가 좋지 않은 걸, 처음으로 감사하게 생각하고 있어."

리아는 뒤편에서 한참 모델들을 점검 중인 제이를 흘끗 보고는 고개를 절레절레 흔들었다.

"아니었다면, 제이 저 능구렁이 같은 놈이 널 진즉 자기 모델로 꾀어 가고도 남았을 테니까 말이야."

해주는 그럴 리 없다며 당황한 얼굴로 손사래를 쳤지만, 리아는 누구보다도 잘 알고 있었다. 제이는 일에 있어서 누구보다도 집요하고 독선적이었다. 아무리 제가 먼저 해주를 모델로 찜해 뒀더라도, 냉큼 가로채 가고도 남았을 것이다.

리아는 하마터면 닥칠 뻔한 그 순간이 오지 않은 것을 감사히 여기며, 해주의 헤어와 메이크업을 마지막까지 꼼꼼히 챙겨보았다.

"이제 곧 쇼가 시작될 거야."

해주가 잔뜩 긴장한 표정으로 고개를 끄덕였다.

"잘해 볼게."

결의마저 느껴지는 그녀의 한마디에 리아가 만족스러운 미소를 띠었다.

"자신감을 가져. 내가 보기엔 너, 모델 일에 꽤 소질 있어 보여."

해주가 리아의 말에 못 말리겠다는 듯 작게 웃었다.

"칭찬이 너무 과해서, 오히려 부담스러울 정도야."

"에? 그래? 난 너한테 진로를 이쪽으로 바꿔보는 건 어떨까, 정말 진지하게 제안까지 해 보려고 했는데?"

리아가 해주를 앞에 세워 둔 채로 뒤로 몇 발자국 뒤로 물러섰다. 그러고는 손으로 사각프레임 모양을 만든 뒤 그 사이로 해주를 보며 중얼거리듯 말했다.

"확실히 사진을 찍는 쪽보단, 사진을 찍히는 쪽이 훨씬 잘 어울린다 말이지."

"동감하는 바야."

한참 사각프레임 너머로 해주를 살펴보던 리아가 갑작스럽게 들린 목소리에 옆을 돌아봤다.

수많은 사람들이 쇼 준비로 정신없이 오가는 틈 사이로, 률이 웬만한 모델들보다 눈에 띄는 자태를 뽐내며 우두커니 서 있었다.

"뭐야? 못 온다고 하지 않았어?"

의아해하며 묻는 리아에게 률은 대답 대신 어깨를 으쓱여 보였다. 그의 의미심장한 반응에 뭔가를 눈치챈 리아는 실소를 금치 못했다.

이러한 행사에 매번 초대를 해도, 률은 항상 갖가지 핑계를 대며 퇴짜를 놓곤 했다. 그러던 그가 이렇게 연락도 없이 나타나다니. 이유라면 알 만했다.

세상에 단 하나뿐인 사랑스러운 여자 친구 때문이겠지.

리아는 어느새 자신은 아웃 오브 안중에 두고 해주에게서 시선을 떼지 못하는 률을 보며 혀끝을 찼다.

'그러면 그렇지.'

해주 일에 있어서만큼은 팔불출같이 구는 인간이, 이렇게 좋은 구경을 놓칠 리가 없었다. 그런 리아의 생각에 화답이라도 하듯, 어느새 률은 해주에게로 유유히 다가가고 있었다.

마치 미술품을 감상하듯 찬찬히 위아래로 살펴보는 률의 얼굴엔 잠시도 흐뭇한 미소가 떠나질 않았다. 반면 해주는 갑작스러운 률의 등장을 맑은 눈을 둥그렇게 떴다.

"교수님께서 여긴 어떻게……?"

"내가 올 줄 전혀 몰랐던 눈치네."

장난스럽게 웃으며 대꾸하는 그의 모습에, 해주는 작게 고개를 끄덕였다.

그도 그럴 것이, 복직도 마다하고 대신 포토그래퍼 일을 다시 시작한 륜은, 전보다 훨씬 더 바쁜 생활을 해오고 있었다. 전부터 잡지사 일을 통해 제법 유명세를 떨친 탓에 일거리가 넘치는 데다, 더불어 영어와 불어, 스페인어까지 능통해 통역사 일까지 도맡게 되었다.

그러다 보니 서로의 얼굴을 보는 건, 고작 이 주일에 한 번 정도였다. 오늘 역시 당연히 못 올 거라 기대를 접고 있었는데, 이렇듯 갑자기 연락도 없이 나타나다니.

"오늘…… 일 있으신 거 아니었어요?"

"있지."

"네? 그럼 일은 어떻게 하고 오신 거예요?"

"어떻게 하긴, 지금 하러 왔는데."

륜이 곰살맞게 웃으며 어깨에 멘 카메라를 비춰 보이자, 리아가 뭔가를 예감한 듯 잔뜩 인상을 찌푸렸다.

"설마…… 내가 상상한 그런 낯간지러운 소리를 하려고 온 건 아니지?"

"그게 뭔데?"

해주가 영문을 모르겠다는 듯 되묻자, 리아가 정색한 얼굴로 륜을 빤히 쳐다봤다.

"직접 들어, 난 도저히 내 입으로 말 못 해."

"……도대체 뭐길래?"

"오늘 하루는 내가 너만의 포토그래퍼가 되어 줄게."

"꺅!"

갑작스럽게 누군가 뒤에서 나타나서는 귓가에 대고 속삭이는 바람에 해주는 소스라치게 놀라며 몸을 웅크렸다. 하지만 되레 그녀를 놀라게 만든 범인은, 뻔뻔하게 제 귀를 새끼손가락으로 후벼 파며 볼멘소리를 냈다.

"귀청 떨어지는 줄 알았네."

"야! 권제이, 너 뭐야! 해주 놀랐잖아."

리아가 질책의 눈빛으로 노려보자 제이가 웬 호들갑이냐는 듯 심드렁하게 대꾸했다.

"네가 네 입으로 말 못하겠다고 해서, 내가 대신 말해 준 것뿐인데?"

"뭐?"

"네가 낯간지러워서 차마 말 못하겠다며, 그래서 내가 우리 형님의 생각을 대신 전해 준 거지."

제이가 놀란 해주를 다독이고 있는 률을 돌아보며 이죽거렸다.

"원래 이런 류의 멘트는 내 전문이었는데, 이젠 우리 형님께서 나보다 월등한 실력을 뽐내시는 것 같아. 이래서 핏줄은 못 숨긴다고 하나 봐."

"난 아직 한마디도 안 꺼냈다."

률의 지적에도 제이는 능글맞게 말을 덧붙였다.

"이젠 넉살도 제법 부릴 줄 아시고, 이래서 사람은 연애를 해야 한다니까."

"넌 요샌 좀 잠잠하다 싶더니 왜 또 오빠한테 시비질이야?"

제이는 금방이라도 귀를 잡아 뜯어 버릴 기세로 달려드는 리아를 여유롭게 피하며, 얄궂게 혀를 내밀어 보였다.

"요즘 살찐 것 같더니, 몸놀림이 많이 둔해졌다?"

리아가 얼굴이 일순 야차가 돼선 포효하듯 그에게 소리쳤다.

"야!"

륜은 서로를 향해 날카로운 이빨을 드러내는 그들을 철저히 무시하며, 손목시계를 들여다봤다.

"이제 곧 쇼 시작할 시간이네?"

제이와 리아 덕분에 잠시 무대 위에 오르는 걸 잊고 있었던 해주는, 다시금 덮쳐 오는 긴장감에 마른 입술을 혀로 적시며 대답했다.

"네, 시간이 벌써 그렇게 됐네요."

겨우 진정시켜놨던 심장이 다시 뜀박질하기 시작했다. 륜까지 온 이상, 누구보다도 멋있게 무대 위에 서고 싶었다. 그로 인한 부담감이 좀 더 강해졌지만, 그녀는 애써 입꼬리를 말아 올렸다.

그걸 가만히 지켜보던 륜이 해주에게로 서서히 다가섰다. 금세 그녀의 코앞까지 당도한 그는 두 팔을 뻗어 그녀를 대뜸 끌어 안았다. 해주는 갑작스레 제 몸을 휘감는 따뜻한 온기에 두 눈을 동그랗게 뜨곤 경직된 자세로 륜을 돌아봤다.

그는 주변 시선은 아랑곳하지 않은 채 달래듯 다정히 그녀의 등을 토닥여 줬다.

"걱정 마, 잘할 수 있어."

"교수님……."

"교수님이 아니고, 오빠."

륜이 고개를 옆으로 틀어 멀뚱히 쳐다보는 그녀에게로 다시 한 번 힘 줘 말했다.

"이제 오빠라고 불러줄 때도 되지 않았나?"

해주는 투정 섞인 그의 반문에 피식 웃음을 터트렸다. 사귀기로 한 날 이후부터 줄곧 오빠라는 호칭으로 불리길 간곡히 바라던 그였다. 이제는 교수님도 아닌 데다 남자 친구이기도 하니, 오빠라 부르는 게 훨씬 자연스럽다는 걸 누구보다 잘 알고 있었지만, 이상하게도 입에 붙질 않았다.

처음 만난 순간부터 교수님이라고 불러서 버릇처럼 그리 습관이 붙은 것 같았다.

"그렇게 듣고 싶어요?"

한껏 기대하는 그의 눈빛에 자신도 모르게 장난이 흘러나왔다. 다른 사람 앞에선 함부로 웃어 보이지도 않는 까칠한 그가, 그녀 앞에선 무방비한 모습을 곧잘 보이곤 했다. 그것이 묘한 쾌감을 불러일으키며, 어느새 주변은 차단되고 그들만의 세계로 빠져들게 만들었다.

서로를 향한 눈빛 속에 무수히 많은 감정들이 넘실대며 오갔다.

"이러다 네가 오빠라고 부른 날을 기념일로 정해야 할지도 모르겠어."

률의 귀여운 푸념에 해주가 터져 나오려는 웃음을 참아 내며 말했다.

"교수님까지 오빠라고 불리는 것에 이렇게 집착할 줄 몰랐어요."

"나 말고 또 누가 너한테 오빠라고 부르라고 했는데?"

"교수님, 동생분이요."

"뭐?"

"저보다 생일 5달 빠르다고, 오빠라고 부르래요."

저런 미친. 제이를 향한 욕이 금방이라도 튀어나올 뻔한 걸 가까스로 참아 내며 률은 단호한 목소리로 말했다.

"나 말곤 그 누구도 오빠라고 부르지 마."

"네? 그럼 저보다 나이 많은 분을 뭐라고 불러요?"

잠시 고민하던 률이 진지한 표정을 지었다.

"거리감 느껴지게 '누구누구 씨' 정도가 좋겠어."

"훗, 그게 뭐예요."

"뭐긴, 올바른 호칭 사용법이지. 오빠는 일종의 나를 지칭한 고유명사정도로 생각해."

"오빠에 너무 집착하는 거 아니에요?"

"정확히 말하자면, 네가 날 오빠라고 부르는 것에 집착하는 거지."

이쯤 되면 집착을 넘어선 단계가 아닐까 싶은 생각마저 들었다. 해주는 말없이 그를 향해 싱긋 웃어 보였다. 그러자 률이 뚱한 표정으로 그녀의 이마를 제 이마로 가볍게 부딪쳤다.

"넌 아직은 어색해서 그렇다고 하지만, 가끔은 날 골려주려고 일부러 불러 주지 않는 것 같다는 생각도 들어."

"설마요."

해주가 천연덕스럽게 말을 돌리자, 률이 짙은 한숨을 내쉬었다.

"널 리아, 제이와 어울리게 하는 것이 아니었어."

"둘이 지금 그런 야릇한 포즈를 하고선, 우리 욕하고 있는 거야?"

그들만의 세계를 깨며 끼어드는 목소리에 두 사람은 동시에 고개를 옆으로 돌렸다. 삐쭉대는 말투와 다르게 리아는 뿌듯한 미소로 그들을 바라보고 있었고, 제이는 못 본 걸 본 것처럼 팔짱을 낀 채로 이맛살을 구기고 있었다.

"남사스러운데 적당히들 좀 하지그래? 남들 다 하는 연애, 너무 유난스럽게 하는 거 아냐?"

제이의 빈정거림에 률은 어이없다는 듯 코웃음을 쳤다.

"세상 남사스러운 짓은 혼자 다하는 네가 그런 말 하니까 좀 황당하다?"

"그래, 네가 할 말은 아니지. 이 천하의 몹쓸 바람둥이 자식아."

리아까지 거들며 뭐라 몰아붙이자, 제이가 차마 툴툴거리지도 못하고 입을 닫았다. 약육강식의 법칙이 확연히 드러나는 그들의 관계에, 해주는 결국 참지 못하고 웃음을 터트렸다.

그들과 함께 있으면, 잠시도 웃음이 메마를 날이 없었다. 닮은 듯, 너무나도 다른 그들을 보고 있는 것만으로도 절로 기분이 좋아졌다. 집안에 갇혀 하루하루를 고통 속에 허덕이던 지난날들을 잠시 잊을 정도로, 요 몇 달간은 행복 속에 파묻혀 산듯했다.

"이제 20분 뒤에 패션쇼 시작합니다. A조, 오프닝 무대에 오를 모델 먼저 준비시켜 주세요."

한참 즐거운 시간을 보낼 그때, 스태프 중 한 명이 패션쇼 시작을 알려왔다. 한참 서로를 보고 으르렁거리던 리아와 제이는 그제야 정신을 차리곤 서로의 모델들에게로 시선을 돌렸다.

"이제 시작인가."

패션쇼가 시작된다는 말에 흥분이 되는지, 리아가 한껏 부푼 얼굴로 기지개를 켜곤 해주를 살펴봤다.

"아까도 말했지만, 리허설 때처럼만 하면 돼, 알았지?"

"응."

"그럼 난 그만 나가서 볼게."

률이 힘내라는 듯 해주의 어깨를 다독여주곤 돌아섰다. 그때였다. 리아가 갑자기 뭔가 생각난 것처럼 황급히 률의 팔을 붙잡았다.

"오빠도 왔는데, 오늘을 기념할 사진 정도는 남겨둬야지."

"사진?"

"응. 해주 모델 데뷔 무대인데, 무대 오르기 전 다 같이 사진 한 방 찍자."

리아의 말에 률은 금세 수긍하곤 어깨에 멘 카메라를 손에 들어 보였다. 그 사이 리아가 모델을 점검하느라 정신없는 제이를 끌어다 옆에 세웠다.

"정신없어 죽겠는데, 무슨 사진이야!"

"네 오프닝 무대 망치고 싶지 않으면 그 방자한 입 당장 다물어라."

제이가 씩씩대면서도 입을 다물자, 이번엔 리아가 한참 사진 찍을 준비 중인 률에게 손짓했다.

"오빠도 이리 와."

"응?"

그러면 사진은 누가 찍고? 반문해 오는 그의 눈빛에 답을 하듯, 리아가 멀거니 그들을 지켜보고 있는 후배 한 명을 재빨리 불러냈다.

"지윤아! 와서 사진 한 장만 찍어줘라."

리아의 부름에 후배는 단숨에 뛰어와 률 대신 카메라를 손에 쥐었다. 률은 후배에게 카메라 작동법을 대강 알려주고는 해주의 옆에 나란히 섰다. 사진을 찍히는 것은 오랜만이라서인지 률의 표정이 자꾸만 어색하게 굳어갔다.

"좀 웃어라, 인간아."

옆에서 지켜보고 있던 리아가 복화술로 그를 질책해 왔다. 그럼에도 불구하고 륜의 표정이 좀처럼 나아지지 않자, 이번엔 해주가 직접 나섰다.

"처음으로 함께 찍는 사진인데, 활짝 웃어야죠."

해주가 따라 웃어 보라는 듯 제 입꼬리를 양쪽 검지로 추켜올렸다.

"이렇게요……."

"……."

"오빠."

속삭이듯 들려오는 그녀의 한마디에 륜의 입가가 지진이라도 난 것처럼 떨렸다. 륜은 해주에게서 시선을 거두고 앞을 바라봤다. 그의 얼굴엔 좋아서 어쩔 줄 모르겠다는 감정이 고스란히 녹아 있었다.

해주는 잔뜩 고무된 모습의 륜을 슬쩍 훔쳐보곤 피식 웃음을 터트렸다. 오빠란 말이 그렇게 좋은가? 새삼 그를 귀엽게 여기며, 해주는 카메라 쪽으로 시선을 돌렸다.

잠시 후 모두가 준비가 되었다고 생각이 들었는지, 후배가 오른손을 들어 보이며 외쳤다.

"하나, 둘, 셋—"

시끌벅적하게 사진을 찍은 후, 혼자가 된 해주는 멋쩍게 주변을 둘러봤다. 리아는 막바지 준비가 한창이었고, 그녀처럼 준비가 끝난 모델들은 천막 뒤에 숨어 무대 바깥을 살펴보고 있었다.

해주도 호기심에 다른 모델들을 따라 바깥을 구경했다. 생각했던 것보다 훨씬 많은 학생들 숫자에, 해주는 조금 놀랐다.

'괜찮아, 괜찮아.'

리허설 때도, 이미 겪어본 적 있는 무대였다. 즐기자. 다시 오지 않을 이 순간을.

해주는 짓눌러 오는 중압감을 한숨과 함께 내뱉었다. 그때, 뒤로 그녀를 찾는 리아의 목소리가 들렸다. 해주는 한참 둘러보던 관객석에서 시선을 떼고 돌아섰다.

그 순간, 뭐에 홀린 듯 해주는 서둘러 다시 관객석 쪽으로 고개를 돌렸다.

'설마⋯⋯.'

해주는 숨을 참고 마른침을 삼켰다. 그녀의 두 눈이 혼돈으로 물들어 갔다.

분명 무수히 많은 사람들 사이로 그가 보였다.

한국에 있어선 안 될 그가, 분명 인파들 사이에 섞여 있는 것을 보았다.

해주는 바삐 눈을 굴려 관객석을 다시 훑어봤다. 또렷이 보였던 그가 거짓말처럼 사라졌다.

"해주야, 여기서 뭐 해."

해주는 깜짝 놀라며 팔을 잡아끄는 리아를 돌아봤다. 리아는 안색이 어두워진 그녀를 걱정스러운 눈길로 쳐다봤다.

"사람들이 많아서 긴장했나 보네."

아니, 그게 이유가 아니다.

해주는 부정하고 싶었지만 무겁게 닫힌 입은 열리지 않았다.

한 몸인 듯 어렸을 적부터 쭉 함께해 온 그를 매몰차게 미국으로 보낸 그날, 그때. 혹여 한국으로 돌아오게 되더라도 눈앞에 나타나지 말라는 잔인한 말까지 던져가며 그와의 인연을 끊어내고 말았다.

그럼에도 눈을 감고 있으면 그 지독한 어둠 속에서도 선명히 그가 보였다. 귓가에 선명히 젖어 들려왔다. 울음을 머금은 그는 문 너머로 서럽게 울었다. 그것이 그리움인지, 단순한 과거 회상일 뿐인지는 알 수는 없었다.

다만, 그때마다 할퀴어 찢긴 상처를 누군가 들쑤시듯, 엄청난 고통이 엄습해 왔다. 고질병처럼, 그녀를 괴롭혀왔다. 그래서일까. 실제인지, 환영일지 모를 그를 향해 머리와 심장이 강렬하게 반응했다. 마치 머리와 심장에 그를 찾아내는 탐지기를 달아 놓기라도 한 것처럼 예민하게 느껴졌다.

"해주야! 내 말 듣고 있어?"

한참을 관객석을 돌아보던 해주가 리아의 외침에 그제야 그녀와 시선을 마주했다. 리아는 넋이 나간 듯 보이는 해주의 모습에 고개를 갸웃 기울이며 조심스럽게 물었다.

"너 괜찮은 거야?"

팔에 닿은 리아의 손길에 흐릿하게 흔들리던 해주의 초점이 점차 제자리를 찾았다. 해주는 뒤늦게 정신을 차리곤 괜찮다는 듯 천천히 고개를 끄덕여 보였다.

"그럼…… 괜찮아."

"너 안색이 안 좋아 보여."

"순간 긴장해서…… 그래서 그런가 봐."

해주는 대충 둘러대곤, 그를 발견한 곳을 다시 한 번 확인했다. 환영이었는지, 그곳에 수혁은 흔적조차 보이질 않았다.

"어머님께 전화 와서 불렀던 건데, 그새 끊겨버렸네. 급한 일일지도 모르니 네가 전화 한 번 드려 봐."

해주는 멍하니 리아에게 휴대폰을 건네받곤 부재중 전화를 확인해 보았다. 유정에게서 걸려온 전화가 분명했다. 그걸 확인한 순간 해주의 눈동자에 급격한 동요가 일었다. 해외 봉사활동을 떠난 지 몇 달 만에 그녀에게서 걸려온 전화였다.

어쩐 일일까. 웬만해선 외국에 있을 땐 전화를 걸지 않는 그녀가 먼저 연락을 준 것에 대한 이유가 도무지 가늠되지 않아 머릿속이 일순간 혼란스러워졌다.

"전화 안 해 봐?"

리아의 물음에 해주는 그대로 휴대폰을 손에 쥐고선 애써 밝게 대답했다.

"응, 나중에…… 연락드리면 돼."

혹시라도 수혁과 관련된 일일까 싶어 잠깐 고민됐지만, 해주는 단숨에 마음을 접었다. 아까 전 일도 그렇고, 더는 이 이상 무대에 지장을 줄 만한 일을 만들고 싶지 않았다.

"A조 오프닝 무대 곧 시작됩니다. 무대 앞으로 모델 대기시켜 주세요!"

그 순간, 우렁찬 스태프의 목소리가 들려왔다. 리아는 다급해진 표정으로 일단 해주를 런웨이 뒤쪽으로 데려가 계단 위에 세웠다.

"여기서 대기하면 돼."

"응."

"아마 곧 음악이 흘러나올 거고, 스태프들이 너한테 나가라는 신호를 줄 거야. 그럼 너는 아까 리허설 때처럼 당당히 런웨이를 걸으면 돼. 할 수 있지?"

해주가 대답 대신 고개를 끄덕여 보였다. 리아는 어딘지 모르게 변한 그녀의 분위기가 왠지 석연찮았지만, 기분 탓으로 여기곧 다른 모델들을 살펴보기 위해 자리를 떴다.

또다시 홀로 남겨진 해주는 옆에서 신호를 주기 위해 대기 중인 스태프를 흘끗 보았다.

그는 맞은편 스태프와 사인을 서로 주고받고 있었다. 곧 패션쇼가 시작됨을 직감한 해주가 긴장감에 축축하게 젖은 손을 꽉 그러쥐었다.

'잘해야만 해.'

보잘것없이 집 안에 처박힌 채로 짐짝 취급이나 당하던 그때를 벗어난 지금. 새로운 출발을 하고자 이 자리에 선 것이나 다름없었다.

이 시원한 공기를 조금 더 느끼며, 경험해 보지 못하던 새로움을 배우고 싶다.

그 모든 바람을 담은 지금, 혼란스럽기만 한 옛 추억 같은 건 싹 지워 버려야만 한다.

'더는 환영에 사로잡혀 있을 이유 따윈 없어.'

이제는 수혁이 아니더라도 그녀 곁엔 사랑하는 률이 있었고, 리아, 제이가 있었다. 그들을 위해서라도 이제는 어둠 속으로 파고들 틈조차 만들어선 안 됐다. 수혁을 등지며 다짐했던 결심을 이리 쉽게 저버릴 순 없었다.

나 자신을 위한 첫 출발.

약해지려 한 마음을 다잡는다.

잠시 후, 패션쇼 시작을 알리는 음악 소리가 울리기 시작했다. 해주는 평온히 마음을 가라앉히기 위해 숨을 가다듬더니, 이내 어깨를 펴고 당당히 정면을 보았다.

때마침 반대편에서 스태프가 손에 든 종이로 신호를 주는 것이 보였다. 이후 기다렸다는 듯 그 신호에 맞춰 해주는 당당한 워킹으로 런웨이를 나섰다.

눈부신 햇살이 내리쬐듯 눈앞이 밝은 빛으로 일렁였다.

사람들의 환호, 새하얗게 부서지는 카메라 플래시. 더불어 멋지게 런웨이를 돌아선 그녀를 밝은 미소로 맞이하는 률의 모습까지.

꿈결처럼 한순간 행복했던 순간들이 지나쳐갔고, 해주는 런웨이를 내려오자마자 리아 품에 안겨 새로운 시작을 한껏 만끽했다.

유정은 착잡한 표정으로 손에 쥔 휴대폰을 들여다봤다. 깊은 고민 끝에 해주에게 전화를 걸어봤지만, 무슨 일인지 그녀는 전화를 받지 않았다.

'차라리 잘 된 일인가.'

두 갈래로 갈라진 길 위에 서 있는 기분이었다. 해주에게 이 사실을 알려 주는 것이 응당 맞는 일이었지만, 자신조차 받아들이기 힘든 이 현실을 그녀에게 짊어 주는 것이 망설여지는 것도 사실이었다.

어떻게 하는 것이 옳은 일일까.

"오셨습니까?"

한 손으로 이마를 짚고선 망연자실한 얼굴로 휴대폰을 내려다보던 유정은, 귀에 익은 목소리에 고개를 들었다.

"혜각스님."

몇 년 만에 뵌 스님은 여전히 한결같은 모습으로 그녀를 맞이해주었다. 유정은 반색하며 자리에서 일어나 합장을 한 뒤, 그에게 반배의 예를 표했다.

유정의 예에 화답을 하듯 스님 역시 반배를 해 보이더니, 온화한 미소를 지어 보이며 그녀에게로 가까이 다가섰다.

"오랜만에 뵙습니다. 선생님."

"네, 정말 오랜만에 뵙네요. 스님."

"그러게 말입니다. 어제 귀국하셨다고 들었는데…… 그래서 인지 아직 피곤한 기색이 역력해 보이네요."

살가운 스님의 말에 유정은 차분히 대답했다.

"아직 시차 적응이 되질 않아서요. 자주 겪는 일인데도 좀처럼 익숙해지지 않네요. 스님께선 그간 무탈하셨는지요?"

"보시다시피 아주 무탈하게 잘 지냈습니다. 우리 의사 선생님 안부는 남편분을 통해 간간이 전해 듣고 있었습니다. 여전히 해외 봉사활동에 매진하고 계시다고요. 훌륭하십니다."

안부 인사 뒤로 이어진 스님의 칭찬에, 유정은 입가에 옅은 미소를 떠웠다.

"아닙니다. 그동안 스님께서 베푸신 봉사에 비하면 보잘것없는 일인걸요. 그나저나……."

유정이 급격히 어두워진 표정으로 잠시 말을 잇지 못하다, 겨우 한 마디를 꺼냈다.

"수혁이는……."

유정은 금방이라도 울컥 쏟아질 것 같은 감정들을 억누르며 입을 다물었다. 스님은 애석한 눈빛으로 그녀를 바라보더니, 앉으라는 듯 손짓했다.

"잠시 얘기 좀 나누실까요."

"네……."

유정의 옆에 나란히 앉은 스님은 멀리 보이는 제당을 물끄러미 바라봤다. 제 생을 다하지 못하고, 젊은 나이에 요절한 안타까운 남매의 위패가 놓인 곳이었다.

"수혁이는 제 누이 곁에 안치하였습니다."

"……그랬군요."

"사십구재 치르기 전에 연락 드렸어야 했는데, 죄송하게 됐습니다. 수혁이 아버지께서 당분간은 수혁의 일을 아무에게도 알리지 말아 달라 당부하셔서 어쩔 수가 없었습니다."

"알고 있습니다. 제 남편도 지성민 의원에게 들어 미리 알고 있었으면서도 제겐 알리지 않았더군요. 참으로……."

인간 같지도 않은 작자들입니다.

유정은 마지막 말을 겨우 집어삼키곤, 달아오른 숨을 간신히 내쉬었다. 혹시라도 언론에 수혁이와 관련된 일이 새어 나갈까 걱정하며 서로의 머리를 맞댔을 그들의 모습이 소름 끼치게 선했다.

어쩔 수 없이 서로의 이력을 위해 그들과 뜻을 동조하곤 있지만, 제 자식과 관련된 일에서조차 피도 눈물도 없는 성민과 그리고 그의 뒤를 어미 새처럼 졸졸 따르고 있는 동환을 볼 때면 엄청난 후회가 칼날처럼 가슴을 쑤셔왔다.

"어떻게 이 죄를 씻어내야 할지 모르겠습니다."

오로지 의사로서의 성공만을 바라고 달려온 지금, 남은 것은 허무한 현실뿐이었다.

"그때, 우희를 저희 부부 욕심에 이용해선 안 됐는데……."

유정이 고개를 들어 제당에 눈동자를 멈췄다. 어릴 적 수혁과 그의 누이인 우희가 사이좋게 붙어 있던 모습이 파노라마처럼 자연스레 회상됐다.

선천적으로 눈이 보이지 않는 아이임에도 우희는 누구보다도 해맑았고, 또래에 비해 낯가림도 심하고 말이 없었지만, 우희를 살뜰히 보살피던 수혁은 어른스럽고 총명했다.

이곳에서 아무것도 모르고 그저 행복하게 살았을지도 모를 아이들. 아무리 유일한 지성민의 약점이라지만, 그 아이들을 동환의 정치적 발판을 위해 이용해선 안 됐다.

그리고 그걸 암묵적으로 동의해서도 안 됐다.

"후회됩니다."

성민을 도발한답시고, 우희를 방송에 출연시켜 눈을 고쳐 주겠다는 사탕발림 같은 말로 꾀어내지 말았어야 했다.

"아직도 눈에 아른거립니다. 우희가 기뻐서 어쩔 줄 몰라 하며 울던 모습 말입니다."

그리고……

"방송이 취소됐다는 말을 듣고 절망하던 수혁의 모습."

성민의 압박으로 방송이 취소되었어도 자신이 도와줬어야 했다. 의사로서 불쌍한 그 아이들을 돌봐줬어야 했는데, 그러기도 전에 우희는 갑작스러운 뺑소니 사고로 세상을 떠나고 말았다.

그 뒤로 유정은 엄청난 죄의식 속에 살아야만 했다. 그걸 떨쳐

내려 일부러 더 미친 듯이 일에 매진했고, 회한의 의미로 봉사활동에 집착했다. 과거 그 아이들과의 일에 사로잡혀 있지 않으려 성품마저 완벽한 의사, 엄마인 척 연기했고, 쇼윈도 부부였지만 동환과도 금실이 좋은 부부인 양 굴었다.

"수혁이라도 잘 돌봤어야 했는데 그러지 못했어요."

정치적 자금을 대주겠다는 성민의 말에 동환이 그 아이를 떠맡긴 했지만, 유정의 마음은 달랐다. 그를 해주와 같은 자식으로 보려 했다. 그런데 그런 아이를 딸과 더불어 집에 방치해 두고 말았다.

"그 집에서 도망치고만 싶었어요, 정치에만 목숨 거는 남편에게서도, 세상이 끝난 것처럼 구는 딸에게서도."

비겁하게 외면하려고만 했다.

"결국 내 짐을 또 수혁이에게 맡기고 돌아선 거죠."

너무나도 이기적인 인간이었다. 난.

"그 아이들이 어떤 생각으로 크고 있는지, 관심조차 두지 않으려 했어요."

하루하루가 너무나도 지치고, 괴로워서…… 돌아볼 여력이 없었다.

상처가 깊은 그 아이들을 보듬어주질 못했다.

"모든 것이 제 탓입니다. 우희도, 수혁이도 제가 이렇게 만든 거예요."

허망하게 제당을 바라보던 유정의 두 뺨 위로 눈물이 하염없이 흘러내렸다. 그 모습을 옆에서 조용히 지켜보던 스님이 작게 한숨을 내쉬더니, 말문을 열었다.

"수혁이가 스스로 목숨을 끊기 전, 그러니까…… 미국으로 간 지 채 한 달도 되지 않았을 무렵 갑자기 제게 연락을 해 온 적이 있습니다."

스님의 두 눈이 깊게 가라앉았다. 새벽부터 유난히도 억센 비가 내리던 날이었다.

"샌프란시스코에서 가장 유명한 다리 위라며, 그곳이 자살의 명소로 유명한 곳이라고 하더군요."

슬픔이 가득 묻어나던 목소리,

"그러고선 어쩐 일인지 아이가 한참 동안 수화기에 대고 울기만 했습니다. 전 잠자코 그 아이가 우는 것을 듣기만 했고요. 웬만해선 겉으로 슬픔을 드러내지 않는 아이가 이렇게라도 모든 감정을 털어 내길 바라는 마음에서 그리했죠. 그리고 한 10분 정도 지났을까요. 한참을 울던 아이가 갑자기 뭐에 홀린 사람처럼 속살거리기 시작했습니다."

"……."

"발아래로 보이는 강이 어찌나 거대하고 시커먼지, 마치 그곳이 지옥으로 향하는 지옥문처럼 보인다고요. 무섭게 소용돌이 치는 그곳에 무수히 많은 원혼들이 어서 오라며 반기듯 자신을 향해 손을 뻗고 있었고, 어디선가 자신을 위한 진혼곡이 들려오고 있다고 말입니다."

"……."

"세상에 버려진 자신을 유일하게 받아 줄 것만 같았답니다. 그래서 그곳으로 뛰어내리려 했는데…… 그런데 도저히 그럴 순 없었다고 하더군요. 용기가 없어서도, 세상에 미련이 남아서도 아니랍니다. 다만……."

"……."

"그 지옥문에 뛰어들어도 결국 또다시 혼자가 될 것 같아…… 또다시 낯선 곳에 떨어져 홀로 지내게 될 것 같아, 너무나도 무섭고 두려워서 견딜 자신이 없었답니다."

스님은 그날의 통화를 떠올리며, 잠시 가파르게 치달은 숨을 달랬다. 그렇게 지독히도 외로움을 타던 아이였다. 그런 아이가 낯선 땅에 홀로 지내야만 했으니 그 고통은 이루 말할 수 없었을 것이다.

"한국으로 돌아가야겠다고 하더군요. 그래서 전 당장 내일이라도 한국으로 들어오라고 했죠."

너무나도 위태로워 보여 더는 수혁이 그곳에서 지내게 할 수 없었다. 그래서 성민도 알지 못하게 수혁을 한국으로 들어올 수 있게 도움을 줬다.

"한국에 들어온 수혁이의 표정은 어두웠지만, 그래도 어딘가 홀가분해 보이는 모습이었죠. 한국으로 오게 돼 더는 외롭지 않게 되었다며 작게 웃는데, 그것이 어딘가 묘해 보이더군요. 불길한 예감이 들었습니다. 이 아이가 한국에 들어온 이유가 단순히 외롭기 때문에 돌아온 것이 아니겠다는 생각이 강하게 들었죠. 그리고 그 예감은 슬프게도 적중하더군요."

"……."

"한국에 돌아온 지 하루 만에 목숨을 끊었습니다. 제 누이의 위패 앞에서…… 스스로 손목을 긋고 말입니다."

한 장의 편지를 남겨 두고선.

"선생님 혼자만의 탓이 아닙니다."

편지를 본 뒤로는 애당초 수혁의 죽음은 막을 수가 없었다는 것을 알 수 있었다. 모든 것은 어쩔 수 없는 운명이었다, 지독히도 얽히고설킨 운명 같은 인연.

"저 역시 수혁이를 그곳으로 보내는 것이 아니었습니다."

끝까지 제품에 안고 있었어야 했다. 그런 부질없는 후회가 심장을, 가슴을 날카롭게 휘갈겼다. 스님이 주머니에서 편지 한 장을 꺼내 유정에게 건네며 나직이 말했다.

"따님껜 남편분 말씀대로 수혁이의 일은 알리지 않는 것이 좋겠습니다."

유정이 편지를 전해 받자, 스님이 미련 없이 자리에서 일어섰다. 그러고는 편지를 읽기 시작한 유정을 뒤로한 채 하늘을 올려다봤다.

청명한 하늘이…… 참으로 슬프다.

"나무아미타불 관세음보살."

스님이 제당을 향해 송주하자, 딸랑, 딸랑, 풍경소리가 주변으로 울려 퍼지기 시작했다.

*　　　*　　　*

네가 내게 말했다.

너에게서 나를 지우라고. 평생 만난 적 없었던 것처럼 철저히 너에게서 나를 지우라고.

그래서 난 네게 이리 답하려 한다.

난 널 내게서 지울 수 없어. 그럴 바엔 차라리 네가 있는 세상에서 날 지우고 말겠다. 그리고 이런 내 선택이 너에게 큰 상처가 되길 바란다. 네 가슴 한구석에 그 상처가 문신처럼 새겨지길 간절히 바라본다.

이렇게라도 네게 기억되고 싶어 하는 날 원망해도 좋다.

넌 나의 것,

그리고 난 너의 것.

뫼비우스처럼 끝없이 이어지는 우리의 운명은 다음 생엔 반드시 이어지리라.

너와 같은 상처를 간직한 날 잊지 마.

너와 같은 아픔을 느낀 날 잊지 마.

아니, 혹여 잊더라도 상관없다.

내가 널 반드시 찾아갈 테니.

그때의 우린 서로의 슬픔을 보듬어 줄 수 있는 연인이 되어 있을 리라.

그리되면 우리는 그 어떤 이들보다 행복할 수 있겠지.

너와의 인연을 허하지 않고 금한 세상을 나 먼저 떠나 있겠다.

곧 네가 오길 간절히 기다리며……

지옥과도 같았던 이번 생,

금단의 세상을 벗어나 새로운 세상이 오길 꿈꾸며……

그래, 잠시만 안녕.

〈完〉